图书在版编目（CIP）数据

女寝大逃亡 / 火茶著. —— 南京：江苏凤凰文艺出版社，2024.5（2025.8重印）
ISBN 978-7-5594-7782-8

Ⅰ.①女… Ⅱ.①火… Ⅲ.①长篇小说 – 中国 – 当代 Ⅳ.① I247.5

中国国家版本馆 CIP 数据核字 (2023) 第 094649 号

女寝大逃亡

火茶 著

责任编辑	周颖若
特约编辑	文 茵 苏 打 贾 磊
封面设计	料峭风起
出版发行	江苏凤凰文艺出版社
	南京市中央路 165 号，邮编：210009
网 址	http://www.jswenyi.com
印 刷	嘉业印刷（天津）有限公司
开 本	700 毫米 ×980 毫米 1/16
印 张	21.375
字 数	381 千字
版 次	2024 年 5 月第 1 版
印 次	2025 年 8 月第 14 次印刷
书 号	ISBN 978-7-5594-7782-8
定 价	49.80 元

江苏凤凰文艺版图书凡印刷、装订错误，可向出版社调换，联系电话 025-83280257

Loading ……

卷一 游戏降临 ~ 001

卷二 寝室文明守则 ~ 025

卷三 四季防护指南 ~ 069

卷四 经典电影鉴赏 ~ 145

卷五 疯狂星期三 ~ 247

卷六 公路旅行须知 ~ 273

Start

Exit

「回应你们的愿望，满足你们的要求……刺激的游戏即将降临，你想参加吗？」

Loading……

「好学生已经进入游戏，坏学生还在外面贪玩，教育家已经迫不及待，试卷已经拆封——」

606

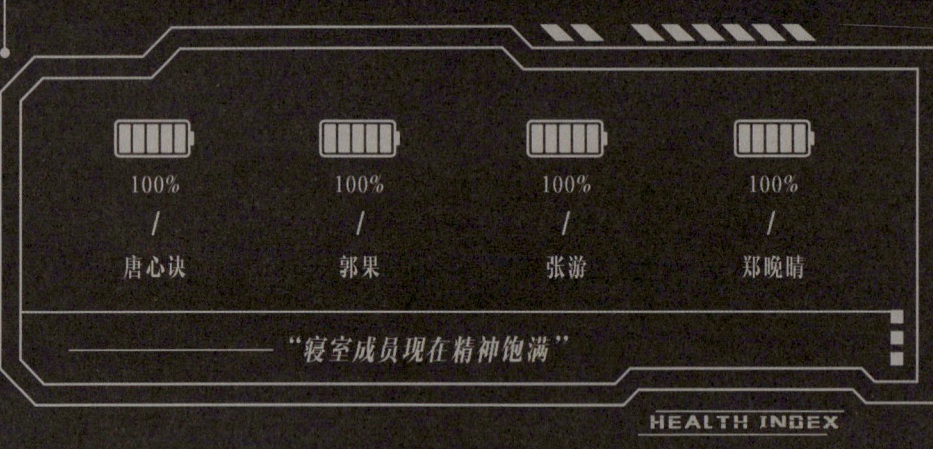

100%	100%	100%	100%
/	/	/	/
唐心诀	郭果	张游	郑晚晴

"寝室成员现在精神饱满"

HEALTH INDEX

Loading ……

"叮,第一条规则已解锁:请守护自己的寝室!"

卷一

游戏降临

第一章

"你是否觉得学校生活很枯燥?"
"你是否觉得寝室生活很无聊?"

夜晚8点,A大生活区,女生寝室楼。

从寝室的阳台窗朝外看去,寂静和黑暗笼罩四野。

路灯,寝室楼里的全部灯光,甚至连远处教学楼区域的光都尽数熄灭,仿佛整个世界只剩下一片黑暗。

从常识上讲,这一幕不可能出现在开学第一天,晚上8点的大学寝室区。

但这一反逻辑的场景又是真实存在的,在此时此刻。

唐心诀站在窗前,手机成为唯一的光源,此刻闪烁着荧荧光芒,嗡嗡振动。

黑底红字的对话框接连不断从屏幕弹出,屏幕边缘渗出鲜红的痕迹,宛若一张狰狞的笑脸:

"欢迎来到寝室生存游戏……"
"愉快的寝室生活开始啦!"

15分钟前。

这间狭小的四人寝室一如往常,因为是开学第一天,寝室里氛围不怎么高昂。

由于一个室友航班晚点,到现在还没回来,寝室里只有三个人。走廊外时不时响起其他寝室的尖笑,衬得房间里更加安静。

在四张床铺勉强隔开的过道上,堆了好几个满满的袋子,这是她们刚刚采购回来的日用品。

"啊,不想开学啊!"

靠近门的1号床铺下方,一声哀号悠悠升起,戴着黑框厚眼镜的短发少女瘫在桌子上,生无可恋。

郭果是个坚定的厌学人士，从开学前一周开始就在寝室群里哀号，痛斥学校课堂的种种枯燥乏味。

"净说废话。不上学怎么找工作？不找工作怎么赚钱？"

靠近阳台的2号床铺，一双白皙修长的腿伸下来，然后是曼妙的身材，笔挺的天鹅颈撑着一张精致的脸。吐出的话却粗声粗气：

"我要是你爹妈，就把你送去工地搬砖，让你知道什么叫美好生活来之不易。一天到晚丧里丧气半死不活的，看着你就来气。"

两个床铺紧挨着，郭果一抬头就能看见那张倾国倾城的脸，在对方看不见的地方翻了个巨大白眼："废话，你是校花，开学一天收的情书能堵住下水道，当然体会不到我们普通人的大学生活多枯燥。"

她又酸不溜丢地说："如果我毕业找不到工作，就去写本自传，名字叫《A大校花和我邻床是种怎样的感受》。"

A大金融系连续三年的校花，郑晚晴同学高傲地一甩头，将一头乌黑秀发甩到背上，拎着洗漱用品噔噔噔地爬下楼梯。

"那你到时候可得好好谢谢我了。"

得，听不出好赖话。郭果阴阳怪气了个寂寞，把自己气得一个倒仰，一转头正好看见正在拆购物袋的另一位室友。

她顿时像找到了主心骨："唐心诀！你看看她，我快被气死了！"

听到叫喊，正在默默拆购物袋的少女抬起眼皮，没什么焦距的目光敷衍地扫了眼空气："对啊，太过分了。"

郭果："你这敷衍的样子就离谱。"

她动了动嘴想埋怨，但看了眼温和安静，似乎脾气很好的唐心诀，却没敢开口。

不单单是因为她不敢对着唐心诀嘴欠，也因为今天唐心诀眉宇间挂着明显的疲倦，透着一股不耐。这令女生本就清瘦的身形显得更纤薄，看起来弱柳扶风。

当然，这表象也就只有胸大无脑的郑晚晴相信，郭果可不会再被蒙骗了。

果然，郑晚晴粗声一嗓子吼过来："没看心诀累成这样了吗？回你一句话不错了！别打扰她！"

郭果："……大姐，你能照个镜子，看看自己多双标吗？"

这时郑晚晴已经傲然走到寝室门口，大剌剌地把门一开："我去洗澡啦，你们给我留个门哦……咦，这走廊怎么没灯啊？"

从她的视角看去，走廊灯不知什么时候全关了，越远的地方越黑黢黢一片。走廊本就狭长，这么一看过去，十分瘆人。

如果郭果站在这里，尖叫声能直接掀翻房顶。但郑晚晴看了好几秒，却愣是没感觉有什么不对，抬腿就要迈出去。

"等一下。"

身后忽然有人叫住她，是唐心诀。

唐心诀正在拆一支牙刷，没抬头，声音温和："小心一点，外面太黑了。"

"哦好。"郑晚晴答应一声，伸腿迈进黑暗。

在她身后，寝室门缓缓关上，发出一声悠长的吱呀声。

听见这声音，唐心诀忽然放下牙刷，揉了揉眉心，眉宇不自觉地皱起。

从某种程度上，郭果没猜错，唐心诀的确很疲倦。

不过不是因为开学，而是噩梦。

她已经一周没睡过好觉了。

对唐心诀来说，被噩梦缠身不是个罕见的事。但这次的情况却格外严重。甚至影响到了她现实中的状态。

刚刚郭果和郑晚晴的对戗，她其实一句都没听进去，耳朵里仅是些模糊的噪声和窸窸窣窣的低喃，一阵阵刺痛从太阳穴扩散开，让人难以集中注意力。

这些感觉当然不足为外人道。

原地调整片刻后，唐心诀走到阳台旁洗漱台前，打开水龙头。

洗漱台上方的镜子里，映出一张属于少女的面容。镜子里的女孩梳着干净清爽的单马尾，只是灯光聚焦下，白皙的皮肤显得有些过分冷白。纤瘦的瓜子脸，嘴唇上的血色也十分淡，乍一看整个人显得特别营养不良。

眼尾微微下垂，即使不笑也像盛着笑意，看上去既羸弱又无害。

唐心诀对自己这张极具欺骗性的面孔没什么看法，但看着镜中那双黑色的眸子，噩梦中的一些景象忽然在唐心诀脑海闪现。

一望无际的黑夜、浓郁的黑雾……

没等深入回忆，室友的嘟囔声将她拉回现实。

"感谢我们寝室没有独立卫浴，至少郑晚晴洗澡这半小时我能喘口气……"

郭果絮絮叨叨地抱怨着，瞥见唐心诀，眼珠一转："哎，趁大小姐不在，我们来玩一局'碟仙'怎么样？"

"大小姐"是郭果给郑晚晴起的外号，用来暗戳戳抱怨。寝室所有人都被她起过外号，只是唐心诀不知道自己的外号是什么。

唐心诀垂眸几秒，挤出牙膏，把牙刷放进嘴里："如果晚晴回来看见了，你们肯定又要吵起来。"

郑晚晴是坚定的无神论者，对一切牛鬼蛇神极度排斥，更不用说"笔仙""碟仙"这种游戏。

非常不巧，郭果是个玄学爱好者，书桌上常年摆着《周易详解》《塔罗世界》。

果不其然，一提这点，郭果白眼翻上天："她那是朽木不可雕也。但你不一样，我一看你就觉得你骨骼清奇……"

见唐心诀已经自动忽略，甚至开始继续拆购物袋，郭果急得跳起来，摇头摆脑地劝："就当是为了庆祝我们升入痛苦的大三，陪我玩一把嘛好不好？"

唐心诀一抬眼，对方顿时缩起脖子，委委屈屈地偃旗息鼓。

"你又不是不知道我胆子小、自己玩害怕，寝室里除了大小姐，就你一个不害怕这些东西，我……"

唐心诀无奈地摇摇头，刚想说话，目光却不小心越过郭果身后，忽然凝滞。

室友还在滔滔不绝地讲话，但在唐心诀的感观中，那一张一合的嘴却没传出任何声音。

她的视线死死地盯着窗外。

在阳台上，她看见了一个占据了整个窗户的、巨大的黄色眼球。

这是什么？因噩梦产生的幻觉？

那个黄色眼球充满恶意地、冷冷地凝视着唐心诀，狭长的褐色瞳仁忽然一伸一缩，整个巨大眼球就陡然裂开，变成了无数个拳头大小的黄眼球，争先恐后地挤满整扇窗户。

嘻嘻嘻，嘻嘻嘻……

嗡鸣声和呢喃私语铺天盖地施压下来，唐心诀深呼一口气，咬住后槽牙，没有尖叫或是后退。

三年的病症、连续一周的噩梦，当梦中的恐怖"怪物"出现在眼前，她却比自己想象的要冷静得多。

几乎只顿了一秒，唐心诀就迅速掏出手机，对着玻璃窗上的眼球飞速连拍了好几张照片。

她早就预料到自己有一天会出现幻觉。而遇到这种情况，首先要维持的就是精神状态稳定。通过暗示自己"眼前的一切都是假象"，回归真实。

照片已经拍好，下一步就是查看——唐心诀打开手机相册，在心中默念，这只不过是幻觉而已。

看到空空如也的照片,大脑就会意识到一切都是虚假,进而开启自我恢复机制。

相册打开,随着图片弹出,一堆呼之欲出的眼球出现在手机屏幕上。

在它们弹出的一瞬间,不知是不是错觉,甚至能从这些眼球里捕捉到一丝茫然——

看到超出认知的精神污染,第一反应却是拿手机拍照,这是什么操作?

唐心诀也皱起眉:她的症状忽然加重,连看照片都会出现幻觉了?

不行,她得先联系医生。

打开手机通信录,唐心诀拨出一个号码,同时刻意忽视窗外的眼球,既不回避也不直视,防止诱发更多幻觉。

似乎是察觉到唐心诀的忽视,窗外的眼球愤怒了,它们开始颤动起来,一下一下撞击着被挤压的玻璃窗,发出沉闷的撞击声。

"嗯?谁在拍窗户?"郭果正撕开一袋零食,应声回头。

唐心诀一愣,却是因为郭果的这句话。

如果正在撞窗户的眼球是她的幻觉,那室友怎么能听到声音?

一丝敏锐的不祥感猛然划过脑海,唐心诀立即出手阻止郭果回头,然而已经晚了——

"啊——"

在一声足以掀翻头盖骨的凄厉尖叫声中,寝室的灯光摇摇欲坠闪动两下,转瞬熄灭。

四周陷入一片黑暗。

唐心诀顾不上发出忙音的手机,立即去拉郭果,一伸手没碰到人,室友已经瘫软坐在地上:"天哪,我刚刚看见了什么……"

"诀神诀神,你在哪里啊我好害怕啊呜呜呜!"意识到停电后的郭果一个激灵,猛地弹起来找人,抓住唐心诀后才放心地号哭起来。

然而没过几秒,一段尖细的笑声就打断了她的哀号。

"嘻嘻嘻——嘻嘻嘻——"

笑声似乎是从阳台外传来,明明窗户紧闭,却仿佛置身旷野,使人清晰地听见回响。

最诡异的是,随着寝室停电,阳台窗外密密麻麻的巨大眼球也消失不见,只剩下漆黑一片，仿佛整个寝室区在同一时间失去了电力。

"你是否觉得学校生活很枯燥？
"你是否觉得寝室生活很无聊？"

那声音仿若孩童，哼着欢快又诡异的曲调。
唐心诀站的位置离阳台最近，甚至隐隐能听到外面此起彼伏的惊呼和尖叫。
欢快的声音仍在吟唱——

"回应你们的愿望，满足你们的要求……刺激的游戏即将降临，你想参加吗？"

歌声中，唐心诀听到了自己的心跳声，如同擂鼓，昭示着眼前这一切是如此真实。
——这正是她萦绕不散的噩梦中，反复出现的景象。

"Yes...or...Yes!"

"Yes or Yes!"

夜空中咯咯尖笑的童声抛下一道选择题，却没有给出否定选项。
哼唱声萦绕不绝，令人毛骨悚然：

"欢迎来到寝室生存游戏，愉快的寝室生活开始啦！"

"啊，我的手机！"
郭果一声惨叫，伴随手机被摔的声音，她颤巍巍地指向下方，只见手机屏幕上被扭曲的对话框挤满，鲜红的文字与童谣哼唱的内容一模一样。
唐心诀拿出自己的手机——同样如此。
她立即做出反应，先将郭果从地上拉起来，然后拎起身边最近的椅子把通向阳台的落地窗抵住，防止那眼球"怪物"再突然出现。
接着她抄起另一把椅子，走向寝室门。

"你你你你你去哪儿？"

郭果已经彻底进入恐惧中的瘫软状态，蜷缩在桌子前什么都不敢做，一见到唐心诀走远就高度紧张。

唐心诀开口："晚晴还在外面。"

如果整个寝室区都停电了，公共浴室自然也不会例外。

想象一下在浴室洗澡洗到一半忽然停电，外面再响起恐怖的童谣声，绝对比在寝室里的人受到的冲击更大。

似乎正和唐心诀的话相对应，她话音刚落，寝室外的哼唱声忽然停了下来。

欢快的童声再次响起，只不过这次却更加清晰，仿佛就在每个人耳边：

"好学生已经进入游戏，坏学生还在外面贪玩，教育家已经迫不及待，试卷已经拆封——

"重要提醒：游戏即将开始，请所有寝室外的同学立即回到寝室！教育家不喜欢贪玩的坏孩子，会降下惩罚哦。

"而当游戏正式开始，仍未回到寝室的同学，将受到最严厉的惩罚……"

童声戛然而止，哼唱曲调也随之消失，环境重新恢复寂静。

教育家？试卷？游戏？

唐心诀将听到的关键词都记在心里。这时忽然一声闷响，寝室内两人都被震得一个激灵，抬头看去，原本虚掩着的寝室门自己关死了！

唐心诀几步跨过去伸手拉，但无论怎么按门把手，寝室门都纹丝不动。

就像……被从外面反锁了一样。

郭果惊恐的声音传过来："心诀，你快看手机！"

只见手机屏幕上，对话框不知何时已经消失，只剩下一个鲜明的黑色倒计时。

距离游戏开始：240分钟。

240分钟就是4个小时，现在是晚上8点整，那4个小时后就是……0点。

思绪转换间，唐心诀捋出了目前诡异童声给出的信息：

她们正处于一个所谓"寝室生存游戏"的规则中，4个小时也就是0点后，游戏将正式开始。按照童声的说法，似乎只有在寝室内的人，才能进入游戏。

那么没有回到寝室的人，会受到什么惩罚？

当然，这有可能只是一场大型恶作剧，一个逼真的整蛊节目。但如果是真的……唐心诀静静盯着门口。

室友的鬼哭狼嚎中，她却格外冷静。寝室门拧不开，她尝试了用膝盖和椅子去撞，却发现这扇原本不甚结实的单间窄门，连微颤都没有。

虽然外表弱柳扶风，但她的力气有多大，她心里还是有数的。正常状态下，这个门框不可能连晃都不晃一下。

如果童声是真的，那就说明现在，游戏规则不允许已经在寝室内的人出去。恐怕只有外面的人回来，门才能打开。

从童声消失开始，走廊里嘈杂的尖叫和脚步声就没有停过。唐心诀放弃了出门，选择扒在门上对外面喊："能听到我说话吗？晚晴你在外面吗？"

连续喊了好几声，门外真的传来回应，随着噔噔噔的脚步，回应声也由远到近，唐心诀听出那是室友的声音。

门被重重敲了几下，郑晚晴回来了，平时中气十足的声音罕见地有了几分慌乱："快开门快开门！"

"我们自己打不开门。"唐心诀如实回答，然而还没等继续说，眼前的门就吱呀一声。

寝室门竟然自己开了。

郑晚晴挤进来，伴随一身的水汽，大声抱怨："这个恶作剧太过分了，洗澡洗到一半就给我停电，我连洗漱用品都没来得及拿回来！回来时黑漆漆的，刚刚要不是听到心诀的声音，我都找不到寝室位置了。"

唐心诀："你真的觉得，这是个恶作剧？"

郑晚晴一愣："那不然呢？"

她已经雷厉风行地摸索到自己座位上的手机，气势汹汹地要打电话投诉："也不知道宿舍保安在干什么，学校没有审查吗？这么过分的整蛊也能允许……"

郑晚晴的话没说完，发现手机上除了醒目的倒计时，电话也没能拨出去。

手机没有信号。

唐心诀伸手拉门，眼前的门已经在郑晚晴进来的一瞬间重新自动关闭，恢复为纹丝不动的状态。

她叹了口气："恶作剧能屏蔽掉我们的手机信号吗？"

几秒的沉默后，郑晚晴不信邪般冲过去打开自己的电脑，结果明明电量满格的笔记本，却怎么都开不了机。

郭果颤着声开口："没用的，我刚刚试着开台灯，都没有反应……"

寝室里没有光源，漆黑的环境把焦虑和恐惧无限拉长，寝室外的尖叫声此起彼伏，却仿佛隔了一层膜，怎么也听不清楚。

郑晚晴不说话了，只能求助地看向唐心诀。她知道这时候唐心诀肯定是最冷静理智的人，分析也最靠谱。但是寝室里没有半点光，根本找不到对方的位置。

"⋯⋯"她烦躁地一跺脚，怒气冲冲，"随便你们怎么想吧，反正这个什么寝室生存游戏不可能是真的！"

说完，她摸索着走到阳台前，试图掰窗户："我们不是和隔壁寝室共用一个阳台吗？出去问问隔壁就知道了。"

郭果声音都裂了："你这就很像恐怖电影里的炮灰配置，我们可是六楼啊！唐心诀你快点劝劝这个傻子！"

万一在阳台上出点什么事⋯⋯郭果毛骨悚然，还没起身阻止，却看见郑晚晴的动作忽然停了下来。

黑夜中，女生神色莫辨地扭过头，看着洗漱台对面的墙。

"这里⋯⋯有一道门。"

郭果刚想说废话阳台落地窗你想叫门也可以，但转瞬就意识到，郑晚晴指的肯定不是阳台窗。

一阵风刮过，唐心诀已经仿若不受视线阻碍般，大步走到这边。

过来前为防万一，她从地上的购物袋里抽出了一个硬邦邦的长条状物体，虽然不知道是什么，至少关键时候能防身。

来到阳台处，唐心诀立刻明白了郑晚晴话里的意思。

郭果也颤巍巍地摸了过来，三个人站到一起，看着洗漱台对面的墙。

在这面墙上，有一扇字面意义上的门。借着手机微弱的光，只能看出大概的轮廓，并没有什么特殊之处。

——然而她们寝室是非独立卫浴，这面墙上一直空空如也，从来没有过什么门！

坚守无神论的室友沉默了，沉迷玄学的室友却快哭了："恶作剧⋯⋯能变出一扇门吗？"

答案不言而喻。

唐心诀深吸一口气，沉声一锤定音："排除掉一切不可能，剩下的无论多难以置信，一定就是真相。"

"我倾向于，声音是真的，游戏是真的，规则也是真的。"

更何况，这些场景曾模糊地出现在她梦中。后面这句话唐心诀没说，现在的第一要务是冷静下来,避免进一步恐慌。

她看向眼前突兀出现的门。和阳台窗、寝室门不同,这扇门目前没有让她产生危险感。

于是唐心诀把已经傻掉的两人揽到后面,用手里的长条状工具抵着推开了眼前的门。

手机屏幕光线下,能依稀看出这是一个卫生间,左侧还有设施完备的淋浴区。郑晚晴在后面低呼一声:"墙上是我的洗漱用品!"

可她的洗漱用品明明落在了公共浴室,怎么会出现在这里?

反应几秒后,唐心诀意识到:这个游戏,是送了她们一间独立卫浴?

还有这种好事?

三人关上门,退回寝室中间的"安全区",站在唐心诀的4号床铺下面,一时间谁也没说话。

郭郑二人被冲击得说不出话,唐心诀则是在皱眉思考。

现在情况太过诡异,能得到的信息也很少:这个游戏究竟是什么?游戏想让她们做什么?她们一无所知。

面对未知的恐惧,却被困在漆黑的寝室里,只能被动等待,这种滋味并不好受。

而且,有一种不好的感觉始终萦绕在心头,唐心诀总觉得自己似乎忘了什么。

不知道过了多久,一直处于被吓到半灵魂出窍状态的郭果勉强冷静了些许,忽然一拍大腿:"对了,张游半小时前告诉我,说她已经出了地铁站,马上就到学校!"

同一时间,唐心诀也想起了忘记的事情:

她们寝室现在人并不全,因为第四位室友,被航班耽误的张游还没回来!

其他两人显然也想到同一点,郭果打了个冷战,语无伦次:"那个声音说没回到寝室会有惩罚,是吧?那如果、那如果张游也在寝室区,她是不是得赶快回来?"

唐心诀再次看向阳台窗外,沉沉的黑暗似乎更浓郁了几分。

手机上的倒计时已经在不知不觉中游走了30分钟,分针游走到8:30,忽然一顿。

同一瞬间,童声毫无预兆再次响起:

011

"亲爱的同学们，30分钟过去啦！让我看看，还有哪些坏学生没有回到寝室呢？咦，有好多呀！"

清脆的声音语调一转，陡然变得沙哑尖厉：

"教育家最讨厌不听话的坏孩子，惩罚和危险将提前到来，寝室是唯一安全区……嘻嘻嘻，但谁能保证，它是绝对安全的呢？
"毕竟，只有最后留在寝室的同学，才能成功进入游戏——
"叮，第一条规则已解锁：请守护自己的寝室！"

空中声音再次消失，只不过这次没安静多久，寝室门外就响起了更加惨烈的叫声和混乱脚步声："救命啊！有东西在后面追我！"

唐心诀所在的六楼属于金融系，很多寝室都是同班的人和相熟的朋友。她很快就从嘈杂中分辨出了熟悉的声音。

紧紧抓着唐心诀的手臂，郭果也小声开口："刚刚喊的人是不是隔壁寝室的孙佳？她现在还在外面，是不是……"受到惩罚了？

唐心诀凝眉不语，走廊里的声音很快消失了，然而对于寝室内的人来说，此刻的寂静却更加瘆人。

砰、砰、砰！

突然响起的敲门声让寝室里精神紧绷的人差点儿跳起来，唐心诀捞起腿软的室友，扬声问："谁呀？"

"是我呀。"

门外响起熟悉的女声："我是张游，我回来了。"

原来是室友。

另两人都松了口气，郑晚晴急急忙忙地要去开门，却被唐心诀一把拉住手腕。

郑晚晴不理解："外面有危险，我们得赶紧去开门呀！"

唐心诀没松手，自己走到寝室门前："张游，你从成都来的航班不是晚点了吗？怎么这么早就到了？"

门外声音顿了一秒，回答："我赶路很快的，再说，你们不是都在担心我吗？"

黑暗之中，门外的声音轻轻柔柔，的确是张游的嗓音没错。

但门内的郑晚晴和郭果却同时打了个哆嗦，郑晚晴也触电般收回了要去开门的手。

012

——因为她们知道，张游的航班是国外飞回来的，和成都半点关系没有，但唐心诀说这句话时，门外的声音却毫无反应。

门外……真的是张游吗？

第二章

"外面好黑呀，我好害怕。快点开门，让我进去呀。"

门外的声音还在响起，本该属于少女的柔和嗓音，在此刻寝室内的人耳中，却有几分说不清道不明的黏腻与阴冷。

这谁敢开门？

室内一片静默，唐心诀想了想，轻声说："寝室门好像坏了，我们打不开。刚刚晚晴回来时，门是自动开的，你站在门口试一试，看它会不会自己打开？"

这个所谓的游戏，既然要人参加，就没有不给回寝室的学生开门的道理，从郑晚晴回来时门自动开闭，就可以看出来。

既然现在寝室门毫无反应，只能说明门外的"张游"，和她们不是同类。

门外沉寂两秒，敲门声忽然更加急促，一下下击打在门上，震得整个门框都微微颤动。

"你们是不是不想给我开门？"

这次，"张游"的声音变得十分阴森，比之前陡然响了许多。

正站在门前的唐心诀听得清清楚楚，那阴沉的声音几乎是顺着门板的共鸣传进来的……就像声音的主人正紧紧趴在门上，整个脑袋埋在门缝处一样。

她甚至能感受到，门缝那里有某种黏腻的东西在流动，幸亏此时寝室里一片漆黑，什么都看不见，要不然被室友郭果看到了，肯定当场晕厥过去。

唐心诀装作什么都没感受到，回到两个室友身边，示意她们不要出声。

郑晚晴一向听她的话，郭果现在被吓得灵魂出窍也毫无异议，三人开始装死。

见无论怎么叫，里面都没有反应，门外的东西也终于放弃伪装，咯咯的冷笑伴随吱咯吱的挠门声响起，一下又一下，在寂静的黑暗中格外刺耳。

室内的人紧绷神经，生怕下一秒门就会被硬生生挠开。

时间在分秒流逝中变得格外漫长。不知过了多久，挠门声终于消失。三人同时松了一口气，唐心诀摸了摸自己的后背，才发现已经被汗浸透了。

她也只能赌一把，赌对"游戏规则"的猜测，赌寝室既是束缚也是保护，赌外面的东西进不来。

幸好，赌赢了。

就在这时，门外的走廊内，忽然一声沙哑的"吱呀"响起——这是开门的声音！

猛地抬头，唐心诀意识到，这是对面寝室在开门。

果不其然，一个小心翼翼的声音响起："陶欣是你吗？太好了你可终于回来……"

那声音像看到了什么极度骇人的东西一般戛然而止，而后再也没有响起。只能听到隔壁寝室的门被缓慢推开——然后在其他室友惊恐尖叫中砰的一声关死。

一切寂静如初。

郭果在后面发出一声呜咽，身体不受控制地滑下去。谁也没敢出声讨论，也不敢猜测对门的寝室内此时正在发生什么。

又过去了不知道多久，清脆童声猝不及防地响起时，三人被吓得一抖：

"叮叮叮，当当当，同学们有乖乖回到寝室吗？咦，少了好多人呀——噢，我好像忘了告诉同学们，寝室外面很危险，不要轻易开门哦。"

童声听起来很惋惜，唐心诀却从中察觉到一丝掩饰不住的幸灾乐祸和恶意：

"无论如何，没能守护好自己的寝室，导致室友被提前淘汰，这可不是教育家喜欢的学生。

"教育家认为，一个寝室的室友必须互帮互助，这样才能在日常考核和比赛中取得更好的成绩，帮助你们的学校成为重点大学。当他发现寝室人数不够，就会生气，降低你们的评分，取消你们的奖励……

"叮，第二条规则已解锁：请守护自己的室友！"

在这道声音响起的同时，唐心诀看向手机，时间刚好走到9点整。

距离上一次童声的出现，刚好过去半个小时。而上一次距离它在8点整首次响起，又是半个小时。

难道这个声音，每隔半小时就会出现一次，每次宣布一条规则？

那么距离0点游戏正式开始，这个声音还会再出现……

唐心诀的思绪被敲门声打断，门外传来熟悉的声音："开门呀，我是张游，让我进去。"

又来？

她不假思索："张游，你看看门框顶端，我们约好了放备用钥匙的地方，还有没有备用钥匙了？"

门外："好呀……你撒谎，没有钥匙，你们过来开门。"

唐心诀面无表情，温和的音色此刻却十分冷漠："你忘记了，我们寝室从来不留备用钥匙。"

这个也不是张游！

接下来就和之前一模一样了，任凭外面如何哀求威胁，声音多么恐怖瘆人，唐心诀三人都坚决装死，绝对不靠近门口半步。

漫长的30分钟后，门外声音再次消失了。

随之而来的——

"叮叮叮，当当当，同学们有乖乖回到寝室吗？"

"啊！"郑晚晴终于受不了了，她跑到阳台窗前愤怒大喊，"够了！放我们出去！我不想玩你们这个游戏！"

那童声依旧恶意地嘻嘻笑，似乎学生的抗议对它来说十分微不足道，甚至不值一顾。

笑声中，另一个室友郭果已经开始哭着祈祷。面对一团乱麻的环境，唐心诀拍了拍又开始发痛的头，叹一口气，抄起一旁的长条状工具，狠狠往桌子上一拍："安静！"

气吞山河的大喝伴随震耳欲聋的撞击声令寝室瞬间安静下来，不只如此，两个室友甚至感觉自己耳朵有些嗡嗡作响。

郭果没什么意外，郑晚晴却很愕然，不知道一向病恹恹的唐心诀怎么能爆发出这么大的力量。

"听它说的话，仔细听。"

唐心诀抬起头，凝视窗外的黑暗。

那诡异童声笑了一会儿，没再假惺惺地表示什么，干脆地宣布第三条规则：

"从游戏降临伊始，寝室已经全面封锁，学生再无法离开寝室！"

这是早已知道的事。

郭果瑟瑟发抖："什么叫'再无法离开'？它也没说游戏什么时候结束啊？"

——它甚至没说游戏会不会结束。这个念头在唐心诀脑海一闪而过，没说出来。

而这时，门外又一次响起了机械的敲门声……

随着时间流逝，三人终于逐渐适应了"诡异童声—宣布规则—敲门"这一规律。

好在外面的东西智商不高，一模一样的套话都不知道换一换，露馅儿后就无能狂怒地挠门。直到下次刷新，就仿佛没有之前失败的记忆一样，重新敲门。

一次次重复下，几人对"敲门"也不再那么害怕。毕竟实践已经证明，只要她们不主动开门，外面的东西就进不来。

唐心诀则在心中一条一条记录童声带来的规则：

第四条：到达0点时，只有一个寝室内不少于两人存在，才能成功进入游戏，否则将视为失败，全体淘汰。

第五条：乖学生会获得奖励，坏学生不会。

第六条：只有游戏最初降临时，正好在寝室内的学生，才是符合"教育家"要求的乖学生。

唐心诀皱眉：把一条就可以说完的规则拆成两条，这样她们得到的信息就更少了，这个诡异童声倒是挺鸡贼。

如此看来，这个不明身份的童声，似乎对她们抱有天然的恶意。表面上一再提醒规则，实则跟挤牙膏一样断断续续，每次都恰好晚一步。要不是唐心诀在这里，第一个开门遭殃的恐怕就是郑晚晴和郭果了。

这时，手机上的倒计时已经只剩下60分钟，时针来到11点整。

已经麻木的几人对敲门恍若未闻，甚至在适应了黑暗后，开始研究与外面沟通的方法。但无论是敲墙还是大喊大叫，隔壁两面的寝室都没有任何回应。

三人莫名有一种感觉，明明窗外是熟悉的校园，却仿佛身处孤岛，四周只有无边无际空旷的海水，没人能来救她们。

这种无助感，在最后一个规则被宣布时，达到了顶点：

"0点游戏开始前，仍未停留在校园内，未能回到寝室的同学，将被淘汰……失去游戏资格。"

"……"

郭果低声惊叫："看，手机屏幕又变了！"

只见猩红的倒计时下方，多出了四个圆框，其中三个圆框里闪烁着白色光点，还有一个圆框内没有发光，仍处于黯淡状态。

唐心诀很快领悟：这些光点象征着寝室里的四名室友，不在寝室内的人，光点就不会亮。寝室里现在是三个人，所以光点也只亮了三个。

随着念头同时出现的，还有已经令人麻木的急促的敲门声："让我进去！"

郭果自暴自弃地喊："你敲吧你敲吧，敲破喉咙也不会有人开门的！"

门外静了一瞬，随即就是暴怒大喝："郭果！你！等我进去之后刹了你！给我开门！"

"……"

唐心诀瞬间抬头，郭果和郑晚晴也一愣。

"这个'怪物'怎么有新台词了？"郭果一跃而起躲到唐心诀身后，扬声学着唐心诀的方法试探，"喀喀，张游，你不是去见男朋友了吗？怎么这么早就回来了？"

唐心诀扒开她："你有没有想过一种可能，或许，这次的不是'怪物'？"

或许正应她的话音，外面声音再度飘进来：

"见什么！我单身二十年什么时候有过男朋友？'怪物'倒是见了好几个，追了我一路！"

外面的话音听起来十分暴躁，伴随几分哭腔："我可求求你们动作快点，现在外面到处都是黑雾，它们追上来我就死定了！"

"……这是张游，是张游没错吧！"

郭果又兴奋又忐忑，郑晚晴更是十分冲动要急吼吼直接开门，被唐心诀用手里的长条工具挡了回来。

郑晚晴这次急了，第一次对唐心诀大声说话："你也说了外面是张游，怎么不让开门？来不及了怎么办？"

唐心诀刻意忽视掉太阳穴里的阵痛，语速极快："你忘了刚刚的规律是什么？门口每半小时就会有一次敲门，从不例外。说明它一直在我们门口。"

"所以，如果这次站在门外的是真的张游，那么原来的'怪物'，在哪里？"

唐心诀没有压低声音，寝室内外都能听见，空气瞬间被寂静充斥，连外面的敲门都停了。

半响后，张游声音颤抖："啊！别吓我，人被吓就会死——"

像是发现了什么一般，声响戛然而止。

过了几秒，张游艰涩开口："我感觉到了，好像有什么东西……正趴在我后背上。"

郭果顿时倒吸一口冷气，无声地软了下去，郑晚晴薅着郭果的领子防止她瘫软到地上，犹犹豫豫地看向唐心诀："那我们还要开门吗？"

郭果快崩溃了："你说呢？"

她们现在开门，进来的就不止张游一个人了！

"我们能不能等下一次宣布规则时再开？"她忽然灵光一闪，"心诀你说过，每次那个恐怖童声响起，门外的'东西'就会刷新一次。"

趁着它不在，她们给张游开门，不就安全了？

唐心诀却毫不犹豫否定："下一次童声出现，就是0点。"

0点，游戏开始，所有未回到寝室的人都会被淘汰。谁能保证在那一瞬间，是她们开门更快，还是张游被淘汰更快？

气氛又回到焦灼的起点，几人沉默不语。郭果忍不住开始抹眼泪："难道就没有办法了吗……呜……"

郑晚晴喝她："别哭了！现在的情况你哭有什么用！"

张游更暴躁地拍门："郑晚晴你不许骂郭果，我都快死了你喊有什么用！！"

郭果哭着破罐子破摔："开门，我要和那个玩意儿决一死战！大家一起死！"

一顿吱哇乱叫鸡飞狗跳后，唐心诀异常冷静的声音在空气中格外醒耳："谁说你会死？"

哭喊和暴躁只会消耗注意力，加速理智的崩溃，不能解决任何问题，这是唐心诀深谙的道理。

但道理之所以只是道理，就是因为在非常情况下，人往往难以自控，这亦是本能。

从三年前，第一场虚弱的怪病伴随噩梦找上她开始，唐心诀就被迫把道理结合实践，学习如何在不被逼疯的情况下，克制本能，保持冷静。

"世界上没有无解的噩梦，也就没有无解的现实。"

她轻声开口，脑海中浮现这些天噩梦中的景象。

连心理医生都束手无策的噩梦为她生活带来许多负面影响，但这次，它却似乎提前预示了意外的到来，那么同理可证，梦中的其他细节，是否也能对应现在的情况?

思绪浸入被压制的回忆,梦中浓稠的黑暗和黑暗中隐藏的怪诞"怪物"扑面而来,但除此之外,唐心诀隐约记得,梦中还有一个规则……

片刻,唐心诀睁眼。

如果这一规则也能作用于此时的"游戏",她应该知道怎么解决当下局面了。

从外人视角看,唐心诀一动不动,沉默须臾后忽然开口:"可以开门。"

室友:"?"

郑晚晴不喊了,张游也不说话了,连郭果都止住哭声,谁也不敢相信唐心诀居然这么莽:"你确定?"

黑暗中,少女的声音沉静而果决:"确定。张游必须进来,门也必须开。"

门外的张游吸了吸鼻子,尽量让声音听起来不太抖:"那我后背上的东西……怎么办?"

她现在不敢回头,更不敢想门打开后会发生什么。

唐心诀贴心回答:"你身后的东西会扑出来,先攻击开门的我,然后趁机钻进寝室内。"

郭果:"……这么可怕的事情你怎么说起来这么冷静啊!"

郭果看不见的地方,唐心诀握紧手中的工具,指腹按在物体外裹着的包装袋上。从这几个小时来看,这东西长度约为50厘米,手柄坚硬,末端似乎为厚实的碗状。把它想象成一个小锤子来用时还算称手。

示意两名室友后退,唐心诀站到门前,目光紧盯门缝,左手慢慢落在把手上。

身后的郭果吞咽口水:"诀神,你确定有办法让张游进来吗?要是失败了,咱们可全都完了。"

唐心诀摇摇头:"不,如果失败,大概率完蛋的只有我一人,你们还有机会。记得那道童声说过的话吗?没守护好寝室会导致室友淘汰,却没说全寝室会一起淘汰。"

话音未落,她手心一沉,寝室门应力打开。

门外露出张游微微发抖的身影,室友急促地喘着气,投来求助的目光。

而同一时间,尖锐笑声从她后颈处迸发出来,张游条件反射地就要转头,被唐心诀眼疾手快地拽住。

"别转身。"

与阳台外的茫茫黑夜不同,走廊里的黑仿佛覆盖了一层流动扩散的雾,似乎有无数东西藏匿其中。

借着手机屏幕的微弱幽光，唐心诀看见一只枯瘦的手从张游后颈伸出来，牵引出一团更加庞大的、白花花的物体——在它扑过来的瞬间，她已经毫不犹豫地抬手狠狠砸下。

伴随尖锐却非人的尖叫，塑料杆和橡胶末端撞到了一团黏腻的东西，砸中了！

一股阴寒沿着手臂迅速蹿上，唐心诀没精力分心管这些，挥舞手臂更用力地把它向下掼，同时对着还没反应过来的张游大喊一声："进来！"

室友如梦初醒夺门而入，黑暗中白花花的东西尖啸一声就要往上扑，长条工具外的包装袋被撕裂，在可怖的响声中，橡胶顶端竟然还牢牢压在那团一看就不是人的白色生物上，硬是没被掀翻。

连白色"怪物"自己都愣了一下：它一个堂堂游戏NPC①，和女生玩家比力气，竟然还没比过？

唐心诀也愣了一下：她本来一击得手就要迅速抽身退回去，但刚刚一拔，手里的"小锤子"竟然纹丝不动，她又下意识用力一拽，反倒把白色"怪物"拖出来几厘米。

白色"怪物"："……"

唐心诀："……"

她当机立断就要把工具往黑暗中一扔，但被激怒的"怪物"速度更快，刹那间就已经蹿了上来，枯瘦的四肢和头颅从白色扭曲肉团中伸出，头颅上只有一张嘴，宛如一个黑黢黢的大洞，朝唐心诀的脑袋咬上来。

"游走在黑暗中的低级邪祟，不可接触、不可直视，否则会被吞入黑暗。"

收缩的瞳孔中映出急速蹿近的"怪物"头颅，四周是席卷而来的阴寒和黑暗，有一刹那，唐心诀恍若仍身处噩梦中。

"一旦与之触碰，受到攻击的瞬间，也能攻击到对方。"

和梦中一样，她的身体已经本能地做出反应，既然无法抽身而退，那就一不做二不休，逆着头颅的方向，狠狠向下一掼！

---

① NPC：是"non-player character"的英文缩写，即游戏中的非玩家角色。

020

伴随肾上腺素的急剧飙升，目光盯着熟悉的"怪物"，唐心诀已经分不清这是现实还是梦境，完全依靠噩梦中锻炼出的经验本能行动。

"畏惧光明、巨响，可以用强大的力量将其撕碎，扔回黑暗……"

白色头颅被短暂甩下去，很快便攀着工具重新蹿上唐心诀的手臂，唐心诀手腕上的血管因过于用力而凸起。

"小心！"

室友的尖叫让唐心诀猛地一激灵：这不是她孤身一人的梦，这是现实！

有什么东西在她脑子里一闪而过，旋即脱口吼出："叫！大声叫！快！"

或许是生死关头会加快人的反应，半秒不到，郭果足以掀翻房顶的尖叫声就拔地而起，郑晚晴和张游紧随其后，二话不说扯着嗓子开始嘶吼。

尽管她们不懂唐心诀为什么忽然提出这个要求，但紧急关头哪管这么多，号就对了。

白色"怪物"怕光和巨响，此时没有光，但屋内有三个二十出头，已经持续和"怪物"待了四小时的女大学生。

如果声音能转化成武器，她们在三秒内就创造出了足以轰平整个Ａ大寝室区的巨响。唐心诀明显感受到"怪物"的变化，它的力量减弱了！

全力一捅下，"怪物"的身躯被撕裂贯穿，它似乎开始感到畏惧，四肢垂到地面想退回黑暗，却像唐心诀之前一样，怎么抽都抽不出去。

"怪物"："……"

唐心诀这才发现，这把"小锤子"的橡胶末端似乎能把东西给吸住，她用力越大，末端吸得越牢，因为最初掼"怪物"时用力过猛，现在双方谁都拔不出来。

没等思维自动捋出它到底是个什么东西，"怪物"已经意识到问题所在，开始改变身体结构试图一口吞下上面的橡胶，唐心诀岂能让它得逞，顿时更快更狠地向下捅，不知道连续捅了多少下，黏黏的感觉忽然消失，橡胶末端径直捅到了地面上。

"怪物"被捅裂了！

白色"怪物"立刻分裂成无数条手臂状的物体，唐心诀手上一松就立即缩身退回门内，那手似乎还想来抓，在探进来的瞬间被砰的一声关上的门挡回了外面的世界。

咚！

碰撞在寝室门上留下沉闷的声响。

随后是第二声、第三声，熟悉的敲门声又缓缓响起，与此同时，唐心诀的声音出现在门缝外："开门呀，外面好黑，我好害怕。"

其他三人打了个冷战，明明唐心诀已经回到门内，但和她一模一样的声音却同时在外面响起，诡异得难以描述。

唐心诀缓了几秒，上前一步举手，也清晰地在门上敲了三下，剧烈动作后的声音依旧温和轻柔："你爹在里面，退下吧。"

"……"恐怖氛围被大幅驱散。

"呜呜呜！"

郭果最先动作，她一个猛扑抱住唐心诀纤薄的身体，哭得鼻涕一把泪一把："诀姐、诀爹、诀神，以后你就是我异父异母的亲爸爸！"

张游很无奈地薅她起来："我才是被心诀救进来的人，让我先哭好不好？"

郑晚晴插不进来，急得团团转："你们别太用力，唐心诀身体不好，你们把她抱坏了！"

郭果泪眼蒙眬："大小姐，睁开你的钛合金双眼皮看看，我爹刚手撕了一个怪东西！亲手撕碎的！"

这要是能叫体弱，她们是不是算重度伤残了？

唐心诀挣脱乱认亲的室友，有些哭笑不得："晚晴说得没错，别抱我，我手疼。"

刚刚在爆发全力下胶着太久，现在手臂酸痛冰冷，全身都有些脱力，她需要好好休息。

张游细腻敏锐，立即去帮她找医药包。剩下二人靠着她，从惊吓过度的状态稍微恢复后，问出心中疑惑："你怎么知道要怎么对付外面那个'怪物'的？"

唐心诀没详细回答，只简短道："我只知道，对于很多低级'怪物'……在这场游戏中，也可以称它们为NPC的角色来说，它们碰到我们的瞬间，就是我们能攻击到它的时刻。加上我们有寝室门保护，只要抓住时机拖住它两秒就够了。"

只是千算万算没想到，手里的攻击武器差点儿把她拉下水。

想到这里，唐心诀忍不住举起手里的"小锤子"，想用手机的光照一下这到底是何方宝物，然而手机屏幕上的数字却更快映入眼底。

10、9、8、7……

0点到来,长达4个小时的倒计时归零,屏幕陷入黑暗。

"叮叮叮,当当当……"

悠扬的童声环绕在每个人耳边。

"背上书包,来到寝室,愉快的大学生活从这里开始。
"团结友爱,互帮互助,每个同学都需遵守寝室守则。
"努力比赛,勤奋考试,优秀成绩能让你们生存更久。
"学分制度,奖惩分明,教育家在最好的大学里等你。"

唱到最后,童声变得越来越远,仿佛升到极高的空中,声音也变得朦胧悠扬:

"时光宝贵,珍惜当下,'寝室生存游戏'开始啦!"

声音彻底消失,手机屏幕变为白色,界面依旧陌生,唐心诀在上面看到了自己的名字。

"姓名:唐心诀"
"寝室:606"
"学校:三本大学"
"学分:0"

在基础信息栏下面,有几个小信息框,分别是"寝室情况""考试/比赛""异能道具""身体信息"四栏。

唐心诀正待细看,就见到"异能道具"这一栏忽然闪了一下。

"恭喜你,由于游戏开始前的良好表现,获得了一份奖励!你手中此刻的事物将成为你的天赋异能。"

手中的事物？

唐心诀低头看去，正在这时，寝室灯光突然大亮，视线借着有如白昼的光线看清了她的"天赋异能"。

质地坚硬的塑料杆、橘红色橡胶皮质的碗状末端，约50厘米长的崭新工具，赫然呈现出一副并不经常出现，但男女老少无人不知的面孔——

一根货真价实的马桶搋。

唐心诀："……"

她现在读档重来，还来得及吗？

卷二 寝室文明守则

"恭喜你,已成为正式学生!
尽情享受愉快的宿舍生活吧!"

第一章

此时此刻，唐心诀终于明白，为什么她砸"怪物"的时候，反而被吸住挣脱不开。

——因为她是拿马桶搋砸的！马桶搋子被压干空气，橡胶口自然牢牢吸住对方，要是当时再配合一个抽水马桶，"怪物"差不多也就被直接冲漏了。

等等，马桶搋是哪里来的？

搜寻稀薄的记忆，唐心诀终于想起来了，这是超市办活动，她们买洗衣液的赠品。

然后它就机缘巧合地被唐心诀从购物袋里抽出来做工具，顺便搋翻一只"怪物"，现在还摇身一变成了她的"天赋异能"。

一阵无语后，唐心诀打起精神查看异能介绍——

"物体类异能：马桶搋小兵。"

"你有一个得心应手的马桶搋，它对自己的主人也很满意。使用它，你的行动效率将大大提高。"

……这什么奇奇怪怪的异能？

唐心诀还是有点儿没法接受现实，和马桶搋绑定在一起这件事对她的冲击力度甚至超出了游戏本身。

这时，其他三个室友也已经分别查看完了自己手机上的内容，神色各异地抬起头。

"无论如何，"郭果干巴巴地开口，"好在我们四个人都成功顺利进了游戏，现在是不是暂时安全了？"

安全了吗？谁也不敢肯定。寝室的灯光虽然已经恢复，但阳台外还是黑漆漆一片，门打不开，手机也依旧没信号……不，现在她们连真正意义上的手机都没有了。现在这个只能算绑定了"寝室生存游戏"的游戏专用机。

"对了，你们有看见这些吗？"郭果翻开屏幕指着上面的个人资料，"姓名和寝室信息倒是对的，但为什么上面显示学校是三本大学？咱们 A 大不是一本吗？底下的学分又是什么意思？"

"上面的信息，估计已经和我们现实情况没什么关系了。"唐心诀推测，"它显示的，应该是我们在游戏里的身份和属性。"

三人立即懂了。郭果一拍大腿："也就是说，现在我们成了游戏里的玩家？怪不得我看到下面还有什么异能……欸，这是什么？"

郭果盯着弹出来的消息框，一字一句念："游戏降临时在寝室内等待的乖孩子，教育家为了表示赞赏，向你们发放了一份随机礼包……我抽中了一个新手护盾！"

唐心诀看见那边显示的介绍——

"新手护盾，被动出现，可以抵挡一次攻击。当它发出玻璃破碎的清脆响声，建议你赶紧跑路。"

是个很实用的 Buff①，尤其是对于胆小的郭果来说，绝对是个救命良药。

8 点停电时，张游没回来，郑晚晴恰巧出去洗澡，寝室内只有唐心诀和郭果两人，因此这个礼包也只有她们得到。

同一时间，唐心诀打开自己的消息提醒，提示框跳出来——

"恭喜你获得了随机食物礼包。"

塑料袋掉落声响起，她面前的桌面上凭空出现了一瓶水和两袋面包。

郭果大失所望："它倒是给个技能啊，给吃的有什么用？"

唐心诀却怔了一瞬，旋即意识到什么，神色凝重起来。她转头，看到张游也露出同样若有所思的表情，两人目光交会，唐心诀深吸一口气："不……它或许很有用。"

"你们想想，如果我们一直无法离开寝室，怎么解决一日三餐？"

郑晚晴和郭果直面这个问题，脸上呈现出被雷劈中般的呆滞，沉默几秒后，得出一个惨痛的答案："那我们可能要饿死在寝室。"

---

① Buff：游戏术语，意指增益效果。

她们谁也没有囤积食物的习惯，尽管刚刚采购完，零食和水加起来也撑不了几天。

唐心诀更是太阳穴突突跳："我应该在看到卫生间时，就意识到这点的。"

游戏不可能无缘无故给她们送温暖，如果学生被封锁在空间内，至少要解决生态循环问题，突然多出来的卫生间就是明示。

众人顿时细思恐极。郭果瘫在桌面，脸上写满绝望："如果我既不想被淘汰，也不想被饿死，还有什么办法能苟且偷生活到最后吗？"

张游："那就要首先分析这个游戏的目的……"

郭果："它想要我死！"

张游："……"

"张游说得没错。"唐心诀已经趁这个时间把手机快速浏览一遍，提取了几个重点信息，眉心微微舒展，"对于一款游戏来说，里面包含了玩家的升级系统和奖励机制，就说明它不是专门来赶尽杀绝，而是让我们通关的。"

她斟酌一瞬，继续道："如果我没猜错，'学分'是至关重要的数值，或许相当于我们的通关证明，而'学校'代表我们现在的游戏等级，就像青铜、白银、黄金等分类。"

其实在游戏正式"开始"时，童声唱诵的几句话，大抵就是对游戏规则的暗示。只是她们现在还不能完全分析出来，需要一点点验证。

郑晚晴听得一愣一愣的："这样的话，我们现在是什么水平？"

和三本大学相对应的话，唐心诀想了想："新手青铜？"

"毕竟三本上面还有二本、一本，甚至一本大学还会分成不同的等级……"

"……"

看着室友怀疑人生的表情，唐心诀莞尔："当然，这只是初步猜测，游戏应该不会这么变态。"

"然后，"她点开个人信息下方的"寝室情况"，"这里应该相当于我们的任务栏，看见里面了吗？"

只见手机屏幕上排着一句话——

"寝室文明守则：1. 团结友爱；2. 互帮互助。"

唐心诀的手指轻轻在"守则"上点了一下，一个陌生的女性声音凭空出现：

"是否进行文明守则测试？"

郭果被突然出现的声音吓得差点儿栽倒，捂着脑袋一阵后怕，幸好她刚才看手机时没有手贱瞎点，要不然现在可能怎么死的都不知道。

唐心诀轻轻开口："我能了解关于测试的信息吗？"

一秒后，女声竟然真的回复：

"文明守则测试规则：本次测试不限时，及格后将成为正式学生，获得考试资格以及更多寝室相关功能。"

"如果没及格呢？"

女声只机械地重复了一遍刚刚的话，不再透露更多信息。

唐心诀放下手机，看向室友："这就是任务栏。"

"文明守则测试……"郑晚晴自言自语，"怎么测试？用纸笔吗？有题库吗？"

郭果一言难尽："你是不是学傻了？用脚后跟想都知道它肯定没有字面上这么简单！"她转头求唐心诀："诀神，我们能不能不做这个任务？"

唐心诀回答得很干脆："可以，我们可以什么都不做在寝室里等，只要不出意外，几天内应该没事。"

只是……几天之后呢？众人默然。

郭果掂量了一下自己的零食储备量，捂脸放弃："我不选了，交给你们了，你们让我做什么我就做什么。"

至少她还有个护盾，郑晚晴和张游最惨，手里空空如也。但或许是因为有唐心诀在，听完分析后，又反而没那么害怕了。

张游谨慎开口："我觉得，躲得了一时躲不了一世，逃避只会消耗大家的精力，让我们很被动。"

郑晚晴也赞成："我还有三篇论文、一个开题和一个竞赛等着完成，在这里干耗着我宁可去和它们鱼死网破。"

意见统一，唐心诀点头："那就这么决定了。我们需要先休息一晚上，明天再开始测试吗？"

郭果哭丧着脸："不知道，但反正我今天晚上是睡不着了。"

她现在一闭眼睛，脑袋里要么是敲门声，要么是之前糊满阳台窗户的黄眼球，只有靠近室友才有些许安全感。

"要不然……直接开始？"张游试探着开口问唐心诀，"刚刚那个声音说，通过测试才能成为正式学生，也就是说，我们现在还不是正式学生。这是不是会影响我们的一些权限，比如没法开启全部功能？"

见唐心诀点头，郑晚晴重重一拍手："那还等什么，伸头是一刀，缩头也是一刀，冲了！"

众人转头去看郑晚晴，才发现她不知何时已经找出寝室里的扫把和拖把，高挑的身躯往中间一站，像个杀气腾腾的门神："冲啊！"

郭果："大小姐，形象！你蝉联三年A大校花的形象！"

校花冷笑："我人都要没了，还在乎形象？想来也惭愧，我作为年龄最大的一个，竟然不仅没看顾好你们，还让最小的心诀承担危险，实在太没担当了，这种事必不可能有下次，冲啊！"

"……"

郭果不再理犯神经的室友，翻出所有的美工刀、指甲刀、吹风机和零食，总共分成四部分，往三人怀里狂塞："呜呜呜，室友一场都是缘分，我们不知道还能活多久，大家保护好自己，呜呜呜……"

唐心诀哭笑不得地看她们闹，这也是一种发泄情绪的方式。面对这种巨大的变故和冲击，没崩溃已经算是内心坚强。

张游叹一口气，她从听到童声到赶回寝室，现在又累又饿，却一点食欲和困意都没有。更重要的是，如果现在不一鼓作气，等明天早上一觉醒来，可能除了唐心诀外，就没人再有勇气了。

每个人都以自己的方式消化情绪，过了半晌，等郑晚晴和郭果都冷静下来，张游也恢复了点儿力气，唐心诀才虚按着手机屏幕，敲了敲桌面。

"其实，还有两件事我觉得应该说一下。首先，我得到了一个异能。"

她斟酌几秒词汇："一个……比较特殊的异能。"

室友："！"

郭果张大嘴："大佬你不早说！是什——"

她的嘴忽然被捂住，唐心诀食指抵嘴，面色凝重地转头看向门口："嘘。"

门外有声音！

下一秒，所有人都清晰听见了声响。仿佛有什么东西在拖着一个重物，摩擦着走廊的地面。

是人在走？这个可能性很快被排除。因为那声音听起来极其沉重。当走到她们寝室外时，似乎不经意地刮过寝室门，刺耳的刺啦声令人汗毛直竖。

几人一动也不敢动,不知过了多久,声音终于消失。唐心诀一摸额头,发现上面已经不知不觉渗出一层冷汗。

是危险感。尽管没见面,但她已经能确定,这次在外面走的"东西",比游戏开始前敲门的"怪物"要可怕很多。

游戏在催进度,又或是警告——待在寝室也不是绝对安全。

"准备一下,我们马上进行测试。"她声音沉下来。

进入测试,需要四个人同时在手机上点击并确认。点完后,提心吊胆的室友们第一时间观察四周,却没发现什么变化。

沉默的等待有点儿难熬,郭果忽然想起来刚刚没完成的话题:"对了心诀,你还没说,你的异能是什么来着?"

唐心诀刚要开口,骤然响起的机械女声就传入耳中——

"寝室文明测试开始,检测到该寝室人数完整,额外获得 10 分基础分……试卷已开,请同学们牢记文明守则,努力通关!"

昏暗中,唐心诀缓缓睁开眼睛。

她大脑有些昏沉,似乎在睡眠中被什么东西惊醒。模糊地看了一眼,被子好好地盖在身上,四周也很安静,于是打算翻个身继续睡觉。

忽然,她皱起眉,察觉到床边有声音。

是脚步声,似乎有人在她床头踱步。隐隐能从余光中看到一条黑影,头发偶尔摩擦着床帐顶端,发出沙沙声。

室友还没睡?唐心诀想转过头去问问,却猛地意识到什么,停住动作。

——她的床铺在书桌上面,距离地面一米五以上的距离,床边的人究竟是有多高,头才能到她床帐顶?

刹那间,唐心诀无比清醒。

记忆回笼,寝室生存游戏、无边的黑暗、敲门的"怪物"……记忆停在测试开始的瞬间,再醒来就是在这里。

躺在床上,她的困意却已经一扫而空。

现在只有两种可能性:要么一切都是一场梦,她可以继续睡觉;要么她正身处测试中,必须打起十二分精神。

唐心诀毫不犹豫地选择后者。她放缓呼吸,眯着眼睛假寐,观察床边人影的动作。

约十几秒后，床边的"人"不再走动，床头顶部响起沙哑的女生声音："心诀，你醒了吗？能帮我一个忙吗？"

这声音很陌生，不属于任何一个室友。唐心诀装睡不答。

女生反复问了几次，沉默半晌，古怪地咯咯笑两声，沿着床边走开了。听声音，她似乎向右侧走了过去。

唐心诀判断着床位，她是靠门的4号床，右手边是1号床铺，1号床属于郭果。

脚步声又停了下来。唐心诀听不见女生说了什么，但几秒后，她赫然听到了玻璃破碎的声音。

郭果的防护盾，碎了！

护盾被触发，代表郭果受到了攻击。破碎声响起时，唐心诀确信听到了一声不太真切的呜咽。

看来郭果也已经醒了。

护盾碎后，床边的长发黑影没继续停留。嗒、嗒、嗒，脚步声掉转方向，走向与唐心诀并列的3号床铺。

3号床是张游，张游没有任何异能道具，大概率可能开局就遭到攻击。

唐心诀心一悬，借着黑暗，她在床上摸到了手机，手机旁还静静躺着刚绑定的马桶搋。

"……"一想到和马桶搋躺在同一张床上，唐心诀的心情就十分复杂。但现在也来不及想太多，把道具攥到手中，她集中注意力，准备随时起身。

黑影果然在张游床前再次停下，这次唐心诀看得清楚很多。

那是个极瘦的女生身躯，只不过脖子以上的部分，以一种极其诡异的姿势向前伸着，几乎是整个头吊在上方，头发长长垂下来，紧紧贴着床帐。至于身体下部分没入黑暗，看不见双腿到底有多长。

唐心诀听不见长发黑影说了什么，只能通过停顿时间来判断，她很可能正在对张游下手。

心念陡转间，床帐忽然一抖，沉重感从四肢涌来，原本积蓄的力气尽数消失，她意识到不对，但意识沉入睡梦前熟悉的昏沉感已经缠了上来。

"咯咯咯……"

女生尖细的笑声在寝室内响起，唐心诀竭尽全力不让眼睛完全闭合，一丝目光盯着床帐外的动静。

不知道张游床前发生了什么，脚步声似乎越来越远，不一会儿再次出现，开始伴随翻动桌柜的声音,似乎在寻找什么。

"我的东西呢……我的东西呢……"

桌椅被狂躁地扯开,带动床铺也晃动不止。女生的声音十分慌张:"不见了,我把它放在哪里了?啊!!"

女生歇斯底里地尖叫后,一切声音都消失了,狭小的寝室里重归寂静。

床上,唐心诀屏着呼吸,模糊的视线内只有死寂般的黑,看不见光线和人影。她不放弃地继续和强加在身体上的困倦对抗,却忽然察觉到一丝不对劲。

寝室里,刚刚有这么黑吗?"女生"去哪儿了?

察觉到什么,她的视线缓缓上移——头顶的床帐顶端,赫然吊着一张正对着她的惨白面孔。

光秃的白色眼球死死盯着她,嘴角咧开诡异的弧度:

"帮帮我,帮我找到丢失的东西……你们会帮忙的,毕竟我们是好室友,对吗?"

原来刚刚看到的黑,不是夜幕,而是她整个身体都贴在床帐上,覆盖了所有视线。

下一秒,一切陷入黑暗。

再睁开眼时,唐心诀下意识地抄起马桶搋就弹起来,床边的人影和头顶的人脸却已经消失无踪,寝室灯光将屋子里照得有如白昼。

打开手机,屏幕上显示出此时的时间:早上 8 点整。

唐心诀注意到"身体信息"闪了一下,点开,用绿色电量格来表示身体健康值的状态栏上,出现一个"-1"标志。

"直视 NPC 的后遗症,san 值①受到污染,健康值 -1。"

想起黑暗中的正面暴击,只是 san 值掉了 1 点已经很不错了。唐心诀抬起头,1 号和 2 号床铺发出窸窸窣窣的声音,2 号床的郑晚晴直接掀开被子,声音诧异:"咦?我们怎么睡着了?"

1 号床的郭果则紧紧捂着被褥,只探出一个脑袋:"我,我的防护盾没了,呜啊啊啊……"

---

① san 值:Sanity-Point 的简称,表示自己心里十分害怕,精神受到了打击。可以理解为精神健康值。

一个是午夜惊醒还损失了护盾，另一个却很明显一觉睡到大天亮，运气对比一目了然。

当然，运气最差的或许还另有其人。

确认这两人没什么事，唐心诀立即上3号床铺去看，踩上爬梯的瞬间，心底便是一沉。

3号床空空如也，没有张游的身影！

得知张游失踪，其他两人也没了调整状态的心思，飞速下床。

卫生间、阳台，除了寝室门无法打开，她们甚至连衣柜里都找了，都没有张游的身影。

昨晚到底发生了什么？NPC是怎么对张游下手的？

"我，我能想起来的就是，"作为另一个受到过NPC攻击的人，郭果忍着恐惧回忆，"半梦半醒的时候，好像听到有人喊我名字，我就睁眼睛了，然后就看到一团长头发吊在床前……"

当时她的大脑一片空白，吓得甚至连尖叫都忘记了，而那个声音还在问："能帮我一个忙吗？"

和长头发里的白眼球对视上，郭果顿时感觉身体不受自己控制，张嘴就要回答。而就在出声的前一瞬，护盾被触发的提示声也响起。

"然后我吓傻了，她就走了，等过了几秒，我忽然感觉特别困，一睁眼睛就是现在。"

郭果有些语无伦次，手还在不规律地发抖："张游怎么不见了呀？她不会出什么事情吧。心诀，我现在特别害怕，我，我……"

郭果的状态不太正常。

唐心诀看出来这一点，拿过对方的手机，果然在她的"身体信息"界面，看到了san值受创的标记：

"精神受到较大污染，健康值-10。"

郭果的健康电量格已经下降了一整个，只差一点就要脱离绿色范围，进入黄线内。

同样正面看到了形貌诡异的女NPC，唐心诀自己的健康电量只掉了1点，郭果却直接翻了10倍。难道玩家受到的精神伤害也是因人而异的？

郭果看了唐心诀的san值，更是哇的一声哭出来："我怎么这么倒霉啊！"

"先别急,这里既然是测试,那就肯定有需要我们做的任务,我们得把情况搞清楚。"

仿佛正应唐心诀的话,熟悉的机械女声在空中响起——

"小红是一个活泼可爱的大学女生,她有着感情真挚的男友、团结友爱的舍友,生活在一个和谐幸福的寝室里。

"但是有一天,小红发现自己有一样东西找不到了,那是她非常重要的事物,为此,她不得不拜托室友帮忙,她相信,乐于助人的室友们,一定会帮她完成愿望。

"身为小红的室友,你们需要在白天找到失物,放到小红的书桌上。当夜晚降临,小红就会把它取走。"

提示声消失,唐心诀第一时间去看手机,这些信息已经转化成文字,出现在"考试/比赛"界面,下方还有两个小提示:

1. 早8点到晚8点为白天时间;
2. 小红爱整洁,请不要弄乱她的书桌。

"还好还好,我们还有11个小时,在咱们这么大点儿的寝室里找一个东西应该不难。"

郑晚晴松了口气,撸起袖子就准备开始翻箱倒柜。

"但是,找什么呢?"

郭果已经懒得和她杠了,有气无力地趴在桌子上:"提示根本没说丢了什么,我们找一天万一找不到正确物品,到了晚上小红来找我们怎么办?"

两人都下意识地把目光投向"主心骨",唐心诀凝视着手机屏幕,几秒后,她若有所思抬头,声音轻柔,却十分清晰:

"首先,我们要确定两件事。

"一、小红是我们的室友,我们找到东西后要放到她的桌子上——可她的桌子在哪里?"

另两人猛抬头,这才意识到这个问题。

她们现在待的地方可是自己的寝室,住了三年的四人寝,没人比她们更清楚自己的地盘。莫名其妙多一个"室友"也就算了,上哪儿再多一张书桌出来?

唐心诀揉了揉眉心继续说:"二、规则说白天的时间为早8点到晚8点,但现在,手机上显示的却已经是9点整了。"

郑晚晴没听懂:"9点怎么了?"

唐心诀抬眼:"我们是8点准时醒来的,但你们真的感觉,现在过去的时间有1个小时吗?"

别说1个小时,从起床到现在充其量也就几分钟,手机显示的时间显然有问题!

示意室友安静,唐心诀低声数数:

"1、2、3、4、5……"

第五秒,时间跳到9:01。又过五秒钟,屏幕变成了9:02。

郑郭两人屏住了呼吸,瞳孔收缩。这什么情况?

"由此可知,"唐心诀放下手机,得出结论,"测试中时间的流速,比真实的时间要快大约12倍。"

从早上8点到晚上8点,表面上是12小时,但其实留给她们实际的行动时间,只有1个小时!

——更准确地说,如果除去刚刚的5分钟,现在已经只剩下55分钟。

这点儿时间,就算能把寝室地毯式搜索完,也不一定能弄清楚小红要的东西是什么,更何况现在张游不知所终生死未卜,只剩三人。

郭果神色崩溃:"这游戏也太坑人了吧!!那我们现在能做啥?"

"不能像无头苍蝇一样盲目,就像做题,要先捋清题目的逻辑和切入口。"

唐心诀反而镇定下来,她取出一张纸,写下两个词:小红、寝室。

小红和寝室之间被一条线连接起来。"由题可知,小红是我们寝室的一员,这里有她丢失的物品,有她的书桌,当夜晚降临,她就会在寝室内走动。"

郭果打了个冷战,缩着脖子认真听。

唐心诀在线上画了一个圈:"既然如此,小红肯定会在寝室里留下她的生活痕迹。也许是生活用品,也许是其他线索,找到这些东西,就能进一步破译小红的身份信息。"

测试的题目和提示里,都提及"小红有男友""小红爱干净"等字眼,如果小红的信息不重要,就不会给出这些提示了。

确定了初步行动,三人立即动身行动。

因为每个人对自己的东西最为了解,三人首先搜寻自己的床铺、书桌、衣柜和洗漱区,一旦发现以前从没见过的东西,多半就和"小红"有关了。

"找的时候小心一点。"

唐心诀垂眸："毕竟，小红不喜欢自己的书桌被弄乱。"

郑晚晴爽快应下就继续动作如飞，郭果却愣了一瞬，似乎意识到什么，脸色发白地抿了抿嘴，小心翼翼地挪到自己的位置查看。

屋子里一时间只有桌椅挪动和翻找的声音，约莫过了5分钟，郭果那边忽然响起一声压抑的惊叫："我这里多了一本笔记本！"

郭果哆哆嗦嗦地指着自己桌边的小书架，上面是露了一半封皮的暗红色笔记本，显然郭果发现它的时候由于太害怕而不敢直接取出来，只抽出一半。

唐心诀过来取出它，皮肤接触到封面，能感受到上面不正常的低温，令她想起昨晚的白色"怪物"，也是同样冰凉阴冷……这是游戏里NPC的共同之处吗？

翻开内页，第一页上画着一个歪歪扭扭的火柴小人，穿着裙子，长发直垂到大腿，特征很明显。

"看起来像是小红本人。"

唐心诀翻到第二页，上面潦草地记着几行字。

"9.1 要约会了好紧张，万一（划掉）不喜欢怎么办？室友建议我好好准备，哦，她们真贴心，我的室友是全世界最好的室友。"

下一页。

"9.2 倾家荡产网购的化妆品到了，我不懂该怎么用，只能坐在镜子前哭，室友却远远躲着不过来帮我化妆，她们是故意的吗？一定是想害我出丑，看我笑话！恶心的人！我要惩罚她们……"

再下一页。

"9.3 好了，她们已经付出代价啦，暂时原谅她们。"

"对了，今晚就要去和（划掉）约会了，我可要好好准备。室友说会帮我记着东西，弄丢了找她们要就好，哦，她们真贴心，我的室友是全世界最好的室友。"

……看完最后一句，几人不约而同在内心吐槽：我信你个鬼。

再往后翻，后面的页数是空白，记录到此中断。

空气寂静两秒，郭果忽然小声问："我们，今天是几号？"

"9月4日。"

"……那今天不就是？"

按照日记本上的时间，今天小红会再写一篇新日记。结合9月2日的记录，不难推测出，如果唐心诀几人没能找到小红弄丢之物，就会像之前那些没给她化妆的室友一样，受到惩罚。

惩罚的内容是什么？谁也不知道。

把笔记本放回原处，唐心诀看了眼时间，12倍速流逝下，现在已经到了中午11点。

郑晚晴肚子发出咕噜一声，然后是郭果，二人都面露难色，有些不知所措地看向唐心诀。

唐心诀按上小腹的位置："我也感觉很饿，饥饿感就像真的过了半天一样。"

如果只是昨晚的惊险几小时加上一早上不吃饭，她们尚可以忍受，但连着几顿饿下来谁也受不了。唐心诀毫不犹豫："我们先吃东西。"

郑晚晴咬咬牙："你们先吃，我还能撑……"

话音未落，她就见到唐心诀身体一晃，连忙扑过去把她扶到椅子上："你没事吧？"

唐心诀本就看起来纤薄得十分营养不良，此刻脸色苍白，仿佛风一吹就能散，羸弱得不行。她抬起眼皮，轻声细语安抚："没事，我就是有点儿低血糖，刚刚晕了一下。"

郑晚晴根本没听进去，急吼吼地把自己桌上的零食全抱过来，拆袋子就要把面包往唐心诀嘴里喂："郭果你愣着干吗，赶紧接水啊，没看心诀都快晕了！"

"我真没事，吃点儿东西就行，你们不用管我……"

对上郑晚晴完全不信的目光，唐心诀无奈地叹口气，知道自己说了也白说。毕竟她这副弱柳扶风的尊容，说话实在没有说服力。

况且，她刚刚的确感觉不太妙，查看"身体信息"，见上面又多了一条负面属性：

"过度饥饿，健康值 -3。"

郑晚晴和郭果那边也减了5点和7点的健康值。郭果的健康栏直接掉到黄线下方,从"健康"变成了"轻伤"状态。

郭果欲哭无泪:"我的'血条'怎么掉这么快啊!有没有人来关心一下我啊!"

折腾半天,看起来最虚弱的唐心诀,居然是受损最轻的。唐心诀吞下两个奶油小面包,休息不到1分钟,就摇摇头站起来:"我好了,先去继续。"

为防另两人不信,她打开"身体信息"往前一伸,饥饿状态已经消失,就连san值影响都恢复了,血条直接拉到100%。

还在狼吞虎咽与负面状态抗争的两人:"……?"

郭果:"诀神,你外表和身体素质绝对是按照反比例函数长的吧?好家伙,林黛玉倒拔垂杨柳就是以你为原型写的吧?"

"你见过拿着马桶搋的林黛玉吗?"唐心诀笑笑,拍拍手回到衣柜前。

两座双开门的衣柜分列在寝室门入口处,柜门上标着1到4号。或许是为了节省寝室逼仄的长度空间,衣柜被设计得窄而深,一眼望去里面黑黢黢的,需要把头伸进去才能看清内侧。

以前没觉得有什么,直到现在才发觉,这些幽深角落无不透露出足以酝酿恐怖片的危险气息。唐心诀皱起眉,将念头暂时按下,专心翻找。

几秒后,她突然心念一动,凭着直觉看向柜内右侧角落。

虽然还没看见,但忽然出现的强烈预感告诉她,那里大概率有某种事物。

压下心悸,在衣物中翻找几下,果然摸到一块冰凉的金属硬物,抽出手时,掌心已经多了一部手机。

"这是什么玩意,手机吗?"

"你傻啊,这手机在心诀衣柜里却不是她的,肯定就是那个小……小红的啊!就是……怎么看起来这么,复古?"

两人捏着吃了一半的面包飞速赶过来,大眼瞪小眼。

不怪郑晚晴认不出来,贴着水钻的粉色翻盖手机,款式和大小都是许多年前的设计,浓郁的年代感扑面而来。要不是打开后真的可以用,看起来倒像是玩具。

唐心诀若有所思:"看来我们这位室友小红,入学时间有点儿早啊。"

正如那个年代没有锁屏的手机一样,刚开盖,手机界面就亮起。里面没有什么程序,只有基础的电话、短信和相机等功能。

"没有网络信号,但是有通信信号。"

打开通信录,里面有且仅有四个联系人,手机号码显示为一团乱码,只有备注勉强能看清。

白底黑字，依次排列着四个备注："亲爱的、闺密小绿、辅导员、超市老板。"

唐心诀把备注逐个读出来，挑起眉，还没来得及说什么，手里的东西却忽然振动起来。

"叮叮叮，叮叮叮——"

手机屏幕上，出现了陌生来电提醒。

"'怪物'来电？！"郭果拉着郑晚晴就往后躲，俨然惊吓过度已经成了条件反射，眼底盛满恐惧，"你不会要接吧？"

此刻她的脑海里，已经浮现出了悬疑惊悚电影《午夜凶铃》中的恐怖情节。却见唐心诀垂眸思考两秒，还是点击了接听。

"嘟——嘟——"

"喂，喂，能听到我说话吗？"

伴随着急促喘息，手机另一端传来一道再熟悉不过的焦急声音。

听到通话声的刹那，寝室内三人均双目大睁，连呼吸都停了一秒。

这分明是张游的声音！

"在吗？有人能听到我说话吗？"

张游的声音压得有些低，又急又快，听起来十分急迫。

"有人。"唐心诀反应过来，把差点儿脱口而出的一连串问题压了下去。

张游那边也愣了一瞬，而后狂喜："心诀？电话真拨到你们那边了！你们现在都在寝室吗？寝室怎么样？我这边……咦，你们怎么不说话？"

似乎是察觉到电话另一边室友过于安静，一向心细的张游立即反应过来："我原名叫张智慧，大一跑到公安局给自己改名叫张游，大二从金融系转到外国语专业，大三联合你把骗了我钱的渣男送去非洲当扶贫志愿者，后来他爸妈打电话求你才放了他一马……这些够证明我身份吗？我真的是张游，活的！"

唐心诀："……足够了。我是唐心诀，你现在在哪里？安全吗？"

"现在我在一个超市旁边的电话亭里，四周全都是雾，找不到回寝室的路。时间很紧，我现在不能说太多……糟糕，他回来了！"

"谁回来了？"

"是超市老板，我得赶紧藏起来，"张游声音中透着恐惧，"最快15分钟后，我才能再给你们打电话，你们能等我15分钟吗？一定要等我！"

手机传出忙音，电话挂断了。

尽管时间短暂，张游没来得及说什么，但得知对方还安全活着，寝室内的三人多少都松了口气。

只是短暂的通话带来更多谜团，只能等到 15 分钟后再询问答案。唐心诀松开捏着手机的手指，上面已经出现一圈青白色痕迹，残留着阴冷凉意。

"不可触碰之领域　健康值 -1"

因为使用了 NPC 的物品？

三人专心忙碌，约莫十三四分钟的时间就把各自的位置彻底翻完，没再看见其他陌生事物。就又凑到一起，等待张游的电话。

唐心诀还在研究小红的翻盖手机，一抬眼却见两个室友蹲在她面前，看上去欲言又止。

唐心诀："……想说什么就说。"

郭果干笑两声："那个，张游遇到的那个渣男差点儿去非洲当矿工那件事，真是你干的？"

郑晚晴："当时不是都说，他是骗了有权有势的女生，被报复导致精神出问题吗？"

唐心诀回忆了一下："哦，那是我编出来转移视线的说法，他手段太低级，骗不到有权有势的。"

两人："……"

"也就是说，幕后黑手，啊不，始作俑者真的是你？"

见眼前少女默认，郭果潸然泪下："诀神，我只知道你深藏不露，不知道你竟然还这么凶残，怪不得你连 NPC 都敢正面刚，以后小弟就靠抱你大腿活了！"

郑晚晴眉头紧皱，十分不赞同郭果这种有奶就是娘的态度："你少来，心诀从小体弱多病，大腿还没你胳膊粗呢。她之前肯定是因为张游被骗，不得已才那么做。你不要总想着依靠别人！要自强自立，懂吗？！"

郭果白眼翻上天，刚要反唇相讥，却听一阵振动声响起，唐心诀手里的老式翻盖手机再次传出刺耳的铃声。

张游的电话来了！

"喂，心诀，我现在只有 5 分钟的通话时间，我们得长话短说。而且不知道为什么，天好像黑得很快。"

"因为时间流速不同。"唐心诀回答。接着，她就快速把寝室里得到的信息向张游陈述了一遍："……我们得到的任务，就是找到小红弄丢的东西。"

张游那边轻轻抽气，而后也把她的情况字句飞快地说出："昨天晚上我听到有人喊我名字，让我帮忙，不由自主地起身下床，跟着声音走。等我清醒过来的时候，已经在外面了，手里还握着一张字条。"

通过电话，她把字条上的信息读出：

"阳光超市外五十米，颠倒巷口，路灯下，提醒小白别忘记晚上的约会。"

她叹一口气："这就是小红给我的任务，可是我在这里找到现在，也没找到超市外有什么颠倒巷，可能要等天黑雾散去，才能看清楚。"

"我来电话亭，本来想打你们的电话，但是电话亭提示不在可接触区域内，将会自动转拨到附近的其他号码……"张游声音有些发颤，"幸好接的是你们。"

铤而走险一旦失败，她都不敢想象后果。

"而且，每过一段时间，我的健康值就会自动下降。现在已经掉了十几点了。"

唐心诀理解张游的恐惧。夜晚降临伴随 NPC 出没，张游却要孤身一人在外面对恐怖环境和未知危险，这是寝室内的人无法为她分担的。

她只能根据现有信息做出推测："日记本里写小红有男朋友，看来或许就是小白。今晚小红会去和小白约会，在此之前，她会回到寝室里来找那件'失物'，趁这个时间你去找人完成任务，然后就躲起来。如果实在遇到危险情况，就来电话亭打电话。"

白天无法打开寝室门，未必代表夜晚不行。她有"马桶撅小兵"这个异能，至少比张游更有自保之力。

张游重重嗯了一声："你们也一定要小心。小红不是人，她对我们有天然的恶意，千万不能用人的思维来分析她！"

5 分钟时间到，通话再次终止。

屋内三人一时无言，既有对张游的担心，也有对自身情况的忧虑。还是唐心诀率先起身："这里的时间还有 3 小时就到晚 8 点，现实时间只剩 15 分钟，我们抓紧时间把剩下的地方搜完。"

为节省时间，唐心诀干脆直接用温度来判断是否有 NPC 的物品存在。不大的寝室很快被搜遍，除了郭果桌上的笔记本和唐心诀柜子里的手机，依旧一无所获。

"那么问题来了，到底是笔记本，还是手机？"

眼见截止时间逼近,三人开始分析起目前的两个物品。

"哪有约会带个笔记本过去的?我觉得很有可能是手机。"郭果猜测。

"非要只能放一个吗?规则又没说。干脆一起放上去,让小红自己挑呗!"见唐心诀赞同自己的想法,郑晚晴把头发抓得乱糟糟的,"我更想问第二个问题,'小红的书桌'究竟在哪里?"

按照测试要求,她们就算找到正确物品,找不到正确的地点也是完蛋。

谈到这点,唐心诀声音一沉,她先看向郭果,对方沉默不语,脸色却更加苍白。

明白郭果已经有所察觉,唐心诀叹了口气:"我认为与其说,小红的书桌在哪里,不如说,小红的书桌是哪个。"

——很显然,寝室里只有四张书桌,没有减少也没有增多。她们只能选择一张书桌,把物品放在上面。

"而被选中的那张书桌,就是'小红的书桌'。"

但是,如果那张桌子现在属于小红,那它原本的所有者,又算什么呢?

郑晚晴不能理解这个逻辑中的恐惧,郭果对这种恐惧又过分敏感,两人一个摸不着头脑,一个抖若筛糠。时间却已经来不及和她们细细分说,唐心诀只能直接推断结论:"如果一定要选一个,它一定存在某种判定条件。被选中的人,一定存在和小红关联的某种特性。"

她顿了顿:"这个人要么是我,要么是郭果。"

郭果的哭腔打断了她:"是血条。"

她一边抽鼻子,一边打开"身体信息",上面的健康值不知何时已经变成了"-20",仔细一看,其中大部分都是精神受损,san 值降低的影响。

"我现在已经开始产生幻觉,耳边总是有声音,还能看见我桌面上出现黑气。"

郭果强忍着打转的眼泪,视死如归地说:"把东西放到我桌子上,那就是正确的位置。"

放完东西后,郑晚晴不知该怎么安慰她,只能说:"我们只要放对东西就可以直接通关,不会有事的。等到测试结束,我们的血条就会像心诀一样自动恢复……"

寝室灯光忽然一闪,旋即随着郑晚晴的声音消失,灯光熄灭。

唐心诀睁开双眼,她依旧躺在床铺上,四周是浓稠的黑暗。

屋内寂静无声,其他两人应该也已经恢复了意识,但没人说话。过了不知多久，寝室门外忽然响起沉重的脚步声，然后是吱呀一声。

门被推开了。

"我的东西……我的东西……你们有把我要的东西放到桌子上吗？"

"小红"的声音在入口处转了几下，声调诡异地扬起："哦……看来你们找对了位置。"

唐心诀只能在门口看到一条几乎比门还高的瘦长黑影，她紧盯着那道黑影。

嗒、嗒、嗒。

脚步声径直走向郭果的1号床铺下方，黑影缓缓弯腰。

"咯咯咯，感谢我亲爱的室友，帮我找回……不，这是什么？"

沙哑的女声忽然变得尖锐刺耳，几乎划破人的耳膜："你们骗人，这不是我要的东西！！"

物体被扫落，金属撞击地面，木桌被拖曳的刺耳摩擦声同时响起，宣示着黑影的愤怒。

唐心诀不动声色地握住马桶搋，全身心注意力凝聚在黑影身上。

歇斯底里的尖叫过后，"小红"森然发问："你们是不是故意骗我，让我找不到东西，在约会时出丑，看我笑话？"

和日记本里一模一样的台词，唐心诀脑海里甚至已经提前浮现了后面的话。

果然这句话是："你们这群贱人，我要让你们受到惩罚！"

不知是不是错觉，随着小红的尖叫，她的影子似乎变得越来越长，头发一直垂到脚面，覆盖在瘦骨伶仃的手臂上。身躯很快因为过长而佝偻起来，头颅僵硬地转动。

"我要让你们……"

似乎实在忍受不了，侧对面的床铺忽然重重一晃，郑晚晴焦急的声音响起："我们没骗你！"

糟糕。

唐心诀的心骤然一沉，但是阻止已经来不及了。昏暗中甚至能看到郑晚晴从床上半坐起，身体直愣愣地冲着小红方向："我们把所有找到的东西都放在桌子上了！"

小红动作一顿，沙哑的声音被拉长，方才的暴怒被一种诡异的语气所取代："哦？是吗……"

小红转身，一步步靠近2号床，脖子迫不及待地高高向前伸，头发空落落地垂在空中："亲爱的室友，是你在说话吗？"

明明黑影在两米开外，声音却出现在耳边。唐心诀喉咙一痛，腥甜味涌上来。

"亲爱的室友，是你听到了我的声音吗？"

刚咽下腥味，尖锐的刺痛感就从耳内环道蔓延开，耳中瞬间嗡鸣一片。唐心诀眉头紧锁，知道室友触发了NPC的攻击。

此刻，黑影已经挪到2号床前，半个身躯贴在窗帘上，她不用想也知道，此刻那张惨白狰狞的脸正在一眨不眨地盯着郑晚晴。

"亲爱的室友，是你看到了我的脸吗？"

没等眼球的痛楚爆发，唐心诀就忽然扬起马桶搋，重重打了一下床铺的栏杆。

咚的一声，成功打断小红的声音，吸引了她的注意力。

脚步声一转，开始向唐心诀这边挪动，咯咯的笑声越发清晰，很快就近在咫尺。

唐心诀幽幽地说："你真的想找到东西去约会？我看你找不到好像还挺开心的。"

小红："……"

黑影的动作和笑声同时一顿，过了好几秒才寒气森森地说："我当然要去约会，但没有找到东西就不能过去，都怪你们！"

唐心诀："你想把我们怎么样？"

小红紧贴着床帐，声音中有掩盖不住的贪婪："要么把东西给我，要么，就像你们消失的室友一样，受到惩罚……"

唐心诀："张游？你把她怎么样了？"

"她永远不会再出现了，就像你们的结局一样。"小红歪着脑袋，说话时似乎有舌头般的东西长长伸出来，长长地拖在纱帐上，发出黏腻恶心的声音。

"亲爱的室友，你怎么不睁眼看看我呢？"

从她走近开始，唐心诀就双眼紧闭，只靠耳朵辨认对方的动作和位置："我一直睁着眼睛呢。"

小红："哦……是吗？"

她狐疑地在纱帐上摩擦挪动："你骗人！你根本没睁眼睛！"

"我真睁着，是不是床帐外面太黑了，你看不清？"

唐心诀语气笃定。

她的声音和外表一样，纤薄细软，怎么听都柔弱无害，十分真挚。

小红就真的趴在床帐上仔仔细细地看，过了半晌才勃然大怒："骗子！"

唐心诀对她震耳欲聋的尖叫已经麻木了，甚至对方越暴怒，她反而越平静。

她已经确认了一点，小红无法越过床帐进来。

连续两个夜晚，她都只是趴在外面，看起来贴脸杀，实际都隔着一层纱帐，从没有真正接触到人。

——寝室门是一层保护，床帐也是。

哪怕是NPC，十有八九也要受到条件约束，只要不被蛊惑走出去，在里面受到的攻击就有限，更多是精神污染。

唐心诀对于噩梦中司空见惯的景象心平气和，没觉得自己受到了什么污染。

她越一动不动地装死，小红越觉得被戏弄，气得半个身体都覆盖在床帐上，指甲在上面刮擦不止，仿佛随时都要撕碎纱帐。就这样半天后，意识到自己在无能狂怒，她冷静下来，试图诱使唐心诀说话。

唐心诀岿然不动，如同睡着。

小红："……啊！去死吧！"

又一轮尖叫中，唐心诀忽然从被窝中掏出手机，低头看了一眼。

小红："……你还有心思玩手机？！"

放下手机，唐心诀冷丁地开口："还有1分钟。"

小红下意识问："什么？"

唐心诀："还有1分钟，就到早上8点，天亮时间。"

手机上显示的时间是7点35分，根据晚上的感观和时间推算，夜晚的时间流速应该是24倍。而小红只能在夜晚出没，到天亮之后就会离开。

"这里是'寝室文明守则测试'，你也是寝室中的一员，也和我们一样会受到约束。"唐心诀声音轻柔，"顺便，你今晚的约会又吹了。"

小红："……"

杀"人"诛心？

她终于直起面条般的身体，第一次直视这个人类，声音冰冷沙哑。

"明天是最后期限，如果明天你们拿不出我要的东西，就会全部留在测试里，变成和我一样的东西。嘻嘻，我等着你们……"

声音消失，灯光亮起，唐心诀睁开双眼，第一时间查看郑晚晴和郭果的情况。

郭果从被窝里伸出一根手指证明她还活着。郑晚晴那边却毫无动静，床铺上鼓起一个大包，掀开被子一看，女孩蜷缩在里面，脸色铁青，耳朵和嘴角都渗出鲜血。

"晚晴！"

唐心诀立即打开对方手机，看见负面状态：

"无法承受的交流　健康值 -30"

负面状态下紧接着又弹出一条：

"达成成就：上当的猎物。中性 Buff（短期）：反应力 -5　耐力 +2　耐力上限 +1"
"Buff 效果：短暂昏迷"

唐心诀紧绷的心弦微微放松，如果晚晴昏迷是因为 Buff，那情况还不算最糟糕。

她打开自己的"身体信息"，也看见了新的提醒：

"超出界限的交流　健康值 -2"
"达成成就：愤怒的 NPC。正面 Buff（短期）：反应力 +5　反应力上限 +2"

再次点击"成就"，屏幕上竟弹出一条解释：

"想不到吧！如果 NPC 提前知道被你气得嗷嗷叫会给你增加成就，他死都不会来找你的。"

唐心诀："……"
就在这时，旁边床上，郭果惊恐的叫声乍起："我的脸！救命，我的脸！
"我的脸！我的脸！"
郭果惨叫着在床铺上打滚，被唐心诀正过肩膀的时候，头发已经蹭得如同鸟窝，眼泪糊在脸上，除此之外，面孔上却干干净净什么都没有。
"你的脸怎么了？"唐心诀问。
"呜……刚刚有东西扑到我脸上……嚯，像个骷髅又像是蜈蚣，我还感觉脸特别痛，好像烧着了……"
郭果渐渐冷静下来，也意识到自己说得有点儿驴唇不对马嘴。她又摸了摸脸，一瞬即逝的痛感已经不见了。

唐心诀了然，安抚道："这是幻觉，不要相信它。"

再看郭果的"身体信息"界面，健康值已经下降到了黄色底层，镀上一层近乎暗红的颜色。

"理智崩塌（轻度）：你的san值已大幅下降，四周环境对你而言不再安全，受到的攻击可能会发生不规则畸变。"

"注：此过程内，你的健康值将持续下降。"

看着手机界面，郭果深呼吸几下才找回语言能力："昨晚自从那个黑影出现，我就感觉浑身冰凉、无法动弹，手机一直弹出提醒。我知道健康值一直在下降，只是没想到，居然下降了这么多。"

健康值才降到黄色底部，幻觉就已经缠上她，要是跌到红色线，甚至归零……郭果哆哆嗦嗦开口："心诀，你说健康值如果归零了，我会死吗？"

"别想不会发生的事，你现在需要休息。"唐心诀将她按回去。

越悲观紧张，精神防线就越摇摇欲坠。从某种程度上，郭果现在的状态比郑晚晴还要危险很多。

郭果却用力摇头，挣扎着扑下床："我们必须找到任务要的东西，今天是最后期限，如果交不上去，我们全都会死在这里！"

或许是绝境中人能爆发出更大的潜力，郭果的动作速度甚至比昨天还快。她不想才第二天就死于非命！

唐心诀没再说什么，确认郑晚晴的安全后，也同样搜寻起来。

第二次翻找同样的位置，比第一天要轻车熟路许多，再加上唐心诀对NPC物品的特殊感应，不到15分钟就将整个寝室翻了一遍，却没发现任何新物品。

二人一无所获。

"怎么可能呢？"

郭果脸色苍白，不信邪地冲到自己座位上重新翻找起来。

唐心诀翻看半响小红的手机和笔记本，去取了两袋包装完整的面包，叫住郭果："先吃点儿东西，休息一下吧。"

"我不饿，我找完再吃。"

郭果的声音闷闷的，带着浓重的水汽。

唐心诀声音坚定："先吃再找。"

在这场测试里，一天的时间被压缩为一个半小时，她们昨天相当于一整天只吃了一块面包，身体根本承受不了这种饥饿和消耗。

郭果默不作声，忽然，她浑身一抖，仿佛看到了什么极其恐怖的东西，尖叫一声后瘫软在地："这里面有个'怪物'！"

她指着桌面下方的竖柜："就在这里面，它在里面看着我，还要把我抓进去……"

唐心诀打开柜门，里面空空如也，这依旧是郭果的幻觉。

郭果喘息半响，放弃搜寻，沉默地转身接过面包。咬了几口后，她肩膀抖动的幅度越来越大，终于忍不住哇的一声哭出来："为什么总是我啊……为什么我这么倒霉啊！"

明明大家是一样进游戏，一样承受 NPC 攻击，她受到攻击时伤害却最大，san 值降得也最多，难道就因为她胆子小吗？

听着室友的抽泣，唐心诀也一时无言。

这句质问，从她遭遇车祸那一天，一直到噩梦缠身这几年，也曾经问过自己很多次。

为什么只有她要经历无边无际的噩梦？为什么她会得这种莫名其妙的怪病？为什么她不能像正常人一样生活？

为什么，偏偏是我呢？

思绪不知飘散到哪里，与这两天稀少的线索糅合到一起，唐心诀不自觉皱起眉，喃喃自语："为什么总是你……"

脑海中某一点忽然被戳中，她眸光一锐，忽地抬眼，目光盯向室友："对啊，为什么总是你？"

郭果："……啊？"

她一脸迷惑地看着唐心诀起身，反复翻看手机和小红的物品。时间一点点过去，少女的神情也越来越凝重，仿佛发现了什么。

几分钟后，唐心诀重重吐出一口气："我想，我好像明白了。"

第二章

货架里，张游屏着呼吸，不敢发出一丁点声响。

半尺之外，隔着摆满食品的简陋木架，一个肥胖臃肿的身体慢悠悠地走过去，每一步都落下沉重的脚步声。

咚、咚、咚。

透过货架缝隙，男人随手扯下一袋膨化食品，撕开袋子大口大口地嚼，在厚重的咀嚼声中，肥硕的背影渐渐走向货架尾端。而如果仔细看去就会发现，男人明明是在往前走，脸却长在后方，双眼紧闭，说不出的怪诞诡异。

直到身影彻底在视线中消失，张游才敢轻轻呼一口气。

她知道，超市老板并不是脸长反了，而是同时长着两张脸——时间每过去15分钟，男人就会睁开另一张脸的眼睛。上一次她就是这样差点儿被抓到。

还好超市老板不能离开超市范围，她可以躲进外面的茫茫白雾，遇到其他"怪物"再躲回来，只是没办法再去电话亭了。

昨夜她虽然完成了小红的任务，见到了普通青年模样的"小白"，但临走时对方的目光俨然是在看一个死人……张游不敢再细想。

她现在健康值不断下降，身体也仿佛真的整整两天没进食般饥饿虚弱，能不能撑得过超市老板的下次巡视还不一定。

饥饿，极度的饥饿。

张游从出生到现在，从没体验过这种饿到快昏厥的感受。而此刻面前摆满了各种各样的超市零食，唾液不停分泌，她却不敢伸手拿。

这片区域里根本没有人类，超市老板也是NPC，在这样的超市里售卖的东西，她怎么敢吃？

可是真的好饿……好想回到寝室……

每过一秒，饥饿感就越发强烈，张游无力地靠在墙上，意识开始涣散。

按照这场测试中的时间，现在已经是下午7点，还有1个小时，黑夜就会再次到来。

不知道唐心诀她们有没有遭受危险，能不能完成任务。

随着神志越发模糊，张游终于无意识地伸出手，触碰到货架上的一包薯片。

"终于找到你了，小同学，小客人……"

阴冷的气息沿着手臂蹿至后背，张游悚然惊醒，就听见了来自货架外，超市老板黏稠阴仄的声音。

"心诀，你明白什么了？"

寝室内，郭果忍不住开口问，满眼都是疑惑。

唐心诀看向她："我大概明白，小红想要的东西是什么了。"

郭果一喜，可随即看到唐心诀的眼中并无笑意，嘴角便僵住，不妙的预感涌上来："是，是什么？"

唐心诀无声叹口气，拉出椅子让她坐下："从一开始我就在想，这个游戏给的提示信息太少，少到与它的难度根本不符。"

第一天夜晚就会下手的NPC，仅容一次的试错机会，几乎完全未知的任务物品……放在前两天还完全是普通女大学生的她们身上，几乎是必死局。

这显然不是一个新手场应有的难度。

郭果愣愣地抽鼻子："所，所以呢？"

"所以，一定有某些提示隐藏在测试中，并没有放在明面上，而被我们错过了。

"你还记得第一天夜晚，小红出现在寝室时，唤醒我们的顺序吗？

"一开始我并没注意到这点，但现在回想，小红受规则限制，她的行为本身即蕴含了某种规则。而当时的顺序，可能就是我们正处于的某种顺位。"

唐心诀取出第一天用来画关系图的纸张，在"小红—寝室"后面，依次写上四人的名字。

"首先是我，而后是你，然后是张游、晚晴。"

"如果按照这一顺位排列，那么第二天时，被选择成为'小红的书桌'的应该是我的书桌才对，却变成了你，这是为什么？"

"因为我受到的伤害最大，当时最虚弱。"郭果垂头丧气。她是重度玄学爱好者，知道人越虚弱，越会给邪祟可乘之机。

"所以从第一个白天开始，我们的顺位就发生了变化。"唐心诀将郭果的名字调到最上方。

"通关的唯一条件是找到正确的人物物品，但我们刚刚一无所获。要么，是它根本不在寝室内；要么，是它需要某种特定条件，才能被发现。"

郭果似乎明白了什么，却又抓不住具体的线索，san值降低令她的意识也变得有些混沌，艰难地跟着唐心诀思路走。

唐心诀继续开口："而同样，测试给出的另一条提示，清晰地写着：小红爱整洁，请不要弄乱她的书桌。

"爱整洁，不喜欢书桌被弄乱，这个性格特征是不是很熟悉？"

这句话宛若一道电流，令郭果模糊的思维一凛，于刹那的清醒中睁大双眼："……是很熟悉。"

"因为在我们的寝室里，恰好有两个人有这一特点。"唐心诀指了指自己，

051

又指向对方。

"我和你。"

"从一开始，测试就已经给出了暗示。"

唐心诀一字一句："小红的确是我们寝室中的一员，这里有她的书桌，有她的物品（手机），有属于她的记忆和性格特征（日记本），现在缺少的只是最后一样：一个身份。"

小红是谁？

宛若响木敲定，郭果终于彻底醒神，倒吸一口冷气，声音颤抖。

"小红……是我？"

从头顶凉到脚底是什么感觉，郭果终于深切体会到了。

她想问，如果小红是她，那么她是谁？可是张了张嘴，却抖得发不出声音。

似乎看出她的心声，唐心诀轻声回答："在你拥有理智、意识、自我认知和思考能力的时候，你当然还是郭果。"

只有当失去了自我和理智，才会真正如测试所暗示的那样，成为"小红"。

郭果一愣，她想到什么，猛地掏出手机查看"身体信息"界面——

"理智崩塌：你的 san 值已大幅下降，四周环境对你而言不再安全。"

已经看过好几次的字句重新映入眼帘，郭果却如同坠入冰窖。细碎模糊的线索也终于随着唐心诀的陈列串联到一起，把冰冷恐怖的事实呈现在她眼前。

为什么总是她？

原来从一开始，她就是被选中的猎物。

唐心诀重新在纸上落笔，只不过这次，小红的旁边是郭果的名字，两个名字此时被拴在一道天平上，摇摇欲坠。

属于自己的身份，和渗透而入的"小红"身份，同时叠加在郭果身上，就像天平的两端。

每一次 san 值降低，每一次出现幻觉甚至崩溃，都会使天平越来越向"小红"的方向倾斜。

而当天平彻底倾斜……郭果咬住下唇："到那时，会发生什么？"

她会变成真正的"小红"吗？

唐心诀摇头："无法完全确定，不过如果以上分析成立，这应该就是任务物品的隐藏条件，也是测试的隐含逻辑——小红的物品，需要由她自己来拿。"

这也就是为什么，她们第二天的寻找一无所获。

事实上，小红夜晚的反应已经令唐心诀起了疑心。小红的贪婪暴露出她根本不是真的想让人帮她找东西，同时却又毫不担心她们会找到。

这种情况，要么是任务物品有坑，要么是任务本身有坑。甚至更离谱的情况……

"……张游说得没错，小红不是人，对我们有天然的恶意。"唐心诀目光沉沉，"现在想来，如果我是 NPC，我也会这么做。"

怎，怎么做？

郭果瘫软下去，在这一刻，她甚至希望自己没有思考能力，这样就不会为马上发生的事情感到害怕了。

现在已经逼近下午 6 点，大约 10 分钟后，夜晚 8 点就会再次降临。拿不到任务物品，她们或许会死，拿到了任务物品，她们或许还是死。

左右都是被淘汰？

不……郭果忽然从绝望中意识到，既然唐心诀能分析出这一切，那么或许已经找到了解决办法？

她挣扎起来，抱着最后一线希望问："那我们，现在能做什么？"

唐心诀一如既往地温和，却又暗藏着某种她听不懂的锐利："等待，时间马上就到。"

"记住，哪怕是在最痛苦的时候，也别忘记你自己的名字，别忘记你是谁。"

这是唐心诀从无数梦魇中总结出的经验。

不确定有没有听懂这句话，郭果的目光呆呆地落在正在飞速流逝的电子钟界面，她感觉大脑开始涨痛，耳边响起熟悉的幻听，只能用最后一点清醒抓住唐心诀。

"心诀，我万一真有个三长两短，等你通关游戏回到现实世界，一定要……"

"一定要什么？"唐心诀回握住室友的手。

郭果气若游丝："一定要删掉我 D 盘里的内容……还有网站账号……还有云盘内容……"

唐心诀："……放心，你不会有事的。"

郭果显然不相信，她悲伤地张口还欲说话，声音却陡然停止。

从唐心诀的视角看去，郭果目光开始涣散，脸庞不知何时已经蔓延开不祥的青白色，整个人的气质骤然阴冷下来。

053

"健康值-70，获得负面状态：生命垂危"

"理智崩塌（重度）：环境变得对你而言极其危险，某种力量侵蚀了你的意志和自我……此刻的你，还是你自己吗？"

手机摔落在地，而郭果却浑然不知，她僵硬地站起来，忽视外界一切，转头看向自己的书桌。

郭果似乎被书桌的某个地方吸引了注意力，产生了极大兴趣。她直勾勾地扑过去，缓缓打开书桌下方的竖柜门。

而就在郭果之前产生幻觉时，尖叫柜中有"怪物"的地方，此刻静静陈列着一样物体。

看到它的瞬间，唐心诀瞳孔一缩。

那是一颗头！

"咯咯咯……"

郭果眼睛里流露出恐惧，嘴角却勾起一个怪异的笑，不由自主地伸出手去碰那颗头颅。

"郭果！"

唐心诀拉住她的时候已经晚了，头颅已经落入郭果手中，长长的黑发被分开，露出下面的面孔——一片空白。

这颗头颅没有五官？

"找到了，我找到了。"

郭果哧哧地笑，与此同时，阴冷从她的手臂一直蹿到唐心诀身上，冰块般冰凉黏腻的触感令唐心诀下意识收手。

她随即意识到，这股阴冷不仅来自郭果身上，而且是整个屋子。

寝室内温度急剧下降，仿佛有一层稀薄的寒雾从地面升腾起来，覆盖在视线里。而雾气下方，难以言喻的危险感喷涌而出——

唐心诀猛地一拉郭果，后者被拽得身形趔趄，手里的头颅跌到地上，骨碌碌滚出两米开外。

下一秒，她却分明看到头颅空白的脸上，出现了一个正在咯咯笑的嘴角，然后是皮肤的肌理纹路，再向下……一只手从头颅下方的地面里伸出，五指青白张开。

"亲爱的室友，恭喜你们找到了我丢失的东西……"

唐心诀冷眼看她："你弄丢了自己的头？"

那还真是怪不小心的。

头上的嘴角沉下来,她没想到这时候唐心诀还敢顶嘴,在她下方,一条缝隙在寝室地面上无声裂开,两只手摸索着爬出,手臂后是扭曲的瘦长身体。

——和夜晚时"小红"的身躯一模一样。

唐心诀能感觉到,随着地面裂缝的出现,寝室与外界,白天与黑夜的某种界限被打破了。

从"小红"借助头颅在白天进入寝室开始,规则限制对她不再起作用。

这才是整场测试内,最大的危险与陷阱。

小红越爬越快,转瞬之间大半个身体已经出现在寝室中。与此同时,身躯顶端的头颅也开始逐渐长出人的五官,只是无论眉眼口鼻,都与郭果越来越像。

而站在唐心诀身旁的郭果,五官却仿佛被薄雾覆盖住,越来越模糊。

"为了感谢你们帮我找到物品,我决定让你们永远留在这里陪我,好不好呀?"

小红扬起脸,那上面已经生出一双眼睛,下一秒,她咯咯笑着睁开眼。

"抓到你们……了?"

眼前一片黑暗。

小红笑容一僵,难道被选中者是个瞎子?

随即她反应过来,不是眼睛的问题,而是有什么东西盖在了她的脸上,导致眼前一片黑暗。

不仅如此,那东西仿佛把她的五官全部扣住,还没完全生出的五官顿时被阻止了生长,被迫固定在原地。

小红:"?"

她下意识地甩了甩头,然而脸上的吸附力强得超出她想象,两个相反方向的力一错,登时压得五官一瘪,陷进了脑壳里。

小红:"……啊啊啊啊啊!"

在她看不见的地方,唐心诀持着马桶搋,橡胶塞严丝合缝地扣在小红的脸上,牢牢抵住了她向前爬的步伐。

感受着手中的重量,唐心诀目光冷冽,轻声细语。

"抓到你了。"

昏暗冰冷的屋子内,一个身体爬出了一半的身形怪诞的 NPC 在奋力挣扎,而她脸上扣着一只无情的马桶搋,柄端被一个身量纤薄的少女握在手中。

"马桶搋小兵:有一个得心应手的马桶搋,它对自己的主人也很满意。使用它,你的行动效率将大大提高。"

此刻,这一异能的效果体现出来。唐心诀感觉自己的力量、速度都无形间得到了加强,马桶搋下事物的状态也纤毫毕现地传递到脑海中,甚至比身体直接接触还清晰。

"你怎么敢!!我要淘汰掉你们!!"

小红凄厉的嘶号仿佛刀子划着玻璃的声音,宛若一层层翻涌上来的精神污染,唐心诀却无动于衷,手上灌注的力量稳步增加。

小红越是挣扎撕扯,脸越被死死焊在橡胶头里,气得失智却又挣脱不得。她何时受过这种挫败?

就在这时,她下半身也忽然一沉,仿佛有人一头撞了上来,差点儿把她砸回地面裂口下。

"晚晴?"

唐心诀叫出声。

原来郑晚晴刚刚转醒,见到唐心诀正和一个白花花的 NPC 僵持,身体又没有力气,干脆直接从床铺滚坠下来,整个人砸到小红身上,正好把她的脸往马桶搋里夯实地送了几分。

"赶快,跑。"郑晚晴只来得及吐出几个字,就因冲击太大又晕了过去。

"……"见下半身不能动弹,小红冷笑一声,两条手臂猛地向前一伸,橡皮筋一般绵延拉长,抬手就要抓向唐心诀!

唐心诀握着马桶搋无法闪躲,却并不慌张,冷然开口:"你不要这张脸了?"

小红动作顿时一僵。

她这才意识到,方才激烈的挣扎已经导致这张脸上五官错位,别说继续进化出完整模样,估计现在和一团糨糊已经没什么区别。

"没有这张脸,你真的能进来吗?"

半晌,小红咯咯笑起来:"你以为这样就能阻止我吗?"

唐心诀也勾起唇角:"那你怎么不动呢?"

小红:"……"有本事你把这东西拿下去,再问我这个问题试试?

唐心诀猜得没错。小红想在白天进入寝室,除了需要一个"身份",还需要拥有一副真正属于这里的面孔,才能被规则所承认。

真正要害只有一个,除此之外都是用来迷惑她们感官的虚张声势。

她动作的时机正好卡在小红看起来最瘆人,其实也是最虚弱的时候。小红被控住，果然进退两难，形势在转眼之间两极反转。

小红沉默几秒，竟然真的不再张牙舞爪，声音从马桶撅子下挤出来："你很聪明嘛。"

换作平常人，这时候要么吓得无法动弹，要么涕泗横流地尖叫逃跑，连攻击 NPC 的勇气都没有，更不用提在几秒内猜出真相并精准找到要害。

而面前的女生，从拿起这个莫名其妙的东西到扣在她脸上，显然早有准备。

唐心诀心平气和："人在危险时总会爆发出潜力嘛。"

小红：……你分明连手都没抖！

主动权已经被迫转移，她也是个能屈能伸的 NPC，语气一变诱哄道："你就算毁掉我的脸，只要天黑前没把它放到书桌上，也不算完成任务啊。

"更何况，这个胆小鬼室友除了拖你后腿还会干什么？没了她，你以后的考试和比赛都会更加顺利，你难道不想通关游戏，回到现实吗？

"把她的脸给我，我保证不会伤害你，还会送给你很多道具……这是一个稳赚不赔的交易。"

为了表示真挚，小红甚至连五指的指甲都缩了回去，还把晕过去的郑晚晴抖落到地上："我只想要一张脸而已，你同样能完成任务。相信我，游戏中没有任何一个 NPC 比我更好说话了。"

她充满期待等着唐心诀的回应。

黑暗中，只听到女孩轻笑一声："既然谈到交易，我就比较感兴趣了。

"你说，连续三天鸽掉约会，或是顶着一张五官错位的脸去约会，哪个对恋爱比较有帮助？"

小红："……"

她阴森森地开口："你在威胁我？"

"看来这个选择不太吸引人，那么第二个选择：你的手机被冲进下水道，又或者你的头被吸进下水道，你选哪个？"

小红尖叫："你敢把我的头塞进下水道试试？！"

"又或者第三个选择……"

小红差点儿跳起来："你还有？"

"如果我向你手机里的通信录同时发出一条短信，"唐心诀不疾不徐，"你猜猜看，我会发什么呢？"

"……"小红反而冷静下来，冷笑道，"差点儿被你骗过去了，你是活人，怎么可能用得了我的手机。"

真当她没有智商吗？

唐心诀诧异地挑起眉："这个规则我倒是不知道。"因为……

她抬起手，古旧的翻盖手机屏幕上，赫然显示着正在拨通的号码："我的确可以用。"

电话拨通，手机另一端响起中年男人粗里粗气的声音："阳光超市，白天不外送，美甲没到货……小红？我正要找你这个小兔崽子呢！你发的短信是什么意思？"

超市内，货架七倒八斜散落了一地，张游拖着几乎没有知觉的身躯躲在柜台下面，柜台外是肥胖男人沉重的脚步声。

"要不是白天我行动不便，早就把你抓到了。躲藏是没用的，现在乖乖出来，我可以给你食物，你现在一定很饿吧？"

说到食物，超市老板反而吞了吞口水，他目露贪婪，手里的斧子用力向旁边一砸，正好砸在了柜台上。

张游死死捂住嘴，不让自己发出半点声音。

"恐惧、痛苦、饥饿……等我抓住你，用你这些情绪做出来的零食一定很受欢迎。"

超市老板充满恶意地自言自语，刚要迈过柜台，脚步忽然一停。

咯吱咯吱地转动头颅，超市老板露出一个咧到耳根的笑容："让我看看，我发现了什么？"

肥厚的手掌落下，柜台发出即将被掀翻的颤动，张游运起最后的力气，准备不顾一切向超市外跑，哪怕黑夜马上降临。

"叮叮叮，叮叮叮——"

突然响起的手机铃声转移了肥胖男人的注意力，他一愣，骂骂咧咧地掏出手机："阳光超市，白天不外送，美甲没到货——等等，这号码，小红？我正要找你这个小兔崽子呢！你发的短信是什么意思？"

"这不可能——唐心诀！"

短暂寂静后，从另一端爆发出一道直冲云霄的暴戾尖叫，震得超市老板手一抖，手机吧嗒一下掉落，正好掉到柜台下方。

屏息的张游看着掉到脚边的手机，屏幕仍显示着"正在通话"，尖叫声还没结束，却被熟悉的少女声打断："耳听为实，现在你还觉得，我是在骗你吗？"

声音落入耳中，分明是她的室友——唐心诀的声音！

通话另一端，寝室内。

"你想怎么样？"

小红竭力压抑着怒火，毕竟她越生气，头就在脸上该死的鬼东西的吸力下越来越扭曲，再歪就硬生生被拧成葫芦瓢了。

脸不是她自己的脸，头却是她自己的头！

唐心诀："首先，我们要通关。"

"人头到我手里，就算你们成功找到失物，等到8点你们就能成功通关了。"小红不耐烦地回答。

她之前果然是在撒谎诈人。

"让我室友张游安全回来。"

小红嗤笑："这可不是我能管的。不过，有你这么个神通广大的室友在，她应该也不会有问题。"

"郭果呢？"

"测试结束她自然就好了，不要废话了，快点把我放开！"

唐心诀点点头："那道具……"

"你不要欺'人'太甚！"小红勃然大怒，她都这么尊严扫地了，这个变态玩家还想薅羊毛薅到底？

她刚想破口诅咒，脸却猛地一痛——光线涌进来，唐心诀拔出了马桶搋，同时扔了手机过来。

小红忙不迭地接住，可手在上面刚点了两下，本就青白色的脸又白了两分："你，你怎么敢？！"

唐心诀悠悠开口："这两天我们寝室承蒙你照顾，所以，本着'寝室文明守则'的要求，团结友爱，互帮互助——作为全世界最好的室友，我决定帮助沉溺恋爱的室友专心学习，于是特地帮你删光了通信录。我做得对吗？"

正道的光，照在了大地上。

小红气得浑身发抖，抬手就要撕毁约定扑上来，歪斜的余光却瞥到一样东西，整个"人"一呆："等等，你刚才，用来扣住我脸的，就是这……个？"

举起马桶搋，唐心诀温声细语："没错呀。"

"……啊！"

前所未有的凄厉叫声从崩溃的小红口中发出，她身上升腾起阵阵白烟，整个头都在白烟中开始融化，堪称七窍生烟。

与此同时，时针终于落到8点，光线陡然变暗。宛若考试结束时的铃声从空中悠扬响起：

"恭喜，你们已经成功找到小红需要的物品，小红也拿到了它，她会感激你们的！"

小红："……"
她看起来像是感激的样子吗？
可测试规则并不在乎她的想法，所有事物都在这一瞬间被暂停，只有悠扬的声音继续：

"寝室全体获得Buff：小红的感激"

光束从空中落下，落在身形扭曲的小红身上，似乎是要提取什么。
小红终于慌了，她拼命调整面部表情，可无论怎么调整，她脸上都覆盖着一层浓浓的怨憎，无法露出"感激"的表情。
完蛋！
光束闪了闪，发出电流故障时的吱吱声。小红立即痛呼起来，身上白烟冒得更厉害，顷刻之间将她彻底融化，只剩一摊黑水和一颗面目模糊的头颅。

"叮，分数核算出现故障……故障已排除，将发放随机补偿奖励，核算继续。"
"测试基础任务完成度：100%"
"寝室成员存活率：100%"
"寝室完整度：70%"
"测试完成时间：2天（少于最长完成时限6天）"
"基础得分：67分"

柔和的白色光束淡化消失，新的金色光束随即投射下来：

"检测到附加分，核算中"
"游戏开始寝室满员：+10分"
"对一名NPC造成毁灭性打击：+10分"

"起承点题，符合寝室文明守则要求：+10 分"

"此次您的'寝室文明守则测试'，总共得分 97 分（满分 100），评价等级为：完美！"

悦耳的欢庆音乐响起，屋内的阴冷气息一扫而空，一个巨大选项也弹到唐心诀面前：

"即将开始进行寝室成员个人表现评价，检测到寝室内成员并不完整，是否开启评价？"

"是/否"

唐心诀想都没想就喊道："张游还没回来！能让她回来吗？"
选项闪了闪，字幕竟真的出现变化：

"可消耗一次随机奖励机会，使所有寝室成员同时传输回寝室，并恢复满生命状态，是否消耗？"

"是/否"

唐心诀毫不犹豫地点击"是"，寝室门豁然自动打开，没过两秒，张游拼命奔跑的身影出现在门外，后面追着一个肥胖男人。

光芒一闪，张游瞬移到门内。肥胖男人不得不止住脚步，不甘且贪婪的目光在寝室内转了一圈，猝不及防地看到了地上的黑水和头颅。

只剩下一颗头的小红瞪着他："看什么看！"

超市老板："……"

他一抬眼，看见一名手握马桶搋的文弱少女。耀眼的高分 Buff 不要钱般一层层往她身上叠加，少女沐浴在金光里，朝他友善地温和一笑。

"……"

他脸上的肥肉抽搐两下，脚步后挪，果断匿回了黑暗。

"寝室成员个人评价加载中……加载成功"

"姓名：唐心诀"

"关卡：寝室文明守则"

"输出：95.9%"

"抗伤：5%"

"辅助：45.2%"

"有效得分：5 分"

"解锁成就：2 个"

"最终评价：输出型 MVP[①]"

"最终得分载入……奖励载入……学生信息载入……"

"恭喜你，已成为正式学生！尽情享受愉快的宿舍生活吧！"

一条条信息伴随机械女音在脑海中快速划过，声音消失，唐心诀一个激灵，猛然睁眼。

她正坐在自己书桌前，其他三人围坐在旁边，维持着进入测试前的状态，仿佛离测试开始只是几秒钟之前。

然而事实上，她们度过了惊险无比的整整"两天"。

刚刚醒来几人都有些发蒙，郭果第一时间确认自己的脸还在不在，郑晚晴举胳膊看自己能不能动，张游则立即扑回自己座位，撕开一袋饼干就往嘴里塞。

刚结束的测试都给她们留下了不同的心理阴影，估计还是一时半会儿好不了的那种。

唐心诀第一反应是看手机，成为"正式学生"后，主屏幕已经从单调的黑白变为红黑相间，虽然依旧是暗黑系色调，质量和内容丰富度倒是上了一个台阶。

"寝室生存游戏专用 App"

"姓名：唐心诀"

"寝室：606"

"学校：三本大学"

"学分：1"

"学生积分：18"

除了学分栏增加一分，信息框也有所变化。在原本的四个信息格后，新增了一个"疑难解答"和一个"学生商城"。

[①] MVP：Most Valuable Player 的缩写，意思是最有价值的、对游戏胜利最有贡献的玩家。

唐心诀眼前一亮。

正式学生和临时生的区别，果然在于游戏信息的开放程度。

点进"疑难解答"，索引简略却清晰，包含了"寝室安全指南""考试规则""比赛规则""学分制度""在线客服"等项。

顿了顿，唐心诀挑眉点击"在线客服"，信息框弹出来："申请在线客服需要消耗1学分，是否申请？"

算了，申请一次，她们辛辛苦苦的测试就打了水漂。在她们有足够学分之前，还是勤俭谨慎为上。

如唐心诀之前所猜，离开游戏的最终关键在于学分。

"寝室全体成员学分均大于等于100时，可开启结业考试，考试通关即可从游戏毕业。"

"这，这意思是不是，只要我们攒够100学分，就能回到现实了？"

郭果揉着脸凑过来，惊呼出声。

"大概没错。"

唐心诀一条条地认真浏览规则，将它们都记在心里。毕竟正式开始"考试"期间，可不一定有时间再查找。

"快看我们的寝室情况！"

室友喊出声，只见原本空荡荡的信息格里面，多出了两条数据栏，分别为"寝室安全状态"和"寝室成员状态"。

点击前者，一个小型的寝室平面图就出现在屏幕上。图中的寝室门、床位、书桌、衣柜、洗手池、卫生间、阳台等位置分别做了标记，图标是绿色"您的寝室现在非常安全"。

后者则显示了四人的健康值，此时均已恢复为满格"寝室成员现在精神饱满"。

状态旁边有电话标志，可以即时联系。

"正式版的App，更像一个游戏了。"唐心诀低声道。

只是这游戏，却要她们承担送命的危险来玩。

室友忙着看考核结果。

团队方面，App显示的是：

"团体成绩97分,获得'完美'评价,每位寝室成员获得1学分,9点学生积分,健康值上限增加5,四维体质分别随机增加1~2。"

"达成成就:优秀新生Buff(提高抽奖幸运度,在3场考试内持续生效)。"

郭果忽然一声哀号:"我的输出只有0.3?可是我差点儿就被搞死了啊,就不能给我多加点吗?"

她正在查看个人评价,获得的最终评价是辅助[1]。

郭果又转头看其他人的,郑晚晴的评价是坦克[2],张游的评价是打野[3]。

"无语,这是生存游戏还是塔防游戏?"

"生存游戏也可以是塔防游戏。"唐心诀打开"学生商城",看着琳琅满目的商品,悠悠道,"看来游戏对我们的期望很高啊。"

打开"学生商城",寝室陷入一片静默。

"多功能防护罩、辟邪护身符、大力丸、精神复原药剂……"

每一个都令人垂涎欲滴。

唐心诀叹口气:"只可惜买不起。"

商品下方的价格,最少也要10积分,就连一套《女子防狼术》,也要15积分。

郑晚晴愤愤不平:"我会女子防狼术啊,我还会跆拳道和散打,我可以现场写书,能换积分吗?"

"这不是普通的《女子防狼术》,你看它的分类。"张游观察后提醒,"它被分在异能类里。"

唐心诀:"这应该是技能书。"

故而贵也是有道理的。

前一分钟还为测试奖励欢欣鼓舞,下一分钟就只能对着商城里的高昂价格望洋兴叹,几人的心情十分复杂。

郭果不经意瞥到唐心诀的界面,登时忘记唉声叹气,惊问:"等等,诀神,你怎么有18积分?"她们都只有9分啊。

---

[1] 辅助:游戏名词,指游戏中保护输出角色发育、拥有全局视野、凝结团队的补位角色。
[2] 坦克:游戏名词,指游戏中生存和对线能力强,能扛能打的团队前排角色。
[3] 打野:游戏名词,指游戏中负责清除野怪、审时度势收割敌方输出位的机动角色。

马上她就明白了原因——MVP 奖励，积分翻倍。

郭果：我常常为自己是个凡人而流泪。

"不过不用担心，商城顶端有抽奖转盘，1 分有效得分可以抽一次。"唐心诀提醒。

这是除积分兑换和属性强化以外，第三个提升实力的途径，只不过要拼运气。

郭果顿时支棱起来："我有 3 分有效得分！"

张游："我有 1 分。"

郑晚晴挠头："我 0 分。"

唐心诀看了看："这项得分，应该来自任务关键节点，比如我有 5 分，分别是找到线索物品、辅助取得关键任务物品、对 NPC 造成毁灭性打击，最后一项直接加了 3 分。"

从任务角度使 NPC 失败，加 1 分。

从精神层面使 NPC 崩溃，加 1 分。

从身体层面使 NPC 摧毁，加 1 分。

其他三人："……"

在她们没能目睹的时候，小红到底遭遇了多么惨无人道的虐待？

短暂的休息过后，众人决定择日不如撞日，直接抽奖。

张游："我先来吧。"

她在屏幕上点了点，须臾露出一丝笑意："我抽中了一个一次性防护罩。"

一发入魂。

郭果羡慕地双手合十："天灵灵地灵灵，这次欧皇[1]行不行！"

"一瓶纯净水""一包压缩饼干""一份异能"

郭果腾地蹦起，欣喜若狂："同志们，我抽中了一个异能！异能啊！"

从现在开始，她也是有异能的人了！

然而唐心诀在一旁，神情却有些微妙："你再仔细看看。"

郭果不明所以，仔细一看笑容才忽然僵住：

"恭喜你获得异能：火眼金睛。这个异能可以帮助你提升'识别'

---

[1] 欧皇：游戏抽奖环节中对运气爆棚玩家的称呼。

技能，世界在你眼中将更加丰富多彩。"

郭果："……这个异能是想让我死。"
在郭果的崩溃声中，唐心诀也开启了自己的转盘。
第一次，积分 +1；第二次，一顶毛绒帽子；第三次，积分 +1；第四次，一罐蜂蜜……
到了第五次，屏幕终于从白光变为蓝光，代表抽中了道具：

"一瓶后悔药（低级）：人生不如意十之八九，干了这瓶后悔药，你有 10% 的概率可以改变过去某个节点的决定。就比如，选择不再抽到这瓶假冒伪劣药片。"

"……"
虽然不知道使用起来怎么样，但至少有比没有好。
唐心诀正要收手，却看见一条新提示：

"你有一个随机奖励尚未兑换，是否现在兑换？"

对了，唐心诀想起来，测试结束时，由于"小红的感激"Buff 因 NPC 抗拒出现故障，变为双倍随机奖励。她把张游传回寝室时用掉一个奖励，现在还剩一个。

"兑换中……兑换成功，获得 Buff'正道的光'！"

这是什么 Buff？唐心诀还没仔细看，忽然听到一阵异响。
咚、咚、咚。
寝室门外又响起沉重的脚步和拖曳声，在走廊里循环往复。
然而此时寝室内四人已经经历过小红事件，阈值拔高了不少，就连最胆小的郭果都毫无反应，沉溺在新异能的悲伤中。
不过门外的声音倒是让她冷静下来，想起了一件事："对了，心诀，你的异能是什么来着？"
她记得唐心诀开局就有异能，虽然不知道具体是什么，但结合对方全程超神的表现,一定很强,郭果羡慕地想。

"哦,"唐心诀抬起手边的马桶搋,"这个。"

"噗哈哈哈哈,马桶搋异能?"郭果以为她在逗自己,"怎么可能有这种异能,讲笑话还是你厉害哈哈哈!"

唐心诀笑了笑,把手机送到她面前。

"叮",一条新消息弹出。

"熟练度满,异能升级……"

"马桶搋小兵(二级):你的马桶搋现在有了新的功能,将使它更加完美。"

郭果:"……"

郑晚晴和张游:"……"

还真有这种异能??

那这么说,在副本中,唐心诀用马桶搋攻击小红……就是在使用异能?

众人:肃然起敬。

"除了异能,我还有一件事要和你们说。"

唐心诀打破了空气中的寂静,这次,她的声音格外严肃:"关于另一件事,关于这场游戏,也关于我。"

卷二 四季防护指南

"当新的功能增加时,没有一个主人是无辜的!"

第一章

其实在第一场测试前，唐心诀就决定将这件事说出来。不过测试中没有喘息机会，只能出来再谈。

现在是时候了。

"其实，我曾经梦见过游戏中的景象，在一周之前。"

"不，更准确地说，是三年之前。"

"？"

在唐心诀的徐徐陈述中，众人睁大双眼。

她们第一次知道，原来唐心诀在三年前竟然出过一场车祸。

也正是这场车祸，才导致她现在看起来纤薄孱弱，无论怎么补充营养和锻炼身体，哪怕练出了远超同龄人的身手和力气，外表都一直停留在这种营养不良的状态。

也是从那时开始，唐心诀被梦魇和幻觉缠绕，学业和生活受到影响，不得不转了专业，把时间精力用来维护精神安全。

而在她萦绕不散的噩梦中，永远徘徊着挥之不去的黑暗和各种各样的"怪物"，逼迫她在生命危险中逃亡。

"……其中一个最重要的逃亡场景，就是寝室。"谈及这点，唐心诀很慎重，"第一天敲门的'怪物'，曾在梦中一模一样出现过。"

"接触即可攻击，撕碎方能脱身"，这也是梦中的潜规则，在这场游戏中同样生效。

三名室友久久说不出话，她们怎么也没想到，唐心诀强悍的实力后面，竟然还有这一层隐情。

"那你还梦到了什么？"张游想了想，挑重点问，"如果这是某种预示梦，那梦中或许蕴含了很多游戏内容。"

几人集中精神，唐心诀却摇头："梦的记忆大多是重复而模糊的，我只有在现实中接触到时，才能回忆起具体的梦境内容。

"不过我猜，或许就是因为这些梦境，才导致我对 NPC 和危险的气息比较敏感，有时能忽视规则，直接使用它们的物品。"

郭果紧跟着补充："还有 san 值！怪不得你的 san 值就像铁打的一样，我都快掉光了，你还岿然不动。"

原来不是因为她太菜鸡，而是因为对比出伤害——队友强得过于离谱！

"谢谢你愿意告诉我们这些事。"简单讨论无果后，张游叹了口气，"我虽然一直觉得你有秘密，但没想到你独自承受这么多……如果能搞懂你的梦和游戏的关系就好了。"

连续几天的噩梦就能让普通人精神衰竭了，唐心诀忍受了这么久，精神耐性已经越来越强，让人既震惊又钦佩。

"既然它存在，就不会白白存在。"唐心诀微笑起来，"我们总有一天会搞懂它。"

交代完梦境和异能，唐心诀重新拿出手机，把尚处于震撼状态的室友唤回现实："不过现在最重要的，是要确认下一步怎么走。"

"考试/比赛"界面，已经有了新的提示：

"当天测试已完成，你现在正处于休息状态，明早 8 点刷新考试信息。"

"现在时间是晚上 8 点，寝室安全指南里说，从现在到明早 8 点，处于我们的绝对安全时间，可以尽情休息。"

唐心诀话音落下，寝室里就响起长长的叹气声，几人仿佛被抽掉骨头般软倒，紧绷到现在的神经终于得到了真正意义上的放松。

至少，她们今晚可以好好睡一觉了。

夜晚 9 点。

唐心诀洗漱完毕，确认身上除肌肉酸痛以外没受什么伤，便开始查看异能。

虽然不太愿意接受……但"马桶搋"这一异能是她目前手中最好的牌。伤害或许不高，但侮辱性极强。

现在它已经升到二级，介绍显示有了新功能，唐心诀尝试感应了一下，发现它的手柄底端多了两个按钮。

这就是新功能？

按下第一个按钮，马桶搋的橡胶头翕动两下，噗地喷出一道水流，溅在地面上。

"自动冲水功能：疏通前无须手动蓄水，只要按下按钮，让你的马桶畅通无阻！"

唐心诀："……"
这玩意竟然是按照马桶搋的本职功能在升级进化？
她需要的是异能，是武器！就算给她进化出一个抽水马桶来又有什么用？
面对 NPC，唐心诀心情平静无波，但是面对自己的异能，一口老血淤在胸口，复杂的心情难以言表。缓了两秒，她按下第二个按钮。
下一瞬，马桶搋化作一道白光，没入她掌心。与此同时，脑海中出现一个卡通版马桶搋子图案，显示出它的属性：

"二级物体类异能，熟练度：72/100，攻击力：待开发，防御力：待开发。"
"初级辅助（已开发）：将该异能收回识海，每小时可恢复 1 点健康值。"
（开发来源：持有者的强恢复特性。）

终于看到有用的能力，唐心诀若有所思。如果物体类异能的开发，是来自异能持有者本身的特点，那它的判断方法是什么呢？
耳边忽然喧闹起来，是郭果的喊声："我的随机奖励兑换了 2 点学生积分！"
张游和郑晚晴也一样兑换了积分，虽然数目不多，但对于当下也是一笔"巨款"，三人颇为满足。而成功兑换出 Buff 的只有唐心诀一人。
"正道的光？这是什么 Buff？"
室友凑过来看，却发现 Buff 上竟然没有解释，十分朴实无华地挂在那里，令人摸不着头脑。
"有一种 Buff，只有触发时才会出现解释。"
既然找不到，唐心诀也不准备把时间浪费在猜测上，她回到自己座位前，专心研究目前的信息。
室友们也各自忙碌，每个人都十分珍惜这段休整时间。郭果翻出一大堆书籍，誓要把"火眼金睛"研究明白，免得下次遇到什么诡异的东西自己把自己吓死。"

郑晚晴在练习跆拳道，整个人悬在床上倒挂金钩，歪头对室友说："我感觉自己的耐力和关节韧性好像提高了。"

郭果："滚啊！！你要把我吓死啦！！"

张游则花了2个小时，整理出宿舍的全部食物和物资清单，满满十张草稿纸，用她的打印机打出来人手一份，要求所有人睡前背诵。

众人："……"

早上7点55分。

唐心诀准时醒来，目光清明。

这是她三年以来，第一次没做任何梦，一觉睡到天亮。醒来也不再头疼疲惫，而是耳清目明，身体充溢着一股轻盈的力量。

如果一定要形容这种感受，那只能是……仿若新生。

屋内十分安静，室友还没醒。唐心诀按下翻腾的心绪，拉开床帘，目光却一怔——

天亮了。

光线并非全部来自寝室里的灯，还有来自外面。

走到落地窗前，只见阳台外密不透风的黑暗已经散去，取而代之的是一片茫茫的白雾，覆盖了视野中的一切，看不见雾中的任何东西。

唐心诀下意识地将手贴在玻璃窗上，掌心贴合的刹那，窗外的白雾忽然仿佛有生命般涌动起来，对着掌心狠狠咬下！

隔着阳台窗的屏障，她没有受到实质伤害，只有一股阴冷触感钻入掌心，附骨而上，宛若无数个声音在耳边同时呢喃。

贪婪、觊觎、恶意、轻蔑……

过了四五秒，声音无法渗入她的意识，才不甘地消失。

唐心诀不动如钟，冷冷看着窗外。看来无论是黑暗还是白雾，本质都相同，蕴藏着难以言喻的危险。

她面无表情地抽回手，手里白光一闪握住马桶搋，橡胶头对着窗外白雾吐出一道水流。

"不好意思，你们只配吃这个。"

白雾："……"

白雾又恢复静止，仿佛从未流动过。其他室友也相继醒来，见到这景象无一不嘴巴大张,纷纷跑来窗前围观。直到被唐心诀提醒不要触碰窗户,几人才回过神。

"叮咚咚、咚咚叮——"

一阵调子奇怪的难听音乐从白雾中传进来——

"快乐星期一,上课时间到,考卷已分发,大家准备好。
"亲爱的同学们,你们今天有努力学习吗?"

室友捂住耳朵:"这是我这辈子听过最难听的起床铃,指甲刮黑板都比它好听。"
"8点到了。"唐心诀打开手机,提醒三人,"这是考试刷新的时间。"
匆匆吃完几块饼干当早餐,几人查看考试信息。
App界面已经更新,最上方列着考试规则:

"周一至周五为学习时间,周末休息。
"一周内及格课程少于一门,视为全寝室淘汰。
"一周内及格课程大于等于三门,可在周末报名参加课外比赛。
"勤奋使人进步,懒惰使人倒退。"

规则下方,三个选项简洁醒目:

"请从以下考试内容中选择一项,倒计时:15分钟。"
A卷:《海洋文明简史》
B卷:《四季防护指南》
C卷:《丧尸围城之寝室生存试验》

……首先,C卷肯定第一个排除。
确认过眼神,四人谁也不想体验一次丧尸围城,她们只是四个手无寸铁的大学生,连把菜刀都没有,怎么打?
至于A和B两项……

《海洋文明简史》，不会让我们去打海怪吧？"郭果问。

唐心诀在上面一点，看到选项上出现一条简介：

"学习历史的最好方法就是亲眼见证，海洋也是这么想的。"

"注：本卷出自教材《海洋与人类生活》，可根据考试成绩获得相应课程证书（挂科除外）。"

……亲眼见证？怎么个见证法？

唐心诀凝眉："至少可知，这个副本需要对海洋生物有一定了解，以及会游泳。"

而她们四人中就有郑和郭两只旱鸭子，张游和她的水性也一般，都不适合水下作战。

"那就只能选B卷了？"

众人盯住最后一个选项。

"众所周知，世界上有四个季节，而它们都有各自的可恶之处。如何借助寝室在四季中生存，是每个学生都需要面对的问题，也是本场考试的主题。"

"注：本卷出自教材《学生生存概要》，可根据考试成绩获得相应课程证书（挂科除外）。"

"这是什么鬼——什么学校需要学生专门学习如何生存？"郭果崩溃抱头，"我过四季也不需要艰难求生啊！"

"很显然，在寝室生存游戏的学校里，学生是需要的。"

唐心诀心里有了大概认知，抬头看向室友："这个副本里，大概率会出现极端环境。"

张游赞同："而且可能时间比较长，毕竟是'四季'，所以食物也是问题。"

但至少，她们对每个季节可能发生的情况有基础了解，如果是酷暑，寝室有扇子和水，如果是严冬，寝室有羽绒服和棉被。

相比其他两门课程，这个主题令人更有安全感。

没什么悬念，B卷高票当选。趁着选择时间还没结束，唐心诀打开商城，扫视可以用于该考试的道具。

2分钟后,她退出商城,手中多了一沓蓝色纸笺。

"冰冻三尺符,可以指定一平方米区域温度下降50到70摄氏度并结冰,10积分10张。"

如果是在炎热的极端环境下,说不定有奇效。

其他人也纷纷迅速扫了一遍,眨眼间倒计时进入尾声。

"叮,报名成功,考试载入中……"

"《四季防护指南》考试开始,试卷已开,请大家努力答题!"

这是一个平常的早晨,连阳光也因寒冷而覆盖了一层蒙蒙雾气。

冬季降临得总是令人猝不及防,不过买个早餐的工夫,外面的温度已经骤降30多摄氏度,你需要赶快穿过这条走廊,回到寝室。

唐心诀站在走廊楼梯口,手里握着一杯豆浆和一袋包子,却感受不到任何温度。她转头看向走廊深处。

"——你能成功回到寝室吗?"

"如果没有第二人称游戏旁白,我的成功率应该会上升很多。"

唐心诀淡淡开口。

声情并茂的游戏旁白:"……"

诡异的画外音消失,她感觉身上一松,恢复了行动自由。

看来这次副本是以关卡制开端,唐心诀看着眼前黑黢黢的走廊。这次她一睁眼就站在楼道口,身上只有一件衬衫和牛仔外套,寒冬的低温令皮肤瞬间起了一层疙瘩,生理性抖个不停。

春夏秋冬,没想到副本竟直接从冬天开始,是她疏于准备了。

毫不犹豫疾步往寝室方向走,606在走廊中间,快步走只需要10秒左右……然而不到两秒,唐心诀就被迫停了下来。

一只手从602大门伸出,抓住了她的脚踝。

"救救我,唐,唐心诀……"

抓人的女生抬起头,是和她们寝室关系不错的周晓,以前也经常去606寝室分零食。

此刻,周晓已经形容枯槁,身体仿佛抽条了一圈,眼球布满血丝,嘴唇上全是干燥的死皮："我已经，五天没吃东西了，真的不行了……救救我……"

女生的目光直勾勾落在唐心诀手里的豆浆和包子上，泪水从干涸的眼角簌簌滚落。

唐心诀目光在女生脸上停了半秒，而后面无表情转头继续往前走。

"心诀、心诀！"周晓拽着她的腿不放，苦苦哀求，"我只吃一个包子，或者你给我点水，一点就行，救救我吧，我才20岁，我不想死……"

女孩如泣如诉。

唐心诀拔不出腿，又不想对着熟悉的脸抽马桶摁，于是低下头，对着哭泣不止的女生说："你舌头掉出来了。"

女生愣了一下，立即低头找，发现没有后刚要抬头，却又听唐心诀道："真掉了，就在你脖子下面，马上被压碎了。"

她一惊，瞬间拱起身体仔细看，手也下意识地松开。唐心诀立即抓住机会迈腿就走，很快把"周晓"甩在身后。

没过两秒，身后响起尖啸，唐心诀仿若未闻。

"怪物"的伪装在她眼中不起作用，更何况还是梦中出现过的"怪物"。仅仅一眼，她就明白这是个"老熟人"。

噩梦中，有一种"怪物"名叫贪食鬼，会幻化出熟悉之人的模样索要食物，一旦把手里的食物给出去，会被同时打上标记。入夜之后，贪食鬼就会沿着标记过来吞食这个人。

仅仅15秒步程不到的关卡，也有这种大坑，唐心诀更不敢掉以轻心。

604，605……到了。

606的门牌下，唐心诀停住脚步。门是虚掩的，直接可以推开。她已经冷得牙齿止不住打战，却没急着伸手推门。

有哪里不对劲。

已经住了三年的寝室，从走到门口再按下门把手，本该是一个流畅自然的身体记忆，可在伸手之前，她却感受到了一闪即逝的违和感。

门内响起室友熟悉的声音："心诀，是你回来了吗？"

"门开着，快进来快进来，这可太冷了，谁有厚羽绒服？"

"我有我有……"

杂七杂八的对话声冲淡了门口的不适感，唐心诀皱了皱眉，依旧没有开门。

顿了两秒，她从口袋取出钥匙，放到虚掩门的钥匙孔外，停放在约5毫米距离处。

隔着这么点距离，她能清晰分辨出，钥匙和锁孔的形状不合。

这不是606寝室！

后退一步，唐心诀找到了不适感的原因：是方向感不对。

转向身后，在相反的正对面，大门紧闭的"616"寝室门上，唐心诀插进了属于606寝室的钥匙。

开门的瞬间，身后"室友"的对话声骤停，下一瞬令人不适的气息扑向后背，最终还是没赶上她进门的速度，悻悻地消失在门外。

"心诀！你终于回来了！"

寝室内，郭果和郑晚晴裹成两只企鹅，瞪着圆溜溜的眼睛看她。

乍一看到面前两只胖团子，唐心诀还以为自己还是进错了地方，反应过来后忍俊不禁，嘴唇却扬不起来——已经被冻僵了。

室友连忙拿羽绒服和棉服往她身上套，唐心诀把牛仔外套换成厚毛衣，又飞速套上最厚的一件羽绒服，戴上手套帽子围巾，这才感觉自己能喘气了。

张嘴第一句，她哑声问："室内温度多少？"

室友捧出一块测量表："现在零下，零下27摄氏度。"

室内比室外还冷！

这是郭果斥10积分巨资从学生商城买来的环境测量表，可以瞬间检测零上零下100摄氏度以内的温度，还能进行简单的危险预警。

"刚才你没进来的时候，这块表一直对门口警报响个不停，把我们俩吓个半死。"

郭果叹气，空中吐出一道白雾。

唐心诀了然："那不是因为我，而是因为我身后的'怪物'。不过现在它们已经被拦在门外了……等等，张游呢？"

现在寝室里只有三个人，却不见张游的身影。

郭和郑一起摇头："我们从进考试到现在，就没看到过张游。"

郭果是10分钟前在卫生间里清醒的，画外音让她撞开被冻住的卫生间门。郑晚晴的任务则是要疏通被冻住的水龙头。

唐心诀立即掏出手机联系，刚刚开机，张游的电话就打了进来。

接通后，耳边便响起室友崩溃的声音："我又被扔在外面了！

"等等，我为什么要说这个又字啊！"

三人十分理解张游的崩溃，换作她们只穿两件单衣被扔到冰天雪地的户外，心态只会更差。

唐心诀问她："你的任务是什么？"

张游："任务让我找到回寝室的路，但是外面全都是白雾根本看不见路！我现在非常担心会碰到上次那个超市老板，走得胆战心惊，等一下，有人来了……%￥#……&*……"

通话后面变为一串不明意义的电流乱码，然后中断。

"张游真的很倒霉……"室友喃喃自语。就像大家都在泉水，只有张游次次被扔到野区，运气之背难以言喻。

寝室门从里面无法打开，她们不能出门找人，只能随时等待电话支援。与此同时，环境测量表也发出轻微警报声，上面显示的数值赫然已经是零下30摄氏度。

室内温度仍在下降！

唐心诀："空调，吹风机，台灯，电热水袋，热水卡系统，饮水机加热……所有和用电相关的都不能用，我们只能人工取暖。"

她们能找出来的只有一盒生日蜡烛和火柴，取暖作用十分有限。

"其实零下30多摄氏度，在东北的室外并不算最低气温，最北端的漠河可以达到零下50摄氏度以下。尤其室内没有风雨雪等因素影响，比室外要容易忍耐一些。"

唐心诀把棉服羽绒服都叠在床铺被子里，减缓她们被冻硬的速度。她总结道："真正可怕的，我们不知道室内温度会下降到什么程度，也不知道它何时停止。"

刚进门时，室内温度以1分钟1摄氏度的速度飞速下降，达到零下30摄氏度后，开始减缓为5分钟下降1摄氏度。

"再这样下去，等到1个小时后，屋内就是零下40摄氏度了。"郭果从小在四季如春的城市长大，从没体验过这种严寒，现在有种连大脑也一起冻凝的错觉。

如果真的降到零下60摄氏度以下，那她们谁也受不了。

"到必要时，我会直接使用冰冻三尺符。"唐心诀开口。

室友："我们都这么冷了，还要降低温度吗？"

她解释："冰冻三尺不仅会让温度瞬间降低，还会附带结冰效果，由它制造出的冰块是0摄氏度。"

这也是为什么，寒冷地区有人会建冰屋住，冰的温度实际上比环境温度要高很多，还能起到防止热度流失的作用。

郭果哭了："……从没想过有一天，我会觉得冰很暖和。"

1 个小时后，上午 10 点。室内温度零下 42 摄氏度。

为了抵御寒冷，三人开始疯狂做热身运动，用身体创造的热量来抵消冻僵感。没过多久，室友相继放弃，被唐心诀拖起来继续跳。

"必须坚持，累了就吃东西补充热量。"唐心诀十分冷酷。

2 个小时后，中午 11 点。室内温度零下 48 摄氏度。

郭果裸露在外的皮肤已经出现了冻伤，不得不钻进被窝缩成一团，哀号声从被窝内传出："我的健康值已经降了！"

"我的也是。"郑晚晴眉毛上结满冰霜。

"轻度冻伤：你的体温开始缓慢下降，已经无法再维持你的活动需求。每小时健康值 -2。"

唐心诀眉心紧皱，视线盯着 App 屏幕，然而另一端的张游并没再打来电话。

她感觉，似乎有什么信息被她遗漏了。

如果这场考试只能依靠寝室物资硬抗过去，那么对于从开始就被分配到外面的张游来说，岂不是必死局面？

一个平衡的游戏系统不会出现死局。除了硬抗，多半有其他方法对抗这次的极端环境，这就代表，她们身边肯定有某个尚未触发的线索。

片刻后，唐心诀忽然起身，从门口开始，对整个寝室进行地毯式搜查。

她们所有的活动范围都是寝室，如果有线索，那它也一定在寝室内部。

距中午 12 点还有 5 分钟，室内温度零下 50 摄氏度。

郑晚晴开始披着棉被练蹲起，宛若一只不断塌缩又膨胀的大型企鹅。她忽然停下，凑到郭果床边摇晃她："醒醒！你不能睡觉！"

郭果睁开沉重的双眼："我这是大脑自动冬眠……"

刺啦——巨大的响声打断了她们的对话，让两人脑子同时一清。

忙了整整 1 个小时的唐心诀，竟然硬生生地挪开了张游的整个床铺，连同书桌一起向外推移两寸，又搬走旁边的饮水机，让墙角露出了一大半。

"找到了。"她眼中终于露出一丝笑意。

墙角藏着一个巴掌大小的黑色收音机，款式老旧，一看就不是寝室成员的原本物品。

"这是？"室友探头看。

唐心诀将收音机挖了出来："这应该是考试道具。"

打开收音机调频，约 2 分钟，一道声音就在里面响起：

"……各位同学好，这里是学生会电台，我是记者小明，相信你们已经发现了，这个星期一注定是不平常的一天，我们学校迎来了一场气温骤降，预计在今晚 8 点将降温到零下 70 摄氏度，请同学们做好防寒措施，按照规定待在寝室……"

零下 70 摄氏度？
此刻三人心里的温度比外面还凉。
收音机里的声音又继续介绍了一些情况，大意是鼓励学生用恒心和毅力抵抗严寒。说了半天废话后，才话锋一转：

"当然，很多同学可能要问，为什么这次冬天，学校没有采取取暖抗寒措施呢？"

"请不要担心，这就是今天学生会将带领大家一起尝试解决的问题。那么首先，我们要随机采访几位违规出行的同学，问一下他们对于此次冬季降温的感受。"

几秒的嘈杂后，讲话人换成一个女生："大家好！我是学生会记者莉莉。我旁边这位同学在降温期间并没有按照规定待在寝室，属于重度违规行为。让我们来采访一下：请问你为什么选择在外逗留？"

半响，被采访者幽幽回答："……我出来买早餐，迷路了。"
寝室内，三人精神一凛，这赫然是张游的声音！
"啊，那你可真是幸运，"只听莉莉咯咯笑了两声，"毕竟按照规定，所有违规同学都要被集中处理。但是现在，你有一个机会避免受到惩罚，只要你能配合采访答题，并帮助我们找到供暖失灵的原因。

"我们学生会也是费了好大劲才得来这次的采访机会。如果你回答失败，就很遗憾了——"

没有给她任何反应时间，莉莉用飞快的语速问："你知道此次供暖失效的原因吗？"

"我虽然不太清楚，"张游咬牙回答，又连忙补充，"……但我的室友或许知道，我可以打电话联系她们问问。"

081

"场外求助吗？这倒是个好方法，只不过因为天气太冷，同学们的手机已经自动关机，你好像无法联系她们呢。"

莉莉扬起尾音："除非，你的室友能在广播时间内主动拨打电台热线过来，采访才能正常继续。

"不过——采访时间有限，我们只会等待 30 秒。"

张游急忙追问："可是电台未必能被所有人收听到，你们要不要再确认一下，或者我可以在附近找一个电话亭……"

"现在只剩 20 秒了。"莉莉笑嘻嘻打断她，"我们没有收到任何电话哦。"

张游："可，你们没有说过电台的号码！"

"还剩 15 秒。"莉莉甜腻的声音透出一股与年龄不符的虚伪和冰冷，"我们不需要提醒，学校里的所有学生都知道该怎么联系我们，这是再正常不过的事，不是吗？"

看着"学生会"的笑脸，张游心里一片冰凉。

只有她能看到，这些学生的后脑上，和上个副本的超市老板一样，长着第二张脸。

她们根本不是人！

而现在，对方显然笃定，根本不会有人打进这个电话来。

时间一秒一秒流逝。

"……7、6、5，啧啧，看来很可惜，让我们把话筒递给下一位同学……"

一阵悦耳的铃声忽然响起，莉莉的笑声戛然而止。

"叮咚。电台热线来电，已接通——"

"你好。我是张游的室友。"

一个温和清冽的声音响起。

古旧的收音机沙沙作响："采访时间有限，我们只等待 30 秒。"

"30 秒！我们得抓紧时间！"

听到张游说想求助室友，郭果和郑晚晴把被子一掀扑到收音机前，然后便马上发现：她们根本不知道该怎么联系这个电台！

连电话号码都没说，摆明是故意挖坑。答不答得出问题是另一回事，如果不能成功打电话过去，那她们就连为张游拖延时间的可能性都没有了。

三人中间，唐心诀沉默不语，视线凝聚在收音机上。

"现在只剩20秒了。我们没有收到任何电话哦。"莉莉甜腻的声音伴随着咯咯笑声，丝毫不掩饰语气里的恶意。

收音机里，张游焦急地为自己争取机会，却只得到一个冰冷的回答。

"我们不需要提醒，学校里的所有学生都知道该怎么联系我们，这是再正常不过的事，不是吗？"

这句话萦绕在耳边，唐心诀目光一动。

下一刻，她拿起手机拨出一串数字。室友惊异地问："你怎么知道电台的号码？"

"在学校里，学生会无人不知无人不晓，那么一座寝室楼的楼道里会张贴出它的联系号码，也是再正常不过的事。"

游戏果然不会给出任何完全无解的死局。回忆着刚刚走回寝室时，走廊两边墙上悬挂的各种海报，唐心诀按下拨通号码："三分之一的概率。"

瞬时记忆只能记住一部分，唐心诀一共能想起三串号码，却记不住它们分别属于什么社团和活动。在倒计时结束前，她们只有两次试错机会。

所幸，第一次尝试，连线接通的声音就响了起来。

接电话的人是莉莉，或许是隔着不稳定的电磁波，她的声音隐隐有几分磨牙："你好，这里是学生会。"

"我是张游的室友。"唐心诀声音一如既往地温和，"我刚刚听了广播，你们会为我们解决供暖问题的，是吗？"

面对突如其来的反客为主，电话那边一噎，莉莉准备好的措辞被堵住，假笑两声："当然了……毕竟学校可不会坐视学生们不管。只不过，能否找到解决方法，还要取决于同学们给的答案是否正确。"

仅仅通过采访，让学生回答几个问题，就能改变供暖？从现实角度，这显然是不成立的逻辑。

因此只有一种可能——这是考试的关卡任务之一。

唐心诀毫不犹豫答应下来："好。"

"叮咚，任务提示：请配合学生会的广播，寻找供暖失灵的真正原因，帮助全校同学度过大降温之夜。"

"若任务完成，冬季将提前结束。"

触发新任务！

寝室内几人交换了一下变亮的目光，便听到电话另一边发问："那么，亲爱的同学，你的名字是什么呢？"

"唐心诀。"

"很好，我们会记住这个可爱的名字。那么接下来，相信你一定能帮助你的室友回答这个问题——你知道此次供暖失效的原因吗？"

面对问题，唐心诀沉吟两秒："我可以提供几个思路。

"首先，供暖主要通过电力设施提供，并且从寝室内所有电力能源全部失效来看，供暖失败，可能是校内的电路网络出现了问题。"

"很好。"莉莉迫不及待地打断，"这就是你的答案吗？"

还没等莉莉继续说话，唐心诀就语速清晰毫不停顿继续道："当然，作为一所为学生考虑周到的大学，肯定不会只简单依靠电力能源来维持冬季供暖这一复杂工程。"

莉莉："……"

"因此我更偏向于，校内的管路也出现了故障。因为早上的时候，我的室友不得不疏通被冻住的管道。所以很有可能是管道堵塞，导致无法提供热水和暖气等供暖措施。"

"哦——那么这就是唐同学的答案——"

"以及，综合以上两点后，我又得出了一种新的可能性，就是从生物以及人工角度出发。因为这场降温来得太过突然，很多人在没有做好保暖措施的情况下被冻在户外，所以也有可能是负责供暖的工作人员不小心受到冻伤等意外伤害，进而影响了学校的供暖。"

唐心诀一秒的停顿都没有，宛如念稿一般流畅，一气呵成说完三点。

"……所以，你的答案到底是什么？"

莉莉的声音有竭力压抑的暴躁："唐同学，我们的电台时间是有限的，请你给出一个明确的答案。"

"冷静，莉莉同学。"

唐心诀反而微笑起来："我最终的答案是，出于物理性、生物性、巧合性等多种因素相结合，导致今天的供暖遭受了不可抗力的延迟，但是相信学生会肯定有方法尽早将其解决，以上……"

"嗯，嗯，好吧，我们已经收到你的答案。既然如此，那么就让我们期待它是否正确吧。"

电话被粗暴地挂断，显然对面已经连阴阳怪气都懒得做，彻底不想再听唐心诀讲话了。

寝室安静片刻，直到收音机重新开始沙沙作响，室友们才从愣怔状态回过神，问："这些信息……你是从哪里发现的？"

相比之下，她们好像过了假的4个小时。除了"妈呀！冻死了！"竟然一无所察。

唐心诀轻吐出一口气："现编的。"

三年文科加上三年的汉语专业，依靠着就算一个知识点都不会也要把卷面飞速答满的技能，她临时总结出的三点，几乎涵盖了所有可能性，多少都能擦点边，简称"打太极"。

室友："……"

无以言表，只有崇拜。

接下来，收音机里，学生会又开始采访下一个人，莉莉假笑着问："依然是同样的问题，学生会希望你能在30秒内给出答案。"

吃了唐心诀的教训，他们这次增加了时间规定。

"我，我……"第二个男生几乎是磕磕巴巴地把唐心诀的话重复了一遍。

他讲完，莉莉愉悦地笑起来："呀，真是可惜，你与上一位同学的采访答案重复了30%以上，回答无效。"

"不，我还可以再说一次，不，唔！"

挣扎两声后，男生没了声息，远处隐隐有女孩子惊恐的抽泣传出，是下一位被采访者。

收音机外，郭果小声开口："后面这几个被采访的，是真的学生，还是……"

如果是真人，说明这场考试里不只她们一个寝室，还有其他"考生"，甚至可能有的人已经在开头环节就遭到了淘汰。

唐心诀眉心紧蹙："七成以上的可能，他们和我们是同类。"

至于所谓的学生会，则百分之百不是人。

后面又采访了四人，能听出都是大学生的年纪，声音里有着压不住的恐慌，被淘汰时的挣扎也声嘶力竭。而里面最冷静的，竟还是张游。

最终，只有张游和一名男生以"天灾导致'怪物'出世破坏供暖"这一答案成功生存下来。

寝室内三人这才微微松了口气，通过说话状态来看，张游此时应该有了一定的保暖措施，暂时没有被冻伤的风险。

莉莉拿起话筒，用甜腻的声音说道："那么接下来，就是我们的实地考察时间。

"两名同学都给出了十分可靠的答案，从中，学生会检测出了四个可供选择的考察地点，它们分别是——

"一、发电室；二、供水室；三、供暖人员休息室；四、学校沼泽。

"然而，很可惜的是，我们每次只能选择一个地点去考察。先去哪里？后去哪里？哪里才能找到真相？又或者……一个都没有？选择权交给收音机前的同学们！你们的票数，将决定最终的地点！

"友情提示：投票时间只有3分钟哦，每位同学仅可投1票。"

收音机陡然安静下来，似乎在等待什么。

唐心诀最先反应过来："我们要立即选一个选项，然后把短信发送过去。"

郭果通红的鼻头猛抽一口气，睁大眼睛问："如果选不出来，会怎么办？"

"如果选不出来，就会被'其他同学'决定选项。"

唐心诀脸色凝沉的时候，身上自然散发出一股生人勿近的气质。郭郑两人清楚，这是她在快速思考问题时的表现。

唐心诀的确在思考。

无数种可能性在她脑海里交织呼啸，塑造又剔除，一一衍化出相应答案。

学生会的语言陷阱中信息量太少，四种选项对应她和另一个男生提出的四种可能性。从某种程度上，她的答案拓宽了选择空间，但前提是，其中要有正确选项。

假设其中真的有正确选项，要想选出来，还需要经历投票环节，投票的主体是谁？是和她们一样被拉入生存游戏的"考生"？还是和"学生会"同类的存在？

如果是前者，那么正确率无疑会提高，因为她们的目的相同——结束这场凛冬。

而如果是后者……"他们"的目的，显然恰恰和她们截然相反。

前者向生，后者向死。这个逻辑在脑海成形，唐心诀心中一松，顿时有了对策。

她让室友掏出手机："前三个位置选项，我们一样投一个。"

"啊？"郭果茫然，"这样不是选不出来了吗？"

"不需要我们选。"唐心诀按下发送键，目光清洌，"会有人帮我们选。"

"叮咚，3分钟时间到！"

莉莉的声音有些兴奋，她似乎还咽了下口水，才读出结果："让我们看一看，呀，有整整75%的观众选择'学校沼泽'，15%的观众选择'发电室'，8%的观众选择'供水室'，还有仅仅2%的观众选择'供暖人员休息室'。"

"看来，结果已经显而易见了。"

她咯咯笑起来："我们第一个实地考察的地点，将会是'学校沼泽'！"

"那么，让我们1小时后见吧！"

"什么？怎么还要再等1个小时？"

要不是担心这个老旧收音机扛不住，郑晚晴都想伸手把它拍飞。

她们现在冷得快没有知觉，又冷又饿，一想到还要再硬生生等1小时，就感觉一阵窒息。

"话说，这个学校沼泽，会有可能找到供暖真相吗？"郭果满腹忧虑。

唐心诀斩钉截铁："不可能。"

"……"

这次郭果真的要哭了："真，真的吗？这是坏消息吧？"

如果她没看错，唐心诀似乎还松了口气？

郭果不懂，郑晚晴就更不懂了，两个室友缩在羽绒服和棉被里，瞪着迷茫的黑眼珠望向唐心诀。

"四个选项中，沼泽是最不可能正确的一个。"唐心诀解释。

如果唐心诀的答案，至少还是根据早晨三人的任务和寝室情况总结出的套话，那么那名男生的答案显然是胡编的，只是语气伴作镇定才被判定通过。

如果是参与考试的学生投票，哪怕盲投，也不会把票投给这一项。

"但现在，最离谱的选项，却以七成以上的票数压倒性胜出。这说明什么？"

室友想了想，脸色渐渐发白："说明……他们不想让正确答案被选出来？"

投票者是故意投错的？

第二章

"什么！故意投错？"郑晚晴暴躁拍桌，"他们还是人吗？"

暴躁完，她却发现两个室友都沉默不语。唐心诀眸子沉静，似乎早有预料。而郭果则面色煞白，不知是冻出来的还是吓出来的。

她逐渐意识到不对："我哪里说错了吗？"

"呜呜，你没说错。"郭果欲哭无泪，"因为很明显，他们真的不是人啊！"

能在这里投票的，要么是正在闯关的学生，要么是NPC。而游戏里她们遇到的NPC，几乎全都是小红、超市老板，还有学生会这种充满恶意的存在。

用后脑勺想，也知道他们肯定不愿意看到真相被揭晓后，学校恢复供暖。

后知后觉反应过来，郑晚晴感觉脊背一阵发凉："那我们还有希望吗？"

唯一的任务线索，都是在一群NPC的操控下把她们当猴耍，那岂不是随时可以将学生淘汰？

这次，唐心诀的回答也很坚决："有。"

甚至当下情况，在她判断中是最好的情况之一，仅次于投票者全员为正常考生。

室友："？"

唐心诀不疾不徐："最差的情况，其实是四个选项票数所差无几，这样无法从票数上得出任何信息。

"像现在这样，只能代表大多数的投票者为NPC，而NPC与普通考生不同的是，他们了解很多学生不知道的考试信息——哪个答案最有可能正确，哪个答案一定错误。

"在此条件下，为了让我们死得更快，就会出现一种票数比例——错误选项票数最高，正确选项票数最低。"

唐心诀抽丝剥茧般的分析下，室友的眼睛渐渐亮起：

"也就是说，'学校沼泽'肯定是错误答案，而票数最低的'供暖人员休息室'，反而是最有可能正确的！"

"没错。"唐心诀点头。

NPC的恶意投票，一方面是挖坑，另一方面也让正确答案不费吹灰之力就浮出水面。

学生会一次只会考察一个地点，第一次绝大概率会调查失败。她们需要等待的，是第二次投票机会。

"可是，"郭果忽然想到一个问题，"就算有第二次投票，投票者里也有这批NPC吧？万一它们还故意投错误选项呢？"

两方人数悬殊，她们岂不是要一直被牵着鼻子走？

"到那时，就是拼主观能动性的时候了。"

唐心诀笑笑，她并不过分担心投票一事，相比之下，即将到来的沼泽考察，让她心中的危险预警更加强烈。

"风雪'怪物'出世影响供暖"这一答案,如果衍化出了某个具体位置,那十有八九和"怪物"脱不了关系。

她们在寝室尚不用直接接触,可张游却有直面危险的可能。

下午2点,室内气温零下54摄氏度。

收音机咯吱两声,莉莉再次出现:

"叮咚,还守在收音机前的同学们大家好,这里是学生会考察现场。"

你也知道时间越久,任务失败的考生就会越多,这是巴不得我们早点淘汰吧。三人一脸冷漠。

"哇,从这里可以看到,整片沼泽都被冰面封住,宛若一面巨大的黑色镜子。嘻嘻,真是美不胜收……"

经过其他记者提醒,莉莉才从废话转回正题:"咯咯,那么接下来,就请给出这一答案的孙同学,亲自去沼泽内探索一下,并将结果汇报给我们。"

"等等,只有我一个人过去吗?"另一个男生惊慌起来,"里面太黑了,而且上面只有冰,万一冰破了……"

"孙同学,这是你自己给出的答案,当然要由你一个人去检测正误。"莉莉贴心回答。

见男生还要挣扎,她声音陡然冷下来:"当然,如果你坚持不配合,我们也只好使用强制手段了。"

说完,收音机里有几秒的混乱和痛呼,很快,莉莉捂嘴笑的声音响起:"刚刚发生了某个小意外,不过现在已经恢复正常啦。孙同学现在已经进入考察地点,现在他正走在冰面上,我们可以听到他的脚步声,哦,孙同学的腿在微微发抖,看来他对自己的答案不是很自信……"

"啊!"她声音一顿,带着诡异的兴奋,"冰面裂开了!"

寝室内,每个人的表情都不是很好。

学生会应该是将话筒绑在了那个男生身上,从收音机内,可以清晰地听到沼泽冰面上发生的一切。

一开始,只有男生的急促喘息和踩在冰面上发出的缓慢咯吱声传过来,然后,听筒里忽然有了咕噜咕噜的水声和翻涌声。

可冰面上,怎么会有水声?

唐心诀眸色沉郁:"除非,冰下面有东西在跟着人游动。"

——还是一个足以穿破冻结沼泽的庞然大物。

"咔嚓——咔嚓——"

数道裂缝突然出现,男生脚步一僵。

"呀,冰面裂开了!"

紧接着,在莉莉幸灾乐祸的解说中,脚步声陡然变快,仿佛男生正在冰上急急奔跑,而在他身后,冰面碎裂声不断叠加,冰面下的咕噜声也越来越大。

忽然,男生爆发出一声惨叫,然后重重磕倒在冰面上,身体还在拼命往前挪。

"嘭!"

这是另一样重物落在冰上的声音。

"呲——呲呲——"

这是它在冰上滑动的声音。

过了四五秒,男生的声音没再出现,只剩下某个物体沉重的摩擦和蠕动,最后又沉入沼泽的声音。

唐心诀闭了闭眼睛,重重呼吸两下,不让反胃感涌上来。

随即她取出马桶撅,在书桌上重重一敲!

表情痛苦而茫然的郭果和郑晚晴身体一抖,清醒过来。

她们刚刚随着收音机里的声音,被阴冷黏腻和身临其境般的紧张痛苦包围,差点儿喘不上气,胃里也翻涌不止。要不是被唐心诀突然敲醒,不知道要沉溺多久。

郑晚晴伸出手,上面的血痕在低温下迅速凝固。她刚刚竟在无意识中把自己的手抠破了。

郭果努力吞咽两下,还是没忍住,弯腰干呕起来。

"寝室成员状态"界面,除了唐心诀,每人都增加了不同程度的负面状态。最严重的则是张游:

"精神受损:你的健康值 -10,san 值有所降低。"

"直视巨怪:免疫力 -5,耐力 -3,反应力 -3。你的体质大大降低,环境对你的危险度增加了。"

即便没有正面接触"怪物",甚至只隔着收音机接收信息,也可能会受到伤害。

必须立即做决断,不能跟着对方的节奏走。唐心诀心中有了决断。

电台播报还在继续。

莉莉的声音透出十分满足,带着仿佛饱餐过后的餍足感:"看来很可惜,孙同学的答案并不正确,供暖进程毫无进展呢。张同学,你觉得呢?"

没等张游回答,她又自顾自说:"不过都不重要啦,让我们来看看下一个要去考察的地点是哪里吧!

"一、发电室;二、供水室;三、供暖人员休息室。选择权在收音机前的同学们手中,那么,投票开始——"

铃声打断了莉莉的声音,她一僵:"谁打了电台热线?"

一阵窸窸窣窣声后,莉莉接通了来电,声音透露出肉眼可见的不情愿:"呵呵,看来同学们对电台的反应很踊跃呢,让我们看看这次来电者是……"

"你好。"

收音机前,唐心诀握着手机,语气平静。

"……"莉莉立即就想挂掉。

又是一阵窸窸窣窣,她最终还是忍了下来,假笑着问:"你好,请问突然联系我们是因为——"

"事态紧急。"唐心诀打断她,"我刚刚发现,供暖人员休息室有异常情况,里面很可能存在解决这次供暖问题的真相。"

"这样啊——"莉莉拉长调子,"可是考察地点只能通过投票选出,所以很可惜——"

"可今天学生会的目的,不是解决供暖问题吗?"唐心诀又一次把她打断,语气却不急不躁,"从逻辑上讲,应该是过程服务于结果。"

莉莉:……她现在是记者,她不生气,忍!

"呵呵。"电话那边冷笑一声,"可你怎么证明,你说的一定是正确的呢?你的分析依据在哪里?"

"有人给我托梦。"唐心诀毫不犹豫。

"我有一个朋友叫小红,我们的关系非常好。她恰好对此次供暖有所了解,于是在刚刚给我托梦,告诉我解决关键就在供暖人员休息室。众所周知,好朋友是不会骗人的,所以这个答案一定正确。"

学生会:"……"

全程看她面不改色编完的室友:"……"

莉莉忍住爆粗口骂人的冲动:"这个理由好像可信度不是很高呢。"

先前叫小明的学生会记者忽然插话:"等等,我好像记得的确有小红这么个同学……"

莉莉大喊："你闭嘴！"

"当然，我也坚决支持公平决策。如果有谁有其他提议，可以同样通过打电话的方式反映，我不介意现场辩论。对于不知该怎么联系电台的同学们，也欢迎致电 7543……"

没来得及阻止，莉莉只能直愣愣地听着唐心诀把电台号码一口气报了出来。

"毕竟，如果只有我一人打电话，而其他人只需要发短信，并不能判断投票者的身份，如果有人偷了几十个手机投票，未免太不公平不是吗？毕竟——我们的'任务'是相同的。"

重音强调最后一句话，没给对方反驳的机会，唐心诀直接挂断了电话。

她在赌，赌那些 NPC 只能通过投票的方式浑水摸鱼，而不能直接干涉考试内容——但是真正的学生可以主动影响考试内容。

同时，她也在赌游戏规则的平衡性——哪怕是学生会，也肯定受到某些层面的约束和压制。例如，不可以拒绝学生的主动致电。

又如，不能通过拒绝合理要求的方式，阻碍供暖任务的完成。

他们有意模糊淡化这一点，唐心诀却不会忽视。刚刚那番话也不是说给学生会听，而是在试探是否可能以某种方式覆盖的游戏规则。

收音机里，学生会一方陷入长长的沉默。

半晌，小明开口："关于这一问题，我们还需要进行商讨，判断它是否更有利于寻找供暖进度。请大家再等 1 个小时，谢谢。"

唐心诀知道，她赌对了。

只有在被抓住痛点，无计可施的时候，对方才会用拖延时间的方式，尽量增大她们的损失。

最好在这段时间里，她们全被淘汰，这样学生会就可以按照原本的流程走了。

电台眼见就要又一次暂停，连线铃声忽然再次响了起来。

莉莉终于无法忍耐的尖叫从远处传来："还有完没完了！打你 &*%$##@……"

小明："抱歉，现场记者情绪有点儿失控，唐同学，请问现在还有事吗？"

收音机前，唐心诀挑起眉。

她现在好好坐在这里，根本没打电话。

下一秒，电台响起一个陌生的女孩的声音："你好。我不是唐同学，我姓刘。我打电话来是想支持唐同学的建议。我也认为，下次考察地点应该是'供暖人员休息室'。"

小明："……好的，你的意见我们会记住的，再见。"

挂断电话，连半秒间断都没有，铃声忽然又一次响起。

"我也支持她们的意见。"这次是个憨厚男声，"对了，学生会能给我们提供点热水袋和保暖装备吗？实在不行，烧盆木头放到门口也可以啊，毕竟你们是那个什么，为学生服务……"

学生会："……"

1个小时的时间，在连绵不绝的电话中飞快过去，他们甚至连一句结束都没来得及说，就被新的来电连线淹没了。

就连郭果和郑晚晴也参与进了打电话队伍中，听见学生会吃瘪，她们连挨冻的痛苦都暂时忘记，长舒了一口郁气。

下午3点，电话连线终于暂停。小明迫不及待地把话筒转给莉莉："经过商讨，我们决定采纳唐同学的建议，这次的实地考察就直接去供暖人员休息室！"

"幸运的是，休息室就在学校沼泽附近，所以我们很快就来到了这里。"莉莉努力恢复职业假笑，"可以看到，休息室内没有灯光，窗户里漆黑一片。真奇怪，难道工作人员不在里面吗？

"接下来，就请张游同学进入其中，为我们查探真相吧！"

漆黑的房屋前，张游深吸一口气。

学生会分发的保暖装备让她浑身沉坠坠喘不过气，但确实很管用，至少现在能在凛冽极寒中正常行走。

学生会的人在身后阴恻恻地看着她，这让张游想起了前一个男生在冰面上被拖入沼泽的场景。

隔着漆黑沼泽上的雾气，只能隐约看出那是一个既像巨型泥鳅，又像黑蛇的"怪物"。人类的力量在"怪物"面前微弱得不堪一击，男生连反抗挣扎的力气都没有，就直接被吞没消失了。

张游甚至记不起他的名字，但他挣扎时的绝望、冰冷、剧痛和失去意识的僵硬，却仿佛能顺着雾气传导到她的感官中，令人四肢灌满寒气，思绪惊悸难安。

张游努力让自己冷静下来。

她知道，唐心诀不会做无用功的事。既然"逼迫"学生会把考察地点选择为这里，说明这里多半有能帮助她们通关的契机。

集中百分百的注意力，张游推开了休息室的门。

"好的，张游同学已经到达休息室门外，让我们祈祷她不会太怕黑……怎么不走了？"

莉莉捏着嗓子提醒:"难道张同学想临时放弃吗?本着人道主义精神,我们也不是不可以接受。毕竟,到底是违规的惩罚更严重,还是答题失败的结果更残忍?啧啧啧,这就需要同学们自己寻找答案了。"

张游依旧没说话,足足好几秒,她犹豫不定的声音才传出来:"我想联系一下我的室友。"

莉莉:你场外求助上瘾了?

"不可以!"她想都没想就大喊起来,然而唐心诀的电话比她更快,连线已经自动接通。

"请转告张游,我在这里。"

隔着电话,唐心诀的话如同一针镇静剂,让张游紧绷的神经顿时松了一点,但她还是迟迟没继续行动,似乎脑中在做什么挣扎。

唐心诀立即察觉到室友的异常,对学生会说:"我要和我室友视频。"

莉莉:……这是真把他们当工具人,呼来唤去了?

"不可以。"学生会毫不犹豫地拒绝,"没有这种规定。"

"可我的室友患有先天性色弱。"唐心诀也毫不犹豫。

莉莉冷笑:"休息室里没有光线,色弱不影响她的行动。"

"可除此之外,她还患有黑暗恐惧症,幽闭空间恐惧症诱导的心脏抽搐并发症,多次身体骨折导致四肢不协调后遗症,并且曾经有癫痫发病经历,因重度色弱导致的间歇性视力失明——综上所述,从严格意义上来说,我的室友,一个重度残障人士,现在并不算一个完整的人。只有我们连线视频,我负责帮她看路,我们合作才能完成一个正常人类的行动系统。"

唐心诀对答如流。

忽然多了十几项疾病,被迫成为重度残障人士的张游:"……"

学生会:"……"

场面僵持了约半分钟,另一边才十分不情愿地满足了她们这个要求。

莉莉近乎恶狠狠地提醒:"留给你们的只有1个小时,超过这个时间,依旧算你们失败哦。"

终于成功连接视频,唐心诀能感受到张游手在微微发抖,没时间交谈,她立即让对方掉转手机镜头,眼前便多出了一片黑暗。

浓稠、冰冷,隐藏或者说汇聚在面前的屋子里,让人瞬间就想起了第一天,游戏降临时寝室外化不开散不去的黑暗。

张游轻声开口:"这场考试开始前,我从商城内兑换了一个限时道具,它可以提醒我周围的恶意。"

如果说在"学生会"旁边，它提醒的恶意已经几乎满溢。那么在这个休息室的门口，它差点儿就直接在张游口袋里自爆。

这也是张游不敢动弹，必须和唐心诀等人视频的原因。

邪祟藏匿于黑暗，而眼前的黑暗究竟有多少非人的存在伺机窥探，她几乎不敢想象。

而此刻寝室内，正在凝视手机屏幕的不止唐心诀一人，还有瑟瑟发抖的郭果。

"火眼金睛（初级）：它可以帮你更好地分辨真实，世界在你眼中将更加丰富多彩。"

这是郭果刚刚拥有的火眼金睛能力，用在此刻简直是天选外挂。

她咬着牙看了半天，颤声道："我感觉里面全都是影子，左边也有，右边也有，一个堆着一个……"

这屋子里到底有多少NPC啊！

"没关系，你只负责看到什么说什么，顺便锻炼经验——毕竟不用实战的锻炼机会不多。"安慰完郭果，唐心诀开口对张游说："后退，然后向左走，现在可以进门了。"

随着刺耳的摩擦声，休息室的门被彻底推开，比室外更低的温度令人狠狠打了个寒战。

"不要回头，不要向任何一侧看，直视前方，继续左转。"

张游依照耳边的声音，转身。

唐心诀："向前，那里是墙体，应该有灯的开关。等等，你在抖，为什么？"

张游却深吸一口气，竭力控制嗓音："我听到身后有人叫我的名字。"

"不要相信，那不是人。"

"可是……"张游咬着牙，"声音越来越近了。"

一开始是在远处，每喊一声就离她更近一点，而刚刚的喊声……分明就在她身后！

唐心诀眯眼："蹲下！"

张游迅速下蹲，一道冷风从原本头顶的位置刮过，伴随潮水般飞速退去的汹涌，屋内又重归寂静。

心几乎要跳出胸腔外，张游感觉身上已经出了一层冷汗，在寒冷天气下迅速和皮肤冻在一起，十分难受。

"那应该是长舌怪。"

唐心诀简洁解释。

其实噩梦中的"怪物"并没有名字，是她自己根据它们的特征取了这些称呼。

长舌怪，顾名思义，可以用舌头来说话，模仿人的声音在黑暗中呼唤，但本体也只有一条细长的舌头，专门埋伏在人身后吞食头部。

张游缓了两秒，忽然皱起眉，嗅了两下："我好像闻到一股奇怪的味道。"

"很臭，很酸，有点儿像死老鼠，但……"她话音微凝，"还有血腥味。"

方才站的时候没感觉，直到蹲下，才在靠近地面的空气中闻到异样。而且这味道似乎均匀分布在房间内，捕捉不出方向。

"找不出方向，那就是到处都有。"唐心诀淡淡开口，"长舌怪常出没于尸堆里，这屋子里应该有好几具尸体。"

张游：……别用这种平静的语气说这种话，她也会害怕！

好在唐心诀没有继续描述，郭果也小声补充："左右都有很多影子，但是刚刚那个，长舌怪扑过去的地方，它还在那里，旁边影子好像格外多。"

唐心诀若有所思，然后忽然指挥张游沿着长舌怪刚刚扑上来的方向走。

"长舌怪是少数有智商的'怪物'之一，它们应该会守着光源，阻止你过去。"

按照要求，张游把视频屏幕上唐心诀的脸正对着黑暗，小心翼翼问："这样会提高我规避危险的概率吗？"

唐心诀："不，这样它们扑上来的时候，我俩会更清楚地看到它们的模样。"

张游：哭了。

郭果：……也哭了！

话虽如此，当张游成功挪到光源附近，隐藏在黑暗中的 NPC 一拥而上时，唐心诀和郭果还是第一时间就判断出最不危险的行动方向，帮她左躲右闪。

"你正在受到某些存在的侵蚀　健康值 -10。"

"你的精神正在遭受持续攻击，san 值快速下降中。"

"你已获得 Debuff[①]：血流如注。"

"你已获得 Debuff：冻伤。"

[①] Debuff：游戏术语，意指减益效果。

黑暗中的"怪物"是不可能全部规避的，它们层层叠叠地涌上来，让张游本来就已经被大幅削弱的体质雪上加霜。唐心诀眉心紧蹙，在最短时间内分辨每一个"怪物"。

突然，她仿佛看到了什么，目光一锐，厉声喊道："迎上左侧那个大脑袋！撞过去！"

张游其实已经根本看不见哪里有"大脑袋"，她凭借本能扑向左侧，而后便寒毛倒立地感受到一股浓厚的恶意。

只不过，这股恶意针对的并非她……而是她手中的视频屏幕？

寝室内，唐心诀放下手机，马桶撅握在手中，把两个仿若身临其境上蹿下跳的室友推到远处。

"这种'怪物'叫幻魔，它有借助电子用品穿越空间的能力。"

郭果和郑晚晴："！"

能借助电子用品穿越？那手机……

说时迟那时快，话音未落，一只枯瘦漆黑的手已经猛地从手机屏幕上伸出，直勾勾地向唐心诀抓了过来！

"叮咚，受到高阶 NPC 攻击，触发被动 Buff：正道的光。"

"正道的光，照在了大地上！"

一道耀眼的金光忽然从唐心诀身上爆发，将周围几乎方米的范围照得恍若烈日当头，不过两秒又一闪而逝，消失得干干净净，仿佛从没出现过。

而恰好伸出了一整节的枯瘦手臂，已经猝不及防地被活生生烤成了焦黑风干肉，掉下两粒碎渣。

在它摇摇欲碎之前，唐心诀按下马桶撅按钮，从橡胶头里滋出一股水，落在手臂上瞬间结冰，把它变成了一截长冰棍，咔嚓一声掰下来放到一边。

目睹这一切的张游无声地张了张嘴，在她那边，形势也陡然发生变化。

正道的光的影响似乎并不受手机屏幕的限制，它爆发出的瞬间，张游附近的 NPC 也退后了好几米，她趁机摸到墙边，找到了灯的开关。

同一时间，收音机里响起莉莉惊讶到不经思考的声音："她竟然没死……喀，张同学竟然成功了？"

"吧嗒。"

开关被张游用力按下，冷白的灯光照亮了休息室。

借助黑暗游走的生物消匿于光线下，而室内的景象，也清晰落入了所有人眼中。

尽管已经有了心理准备，但看到眼前景象的瞬间，四人胃里还是一阵翻涌。

破旧的休息室内，陈列着四具冰冻的尸体。

每具尸体上都有被撕扯和吞噬的痕迹，紫黑色的血液均匀泼洒在地面，上面覆盖着一层厚厚的冰霜。

这也是为什么，张游分辨不出尸臭和血腥味的方向，因为屋子里的每一个角落，都充斥了血液和残肢碎片。

"真是出人意料。张同学竟然成功来到了考察地点内部。"

学生会等人姗姗进门，看见张游还在，顿时大失所望。

莉莉干巴巴地拖长语调："不过，进入休息室仅仅是开始，还需要在室内仔细考察才行。记住，我们的时间只有1个小时哦。"

张游隐忍地看了他们一眼，没有说话。默默迈动腿，忍着胃液上涌依次走到四具尸体旁边。

"把手机放近一点。"唐心诀专心致志观察现场。

噩梦中比这反胃的场景数不胜数。唐心诀几乎没受到狼藉的干扰，很快辨认出："这四个人都是身材高大的成年男性，死亡原因应该是冻死，身上的伤是死后被黑暗生物撕扯出来的。"

后面还有话，唐心诀没说。

正常的尸体，不可能短时间内汇聚这么多黑暗生物。更何况刚刚那些东西中，有一些对尸体没什么兴趣。

更大可能，它们是被故意放置在此，不知是为了摧毁现场，还是为了阻止前来寻找的人。

但无论是什么原因，唐心诀知道，她的确误打误撞猜对了一部分答案。

"供暖故障的真相就在这里。"

她轻声开口。

"四具尸体，就是负责供暖的工作人员。他们身上服装制式统一，挂着工牌，又都在这间供暖人员专属休息室里，显然是准备好要上工的。"

但是在凛冬到来之前，他们遭到意外，纷纷冻死。供暖自然也无法再施行下去。

"不过……"唐心诀皱起眉，"这里本来应该有五个人。"

桌子上的保温杯是五个，屋内的椅子有五张，地面上还有一个被封在冰里、落单的工牌。

莉莉慢吞吞地开口:"唐同学的视力……很好嘛。"

唐心诀没有理她,对张游说:"去窗边看看。"

房间有四扇窗户,张游推了三扇,都是封死的,而且是从外封死的。只有到了最后一扇时,张游一用力,窗户啪嚓嚓地掉下碎渣,慢悠悠地开了一条缝隙。

"看来第五个供暖工就是从这里离开的。"看着这扇明显被暴力破坏过的窗户,唐心诀得出结论,"或者说,只有第五个人成功逃出生天。"

张游将唐心诀的话重述了一遍,转头看向学生会。

对方挤出一丝虚伪的笑,用惊讶的语气对着话筒说:"哎呀,原来我们学校的供暖工真的出了意外。这就麻烦了,没有供暖工,供暖该如何进行呢?"

说完,莉莉又装模作样地观察了一下屋内,发问道:"更奇怪的事情是,供暖工怎么会突然被冻死呢?难道是可怕的'怪物'?还是坏心眼的学生?这真是个值得探究的问题。"

唐心诀冷笑一声:"那你自己探究吧,不要浪费我们的时间。"

莉莉:"……"

"呵呵,"她嗤笑,"亲爱的同学,难道你们不想配合学生会考察了吗?"

"哦?"唐心诀反问,"如果我没记错的话,我们的任务应该已经结束了吧?"

张游精神一振。

唐心诀语调清晰:"从一开始,我们的任务就是帮助你们成功解决供暖问题。这个过程分为三部分:第一,推测原因,提出假设,确定考察地点;第二,实地考察,如果推测正确,探索出供暖失败的原因;第三,找到解决供暖的方法。"

学生会:"……没错,那你们都完成了吗?"

"当然。我们已经给出了正确的答案,找到了正确位置,发现供暖失败的正确原因来自供暖工横死……"

莉莉紧紧追问:"那解决办法呢?"

"五个供暖工,死了四个,跑了一个。解决办法当然是找到跑掉的那个啊。"唐心诀理所当然地回答。

有理有据,逻辑完整,令人无法反驳。

"那么,"莉莉还不死心,"要怎么找到最后那名供暖工?"

"那就是你们的事了。"唐心诀温声细语,"发现现场的第一时间,学生会就应该已经上报或者派人去找,按照你们的能力,找一个供暖工应该轻而易举吧?如果找不到,我就要怀疑,是不是你们故意不想解决供暖问题了。"

先把帽子扣到别人头上，让想扣帽子的人无从下手。

当然，她也并非无的放矢——学生会的要求显然已经大大超出考生的能力范围，难道要她们这些被困在寝室的人去追踪供暖工吗？

一切基础逻辑链条之外的事情，包括供暖工为什么会冻死，剩下的供暖工跑到了哪里等等，都与她们无关。

果然，随着学生会的沉默，任务提示声再次响起：

"叮咚！任务已完成，供暖恢复流程被触发，请在寝室内等待降温结束！"

心上石头落下，众人终于放下心来。

学生会也不得不放弃"挖坑"，宣布她们成功。没了兴致，他们连伪装的语调都省了。莉莉捏着话筒，阴恻恻地走流程："恭喜你们，成功帮助我们完成了实地考察。尽管你们又懒又阴险，但很显然，学校是宽容且仁慈的……鉴于这点，我们决定送给你们一个礼物，亲爱的同学，你们想要什么呢？"

说不激动是假的。尤其是刚刚脱离危险心神俱疲的时候，忽然得到结束和奖赏，张游顿时感觉连学生会后脑的第二张脸都没那么瘆人了。

她看向学生会提供的奖励选项，里面有"学生会的赞赏""一件随机道具""一个考试提示"……五花八门，令人一时间竟难以抉择。

正在恍惚，手机里突然响起唐心诀严肃的声音："让张游先回寝室！"

声音传进耳朵，张游顿时一激灵，脑袋里的昏沉感一扫而空，想起了自己现在的处境。

莉莉捂嘴咯咯笑，精心打理的卷发一颤一颤的："这也算是一个礼物哦。"

垃圾学生会，竟然在这里也挖了坑！

如果刚刚选了其他礼物，张游就失去了回到寝室的机会。要不是在通话中骂人学生会能听见，寝室这边早就开骂了。

"让张游回来。"唐心诀沉声敲定。

"确定了吗？那就满足你们这个愿望。今天的学生会广播到此结束！"

郭果忽然出声："等等，你们还没说什么时候能恢复供暖呢！"

"啊，我没说吗？"莉莉佯装惊讶，这才慢悠悠讲，"夜幕降临之前，温暖将重新降临，但学生会相信，同学们一定能坚持到入夜，对吧？"

说完，收音机刺啦一声，只剩下广播关闭后混乱的信号流。

没过 2 分钟，寝室门被大力推开，张游跌跌撞撞地进来，手无力地指着自己脸上的面罩。

几人连忙七手八脚帮她扒下来，张游已经憋气到发青的脸这才露出来，也顾不得冷空气对胸腔的伤害，用力呼吸几口，才虚弱开口："给我点吃的……"

下午 4 点，气温零下 60 摄氏度。

寝室里所有的被褥和床垫已经都被拿下来，全部堆到寝室中间地面上，加上桌子椅子的围叠，建出了一个厚厚的小型帐篷，四人躲在帐篷里。羽绒服穿一件披一件，所有露出来的皮肤全部遮住防止冻伤。

吃饱喝足，四人决定就这么扛过最后的时间。

唐心诀取出那截冻成冰棍的幻魔手臂，颇感兴趣地研究起来："这还是我第一次看到它们的肢体以这种形式存在。"

这还要多亏正道的光 Buff，否则她虽然有办法将其击退，却也未必能得到一根这么完整的标本。

"等等，从这条手臂来看，它是有实体的，那到底算是什么物种啊？"郭果把自己缩成一团，仿佛这根手臂随时能破冰复活，又忍耐不住好奇心，小声问道。

唐心诀仔细想了想："严格来说，黑暗生物除了极少数，是不能主动离开黑暗的。但如果依托某种能量或物质，比如冰、水、火，甚至电子信号，都可以让它们短暂以实体形式出现。"

"更何况，这只是它一根被烤焦、失去力量的残肢，在成渣之前被冰冻住，正好保存下来。"

唐心诀又让马桶撅喷出一股水流，水在半空中就已经飞快结冰，掉下来后变成一模一样的冰柱。她把两个冰柱敲在一起，纯冰的啪嚓一下碎裂，而包含了幻魔残臂的冰柱完好无损。

"看，附魔武器的形成。"唐心诀举起冰柱开玩笑。

郑晚晴眼睛却腾地亮起："如果把它们都绑在身上，是不是就刀枪不入，可以放心冲锋了？"

几人：……你这个想法很野啊。

郭果幽幽开口："如果有那么一天，请离我 3 米开外，免得我 san 值先掉光，谢谢。"

张游忍不住笑，但是嘴一弯就牵动伤口裂开，只能继续自闭。

晚上 7 点，室内温度达到零下 68 摄氏度。

"中度冻伤：健康值 -20　你的健康值将以每 10 分钟 1 点的速度下降。"

一天提心吊胆的疲惫，加上低温下身体僵硬，几人已经昏昏欲睡。哪怕知道健康值不断降低，也没有力气去管了。

极端环境的困境，虽然在于人的身体往往比想象的还要脆弱。

但它的希望也在于，人的生命力比想象的还要顽强。

唐心诀将马桶搋收了起来，如果仔细感应，能看到脑海里同时存在两个标志，一个是卡通马桶搋，一个则是浅金色的正道的光 Buff。

而此时，应该是已经使用过一次的关系，Buff 的颜色比之前暗淡不少，看来它有非常严格的使用次数限制，只能作为暂时性辅助。

要想在一次比一次危险的考试中安全通关，破局的关键，还在于提升自身实力：五维属性……以及异能。

这样想着，唐心诀扶着头，在铺天盖地的沉重感中缓缓闭眼。

"叮咚，供暖已恢复，在你们的努力下，冬季已成功度过……"

"考试进度：25%"

一片寂静中，唐心诀睁开双眼，几乎是下一秒，眼泪就流了出来。

不是因为悲伤，而是因为汗水随着睁眼渗进眼角，被酸痛感刺激出了生理眼泪。

唐心诀艰难地伸出手，抹掉脸上水珠，然后用力将身上的被子掀翻。

太热了！

再晚 1 分钟，她可能就会在厚厚的被褥里直接闷到窒息，还没开始考试就直接一命呜呼。

被子一掀开，灼热的空气扑面而来。唐心诀低头一看，她正躺在床铺上，身上却仍然穿着羽绒服，一重重衣服几乎有十斤，没闷死真是奇迹。

其他人呢？

这个念头升起，提示声同时出现：

"叮咚，通过你的不懈努力，冬季已经结束。但因为供暖工没能控制好火力，供暖过度，导致夏季提前到来，请控制好室内温度，努力生存！"

……好家伙，冬天之后直接夏天？

四季顺序打乱就算了，这个原因是什么鬼——供暖过度？

无语几秒，唐心诀翻身下床，把险些闷死的室友一一救了出来。

"啊啊啊！"

郭果一醒来就疯狂脱棉衣棉裤，尽管上一个季节她还吸着鼻子发誓自己宁可活在极度炎热环境，也不想被低温冻死，但现在——

"热死我了！热死我了！热死我了！"

再看温度检测表，指针已经撇到了截然相反的方向：37摄氏度。

唐心诀抿了口水："如果只停留在这个温度还可以忍受，但按照冬天的经验，温度肯定会不断攀升。"

话音方落，下一秒，测量表指针就又向上移了一格。

众人：……

把厚重衣物全部换成短衣短裤，汗流浃背的几人才松了口气。

"一个很糟糕的消息。"张游检查完水龙头，神情严肃，"我们没水了。"

这次罢工的不仅是空调，还包括寝室的水龙头。寝室内可用的水，便只剩下饮水机上的半桶，还有从商城抽奖得到的几瓶瓶装水。

高温之下，身体水分会迅速蒸发，用水量比平时提高十倍都有可能，更别提清洗和降温用水的需求，这点水根本撑不了多久。

凝重的氛围中，唐心诀取出马桶搋。

扑哧——一股清水从橡胶头喷出。

几秒后，她迟疑开口："这算水资源吗？"

第三章

"严格来说，抽水马桶里的水，和洗手池水龙头里的水，是来自同一个供水管道。"

诡异的沉默中，张游率先开口。

她神情严肃，以一个后勤部长的眼光判断："如果这只马桶搋提供的水，和抽水马桶是一个性质，那么同样可以储蓄起来当日用水。

"从另一个角度看，马桶搋本质上是心诀的异能，那么异能创造出的水，也有可能是纯净度更高的可饮用水。"

总之，无论怎么分析，马桶搋里的水都有很高的利用价值。

半晌，其他人弱弱同意："有，有道理……"

只是，一想到水来自马桶搋，包括唐心诀在内，哪怕能克服心理障碍，也不禁有种一言难尽的诡异感。

谁能想到，世界上不仅有一种异能叫作马桶搋，而且它的重要功能之一，竟然是提供日用水。

将物资细细清点一遍后，众人有些欣慰地发现。寝室内饮用水大概够四人普通情况下喝五天左右，各种食物加起来省着吃，差不多也能吃一周。

最重要的是，唐心诀三人在游戏降临那一天，刚好去超市采购了一大批物资，其中就包含足足两大袋的水果。

苹果、橘子、柚子、红提……想到里面饱满的水分，几人都忍不住咽了咽口水。

"高温下水果很容易腐烂，我们最好先吃完。"唐心诀拎出一个橘子剥皮就开始吃，果肉里喷薄的浆液有效缓解了口干舌燥。

把水果当早饭吃完，气温已经升高到40摄氏度。趁着没有热到难以行动，几人又按照上个"季节"的经验，迅速把寝室从里到外搜查一遍，但还是只有一个已经调不出任何频道的收音机。

难道这次只能硬抗了？

唐心诀拿出一个水盆，一直用马桶搋向里面喷水，很快积满一整盆，然后把温度测量表放在里面，测出为25摄氏度的常温。

"从理论上讲，只要马桶搋不坏，我们就会一直有常温水可以用。"

甚至如果室内温度太高，她可以直接满屋子滋水降温。

简单粗暴，但有奇效。

把还挂着冰碴的幻魔残肢扔到水里保鲜，唐心诀开始挨个往寝室所有水盆里滋水。

现实中，她们所处的这座城市位于中部偏南，夏天虽然算不上十分潮湿，但也绝不干燥。

然而此刻，随着时间一分一秒过去，空气里的水分似乎也被高温抽干了，每个人都感受到难耐的干燥感，对水的渴望被放大到前所未有的高度。

郭果坐在水盆旁咸鱼瘫："我错了，我再也不吐槽咱们学校夏天发潮了。"

和干到快裂开相比，发点儿潮算什么！

"这还只是开始，今天有我们难受的。"

唐心诀换了身清爽衣服，开始吃红提。即便处于这种极端环境，她看起来也像个斯文清秀，弱不禁风的小姑娘。即便朝夕相处的室友，平常也很难把她和手撕"怪物"的凶残风范联系起来。

"你说得对。"郑晚晴一骨碌跳起来，"我们不能现在就认输。不就是热嘛，高中老师怎么说的来着，心静自然凉！我们要给自己积极的心理暗示，这样才能提高身体耐力。"

半小时后，郑晚晴积极暗示不下去了，皮肤出汗的地方像刚从水里捞出来一样，不出汗的皮肤又干裂得惊人，一张嘴嗓子就冒烟，有如戴上痛苦面具。

"给我，一口水。"她虚弱伸手，和郭果抢饮水机里最后一口水。

中午 11 点，室内温度升高到 48 摄氏度。

"据说有的城市，夏天最高温可达到 40 多摄氏度，甚至将近 50 摄氏度。鸡蛋敲在马路上可以直接煎熟。"

为了避免运动变热，四人选择各自一盆水一把扇子，静静躺尸，在如同蒸笼般闷热的空气里喃喃自语。

郭果双目无神："你们看，我们现在，像不像即将被煎熟的蛋？"

唐心诀轻笑一声，她的目光一直落在 App 的"寝室成员状态"界面，此时终于微微闪烁，道："我们的健康值变了。"

郭果泪流满面："呜呜呜，不用看也知道，刚落了一身冻疮，又马上暴烤，现在肯定伤上加伤……"

"不，是回升了。"

"呜呜……啊？"

室友纷纷垂死病中惊坐起："什么？！"

看到各自"身体信息"，几人才确认，健康值不仅有所增加，还增加了不少。

"冻伤"负面状态消失，目前尚未有新负面状态出现，再加上几个小时里，根据各自体质的缓慢回升，健康值纷纷脱离警报区，顺利摸到绿线边缘。

毕竟，和攻击性极强的寒冷相比，高温只要没高到瞬间烤伤皮肤，还可以用水降温。

"如果我没猜错的话，这一季节最难挨的不是炙热，而是缺水。"

唐心诀有些莞尔。

没想到误打误撞，在马桶撅新功能面前，这一极端困境竟变得形同虚设。

极炎高温，竟恰好成为她们喘息休憩的缓冲阶段。

下午3点时，温度升高到54摄氏度。

"诀神！我需要你的马桶搋！"

"别听郭果瞎号，我手背裂了先给我！"

对于马桶搋供水，室友已经从心理建设到接受得毫无压力，用了一次就想用第二次，俨然已经把那块曾经暴打NPC的橡胶头当成了即时水龙头。

最重要的是，无论环境温度升到多高，它出的水永远都维持在25摄氏度，淋在皮肤表面，简直是神一般的降温外挂。

至于唐心诀准备的10张冰冻三尺符，直到零上60摄氏度，才用出了第一张。

"啪！"

无视了仿若能融化一切的极炎高温，仅剩的几瓶瓶装水瞬间结冰，连带附近一平方米范围内所有事物也覆盖上一层厚厚冰霜。

复活了。四人心中只有一个念头。

穿上被冰冻过的薄衫，冰冷和余温虽然加起来只能维持不到半小时，但熬到入夜已经足够。

"中暑：炎热使你的身体机能开始紊乱。"

"烤伤：高温使你皮肤生出水泡。"

"皲裂：当你皮肤开始皲裂，上面最好没有什么伤口。"

入夜时分，一个个负面状态重新悄然出现，昭示人的身体已经进入濒临负荷的极限。

"诀神，你说，我们明早一觉醒来，是会成功通关，还是会因为没及时补水而被烤死呀？"

室友喑哑的声音惺忪微弱。唐心诀举起马桶搋向空中滋了一口水，水滴像雨水一般落在几人身上，又在皮肤表面蒸发。

"睡吧，阈值很快就会到了。"

平衡规则下，考试便不可能把温度升高到如沸点之类普通人完全无法生存的度数。

大概率，它会在80摄氏度之前停止增长，或者……直接结束。

如唐心诀所料，10点整，温度检测表忽然一停，指针在炽狱般的高温中竟开始缓缓下移！

"叮咚,供暖已得到控制,温度成功得到调节,从现在开始,温度将变为令人舒适的常温状态,春季到来。"

提示声令已经神志混沌的几人猛地清醒过来,转头四顾,环境温度果然已经骤然下降,痛苦大为缓解,用重返人间形容也差不多。

"呼,终于能睡个好觉了……"郭果掩面长叹,往桌上一瘫,下一秒就被突然出现的提示声吓得差点儿跳起来。

"春天,是万物复苏的季节——"

考试提示一闪而逝,没留下一点其他信息。令人摸不着头脑。

唐心诀端详 App 考试界面的信息,上面关于冬夏两季的地方空空如也,唯独到了春季这里,却突然多出这样一句话。

这预示着什么?

郭郑二人一脸蒙,没觉得这句话有什么危险性。张游倒是有点儿犹疑不定,却也分析不出什么,只能担忧地看向唐心诀。

唐心诀眉心紧蹙:"万物复苏,从字面意义上说,指的是花草树木等植物恢复生机,以及一些动物也重新开始活动……"

其中的危险之处是……?

将这句话重复两遍,唐心诀忽然声音一顿,想到了什么。

下一刻,室友只见她骤然起身,快速说道:"把我们寝室内养的所有植物花卉,全部找出来!"

自从前段时间,学校寝室里开始流行养多肉,郭果就一口气买了四五盆小多肉回来,还怂恿别人也买,说要搞一个"多肉寝室队"。

郑晚晴不喜欢养植物,被磨叽得头大,干脆买了两盆仙人球回来,面对愤怒的郭果振振有词:"反正长得都差不多,这个还绿,绿色健康。"

结果几盆以生命力顽强著称的绿植,在第二场考试副本里经历了堪称毁灭性的摧残,零下六七十摄氏度的冬天冻成冰块,又在零上六七十摄氏度的高温直接烤死——就连人都被折腾得半死不活,何况几盆植物呢?

此刻再想起这回事,把所有室内绿植全部找出来,四人忍不住瞳孔收缩:

花盆里的颜色娇艳欲滴,植物几乎挤满整个盆口,不仅看不出半点萎缩之意,反而比以前还增大了好几倍!

"春天，万物复苏的季节。"唐心诀开口，脸色凝重。

"哒。"郑晚晴忽然低呼一声，她的手放在仙人球花盆边缘上，竟然被刺伤了，血从手指滴进花盆里。

下一瞬，仙人球竟然以令人瞳孔地震的速度飞速膨胀起来，仿佛补充了某种急需的养分般，短短几秒就增大了两倍有余。仙人球上的刺更是变长了好几倍，每一根刺都向郑晚晴所在的方向倾斜而去！

"啊！"郑晚晴下意识地把花盆拍飞，陶盆碎裂，土壤散落在地，露出植物的根茎。

而此刻，哪怕没了扎根的土，仙人球根部仍以一种缓慢的速度蠕动着，甚至有逐渐从一团分化为多个小型球瘤的趋势。

这是什么鬼情况？

几人还在惊愕，突然打了个冷战，四周温度骤降——是唐心诀扔出冰冻符，将几盆植物全部暂时冰冻凝固住了。

唐心诀一刻不停，立即寻找工具："趁它们还没有变异得太厉害，我们必须全部处理掉。"

室友们反应过来，立即紧跟着开始行动，这次是半点困意都没了。

原来"万物复苏"指的是这个意思——谁知道这些植物会"复苏"成什么样？

张游找出剪刀，把她在水瓶里养的绿萝连根剪断，剪刀触碰到植物枝叶，竟宛如剪到橡胶一般艰难，幸好上面覆盖着一层冰霜，可以直接用剪刀尖端砸碎。

而多肉和仙人球就比较难处理了，它们比平常更加坚硬，寝室里备用的美工刀根本捅不穿，郭果和郑晚晴忙得气喘吁吁，也没能破坏多少。

"让开。"

唐心诀拖了把椅子过来，直接往上砸，木头星子和植物碎片一同飞溅，巨大的响声听得人脸色发青。

明明是本该脆弱的植物，砸起来却像与铁石对撞……没过一会儿，唐心诀起身，手里的椅子断了个腿。

连椅子腿都砸不断的，是刚刚吸收过郑晚晴血液的仙人球。就在这一会儿，它甚至又扩大了三分之一左右，比两个篮球加起来还要大。而且仿佛有生命一样，疯狂蠕动着，球体上的尖刺试图攻击人类。

唐心诀没说话，从水里捞起幻魔残肢，往上面施了个冰冻符，冻成冰柱后对准仙人球用力一砸，终于碎了。

已经碎裂的花盆、土壤，混合着四分五裂的植物，让整个寝室地面一片狼藉。

几人都喘着粗气："这样，这样安全了吗？"

唐心诀摇头，又取出火柴，划出一簇火："斩草除根。"

确认过植物烧出的烟没什么毒后，所有绿植，甚至土里的残渣，都被一把火烧了个干净。

为防万一，四人甚至连以前曾在夏天起过潮，长过苔藓的地方，都用火燎了一遍，再做上标记，防止什么时候再多出一层微生物。

忙完，时间已经到半夜12点，几人松一口气，终于解决了植物变异问题。

唐心诀拎着寝室里的两瓶杀虫剂，走了过来。

"……"

对啊，万物复苏，昆虫也属于生物！

新一轮行动又火速开始，洗衣液和肥皂兑水，洒到寝室所有黑暗的角落。郭果一边胆战心惊地洒，一边问："这是用来干什么的？"

"除蟑螂。"正调制喷剂的唐心诀冷酷回答，"像蟑螂这样的虫子，壳上覆盖着一层油脂，很难打死。肥皂兑水化油，它们只要碰到就活不成了。"

当然，这只限于普通状态下的虫子，毕竟谁也不知道，春季的特殊Buff下，那些"复苏"过来的虫子会变成什么样，只能尽可能提前防备。

除了主要活动区域，卫生间更是重点消毒对象。不仅喷了厚厚一层杀虫剂，她们还堵住下水道口，在墙壁喷满肥皂水，又让最高温度的热水在地面堆积整整三四厘米，保证杀虫流程顺畅无阻。

整理完一切，四人一起爬上唐心诀的床铺，把床帐内外彻底消毒用杀虫剂阻隔后，这才捂着鼻子抱团入睡。

一夜无梦。

再醒来时，寝室里已经毫无意外地出现了令人密集恐惧症发作的场景。不难想象，如果昨晚几人直接睡过去，醒来要面对的就绝不止如此了。

好在提前做好了缜密准备，刚刚复苏并打算占领人类空间的小生物们出师未捷身先死，已经失去了战斗力。

"呜呜太可怕了！诀神！诀神？"郭果哪见过这么壮观的场景，抱着唐心诀就要哭，却发现唐心诀也脸色发白双眼紧闭，看起来比她还柔弱可怜。

唐心诀："……我也有洁癖。"

和NPC对线或是头脑风暴的时候，她可以无视精神污染，但现在……属实有点儿刺激。

最后，张游和郑晚晴负责下去清理，用了四五个垃圾袋，终于让寝室看起来正常了一点。

"我们下去帮忙吧。"

唐心诀把恶心感压得差不多，正准备下去，却忽然被郭果拖住了胳臂。

"我，我不敢……"背后，郭果的声音听起来瑟瑟发抖，"我们再等一等吧，外面太吓人了。"

"虫子已经被清扫得差不多了，收个尾，还得继续研究通关的事。"唐心诀劝了她两句，回手就要把人捞下去。

而碰到郭果胳膊的瞬间，冰凉触感蔓延而上，唐心诀动作微顿，目光一凝。

郭果没察觉，犹自在劝："那些虫子好可怕啊，先别下去了，你就当是陪陪我，再等一会儿，我不敢下去——"

"郭果。"唐心诀忽然开口，打断了对方的话。

"啊？"

"既然春季万物复苏，那么你说，怀有恶意的NPC，也包含在万物里面吗？"

"什么，你说什么？"

郭果缩在靠墙的位置，整个身体半佝偻着，苍白的脸上一片茫然："我没听懂。"

唐心诀眸光凝肃。

要不是这次回头，她还真没发现，郭果的脸已经苍白到这种程度——靠在阴影里几乎让人觉得她有种半透明的错觉。周身温度却很正常，只有肢体接触时，才能感受到那股异样的凉意，宛如蓄积了薄薄一层冷水，阴冷逼人。

之前的考试关卡中，寝室一直展现出保护姿态，也让她下意识忽略了来自这一方面的危险。

但事实证明，任何疏忽，都可能致命。

考试规则何时说过，面对NPC的侵袭，寝室绝对安全吗？

就像第一个副本中的小红，只要满足某种特定条件，就能出现在寝室内。

思绪流转，现实中仅是一瞬，唐心诀已经出手如电般一拽，右手按住郭果的脖颈将她向下一压！

一个未来得及跟着附着而下的虚影，就出现在郭果后背上方。

空气中的影子极淡，人眼几乎难以捕捉。只不过对于唐心诀异常敏锐的感官而言，这么近的距离，它的隐匿完全没有作用。

下一秒，手中光华一闪，马桶搋便当头砸下！

虚影似乎没反应过来，猝不及防地被击中，瞬间从郭果身上向外脱离了几厘米，影子也变得更淡。

反应过来后，它似乎被激怒了，竟放弃郭果直接向唐心诀扑过来。

唐心诀冷眼看着，这下她连动手都不需要。

"叮咚，正道的光，照在了大地上！"

连挣扎和尖叫都没有，虚影被 Buff 金光一晃，直接烟消云散。

郭果这才一个激灵，脸上慢慢恢复了血色，她茫然抬头摸自己脑袋："心诀，你突然揍我干吗？还把马桶搋拿出来了……不对，怎么这么冷啊？"

看着唐心诀严肃的表情，室友这才后知后觉地意识到什么，嘴唇唰地白了："我想起来了，你刚刚说，怀有恶意的 NPC 算不算万物复苏的一部分。为……为什么忽然这么问？"

"你刚刚被 NPC 附身了。"唐心诀直接回答，"再晚一步，就只是感觉冷了。"

郭果："！"

"我说我刚刚怎么脑袋浑浑噩噩的，没法思考东西只想睡觉……"郭果欲哭无泪，"没想到床上也不安全，这些东西怎么总冲我下手啊！"

"你本来就胆子小易受惊吓，对这些 NPC 来说更容易下手。"

简单来说，就像个发光的靶子，不找你找谁。

唐心诀道："不过，也未必只是盯上了你。"

在黑暗生物眼中，在噩梦中泡了三年的唐心诀估计也是个亟待吞噬的捕猎对象，只不过忌惮她身上的 Buff 不敢靠近而已。

更何况，春季到来，万物复苏，如果这一规则对 NPC 也有效果……

唐心诀转头看向床下，在她眼中，张游和郑晚晴正在勤勤恳恳收拾屋子，似乎丝毫没意识到上方的动静。

她转头对郭果说："你看一下，现在下面是什么情况？"

郭果小心翼翼探头，一愣："她们俩怎么趴倒在桌子上？睡着了？"

唐心诀心下一沉——郭果与她看到的场景截然不同，说明寝室里还有问题。

挑开床帐，直接用马桶搋子向下滋出两道水流，从她的视野看去，水落在"室友"身上，室友却毫无反应。

违背常理的一幕出现，脑海里的逻辑系统被唤醒，眼前场景顿时出现变化。

露出了和郭果所讲一模一样的场景：两个室友趴在桌子上，身体平缓起伏，仿

111

佛真的睡着了。

"等等，现在下面不会有很多怪东西吧？"

郭果紧抱着唐心诀瑟瑟发抖。

"那要下去看看才知道了。"

将张游和郑晚晴唤醒，两人都一脸茫然，她们明明是下来清理东西的，怎么反而自己睡着了？

看见浑身发抖的郭果，郑晚晴满脸问号："寝室差不多都收拾干净了，还有啥好害怕的？我看起来很吓人吗？"

郭果面色惊恐："……不是你吓人，而是你背上趴着的东西吓人！"

"……"

"晚晴别转身！"

唐心诀疾声之下，郑晚晴硬生生克制了自己下意识转头看的动作，但与此同时，她双眼也倏地睁大，五官覆上一层不协调的狰狞。

郭果尖叫："那东西要钻进身体里了！"

唐心诀直接一步上去把人拉到怀中，锁定感官中气息最阴冷的地方，马桶搋子落在后背对应心眼的位置，用力一按再拔出——

"郑晚晴"似乎感受到向外的吸力，顿时奋力挣扎起来，然而被唐心诀一只手无情压制，最终伴随砰的一声，一个褪色的虚影弹了出来，还没来得及反应就被马桶搋子狠砸几下，号叫一声消散。

"没了，现在没了。"郭果腿软地扶住栏杆，看起来比刚刚差点儿被附身的郑晚晴还受惊吓。

郑晚晴清醒过来，心有余悸："刚刚那是什么东西？我差点儿以为回到冬天了。"

仅仅几秒，她就仿佛从冷水里浸了一趟，浑身无力。

郭果在那边解释。唐心诀没说话，垂眸检查马桶搋。等室友解释完，以为可以短暂放松时，她忽然开口："张游，你帮我拿一下这个。"

她把马桶搋递过去。

张游一愣，抿了抿唇："怎么突然让我拿？"

"帮我检测一下温度。"唐心诀淡声回答，"我被冻太久，感受不出温度差别了。"

张游笑笑："这是你的武器，我拿过来不太好，万一有NPC攻击你怎么办。"

郑郭两人对视一眼，一同转头看过来。

"没关系，"唐心诀也笑了，"你有恶意感应道具，如果有危险靠近，应该也会立即发现，不是吗？"

张游嘴张到一半，后面的话音没发出来，微微怔住。旋即她似乎意识到什么，神情骤变，转身就要跑！

"这里是封闭寝室，你现在在人身上，想怎么跑？"

在唐心诀冷笑下，对方也意识到自己根本无路可逃，它的反应比前几个快很多，只见张游身形一晃，整个人就要倒下来。

"见势不妙就想溜？"

唐心诀速度比对方更快，直接一撅子把人拦下，冰冻符不知何时已经拍出，新凝聚起的、包含了幻魔残肢的冰柱散发着幽幽寒气。

"出来就死。"

张游身上的东西：……

1分钟后，张游被五花大绑地固定在椅子上，满脸生无可恋。

郑晚晴还没能完全反应过来："等等，为什么忽然绑张游？"

郭果缩在唐心诀身后，恨铁不成钢："大小姐，你傻啊，看不出来张游已经被附身了？连张游身上的东西反应都比你快！"

就像唐心诀说的那句——张游口袋里分明有恶意感应道具，可这个早上，无论是郭果被附身，还是近在咫尺的郑晚晴背后趴着NPC，她都毫无反应，就像完全没收到预警一样。

再加上对付郑晚晴身上的NPC时，张游完全没有帮忙的意思，事后也不愿意靠近唐心诀，本身就很反常。

种种反常加起来，只有一个合理解释，那就是张游其实早就已经被附身了。

这是唐心诀出言试探之前，就已经确定的答案。

而且张游身上的NPC，比前两个要更加聪明，不仅会伪装，还能及时判断形势，显然更强一阶。如果寝室里只有郑郭两个人，就算发现张游的异样，也未必能抓住它。

聪明，就代表着可以交流。

"几个简单问题而已，不用紧张。"

唐心诀抱臂站在被绑住的张游面前，声音柔和客气。

"张游"：……我信你个鬼！有本事你把手里的马桶撅放下再说！

但在马桶撅的威慑下，它还是不得不收敛气焰，瓮声瓮气地说："你，想问什么？"

"首先，你什么时候出现在寝室里的？"

"张游"慢吞吞地开口："春季到来，我们自然就醒了。"

果然，它们的出现和季节变换有关。

"你叫什么名字，属于什么种类？"

"我们是低级NPC，没有名字。"

对方冷笑一声："不过如果能成功附身在你们身上，或许就会有名字了。"

几人对视一眼，若有所思。

看来即便游戏中的NPC，也有明显的等级强弱区别。有些NPC实力较强，有些则藏匿在黑暗中，有些就是集群出没的低级NPC。

和考生可以提升实力一样，淘汰学生，或许就是它们等级攀升的阶梯。

一秒没耽搁，唐心诀继续问："寝室里总共有多少个像你这样的NPC？它们都藏在哪儿？"

好家伙，你还想逆转攻守之势？

听到这句话，"张游"表情复杂："我是最后一个……本来有很多，在你们睡着的时候想附身，结果一靠近你，全没了。"

不知为何，从这句话里，几人似乎听出了一丝憋屈与惆怅。

唐心诀神色不变："那还会有新的出现吗？"

"当然了……"对方缓缓咧开嘴角，阴恻恻地笑起来，"春季到了，我们就是源源不绝的……"

马桶搋被悬在头上："好好说话。"

"对不起，"附身鬼瞬间收回笑容，神色端庄，"我刚刚想到了开心的事。"

唐心诀垂眸俯视，纤瘦的身体落在旁人眼中，却令人油然生出一种来自本能的危险和压迫感。

她声音很轻，也很清晰："你们出现的时间、频率、数量、弱点、触发和终结机制，全部说出来。"

附身NPC：……这就是你说的"简单问题"？

怎么，它都成NPC了，还逃不过考试答辩吗？

问题提出后，寝室一时陷入寂静。

附身NPC脸上露出挣扎之色，五官扭曲，痛苦程度甚至比被正道的光Buff灼烧还厉害。

围观的几人：……回答个问题这么煎熬吗？

难道是受考试规则约束，不允许透露？

半晌,"张游"放弃挣扎,宛如一条失去希望的死鱼:"我,答不上来。"

眼见马桶撅要落下,它急忙补充:"不是我不想回答,是你问得太难了!"

经过它磕磕巴巴的解释,众人才明白了大概。

像它这样的低级 NPC,很多只是被本能和微弱的意识支配,连"思考"这件事都做不到,更别说在脑内完成复杂的系统性问题。

像附了张游身体这位,能思考交流的,已经是非常罕见,很有可能是经过升阶的存在了。

也正因如此,它格外惜命,才愿意和唐心诀交流。

唐心诀点点头:"既然如此,那么给你 1 分钟时间,把脑子里能想到的全部说出来。"

"顺便,既然智商有限,就有点儿自知之明,不用尝试撒谎了。"

附身 NPC:……"人生"从未如此憋屈过!

不敢耽误,它只能硬着头皮绞尽脑汁:"闻到人的气味,我们就会过来。以前一般会被门挡住。但是'春季'不一样,我们可以随机进入寝室。人越多的寝室,就会有越多同类进来……哦,对了!"

它忽然想起来什么,神情露出一丝恐惧:"当钟声敲响,我们就必须离开这里,跑得越远越好,否则就会被醒来的——"

"张游"的声音戛然而止。

"检测到副本生物存在考试内容剧透,删档①处理!"

提示声落在众人耳畔,张游身体一抖,身上的阴冷感陡然消失,双眼焦距扩散又收缩,转瞬恢复清醒。

与此同时,屋内光线陡然一变。

阳台窗外,不知何时竟从白雾蒙蒙变为藤枝缠绕,绿色的枝叶密密麻麻地挤满了整扇窗户,把室内光线也染得昏沉发绿。乍一看,仿佛整个寝室外层都被疯长的植物层层包围了。

——随着寝室内最后一个 NPC 消失,最后的障眼法也消散,露出了春季的真实景象。

"我感觉到,刚刚那个 NPC 消失不见了,就像忽然蒸发一样。"

---

① 删档:游戏术语,指游戏后台删除玩家的游戏数据档案。

张游心有余悸地开口。

自从附在自己身上的NPC被唐心诀一吓，她就恢复了一点意识。虽然无法支配身体，却能全程听到唐心诀与它的对话。

大家面面相觑，一时间谁也没有说话。

"如果我没听错……刚刚是删档吗？"郭果声若蚊蚋，脸上写满惊恐。

"没错。"唐心诀一边解开张游身上的绑缚一边回答，"那个NPC刚刚不小心剧透了，所以被游戏规则删掉了。"

她并不意外。

游戏本就是双向约束，第一个副本中的小红，就因为没能给出NPC的感激而被无情惩罚，整个身体只剩下一个脑袋。

但除她之外，寝室内三人都是第一次见到规则降下惩罚，一时没能回神。

"不过既然如此，"唐心诀唤回室友的注意力，"除了当下处境，我们还要弄懂，它到底剧透了什么内容。"

她眸色明亮："而这份剧透，或许就关系到接下来我们要面对的关卡。"

从某种程度上来说，她们捡大便宜了。

按照那个NPC所说，只要春季还继续，就随时可能有新的"怪物"进入寝室。

为避免再有人被突然附身，四人紧贴着挨在一起，这样只要身边人温度降低，就会立即有所感应。

四人围坐成一圈，张游拿出自己的恶意感应器，郭果也拿出具有示警功能的温度测量表，两个感应道具放在中间，三百六十度感应四周危险。

忙完这一切，几人才有心思吃早饭。

被低级NPC趴过背后，不仅浑身冰凉无力，健康值降低，连胃口也会减退。张游等人吃了几口就停下手，专心等唐心诀吃完一起分析现状。

被三张苍白小脸盯着的啃饼干的唐心诀：……

三下五除二吃完，她打开手机，一个沙哑的声音便从里面飘出来："当钟声敲响，我们就必须离开这里……"

室友："……你什么时候录的音？"

她们那时候注意力都在那个NPC身上，竟然忘了还有这一方法！

"……跑得越远越好，否则就会被醒来的……"

"张游"未尽的话音戛然而止，只剩下无尽留白。

"如果没猜错，这一段应该就是被认定为剧透的内容。"唐心诀道。

只是问题在于，醒来的是什么？钟声敲响又代表什么？

郭果忧伤地摸了摸脑袋，感觉自从游戏开始，头顶就日益变秃，脑细胞死得惨不忍睹。

张游想了想："我猜测，它可能在指一个更强大的'怪物'。当钟声敲响，'怪物'醒来，也会吞噬掉这些低级NPC，所以它们要逃走。"

郭果摸头："没准儿醒的是个正义人士呢！钟声一响，正义的代表就捏着武器降临寝室，清扫妖邪匡扶正义……"

郑晚晴双眼放空，似乎放弃了思考："那也有可能是奥特曼。"

郭果："我们现在在讨论考试内容，你能不能严肃一点？还奥特曼？"

郑晚晴："你很严肃吗？林正英？[①]"

"行了行了，先别吵。"张游连忙一人嘴里塞一块饼干，堵住她们的嘴。

唐心诀沉默几秒："我觉得张游推测的可能性比较高。"

"万物复苏，实力较弱的低级NPC先行苏醒，而后是更强大的'怪物'，难度依次加大，按照以往副本的关卡顺序，是较为合理的。

"'小鱼'吃人，'大鱼'未尝不能吃'小鱼'。所以它们的活动时间只能在'大鱼'醒来之前。"

郭果拍掌："这样的话，那钟声就是Boss醒来的提示！Get！"

唐心诀却皱起眉："可如果这句话包含的信息只有这一个，会被判定为剧透吗？"

即便没提前得知，当钟声响起，低级NPC开始逃窜，她们也依然会意识到事情不对，加强戒备防御。

——但也仅仅止步于警戒，因为她们并不清楚关于"Boss"的更多情况。

总之目前来看，知道与否，对这个寝室的影响，甚至不如了解低级NPC的出没规律大。

能被判定为"考试内容剧透"，甚至使剧透者被直接抹杀的信息，会这么简单吗？

唐心诀眉心紧锁："如果我是规则，那么我至少会认为，这一信息的透露，足以对考试通关产生决定性影响，改变一整个寝室人的命运。"

张游认真思考："你的意思是，还有隐藏的信息，我们没能找出来？"

[①] 林正英，中国香港男演员，曾饰演灵幻恐怖电影《僵尸先生》，此处代指主人公"郭果"。

点点头，唐心诀正要开口，四人中间的温度测量仪忽然响了起来。

张游的恶意感应器紧随其后，两个巴掌大小的道具嘀嘀作响，一声比一声急促，预示着敌人的靠近。

有新的 NPC 进入寝室了！

几人瞬间紧绷起来，唐心诀沉声道："凝聚注意力，不要给它们可乘之机。"

在与 NPC 的博弈中，意志力是相当重要的一环，此消彼长。一方露怯，就会让另一方变得更强。

寝室成员手臂两两相握，唐心诀分出一只手握着马桶搋，郑晚晴拎着附魔冰柱，两人站在靠近寝室门一侧，也最先感受到身周扑上来的冷意。

"小心！"

唐心诀一搋子挥过去，把阴冷感拍往郑晚晴方向，郑晚晴同时大喝一声狠狠向下一砸，冰柱发出清脆响声，一个虚影在空中散开。

一套配合，解决一个！

郭果声音飞快："门口还有，心诀小心！"

唐心诀立即反手捅向背后，然而 Buff 比她的反应更快：

"叮咚！"

两只虚影同时化灰。

唐心诀皱了皱眉。

被动 Buff 最不好的一点，就是无法控制如何使用，很容易消耗在并不紧要的地方。

几次下来，脑海里的金色小标志已经淡得几乎看不见，显然没法再撑多久。

"啊！灯上有一个！它掉下来了！"

随着一声惨叫，郭果身上气质骤然一变，五官垮下来，咯咯笑起来。

毫无疑问，郭果又"中奖"了。

张游和郑晚晴同时飞快出手，把人死死按住，NPC 号叫着被赶出来，又被三下五除二打散。

"现在暂时安全了。"

带着感应器在寝室内仔细检查两圈，确认没有"怪物"藏着，张游才松口气。

下一秒，感应器又嘀嘀响起。

众人："……"

还没完没了了！

新一波袭击显然更加危险，就连隔着寝室门，几人都似乎听到了尖锐的号叫，正朝着门口方向飞速飘来。

门内屏息等待，所有人都绷紧神经，随时准备动作。

——就在尖号即将出现门内的前一刻，一切动静忽然停了下来。

"咚——咚——"

钟声响起。

迫近的阴冷感如潮水般退去，一群低级NPC奔逃散去。

几人不约而同看向阳台外——声音传来的方向。敲钟声仍在继续，总共响了十二声才停下。

"'怪物'要出现了吗？"郭果很紧张，"我们该怎么办？"

唐心诀没出声，她在思考一件事，眉心蹙得越来越紧，眸光闪烁不定。

半晌，眉心忽松，她猛然抬头："钟声不是代表'怪物'！"

"什么？"

"钟声不是代表'怪物'，代表的应该是某种规则。"

终于想通了一直存疑的问题，唐心诀语速飞快："而且这一规则，应该直接关系到考试进程——更大可能，它并不属于春季副本。"

这也是她疑虑的关键：如果之前那个附身的NPC透露的是当下副本内容，为什么前一句没问题，偏偏说到钟声才被截断？

除非——

"钟声和'怪物'复苏，并不属于同一副本。或者说，截至钟声响起时，两个副本仍有交错。而到了钟声结束，未知'怪物'苏醒，就已经进入了下一个副本的内容。故而，游戏规则才会判定剧透。"

剧透是什么？是对未来事物的提前泄露。

唐心诀一字一句："因为它说的，是属于秋季的考试内容。"

秋季？

张游迟疑："可是，游戏现在并没有提示春季过去……"

"这恰恰就是关键所在。"唐心诀不假思索，"就像没说过寝室绝对安全一样，游戏规则也从没说过，每次季节转换，都会有提示。"

寝室门第一次能阻挡侵袭，第二次也能阻挡侵袭，第三次就一定能阻挡吗？

同样，从冬到夏有提示，从夏到春有提示，那从春季到秋季，就一定也有提示吗？

没被明确指出的规则，就不会百分之百生效。

"如果现在是秋季……"张游脸色发白，"考试为什么要隐藏这一点？"

唐心诀呼出一口气，嘴角轻轻扯起："一切变化都有目的。让寝室门的防护作用消失，怀有恶意的NPC就会对学生产生危险。那么，让季节转换的提示消失，会对我们产生什么危险？"

第四章

"季节提示……"一旁苦苦思索的郭果忽然一拍脑袋，脱口而出，"季节提示会告诉我们每个季节的特点！"

同时，这一特点，通常就是该季节的关卡和危险所在。

冬天和夏天的特点是极温环境，看起来一目了然，但春秋两季的特点就有些难以分辨。

考试给予春季的特点是"万物复苏"，其内核与规则，是一切生命体都"复苏"出对玩家的危险性。

也正是知晓了季节特点，唐心诀才能猜出来自植物和昆虫的危机，提前做准备。

如果唐心诀推测属实，那无疑代表了一个非常不妙的事实：在对季节一无所知的情况下，她们要怎么对抗来自秋季的危险呢？

"也未必一无所知。"唐心诀摇摇头，"我们还有常识。"

"游戏如果真的连季节转换都要隐藏，说明秋季的特点肯定是广为人知的……它怕我们猜到。"

"秋天的特点……秋高气爽？秋风扫落叶？"郑晚晴头疼地捂住脑袋，"我真不适合想这个，救命，来个NPC让我砍吧。"

"秋天有两种意象最广为人知，一是凋零，二是丰收。"

张游勉强维持冷静，沿着唐心诀的思路走："如果非要选一个，我猜是丰收。"

郭果头摇得像个拨浪鼓，紧跟着反驳："不不不，我觉得是凋零。"

她给出依据："你们想，副本的作用是干什么的？是淘汰我们的啊！所以副本特点肯定是负面的，秋天万物凋零，一看就特别危险。"

张游："可是如果这么说，春天的意象却是复苏，积极的季节特点也可能蕴含了更加危险的内容啊。"

郭果：……好像也有道理？

争不出个结论，两人同时看向唐心诀。

唐心诀的目光却投往阳台外侧，仿佛在透过藤蔓看着什么。

窗外仍旧被密密麻麻的藤蔓环绕，将外界景象遮挡得严严实实。

但有一股难以形容的波动，却仿佛在藤蔓之外，无形中慢慢覆盖而上……

"不可接触之物：你的san值受到轻微损伤，健康值−5。"

"精神动摇（Debuff）：你的san值正在持续下降，环境对你的危险性提高了。"

"嘘，有些事物不可轻易感知——至少现在不可以。"

看到唐心诀状态信息的变化，其他人有一瞬间的不可思议。

这可是唐心诀！面对NPC都能拿马桶搋捅脸，san值仿佛加了锁的狼人。现在居然只是向外看了一眼，san值就掉了？

可无论几人怎么伸脖子，也看不见窗外到底有什么洪水猛兽。倒是唐心诀收回目光，宛若什么都没发生般平静地说："我更偏向于张游的看法。

"复苏若对应凋零，那第一个该凋零的，就是窗外的植被。"

很显然，它们毫无凋谢之意。如果仔细看去，原本生长枝叶的地方甚至长出了拳头大小的瘤状物，仿佛亟待结果。

等等……结果？

郭果差点儿破音："植物成熟结出果实，是收获的象征！张游你说得对，秋天真的是丰收的季节！"

不过转瞬她又冷静下来："现在知道了季节提示，但它和现在情况有啥关系？"

丰收，丰收……这个意象比复苏还模糊。令人一个头两个大。

眼见时间一分一秒过去，郭果脑袋里忽然灵光一闪："我明白了！春季是'怪物'复苏，秋季就是'怪物'成熟！钟声响起就是'怪物'成熟的标志，秋天钟声响了12下，就代表有12只'怪物'成熟……"

越说到后面她声音越小，偷偷瞟其他人的表情。

唐心诀温柔鼓励道："说得有道理。"

121

郭果刚一喜，就又听唐心诀说："不过——一方成熟，就必然有一方收获。如果成熟的是'怪物'，那负责'收割'的是谁呢？"

学生负责收割？那也得她们有能力才行。按照实力对比，她们看起来才像是被……

郭果脸色忽地煞白，张了张嘴，看向唐心诀。

唐心诀抬眸注视回来，情绪蕴藏于平静的目光下："没错，按照这一逻辑，我们才是被'收割'的一方。

"或者说，在苏醒的强大'怪物'面前，所有弱小的生物，都是被'收割'的对象。

"秋天是收获的季节，当钟声响起，它们来'收割'了。"

沙沙……

枝繁叶茂，绞缠在玻璃窗上的藤蔓不知何时已经停止了疯长。

一颗颗饱满的果实破开枝干表皮，以肉眼可见的速度越长越大。

只不过这一奇景，315寝室的成员并没心思欣赏。

她们正在和几株变异植物做斗争，其中一枝种类不明的花茎已经有足足两人高，缠住了一个成员的脖子，令她脸庞青涨浑身挣扎不止。

两人正在试图解救她——在数米开外的寝室门口，一名成员躺在地面生死不知，周身覆盖着一层尚未散去的寒气。

腹背受敌，场面危急，就在几人近乎绝望的时候，缠住室友脖子的植物忽然松开，花枝摇晃两下，宛如感受到天敌般迅速缩进了墙角。

几人欣喜若狂。

"这是，这是通关了吗？"其中一人抖着手打开手机，却没看见任何新通知。

沙沙……

阳台窗外传来簌簌响声，是藤蔓的枝叶在抖动，拍打在玻璃窗上沙沙作响。

几人不懂这一幕代表什么，茫然地面面相觑。方才被藤蔓缠住的女生咳嗽半响，艰难抬头："你们有没有感觉到，屋子好像变暗了？"

"变暗？难道是灯坏了？"

几人连忙抬头，发现顶部灯管的确好像暗了一点，并且似乎还在以均匀的速度慢慢失去光芒。

不像是损坏，倒像是……

"像被什么东西把光吸走了一样。"

一个女生不由自主地喃喃道。

窗外藤蔓沙沙声不知何时消失了。

只有她们的呼吸与心跳，在屋内的寂静中蔓延。

如同被什么东西攥住心脏般，紧绷感和鸡皮疙瘩像潮水一样漫上头顶，几人呼吸微滞，缓缓转头。

玻璃窗外，已经没有一根藤蔓。

一只腥黄色的、巨大的眼睛覆盖了整个玻璃窗，裂瞳转动着，落到她们身上。

下一刹那，伴随玻璃碎裂声，灯光熄灭。

当秋季来临，镰刀马上就要落下，果实需要怎么做，才能避免被收割的命运？

狭窄的黑暗中，唐心诀放缓呼吸。感受到身旁女生在不停战栗，她用力握住对方的手。也许是汲取到了冷静的力量，室友的身体慢慢平静下来，也学着她屏息。

——躲藏起来，躲避收割者的视线，直到秋收过去。

好在，寝室的环境构造，给了她们恰到好处的藏身空间——门口的两扇衣柜，正好可以容纳四个女生。

郭果胆小易受惊，必须跟着唐心诀才能冷静；郑晚晴莽撞易冲动，正好被谨慎的张游压制。四人两两分队，钻进了两间衣柜，借由它掩藏身形。

这样，即便她们推测错误，也有一层保护屏障抵挡。

原本，几人还担心进入衣柜会受到黑暗生物的攻击。但直至此刻，也没有出现黑暗生物的预兆，一切都显得安静无比。

这也更加佐证了唐心诀的猜测——收割来临，各方退避。一个更为恐怖的存在苏醒了。

或许是一个，也或许是……很多个！

黑暗中，视线失去作用，听觉就变得更加敏锐。寝室阳台外藤蔓的生长晃动声隐隐传来，唐心诀注意到，从某一节点开始，声音忽然变大，如同急促拍打着玻璃窗，如同提醒，又仿佛挣扎。

而后，藤蔓声消失得彻彻底底，耳中再听不到半点声音。

寂静中，她的感知神经却一点点苏醒，像无数次噩梦中那样，对身体发出强烈到震颤的危险预警。

"不可接触之物（二级）：你的 san 值受到中度损伤，健康值 -15。"

"你的 san 值正在快速下降，环境对你而言十分危险。"

"感知是柄双刃剑，它的作用，取决于你把剑刃对准哪一边。"

锁上屏幕，唐心诀示意郭果也关闭手机，让最后一丝光线在逼仄的空间内湮灭。

沙沙……

仿佛有什么东西漫入屋内，如同海水涨潮，将寝室一点点淹没。

它似乎在搜索什么。

隔着柜门，主要的感官被屏蔽，外界的一切在脑海中变成诡谲而未知的符号，随着危险迫近，恐慌滋生。

哪怕没听到任何声音，衣柜内四人也有种莫名的感知——有一双眼睛正在看着寝室。

它离衣柜越来越近了。

沙沙……

片刻后，忽然有细碎的声音响起，如同沙砾落下，刺痛脑海里的神经。

唐心诀皱眉闭眼，她感受到郭果又开始发抖，强忍着不发出任何声音。

不知多久，脑海一空，声音消失了。

危险感亦如退潮般散去，直至彻底消失在寝室。

睁开眼，唐心诀这才感受到嘴里的腥气，她刚刚咬破了嘴角内侧。后背渗出一层冰凉的汗，却也令她更加清醒。

拍了拍郭果的头，她轻声开口："我们暂时安全了。"

"秋天来了，秋天来了，在丰收的期盼中走来了——"

姗姗来迟的系统提示声伴随着诡异哼唱，出现在耳边：

"叮咚！秋天的脚步已经悄悄到来，寝室的同学们，你们感受到丰收的喜悦了吗？"

"考试最后关卡：秋季副本已开启！收割者已经苏醒，请在它们的巡视中生存到最后，每名收割者只会收获一次，当颗粒无收时，它们便会降下怒火。此次收割者共有——"

"十二名！"

提示声结束，App 的考试界面也终于更新。

"秋天，是丰收的季节！"

季节提示下方，还多出了两排圆形光点。从上数到下，正是 12 个。

唐心诀注意到，这 12 个光点，有 11 个闪烁着绿色光芒，剩下一个是灰色。

考试规则说，秋季共有 12 名"收割者"。看来每个光点，对应的就是其中一个。

触碰光点，更详细的解释一条条弹出：

"绿色：收割者位置较远。"
"黄色：收割者正在靠近。"
"红色：收割者已经来到你身边。"
"灰色：收割者已经离开。"

唐心诀听到了郭果如蒙大赦的呼气声。

——按照现在的光点颜色来看，已经有一个收割者来过，并带着"收获"离开了。现在其他收割者尚未赶到，她们暂时处于安全状态。

确认安全后，唐心诀立即敲了敲衣柜门："我们先出来。"

四人出来后纷纷大喘气，她们都被憋得够呛，不仅是因为衣柜里空间逼仄，还因为精神紧张时忘记呼吸。郭果最严重——她差点儿把自己憋晕过去。

其余人的状态稍好，但也是手脚发软，直冒冷汗。

刚刚的几分钟就像在生死线上无声地走了一场，几人虽然看不到衣柜之外的"收割者"，却能清楚感受到生物本能鸣响的警钟：那是一个危险到超出她们想象的存在，远远比低级 NPC、黑暗生物等可怕得多！

在其他人调整状态时，唐心诀抽出一张纸，唰唰几笔迅速在上面画了一个图案。

画完，其他几人才分神来看，均一脸迷惑："这是什么？"

只见白纸上笔画描绘出的图案，宛如一块被扯得稀巴烂的破布，破布中又似乎包裹着什么东西，呈现出一种蒙面斗篷般飞腾的状态。

画完脑海里的东西，唐心诀抹掉嘴角渗出的血，简洁回答："收割者。"

其余人："！"

收割者长得……这么猎奇吗？

不过感叹也只是一瞬的事，毕竟既然是"怪物"，那长成什么样子都不足为奇。

收起笔，唐心诀不易觉察地皱了皱眉。

因为对游戏生物的感应太过敏锐，她几乎全程是被动感知着对方的存在与状态。这也是她 san 值飞快下降的原因。

"如果我的感觉没错，这个收割者的巡视，应该只是用这一部分……"她在破布底端的布条上画了个圈，"……简单掠过所有寝室，查看了一遍。"

也正因此，它才没发现躲在衣柜里的四人。

庆幸之余，一个新的问题也浮现。唐心诀神情凝重："这只是第一个。"

而收割者共有十二个。

每一个可能都不相同。

她们无法预料，下一个出现的收割者，会以何种形式巡逻，到那时，藏身衣柜这一做法还有没有用。

可寝室范围之内，除了密闭衣柜，并没有其他更好的藏身之所。

张游心惊不已："这么说，没有能绝对生效的方案……"

唐心诀确定："没错，至少以我们当前的能力，找不出一个系统的对策，能同时应对所有的收割者。"

这一次，她们或许只能拼耐力，以及运气。

距离上一收割者离开 2 分钟，在唐心诀迅速决定下，所有人都换上了冬天的厚衣服，戴上口罩。同时扯下床上的被褥，全部塞满衣柜两侧，只留下中部仅供人藏身的空间。

"之前附身在张游身上的 NPC 曾说过，它们靠人的气息来辨别寝室，闻到人的气味就会飘过来。

"假设，收割者搜寻人类也会通过这一点辨别，那我们需要做的，就是尽可能减少我们的气息泄漏。"

唐心诀从水龙头接了满满一大盆冷水，对准玻璃窗浇了上去。

自从她们再从衣柜里出来，窗外的植被已经消失无踪，可能也是顺应季节被"收获"了。

其他人也用冰凉的冷水把寝室地面泼了一遍，还包括桌椅门口等位置，清除她们的活动痕迹。

最后，一人捏了一张冰冻三尺符，令寝室整整降温几十摄氏度，仿佛回到了冬季副本时，每个人在厚厚衣服内，仿佛连血液流动都被冻得缓慢下来。

"等我一下，等我一下。"

郭果翻出了一个布袋，往里面塞防身工具和一堆零件——这是在她们第一次进衣柜前，为了防止警报声会吸引"怪物"注意力，郭果和张游忍痛拆卸的预警道具。

"颜色变了！"

张游短促低呼，声音焦急。

App 考试界面，12 个光点最下方，赫然有一个光点变成了黄色。

这代表，有一个收割者正在向她们逼近！

几人立即毫不犹豫，匆匆抱上全部家当，飞快钻进了衣柜里。

柜门关合，黑暗涌上，安全感反而有所增加。

郭果双手合十，不断默默祈祷：别过来，别过来，别过来……

象征收割者的光点由黄色变为红色。

砰！

阳台窗户似乎被重物敲击，玻璃碎裂声清晰刺耳！

郭果吓到差点儿出声，她拼命捂住自己嘴巴，改为默念：别发现，别发现，别发现……

似乎有什么东西在地面爬行，从阳台到寝室门口，发出的窸窸窣窣声也离衣柜越来越近。

这次的收割者，显然比上一个要细致很多。

郭果绝望地抓住唐心诀的手。

唐心诀也并不好受。

她能感觉到，"怪物"并没有真正进入寝室，仅仅用了身体的一部分，或者是分身，但即便如此，也令她不可避免地感知到更多。

冰冷……暗黄……吐芯……巨大瞳孔……

"不可接触之物（三级）：你的 san 值受到重度损伤，健康值 -55。"

"你的理智已经不堪重负。"

"停止，或是疯狂，只在一念之间。"

唐心诀闭上眼，紧咬下唇，指甲陷入掌心，试图用疼痛来减轻感应，然而并无作用。

不，不能坐以待毙。

接下来还会出现第二个、第三个同等层次的"怪物"，难道她每一次都要承受精神重击？这样下去，甚至等不到一半，就算血条没掉光，也会因为san值清空而疯掉。

唐心诀疯狂运转思绪。

一定有解决办法，她一定能找到解决办法……就像无数次从噩梦中生还那样，她能控制自己的思维、意识、反应，就同样能控制感知力。

在噩梦中，她是怎么做的？

唐心诀心中升起一丝明悟。

现实在某种程度上，阻挡了她对大脑的控制，也削减了她的实力，放大了她的弱点。

但若这是在噩梦中，她就可以做到。

——那就当作正身处梦境。

当机立断，唐心诀收拢注意力，使思绪回归，忍耐着精神承受的攻击，在广袤的识海中下沉，再下沉——

找到了。

黑暗中，唐心诀睁开双眼，但如果此时有光照，就会有人看见她眼中有一瞬间失去了焦距，而后变为空洞和漠然。

只有唐心诀自己知道，她现在感受不到任何危险了。

急剧下降的san值忽然停滞，负面状态开始一个接一个消失。

"感知封闭：这是一个由思维主体创造出的Buff，具体作用尚不清晰。当然，没有人比你更清楚，不是吗？"

不知过了多久，郭果颤巍巍地戳了戳她——外面没声音了。

考试界面内，第二个光点失去亮度，化为灰色。

第二个收割者也离开了！

看到这一提示，郭果差点儿感动得当场哭出来。她吸了吸鼻子，刚想对旁边的唐心诀说些什么，紧挨着的女生却忽然身体一栽，撞开柜门倒在了地上。

"心诀！！"

随着郭果的尖叫，其他两人也飞快推开柜门出来，看到眼前的场景后大惊失色——

唐心诀脸色苍白双眼紧闭，五官痛苦地皱在一起，双手紧握成拳按住太阳穴，整个人蜷缩成小小的一团，看起来痛苦无比。

"心诀！你怎么了？"

顾不得其他，几人飞速把她扶起来，因为不清楚情况而不敢轻易动弹。只能轻轻按压她的肩膀和太阳穴，试图让唐心诀感觉好受一点。

好在没过几分钟，少女绷成弓弦的身体就舒展开，睁开双眼，里面除了多了几条血丝之外没什么异常。

"我没事。"唐心诀哑声开口。

她喝了口张游递过来的水，脸色稍稍恢复，歉然地笑了笑："刚刚尝试了一种新技巧，收回去的时候没控制好，没想到第一次突破带来的后遗症这么强。"

但与此同时，也并非没有收获。

"心诀，你的健康值？！！"郭果忽然瞪大双眼脱口而出。

从她眼中看去，"寝室成员状态"下，唐心诀名字后的健康栏，已经从10分钟前的濒临红线，恢复到了绿色状态。

一颗将要形成的泪珠挂在郭果眼角，此时不知道该不该掉下来，她人都傻了。

健康值总共就100，唐心诀一口气恢复了几十点？？

如果不是亲眼看着唐心诀什么都没干，郭果都要以为她偷偷嗑了一瓶生命恢复剂……这恢复力也太离谱了吧！！

她幽幽地看着唐心诀："我们刚刚还以为你出事了。"

唐心诀莞尔："我听到了，你哭得好大声。"

刚刚的痛苦和无法自控是真的，只不过痛苦来得快，去得也快，现在她除了太阳穴微微发涨之外，已经没有什么感觉了。

张游心有余悸，问："那是什么？是某种病的后遗症吗？还是和你的噩梦有关系？"

唐心诀揉了揉太阳穴，解释道："相比起后遗症，倒更像是突破了某个屏障之后，带来的副作用。"

看着一脸茫然的室友，她一时也不知道该怎么具体解释，只能删繁就简："简单来说，我找到了能暂时遏制精神污染的方法。"

打开"身体信息"界面，缀属于她的健康值下方，弹出的新消息竟然是从没见过的绿色字迹。

"精神控制（一级）：控制的第一步就是自控。附加属性：免疫

力 +5。"

"注：自创技能将隐藏在五维属性下方，属性加成为永久增益，不因技能退化而消失。"

"精神饱满（正面 Buff）：精神力提升，清空所有负面状态，健康值大幅回升。"

自创技能！

这下，就连唐心诀也有些意外。

从新 Buff 出现的那一刻，她虽然隐隐预感这一能力会随着突破而进阶，却没想到进阶得这么快。

这简直……像是游戏的数据库里一片空白，只要有人创造出了一个"新东西"，就迫不及待地录入一样。

想起上场考试，寝室点亮各种奇奇怪怪的成就点，甚至还有马桶搋这种效果全靠她 DIY 的异能……唐心诀仿佛抓住了毛线的一团，察觉到一些微妙之处。

不过现在不是想这些的时候。

她将思绪压下去，转回正题："抱歉，打乱大家计划了。我们尽快回衣柜里，第三个收割者不知什么时候会过来……"

话还没说完，她声音一顿。

只见 12 个光点中，暗下去的光点从两个变为了三个！

同样看到这一幕，其他人也悚然一惊，面面相觑。

第三个收割者来过了？什么时候？

"不，不是来过。"意识到其中关窍后，唐心诀眸光一亮，"而是它根本就没来我们这儿！

"我们原本以为的规则，是每一个收割者都会将所有寝室巡视一遍再离开。"

唐心诀语速飞快地解释："但现在看来，或许并非如此——每个收割者巡逻的范围或许不尽相同。"

有些会来到她们寝室，有些则不会。但当它们离开，光点都会同样暗下去，代表一个危险已经消失。

张游也反应过来，眼中染上一丝喜意："也就是说，我们不需要连续躲避 12 个收割者了？"

如果运气好，她们只要成功躲过几个，就能生还了！

郭果和郑晚晴对视一眼："我们不知道参与此次考试的寝室究竟有多少，也不知道每个收割者的辐射范围和选择标准，也许是随机，也许不是。"

短暂惊喜过后，唐心诀冷静下来："依旧要做好最坏的打算，从现在开始，我们要一直藏在衣柜里，直到最后一个光点熄灭。"

"你确定没事吗，心诀？"张游还是担心，刚刚唐心诀倒地的模样实在太过吓人，哪怕亲眼见到健康值恢复，还是令人后怕。

虽然不了解具体内情，但她能看出，唐心诀是挺了过来，才"突破"成功。但如果下次没挺过来呢？

唐心诀点头："放心。"

不再多说，几人匆匆钻回衣柜。

郭果小声嘀咕："幸亏我没有幽闭空间恐惧症。"

衣柜里窄得没法动弹，又冷又闷，黑得伸手不见五指，十分考验忍耐力。

唐心诀安慰："如果实在难熬，你可以睡一觉。"

郭果："……"

这是能睡过去的场合吗？！

但不知为何，或许是唐心诀在旁边太过冷静的缘故，半晌之后，郭果竟然真的没再冒出什么杂七杂八的念头，甚至缓缓合上了眼睛。

直到阴冷如潮水般袭来。

这一次，若有若无的花香在室内蔓延开，唐心诀再次主动封闭了感知，因此只闻到一股极淡气味，伴随些许烦躁感在心中莫名升起。

异样感出现的瞬间，她便确定，这股会令人心烦意乱、暴躁不安的香气，是专门用来搜查藏匿猎物的。

香气对她的影响不大，郭果本身胆小，烦躁只会让她缩得更严实，不可能忽然暴走。至于另一个衣柜里……

唐心诀猛地睁眼，隔着黑暗和柜门，她仔细捕捉外面动静。

张游谨小慎微，但郑晚晴却是个大大咧咧的暴躁性格。如果不设防吸入过多香气，再加上柜内空间的压抑，的确有可能控制不住情绪。

一旦搞出动静，被发现的概率，几乎是百分之百！

而唯一的方法——只看张游能不能及时控制局面了。

唐心诀猜得没错。

同一时间，寝室门口右侧衣柜内，郑晚晴靠着厚厚的被褥，眉毛拧成一团，牙齿咬得咯咯作响。

仿佛有一团火在胸腔里烧——她从来没这么烦躁过，就连当时辛辛苦苦肝了一周论文后电脑进水,都没有此刻让她抓狂。

负面情绪一旦开了闸,就止不住地上涌,甚至对当下处境都升起一股自暴自弃:她们躲在这里真的有用?被发现了还不是死路一条?

死就算了,关键还死得这么憋屈,连最后挣扎一下的机会都没有,还不如出去拼死一搏……

肩膀忽然被用力压住,郑晚晴这才恍然回神,发现她竟不知不觉将手放到了柜门处,只要一用力就能推开!

黑暗中不能说话,张游攥住她手臂,拉回来死死按住,控制着不让她乱动。

经此一下,郑晚晴也清醒不少,后心出了一层冷汗,反应过来自己的状态不对劲。

……是香气!

冷香顺着衣柜缝隙飘进来,这还是已经堵住绝大部分透气孔的情况下。好在张游提前准备了用冷水浸过的面巾,两人一人一张,既捂住口鼻又能醒神。堵上之后,郑晚晴才感觉没那么难受。

几分钟后,香气渐渐散去。又一个光点变灰。

她们又活下来了。

"1、2、3、4、5……"郭果小声数,泫然欲泣,"还有六个亮着,求求别再选我们寝室了,别来别来别来……"

话音未落,又一光点突然变黄,没过几秒又迅速变红!

郭果猛地止住话音,把祈祷生生咽进肚子里。

这一次,寝室内有长达数分钟的寂静。

声音是从走廊外响起的。

先是脚步声,由远到近,不慌不忙,最后停在寝室门外。而后,门把手按下——

吱呀一声,寝室门被打开了。

"咦?"

门口响起清脆的少年音。

"这里没人吗?真奇怪。难道已经被收走了?"

"少年"自言自语两声,迈进了屋内。

脚步声越过衣柜,向屋内移动,椅子等物件被随意掀翻,噼里啪啦地掉在地上。

听着外面的声音,藏身衣柜的四人心惊不已:这名"收割者",竟然是个"人"?!

相比起之前的"怪物"形象，无疑如同NPC一样有正常思维的"人"，对她们的危险性更大。

因为她们能想到的，别人自然也能想到。

果然，没过片刻，少年音再次响起。

"没有已经被收获过的标志呢，看来人还在，只是……"

脚步声又向门口走来，所有人心高高悬起，几乎碰到嗓子眼。

最后，声音在衣柜旁落定。

"只是藏了起来。"

唐心诀抿上嘴角，握紧马桶撅。

同一时间，走廊外忽然炸开一声爆响，仿佛什么地方轰然炸裂，震得整个空间都摇晃几下，耳边嗡鸣不止。

衣柜外的收割者也被吸引了注意力，脚步移动到门外，还抱怨了一句："唉，又打起来了，早知道我就早点来，真扫兴……"

寝室门随之关合，屏蔽了大部分声音。

不知过了多久，郭果才觉得自己能喘气了，她眼睁睁看着唐心诀打开手机界面，变为红色的光点格外刺眼。

一个、两个、三个……三个红点同时亮起！

这里同时有三个收割者？！

可是，考试规则不是说，一次只会有一个收割者出现吗？

郭果惊愕地抬头看向唐心诀。微弱光线下，唐心诀也神情不明，最后做出一个口型："等。"

如果规则真的是不可违背的，那么收割者违反规则，游戏必定会有所反应。

眼下，她们只能静观其变。

可随着时间过去，门外声音并没停下，反而愈演愈烈，闪烁红光的光点不减反增，考试规则却似乎并未察觉，没有给出任何提醒。

这是怎么回事？

唐心诀眉头紧锁。

面对不合常理的情况，自然不能用常理来判断。

迅速的思维发散后，一个可能性在脑海最终形成。

或许，收割者们用某种方法，暂时屏蔽了考试规则。故而哪怕它们违规，也不会被发现，进而受到处罚。

但是，这样对待正在考试的学生们，就极其不公且不利……如果趁此机会，

133

它们再杀个回马枪呢?

似乎正应她所想,原本已经远去的脚步声,竟又出现了往回走的动向!

——该如何应对这种情况?

思维疯转之下,唐心诀神色却越来越冷静,双眸微垂,眸色几乎与令人窒息的黑暗融为一体。

半晌,她忽然打开手机,在"寝室生存游戏"的主界面点开了一个选项。

"疑难解答"—"在线客服"。

"申请在线客服需要消耗1学分,是否申请?"
"是。"

毫不犹豫点击,界面瞬间跳转。

"学分已消耗,正在连接客服中……客服已连接!"
"客服001:亲爱的同学你好,客服001号在线服务中,请说出你的问题。"

唐心诀面无表情敲下四个字:

"我想举报。"

在唐心诀的消息后,闪烁着盈盈微光的客服界面停顿了两秒。
两秒后,新消息弹出。

"客服001:你好,请问你想举报什么信息?"

唐心诀打字如飞:

"我在《四季防护指南》考试秋季副本,副本Boss收割者违反多条考试规则,聚众斗殴却并未受到处罚,对考试公平性产生极大危害。"

这次，客服回复极快：

"举报已受理，正在核查，副本信息载入中……"

吧嗒、吧嗒，走廊里的脚步声越来越近，声音的主人听起来十分悠闲。
唐心诀垂眸：

"收割者马上就会回来，如果我们被淘汰了，希望是因为没能通过考试内容，而不是因为游戏Bug[①]。"

客服001：

"叮咚！副本信息已成功载入，检测开始，检测过程中考试暂停——"

门把手被按下的摩擦声，寝室门被推开的吱呀声，一切声音都随着突然响起的游戏提示戛然而止，回归寂静。
寂静中，唐心诀听见自己剧烈的心跳。
"怎么回事？"
郭果本来已经闭眼绝望等死了，被突如其来的通知声吓得一个激灵，一不小心把柜门弄开了一条缝隙，从空隙中刚好能看到被推开的寝室门。
在走廊一侧的门把上，覆盖着一只白到毫无血色、蓝色血管根根分明的手。
再晚一步，手就要推门而入。但也正是晚了这一步，连同手的主人一起被迫停在原地。
整个考试副本，都仿佛被按下了中止键。

"副本检测进度5%……25%……67%……99%，检测完毕。"
"错误提醒！错误提醒！错误提醒！"

刺耳警铃声连续重复三遍，童声变成了一个严肃的机械声：

---

① Bug：此处指游戏系统的漏洞。

135

"检测结果统计，该场考试共三处违规错误：考生等级错误、考试内容违规错误、NPC 审核错误。

"分别造成重大疏忽如下：1. 部分考生等级低于考场接收区间；2. 大量场外 NPC 违规干涉考试流程；3. 考试规则受到干扰，监考官失职，存在违规瞒报现象。"

听着冰冷的机械声一条条陈列，感受剧烈的心跳缓缓稳定，唐心诀睁开眼，锐利明亮。

她赢了。

"根据《游戏及考试联合公约》第 13 条，现对该考试判决如下：不符合要求考生提前结束考试，未及格者一律以及格处理。场外 NPC 全部清除，违规者以罪行等级进行收容处置。撤销本场监考官职位。剩余考生结束后，本次考试以及相关课程将被全部回收，等待继续调查。

"考试时间，闰秋 7355 年 115 日，9 点 31 分，判决生效！"

机械声消失，副本继续运转。衣柜门发出被推开的轻微声响，郭果吓得连忙要把它拉回来，余光不小心扫到外面，却是一愣。

寝室门还开着一条缝隙，门外却已经空无一人。

脚步声、轰炸巨响，所有令人心惊肉跳的声音都尽数消失，世界变得安静无比。

"叮咚！经过大家的齐心协力，秋季已经成功度过！四季轮回，美好的一年又结束啦！"

几人从没有一刻像现在这样，觉得这个诡异童声如此顺耳。

"相信同学们经过这一课，对四个季节有了更深刻的了解，让我们来看看，同学们交出了怎样的答卷吧！"

随着童声落下，唐心诀的意识再次陷入黑暗。

"寝室成员个人评价加载中……加载成功"
"姓名：唐心诀"
"关卡：《四季防护指南》"
"输出：80.9%"
"抗伤：45%"
"辅助：22.2%"
"有效得分：11分"
"解锁成就：3个"
"最终评价：输出型MVP"

意识回笼，唐心诀从书桌上睁眼起身，看见完好无缺的寝室，竟有刹那恍若隔世的恍惚感。

在看到桌子上的老旧收音机时，这种恍惚感更明显了。

其余三人也相继起身，脸上带着茫然之色，似乎都还没怎么反应过来。

张游迟疑开口："游戏最后的检测通知是什么意思？副本出Bug了？"

"这个啊，"唐心诀平心静气解释，"我向客服举报了。"

"？"

"！"

听唐心诀讲完来龙去脉后，一副怀疑人生的表情同时出现在三个人脸上。

"我怎么没想到还可以举报！"郭果飞速掏出手机，找了半天才找到客服键的位置，"哎呀，大意了呀！"

郑晚晴无情揭穿："因为你从来没好好研究过这个App。"

当然，从游戏降临到现在，仅仅是为了保命就自顾不暇，除了唐心诀，她们都只了解了下基本功能。

再加上连线客服需要花费整整1个积分，从一开始几人就没把这个功能放进使用范围，关键时刻自然也想不起来。

"多亏你想到了这点，要不然我们可能已经全军覆没了。"张游长舒口气，如释重负。这场考试实在太过凶险，结尾几乎是个死局，除此之外，她真想不到还有什么方法能活着走出来。

唐心诀也摇摇头："我本来只打算背水一试，只要能把收割者举报出去就行，没想到一个葫芦下面，居然结了一整串葫芦娃。"

游戏最后的检测结果，信息量可太大了。

总共三处错误，后两处她能对上号："大量NPC干涉考试流程"指的是冬季副本中，故意在电台乱投票的"观众"；"欺瞒考试规则"指的则是最后的收割者。

但引起她格外注意的却是第一条：部分考生等级低于考场接收区间！

简单来说——就是考生实力弱，考试难度高，两者本来不该匹配，却因为某种失误而匹配到了一起。

从被提前结束考试来看，这"部分考生"，无疑包含了她们寝室。

想到考试里种种凶险之处，唐心诀不禁皱眉。

刚刚开局就遇到这种意外……这游戏真的靠谱吗？

回过神后，几人纷纷查看手机，这场考试的成绩也弹了出来：

"考试完成度：100%"

"寝室成员存活率：100%"

"寝室完整度：40%"

"基础得分：64分"

"检测到附加分，核算如下："

"越级挑战高难度考试：+10分"

"对考试做出重大贡献：+20分"

"此次您的《四季防护指南》考试（A级难度），总共得分94分（满分100），评价等级为：完美！"

成绩化为五颗红色星星，落在考试记录界面。

"A级考试奖励：每位寝室成员获得4学分，36学生积分，健康值上限增加20，四维体质分别随机增加2～6。"

念出奖励，郭果才发现不对："等等，这场考试怎么是A级难度？加分项里的越级挑战是什么意思？"

"……"

她后知后觉地哀号一声："天哪，我们选了一个超高难度的副本？"

从最后基础奖励来看，是寝室文明测试的整整四倍，难度可想而知，至少也翻了四倍。

"或许不止四倍。"

唐心诀把自己对检测结果关于考生等级的理解陈述了一遍。

再次查阅规则条例，终于在犄角旮旯找到，游戏总共分为 6 种考试等级，分别为双 S、S、A、B、C、D，难度依次递减。

在进行试卷选择时，App 界面并不会显示考试难度，但也不会超过学生对应的最高等级难度。

"三本大学"对应的难度等级在 D 级到 C 级，"二本大学"对应的则是 C 级到 B 级。

一般来说，到了"一本大学"及以上，A 级考试才会逐渐开放。

"不过，"唐心诀缓缓说，"鉴于上次我没在 App 中找到这一条的解释，因此不排除游戏原本没给出提示，直到这次考试，甚至是直到我举报之后，它才临时添加进规则的可能性。"

"……"

几人沉默半晌，不约而同地发出疑问：这游戏真的靠谱吗？

也太坑人了吧！！

当然，吐槽归吐槽，奖励还是要照单全收的。

相比其他人的奖励界面，唐心诀的 App 上更多出了一条醒目的消息：

"你收到了一封来自课程的特殊邮件，用于感谢你对考试做出的特别贡献。"

点开后，画面上蹦出一朵非常中老年画风的鲜花，而后是一排弹出的奖励条：

"学分 +3""学生积分 +30""学生商城打折券 ×1"

算下来，扣除举报花的 1 学分，她还倒赚两分，现在学分已经飞快涨到了 7 分。

算完这一场的收益，寝室有片刻的安静。

郭果最先开口，语气难掩激动："我总共得到 36 学生积分，5 分有效得分的抽奖机会，体质属性几乎涨了一半。"

所谓一夜暴富，大概就是这种感觉了吧！

郑晚晴和张游的收获也差不多，对完账后，三人目光一同幽幽落在唐心诀身上。

唐心诀沉吟："我得了102积分，11分有效积分，属性增加和一张打折券。"

众人一副"流下没见识的眼泪"的表情。

"哦对了！"郭果忽然想起，"我的火眼金睛技能也升级了！"

她兴奋地在自己脑门上按了一下："能看出来区别吗？"

仔细观察，唐心诀开口："有一条粉色痕迹。"

"没错！"郭果咧嘴，"火眼金睛技能到二级后，可以靠阴气来分辨出'怪物'的强度。当然，最重要的是，我可以自主选择开关了！"

这对她摇摇欲坠的胆子来说，简直是救命稻草！

说完自己的异能，郭果又迫不及待地问："诀神诀神，你的马桶搋有升级吗？"

唐心诀点点头："有。"

考试结束后状态刷新，马桶搋熟练度点满，已经从二级升到了三级。

只不过升级后的变化……

唐心诀取出马桶搋，又取出已经快碎成渣的幻魔残肢，在众目睽睽下，把幻魔残肢扔进了马桶搋的橡胶头里。

然后，橡胶头上下摇动两下，把幻魔残肢吃了进去。

……等等，吃了进去？

"马桶搋小兵（三级）：三级物体类异能，熟练度：45/1000。"

此刻，在基本信息下，除了已经升到中级的回血辅助能力，又多了一条破防特性：

"初级攻击：攻击时，有0.5%的概率无视目标所有防御。"

"众所周知，有矛必有盾，但针对马桶搋的防御，世界上尚未有人开始研发。"

唐心诀垂眸。如果说到这一步，异能升级后的特性尚且正常，那么再往下……

"新增功能：吞噬（一级）。"

"功能介绍：继承了主人凶残特性和迫切变强的愿望，马桶搋决定采取食补的方式。可吞噬一切蕴含能量，且等级低于马桶搋的游戏物品，有3%～30%概率继承该物品部分特性。"

"当新的功能增加时，没有一个主人是无辜的！"

唐心诀："……"
明明是强悍的功能，可配上马桶搋的特殊形态，再加上它的吞噬方式，便升起一股难以形容的诡异感，令人心情复杂。

几人眼睁睁看着橡胶头把幻魔残肢"吃完"，还往外吐出两块冰碴，仿佛表达吃饱了。

两秒后，一道光华从塑料杆上出现，形成个指甲盖大小的黑色骷髅印记。

"吞噬成功，已继承属性'穿梭'。"

感应到异能的反馈，唐心诀挑起眉，举起马桶搋挥了挥，手感一如往常。
既然是属于幻魔的属性，再加上这个名字……唐心诀有了猜测，拿出手机按两下，张游那边就响起了来电铃声。
张游接通视频通话，有些不明所以："给我打电话干吗？"
她们就面对面站着，有什么事不能好好说吗？
话音未落，她就看到唐心诀抄起马桶搋，把橡胶头往视频屏幕上一戳——
下一秒，隔着视频通话，被戳到屏幕上的橡胶头，没受到任何阻碍般，轻轻松松地从她的手机屏幕里钻了出来！
张游："！"
唐心诀："果然如此。"
她拔回马桶搋，张游那边的马桶搋也消失了。两部手机完好无损，没留下半点儿痕迹。
目睹这一幕的室友："……"
"这就是你马桶搋的新功能？"张游回过神来，惊异之余还感觉有点儿熟悉，"我怎么好像在哪里见过……"
目睹这一幕，郭果和郑晚晴对视一眼，异口同声："幻魔！"
冬季副本中，幻魔从唐心诀手机里伸出来的那一幕，给她们留下的印象太深刻了，想忘记都不行。
室友们随即反应过来："马桶搋吃了幻魔残肢，所以有了幻魔的能力？"
唐心诀点头："一次大概只能继承一个属性，它的运气还算不错。"
郭果也若有所思地点点头，然后拿起自己桌上的台灯，朝马桶搋里一投：

"咻！吃个台灯看看，能照明吗？"

"噗噗。"橡胶头嫌弃地把台灯吐了出来。

唐心诀哭笑不得："它只能吃游戏内的物品，物品必须包含某种能量。"

"这样啊……"室友想了想，接连把目光投向同一位置——从上场考试里带出来的老旧收音机上。

"噗噗。"橡胶头又把收音机吐了出来，还滋了一道水以示不满。

"它应该是吃不下去了。"唐心诀得出结论。

一定时间内，马桶搋能吞噬的物品有限，成功吞噬后或许也需要"消化"。要不然，仅仅是无限制吞噬这一条，就未免太过 Bug。

即便如此，这个闻所未闻的"物体类异能"，现在也终于有了异能的样子。

马桶搋又骄傲地滋出一道水。

复盘完评分和奖励，已经是晚上 9 点。几人肚子饿得咕咕作响，却顾不得吃饭，而是立即打开了学生商城。

上次是钱包太扁，她们捏着紧巴巴的积分，只能凑合着买。现在穷人乍富，顿时看花了眼。

"我看到了什么？！这里居然还有自助火锅！"

郭果流下口水："菌汤骨头汤海鲜汤，吃完能增强体质……吸溜！"

张游无情拍下她的手："不可以冲动消费！"

比起之前捉襟见肘的贫穷，现在的积分看起来多，但比起商城里种类繁多的商品，也根本不够看。

为了下次考试能安全通关，她们必须把钱花在刀刃上。

5 分钟后，唐心诀和张游整理出一份购物清单。

清单将寝室想买的东西分为三种类型：保命必需类、进化提升类、辅助日常类。

顾名思义，保命必需类就像张游的恶意感应器、一次性防护道具等，是关键时刻可以救一命的道具。

进化提升类，多半为增强个人实力的异能。只不过这类商品一般价格奇高，昂贵的类似狼人血统、金钟罩铁布衫，甚至火柴人变身这种离奇的异能，积分都在一百以上，她们现在根本买不起。

而辅助日常类，就像唐心诀的冰冻三尺符一样，需要针对不同考试特点临时采购。

做完总结，唐心诀提议："我们可以按照各自特点和发展方向进行购买，具体可以参照考试的个人评价。比如我的方向是输出，购买时就以提升战斗力的道具为主。"

"有道理。"张游点头，心有余悸道，"我连续两次定位都是打野，而且有种莫名预感，下次可能还是我。所以为防万一，必须准备好防御道具。"

毕竟逮着一棵韭菜割这种事，在游戏里就算发生了也不让她意外。

郭果也没有异议，她连续两次都是辅助，再加上异能"火眼金睛"，挑道具的范围也自然锁定在辅助方向。

唯一纠结的，反而是大大咧咧的郑晚晴。

她上次评级是坦克，这次是辅助，又尚未觉醒什么异能，因此反而不知道该选哪种定位好。

"游戏评价只是其一，最重要的还是你本身的特点和取向。"唐心诀开导她。

郑晚晴托着下巴，桌面镜子照出她精致的五官，哪怕在副本里折腾了好几天，也不减半分颜值。

"我的特点吗？"

看着镜中自己的脸，郑晚晴眼中的迷茫渐渐散去，并坚定地得出答案：

"那就坦克吧！"

然后她打开商城，开始搜索"狼人强化""防御铠甲""幻魔残肢绑在身上能反伤吗"……

众人："……"

睡觉前，吃饱喝足，洗手焚香后，几人重新围坐在一起，神色凝重。

"做好准备了吗？"

"做好了。"

现在，最重要的时刻到来了。

打开学生商城，红彤彤的转盘在四部手机上同时转动。

抽卡时间！

或许是有"优秀新生"Buff助力，连抽之后，几乎每个人都抽出了道具。

张游和郭果抽中护盾、郑晚晴抽中了身体强化，查看之后，三人惊喜之情溢于言表。

唯一没抽出任何道具和异能的人——唐心诀："……"

看着自己抽出的一堆饼干、面包、矿泉水，唐心诀有些不可置信。

她整整十连抽，居然抽了个寂寞？

"非酋①"竟是我自己？

抽奖次数只剩下最后一次，接受现实后，她没抱什么希望地点了下去。

"恭喜抽中金色道具：成就兑换机！"

一个巴掌大小，宛若小型游戏机的红色机器掉了下来。标签上的金色标志着道具等级的特殊。

几人注意力被瞬间吸引，凝聚在崭新的道具上。

"成就兑换机：可以把成就兑换成积分的道具，不同成就价值不同，已被兑换的成就不可二次贩卖。但是放心，身为一个兑换机，它十分公正，至少比虚伪的商人公正得多。"

"简单来说，就是有了这个道具后，成就可以换钱？"

众人交换目光后，二话不说立即开始火速翻找。

"我错了，我再也不吐槽游戏给的成就莫名其妙，像市场批发大甩卖了。"

郭果只有三个成就，分别是"NPC吸引力""胆小鬼""清澈的双眼"，迫不及待打开兑换机，数秒后，机器给出估值：2.5积分。

积分入账，金钱的声音顿时令人精神焕发。

"如果后人有评价，我希望他们的记载中，我曾经在20岁靠刷成就点在游戏里暴富。"郭果幽幽说。

唐心诀对积分没有迫切需求，决定先暂时不兑换，只看看估值。

按下指纹，兑换机顿时被成就点刷屏，其中大部分都只有0.5基础积分，只有两个成就颜色不同，估值也更高：

"NPC的畏惧：我或许只是'怪物'，但你真的不做人！"

"检举大师：没有人比我更懂规则，举报系统也是这么认为的。"

全部成就加起来，总共可以兑换11积分，以后如果有急需，也是一笔不小的收入。

---

① 非酋：游戏抽奖环节中对最倒霉玩家的称呼。

卷四 经典电影鉴赏

"辅导员温馨提示：
　　轻度以上伤残障碍可能影响学习成绩，治疗需抓紧时间哦！"

第一章

时间飞快流逝，临近 0 点时，疲惫感不受控制地涌上，走廊内的沉重脚步声不停地摩擦门口，游戏在提醒她们入睡。

万事俱备，只待明天。

一觉醒来，唐心诀下意识地抽出马桶搋，确认四周没有危险后才放松下来。但很快，她就发现了不对劲。

四肢充盈着一股力量，指节按压时咯咯作响，翻身时也毫无滞涩感，与从前身体相比，竟仿佛重新抽节了一般！

想到什么，她迅速打开"身体信息"界面，找到了答案。

以反应力、耐力、免疫力、身体强度为要素的四维属性，两场考试下来，通过各种加成，已经发生了翻天覆地的变化。

原本每个属性都只有 10 点左右，大概是一个普通人的正常标准。现在基本已经到了 15 点到 20 点之间，她的"免疫力"最高，现在是 27。

如果说上次变化尚不明显，那么现在近乎翻倍，感觉就格外清晰。

醒来的室友也纷纷睁大眼睛，不停地摸自己的胳膊和腿，显然有了同样感受。郑晚晴更是兴奋得直接从床铺后空翻下来，吓得对面床的郭果当场清醒。

"叮咚咚、咚咚叮——"

"快乐星期二，上课时间到，考卷已分发，大家准备好。

"亲爱的同学们，你们今天有努力学习吗？"

难听的起床铃再次响起，没给几人多少准备时间，App 上考试已经刷新。只不过几人定睛看去时，发现这次选项只有两个：

A 卷：《人体解剖》

B 卷：《经典电影鉴赏》

"光是看这个名字,我就想选 B 卷。"郭果缩起脖子。

唐心诀伸手:"我来看看。"

"鉴定"是她昨天从商城买的能力,每天限使用 10 次。用在这时刚好可以鉴定考试难度。

能力触发,鉴定结果显示,两门考试难度相同,均为 C 级。

众人松一口气,鉴于寝室里没有医学生,但是电影大家都会看,B 卷很快得到全票通过。

"经典电影鉴赏,顾名思义,这是一门为了提高学生审美能力而开设的课程。只要你的鉴赏足够深刻,相信拿高分并不困难。"

"注:本卷出自教材《经典电影鉴赏》,可根据考试成绩获得相应课程证书(挂科除外)。"

从介绍中看不出什么,几人便进商城扫了一圈,合资买了一个一次性集体保护罩,以防开局杀。

"叮,报名成功,考试载入中……"

"《经典电影鉴赏》考试开始,试卷已开,请大家努力答题!"

黑暗散去,再睁眼时,唐心诀发现她并没像以往考试那样从床上醒来,而是板板正正地坐在书桌前。

书桌上,笔记本电脑里正在播放一部恐怖电影。

伴随电影内的尖叫,郭果猝不及防受到惊吓的尖叫声也随之响起——

好家伙,她们要鉴赏的是这种"经典电影"?

昏暗的电影画面里,一只无头怪抱着自己的头,缓缓向屏幕方向爬过来。

"它要出来了!"

郭果直接一推桌子飞快蹿到唐心诀身边,指着电影瑟瑟发抖:"恐怖电影必备环节!它肯定会爬出来搞我们!诀神!快!马桶搋!"

"郭果,你喊什么?"

听到尖叫声,张游和郑晚晴转过头来,面露不解。

郭果拍大腿:"恐怖片啊!你们看电脑上……欸,你们电脑上怎么没有?"

定睛看去,张游和郑晚晴的电脑屏幕上根本没有无头怪。张游那边是一个老奶奶在切肉馅，郑晚晴的电脑上则是一间教室，学生全在低着头学习。

只有唐心诀和郭果电脑上正在播放的电影是一样的，无头怪眼见爬得越来越近，头颅脸上的笑容也越来越大，镜头忽然一转，转到了几个瑟瑟发抖的少男少女身上。

四名十七八岁的少男少女，正靠着一扇硕大的玻璃窗，无头怪正在逐步向他们逼近。

唐心诀握住鼠标，移到画面底端，发现没有可拉动的进度条，也不能暂停，只有关闭选项。

"你是否要关闭此电影？退出后浏览进度将清零。"

选了否，画面继续。少男少女扯着嗓子叫得撕心裂肺，没说出半点有意义的台词。镜头也非常单一，只有一个俯瞰的视角。

相比起电影，这看起来倒更像是某个录像带或直播？

唐心诀对画面使用了一个"鉴定"：

"一部经典电影，效果真实原汁原味，看过的人都说好。"

郭果是不敢回到自己那边单独看了，其他两人也抱着电脑凑过来，四个画面放在一块儿同时播放，冲散了诡异感，反而有点儿鬼畜。

打开App，考试要求已经弹出：

"本次考试范围共有8部电影，请选择至少4部进行观看。

"观看进度达到100%，即会进行观影问答测试，回答正确可进行现场观后感撰写，回答错误则需重看。

"考试通关要求：以寝室为单位，完成4篇及4篇以上电影观后感。"

看到考试规则清晰明了，不遮遮掩掩欲说还休，众人下意识松了口气。

被上一场A级难度坑出心理阴影，如今进了C级考场，竟然还有种……莫名的安全感？

唐心诀提醒："无论如何也不能掉以轻心。"

A级未必一定团灭，C级也未必一定生还。

进了副本，就只能竭尽全力。

仔细看完考试规则后，唐心诀直接在屏幕上点了关闭，画面顿时退回一个文件夹。

文件夹里共有 8 部电影视频，名字分别为：《无头怪谈 1》《无头怪谈 2》《三年一班纪实录》《寝室奇闻》《镜中像》《山村诡事 1》《山村诡事 2》《夜半别开门》。

……经典没出来，看着倒挺像烂片。

唐心诀一一看去，对应考试刚开始四人电脑中播放的，她和郭果看到的是《无头怪谈 1》，郑晚晴看的是《三年一班纪实录》，张游看的则是《山村诡事 1》。

张游提出疑问："是我们每个人都要看四部，还是总共看完四部？"

唐心诀："既然是以寝室为单位，那么加起来看满四部就行。而且这场考试没有时间限制。"

没有时间限制，说明主要危险来自电影鉴赏本身。

"当然，限制依然存在。"唐心诀又补充，"电影进度条到 100%，就会开启观影测试，且不能暂停。也即是说，我们必须在测试开始前做好准备。"

总之，绝不能贸然看完一部电影——谁知道淘汰条件会不会因此触发？

郭果手一抖，把自己的电脑也关了："那我们四个人一起看比较好吧！"

四个人一起答题，不仅更安全，正确率也更高，大家当即便定了下来。

鉴于《无头怪谈》系列的电影开头对郭果伤害略大，几人便决定从剩下六部开始一一甄别，如果感觉不对就关闭，最后选择一部最简单的进行后续考试。这样虽然耗时较长，但胜在谨慎。

选择之前，郭果先一步叫停："等等！"

她从脖子下方拽出一个红色水滴吊坠握在手里，对准屏幕一一扫过去。

这是她昨天斥 30 积分巨资兑换的道具"预感之眼"，结合自身感知力，可以用来判断吉凶。

很快，郭果惊呼一声，指向一部电影："不能看这个！"

她指的是《夜半别开门》。

吊坠发烫，危险至极。

"那就只剩下……五部。"

唐心诀温声细语，非常镇定人心："没关系，我们一一来看。"

选好顺序后，电脑从《三年一班纪实录》开始播放。

电影从一个简单片名开始，黑底白字，掺杂着的红色如血液般滴落。而后画面一切，变成了郑晚晴方才所看的场景：

一间普通的高中教室，四十多名学生正在自习，从镜头角度来看，倒有几分像监控摄像头。

5分钟后，学生们依旧在安静自习。

15分钟后，还是在自习。

30分钟后，郑晚晴终于忍不住了："这电影到底拍的是什么狗屎？我再看都要睡着了！"

这种电影要是能被封为"经典电影"，国产恐怖片都可以逐梦奥斯卡了！

几人都看得昏昏欲睡，唐心诀忽然皱眉："有人起来了。"

画面出现变化，是后排同桌的一对男女生，只见他们悄悄抬头，确认四周没人注意到后互相耳语了几句，然后就这么开始亲昵。

单身1号郭果："哇！"

单身2号郑晚晴："咦！"

单身3号张游："哦！"

单身4号唐心诀没说话，她注意到一个细节："女生的手变了。"

即便只有小小一隅，依然能看出，女生的手臂从白色变成了青色，指甲发黑变长。男生犹未察觉，直到女生从他怀抱里抬头，两人对视，女生眼里流下两条血泪。

"啊！"男生惨叫着跌倒在地，想开门逃跑，却被门口的班主任抓住。

"王鹏，你干什么去？"

名叫王鹏的男生语无伦次："冯婉她，她的脸……"

班主任并不听他解释，严厉训斥几句后，不由分说地把他关回了教室。

男生拼命捶门无果，瑟瑟发抖回头，只见刚刚还伏案学习的全班同学缓缓抬头，脸上全部流下了血泪。

在他绝望而惊恐的尖叫声中，同学们起身扑了上来，将他包围在中间……

看到这里，唐心诀忽然察觉到不对，立即握上鼠标关闭页面，然而就在鼠标点下的前一瞬，电脑画面暗了下来。

"本部电影已观看完毕！现在开始观影问答测试！"

四人："……"

这部电影只有三十多分钟？开什么玩笑？

怪不得不显示进度条，坑人的考试！

现在再退出已经来不及了，一道选择题很快在屏幕上出现：

"请问，这部电影讲述的是谁的梦境？"
"A. 赵明涛"
"B. 钱志"
"C. 孙倩"
"D. 李小雨"

四人："……"
"如果我没有忽然失忆的话，"张游眉心紧拧，"电影中好像没有出现过这四个里面任何一个名字。"
唐心诀面无表情："你没有失忆，我也没看见。"
不仅如此，也没提到过任何与梦境有关的事。
三十多分钟的内容，除了监控角度看自习，就只有最后几分钟出现了"王鹏"和"冯婉"这两个人物角色，然而这两个名字都没出现在选项中。
这可真是司马光边砸缸边弹琴——离谱！

"19、18、17……"

问答界面已经进入倒计时，容不得她们细想。
唐心诀的鉴定技能和郭果的吊坠都不起作用，此时别无他法，只能靠蒙。
"由蒙题法则可知，四个全不会就选C——"
啪，鼠标在C选项上落下。
倒计时停止，问答界面消失，紧接着弹出的字眼鲜红刺目：

"回答错误！观看进度已清零，正在重启电影……"

不妙的预感出现，唐心诀瞬间抽出马桶搋，同一刹那，四周环境陡然大变。
书桌变为堆满书的课桌，聚在旁边的室友消失，变为排列整齐的课桌。
放眼望去，她身处的环境赫然已经变成了一间高中教室，所有人都在埋头学习，室内只有笔尖落在纸上的沙沙声。
这时，有人捅了捅她的后背，唐心诀回头看去，正是刚刚电影中的男主角

"王鹏",他此刻看起来十分正常,探过头小声问她:"李小雨,你知道王鹏昨天怎么回事吗?怎么被班主任叫走了?"

唐心诀沉默两秒,问:"你是谁?"

男生睁大眼:"不是吧,你失忆了?我是赵明涛啊!"

"李小雨?李小雨?"

赵明涛一头卷毛,瞪着一双黑不溜丢的大眼睛,见唐心诀一时没回话,立时脸色就不太好看了,"我问你话呢,你听没听到啊?"

唐心诀抬眼注视回去,没什么情绪的目光却把赵明涛看得发毛,才开口:"问我这个干什么?"

赵明涛摸摸鼻子,莫名不敢继续摆脸子了。因为是自习课,他只能压低声音:"你不是喜欢王鹏吗,王鹏出了什么事你能不清楚?"

"李小雨"喜欢"王鹏"?

将这个信息记下,唐心诀看了眼四周。

电影中,"王鹏"和"冯婉"是同桌,一个是男主一个是女主。

但现在,顶着"王鹏"脸的人却说自己是赵明涛,而他旁边的座位空空如也。

显然,一个人不可能既是王鹏又是赵明涛。

到底是电影中的梦境是假,还是此刻的"现实"是假?

两秒后,唐心诀没直接回答,而是反问:"冯婉干吗去了?"

赵明涛下意识往同桌空位置看了眼,撇嘴道:"肯定又找孙倩玩去了呗,她们肯定知道王鹏为什么被班主任叫走,就是磨磨叽叽不肯说,我最烦你们女生矫情这点。李小雨,你可别跟她们学得矫情啊,心里有点儿数。"

听到这颐指气使的语气,唐心诀先是微怔,而后浮起一抹极淡的微笑:"所以,你在教我做事?"

赵明涛:"……"

听着轻轻细细的声音,他愣了两秒才反应过来,颇有些恼羞成怒:"你什么意思啊?我就不应该理你,连人话都听不懂,怪不得冯婉她们从来不和你玩。"

刚说完,下课铃就响起,原本还算安静的教室顿时人声鼎沸。有人过来找他打篮球,赵明涛立即迫不及待起身,走前还不忘瞪唐心诀:"把语文作业放我桌上,我下节课要抄,知道吗?"

门被砰的一声关上,热闹的教室内,唐心诀的神情却独自沉下来,周身升起一股冷淡的距离感。

思忖几秒,唐心诀开始观察自己的位置——或者说属于"李小雨"的位置。

学生的书桌下方有一个储纳空间，里面乱糟糟堆满了东西，取出外层的书本试卷，最内侧便滚出一堆小玻璃瓶。

唐心诀把玻璃瓶取出来，见有的瓶子里塞满字条，有的瓶子里塞的是各种药片胶囊，有的则是红绳、红色液体、沙砾以及分辨不出来的物质。

取出瓶内字条，每张字条上都标着时间，下方记着小字：

"9月5日，王鹏被班主任叫走训话，我在门口听到，是因为他给冯婉写情书被举报了。"

——这大概就是赵明涛所问的事情。唐心诀看完后合上字条，又打开下一张：

"9月4日晚，我跟着王鹏出校门，被冯婉她们发现了，她们笑话我像条狗。"

"9月3日早，我发现冯婉带了卫生巾上学，她这次的例假时间比上个月晚，而且似乎更疼。"

"9月2日中午，赵明涛吃卤肉饭牙龈出血，进了厕所漱口，可惜我不能进男厕所，看不到出血的严重程度……"

十多张字条看下来，属于"李小雨"的形象也在唐心诀脑海逐步构建起来——一个不折不扣的偷窥狂。

从字条记载来看，李小雨不仅喜欢跟踪人，偷偷观察别人的隐私，还喜欢专门记录别人倒霉或者受伤的状态，写进字条藏进玻璃瓶里。

除此之外，唐心诀从书桌下还找出两个密码本，不知道密码的情况下，也无从得到里面信息。唐心诀便暂时放下，复盘现有信息。

从现在正发生的一切来看，所谓"电影重放"，其实是把考生拉进了电影中，以电影角色的视角亲身经历。

现在，她成为"李小雨"。

推桌起身，唐心诀在教室内踱步，查看这里的环境。

《三年一班纪实录》这部恐怖电影，真正的剧情只有5分钟，涉及角色只有三名——王鹏、冯婉、班主任。

而出现在选项里的四个人，包括李小雨在内也同样是这个班级的学生。恰巧的是，他们纷纷出现在李小雨的小字条里。从字条内，能看出李小雨对他们抱有一股恶意。

那么，电影中几乎全员变恶人的结局，会不会就是李小雨做的梦？

唐心诀在靠近讲台的第一排桌椅前，紧靠门的位置停下。

过堂风把桌面的教材书吹开，扉页标记着一个名字：王鹏。

看来这才是真正王鹏的位置。

翻开他同桌的书，也刻着名字：孙倩。

那么还剩最后一个人尚未出现……唐心诀把目光投向孙倩后桌。

"把手放下！你在干吗？"

不客气的呵斥声忽然在背后响起，一个板寸男生抢步上来，在孙倩后桌停下，警惕地查看几眼桌面，确认没少东西后才抬起头，眉头一皱就对唐心诀厉声道："我警告你，你要是敢在我这偷东西，我就把你腿给打折，把你扒光了扔操场喂狗！"

唐心诀打量他："你是钱志？"

"废话。我不是钱志是你爹？"男生骂骂咧咧把东西都收进书包里，又过来推她，"看到你就烦，滚滚滚！"

还没推到肩膀，钱志忽然手臂一沉，竟被女生反手扣住。他嗤笑一声："还敢动手？我看你是想死……啊！疼疼疼！"

半截话音停在嘴边，钱志惊异睁大眼，手臂使劲挣了好几下，却像被铁钳钳住般纹丝不动，反倒是骨头传来的剧痛令他五官扭曲，不得不龇牙咧嘴地喊停，而后被轻轻一卸力就跌进座位。

唐心诀仿若没事人般收手，语气轻飘飘："你知道王鹏和孙倩现在在哪儿吗？"

钱志揉着手臂，仿佛见了鬼一样看着她："我怎么知道……等等，你别过来！我知道、我知道！"

男生语速飞快："王鹏是班长，这时候肯定在老师办公室等着取作业发回来。孙倩……孙倩肯定和冯婉在一块儿待着，在哪儿我就不知道了。"

说完，生怕唐心诀再动手一样，他拎起书包就要跑，脚步却一滞，书包带被薅住了。

钱志："……"

唐心诀继续问："我以前偷过东西？什么时候？"

钱志："呃，全班都这么说……"

唐心诀手上用力："谁说的？"

钱志咽了咽口水迅速改口："都是冯婉和孙倩！她们总和别人说你偷东西，

你要算账去找她们,我什么都不知道!"

说完,趁着唐心诀力道微松,他一溜烟跑了。

男生消失在门外,唐心诀迈步跟上,然而沿着钱志跑路的方向看去,走廊却空空如也。

嬉闹聊天的学生,鼎沸的人声,来往的人影,全部消失了。

感受着反常的寂静,唐心诀双眼微眯。

她意识到一件事:如果电影所讲的是一个"梦境",那她现在所处的,是梦境发生前的现实,还是另一个换了版本的梦?

毫不犹豫地对自己和空气分别用了"鉴定",信息在脑海浮现:

"一个平平无奇的人类女高中生。"

"一所平平无奇的学校,或许里面暗藏着故事。"

对这一结果并不意外,唐心诀闭上双眼,捕捉识海里的感知。

"精神控制(一级):控制的第一步就是自控。你对自己的精神有相当娴熟的了解。"

如果这里是梦境,那么精神力必然会有所察觉……半晌后,唐心诀睁眼,确定了这里是现实。

既然是现实,又出现空间断层,那只有一个可能性——是电影本身的设置。

思绪转动,唐心诀向走廊深处走去,直到寂静走廊里有歌声响起,她才再次停下脚步。

面前的转角处有一个卫生间,歌声和笑声都从里面传来。

走进去,唐心诀看见两个女生正背对着洗手池,靠着窗台聊天。

"不是吧,王鹏真的给你写情书了?"

其中一个丸子头女生问另一个长发女生。

长发女生咯咯笑:"当然啦,我在办公室看到情书了。可惜被我同桌赵明涛举报给老师,看不到内容了。你说,他们俩是不是都喜欢我呀。"

丸子头女生也笑了:"你怎么知道是赵明涛举报的?"

"情书被放在我桌子里,我又不在,除了他还有谁知道?"

两人交谈投入,丝毫没注意到有人走进来。唐心诀走到洗手池边,发现有部手机摆在洗手台上，一首歌正在播放，稚嫩的少女声音在里面唱歌：

"如果你见我所见。

"你就会理解我。

"如果你成为我。

"你也会做出同样选择。

"我们都一样。

"大家都相同。

"欢迎来到我们的世界。

"了解我们所做的一切——"

窸窸窣窣的交谈声消失，唐心诀猛地后退一步，马桶搋出现在手中挡掉一块掉下来的物体。

物体掉到地上，是块脱落的墙皮。

一块、两块，越来越多的墙皮掉下来，从顶部到四周，白色的墙壁飞快老化脱落，变得暗黄充满污渍。与此同时，窗台边缘的两个女生也没了踪影。

洗手台前的镜面，倒映出"李小雨"的模样。

一块块皮肤像墙皮般从这个短发女孩枯萎的身躯上脱落，她咧开嘴，看着镜外的唐心诀，露出一个笑脸。

镜子里的"李小雨"只出现了一瞬，便一闪而没，只剩下唐心诀沉着目光望向镜内的模样。

"刺啦——刺啦——"

卫生间顶端的灯泡开始忽明忽灭，撞击的闷响从厕所单间内响起，与此同时爬动声、远处响起的尖笑声和某种钝器的敲击声……所有声音通过空气一层层叠上来，涌入耳膜。

不用想也知道，如果刚刚所处的世界是电影中的"现实"，那么现在眼前的环境，应该是触发了某种条件后的里世界。

混乱、诡异、危险。

为什么会忽然触发里世界？

唐心诀没急着离开，而是无视了仿佛随时有东西要从单间爬出的撞击声，兀自走到窗户前。

窗外仿佛起了一层蒙蒙白雾，窗框上有各种混乱肮脏的痕迹，一个清晰的手印蔓延到窗面。

她举起手虚虚地覆盖在上面，大小不对，看来这里与李小雨没什么关系。

离开卫生间进入走廊，此刻的走廊内已经同样充满浓郁的异味，地面布满拖拽的痕迹，还有明显的烧灼味道，挤压着进入肺部的空气。

砰！

身后，厕所单间的门忽然被撞开了。

一只血肉模糊的手伸了出来，然后是慢慢爬出的身体，头颅向着唐心诀的方向转过来。

唐心诀也与之对视，然后发现无法对视——因为对方没有脸。

一具穿着校服，但是没有脸的"怪物"？

似乎想到什么，唐心诀忽然拧身重新回到卫生间，走到了无脸怪面前。

无脸怪似乎也没想到还有人能冲它来，它用力抬起头去"看"唐心诀，这张没有五官的脸，看起来恶心又恐怖。

然而，唐心诀不仅没露出任何不适表情，甚至还把马桶揽结结实实捅在了它脸上。

"能吃吗？"她低声问。

无脸怪："……"

下一秒，橡胶头真的在它脸上动了两下，然后嫌弃地滋出一道水，冲散了无脸怪脸上的血。

不吃。

无脸怪："……"

它奋力扭动身体，如同拼凑起来的关节咯吱咯吱向上抬，试图抓住唐心诀。

唐心诀一抽手，马桶揽抬起，连带着无脸怪也被吸着脸硬生生吊了起来，失去支点的四肢在空气中缓慢地乱抓，看起来甚至有点儿行动不便的凄凉感。

见马桶揽没有吃的意思，她摇摇头："不吃就算了。"

说完，马桶揽用力向外一甩，无脸怪在空中划出一个抛物线，径直落回厕所单间，在马桶上砸出闷响。

刚爬出去就被迫回来的无脸怪："……"

见卫生间没有其他异常，唐心诀迅速回到走廊，见到走廊尽头有两个人影一闪而过。动态视力在瞬间捕捉到前面女生的背影，头发长度和发型都与之前卫生间内的"冯婉"一模一样。

毫不犹豫，她追了上去。

转过走廊尽头的拐角，只见和冯婉一模一样的女生手里拿着一把美工刀，正在一间教室前探头探脑，在她身后，一个穿着同样校服，但脸模糊一片的长发女生悄悄缠了上来。

"冯婉"透过墙上窗户倒影及时看到身后东西，破口大骂，美工刀反手捅回去，可扎进长发女生身体却仿佛刺进橡胶般，没有任何伤害。

长发女生咯咯笑着，脖子忽然拉长，下巴掉到胸前，扯出的黑洞便朝着"冯婉"咬下！

破空声响起，一条冰锥忽然飞来，直直插进长发女生的太阳穴，让"她"发出一声尖号！

"冯婉"趁机一脚踢起把它踹开，转头看过来，惊喜又有些不确定："你是心诀？"

"晚晴。"唐心诀笃定回应。

这么一问一答，唐心诀已经到了近前，看见属于冯婉的陌生面庞上，赫然是熟悉的神情和目光。

"我终于找到你们了，这鬼地方真是一秒都待不下去，我竟然变成了电影里的角色，还是个智障……"郑晚晴还要说什么，地上"怪物"的四肢在地面一杵，竟仿佛蜘蛛般挺起，再次咯咯笑着向两人扑过来。

话被打断，郑晚晴勃然大怒："笑个头！"

这次她制止了唐心诀出手，自己折起手臂握拳大喊："重拳出击——"

异能光芒在她手上浮现，接着便见冯婉纤细的身体上，肱二头肌如充气般迅速膨胀，拳头上覆盖一层红光，对着长发蜘蛛女便捶了下去！

"沙包大的拳头：看见这个沙包大的拳头了吗？别跟我拼拳头，我受的是伤，你丢的是命。"

商城兑换的能力不掺杂半点儿水分，蜘蛛女怪的头被一拳捶中，登时扁了下去，它四肢刮着地面试图重新长出来，却被一个东西重新按住动弹不得。

唐心诀问马桶搋："吃吗？"

滋出一道水，马桶搋依旧拒绝。

"……"

蜘蛛女怪发出一声尖锐嘶叫，细细密密的沙沙声随之出现，从走廊的顶部、墙体和地面上爬出无数只小蜘蛛。

郑晚晴果断收手:"我感觉 san 值在疯狂往下掉。"

"走!"唐心诀拉起室友的手,跑出这条走廊,一直到达楼梯口才停下脚步。

向下还是向上?

郑晚晴急得直吸气:"要是有手机就好了。"

进入电影之后,她们没有任何手机和身外道具,也联系不上室友。不知道其他两个人现在在哪里,有没有危险。

"往上。"用感知判断过后,唐心诀做出决定。

在蜘蛛爬过来之前两人飞速上楼,当楼梯标志从 3 变成 4,一道哭声也从拐角幽幽传了过来。

两人谨慎靠近,看见一个女生正趴在地上哭。

她们靠近时,女生抬起头,郑晚晴一看就大惊:"这不是孙倩吗?"

孙倩,电影问答的第三个错误选项,似乎也是冯婉的朋友。除了在卫生间里见过她一面外,唐心诀没见到和她有关的任何剧情。

但看起来,从郑晚晴的"冯婉"视角所见到的,应该另有一番剧情。

看到两人后,孙倩呜呜哭起来,声音仿佛从胸腔嗡嗡发出:"我好痛啊,快来救救我,我被困在这里不能出去,救救我……"

唐心诀端详她:"谁把你困在这里?"

孙倩:"是钱志,钱志自己心虚怕我告密……呜呜……"

唐心诀想起,钱志,就是在教室内被她逼问了两句的寸头男生。也是出现在选项中的人物,孙倩的后桌。

她继续问:"他怕你告什么密?向谁告密?"

"怕我……"孙倩忽然不说了,她诡异地张开嘴,"我不说,你们不想让我说话,嘻嘻……"

郑晚晴眉头紧皱:"谁不想让你说话?"

"是……你!"孙倩嘴角咧开,死死盯着她们,"因为你恨我在外面说你坏话,我们可是好朋友,冯婉,你好狠啊……"

唐心诀打断她的抽泣,声音冷静得仿佛在做调研问卷:"所以,是钱志和冯婉一起让你变成了现在这样?"

孙倩:"……"

她表情似笑非笑:"不,这是我死后的样子,因为你们这样恨着我,所以我要变成这样,当然,你们也是一样……我们都一样!"

随着她声音猛地拔高,四周墙壁忽然伸出无数双手,朝两人抓了过来!

"他们害我困在这里，嘻嘻嘻，谁留在这里代替我呢？你们两个我都很喜欢呀。"

嘴上说着都很喜欢，墙壁上大部分的手却都向郑晚晴抓过去，看来孙倩对于被冯婉的伤害仍然耿耿于怀。

"嚓、嚓、嚓！"

钝器敲击墙壁声忽然从下方靠近，似乎有人正在沿着楼梯口走来。

孙倩一愣，笑得更尖锐："钱志来了！哈哈哈！"

楼梯拐角走出了一个表情阴沉的寸头男生。

他的武器刮在墙壁上，发出嚓嚓声响。

正是钱志！

两个"怪物"型NPC前后夹击，从两侧虎视眈眈地看着两人。

郑晚晴转头看她："干不干？"

唐心诀皱眉："耽误时间，不干。"

简短两句话结束，两人同时默契地向另一侧的走廊楼梯急速跑去。马桶搋和沙包大的拳头负责一人一边抵挡手臂，飞速到了楼梯口，唐心诀拽住楼梯间一角的大门，提醒室友："关！"

两扇门闷声关合，暂时将孙倩和钱志阻挡在内。为节省时间，两人顺着楼梯栏杆直接飞速滑下去，滑到一半就向下一层跳，一直到第二层才停下。

"这一层很安静，我没感觉到更大危险。"

唐心诀拉着郑晚晴进了卫生间，把一个刚要爬出来的无脸怪塞回去，两人才停下喘息。

郑晚晴咳了两下，急急道："接下来我们要怎么做？"

唐心诀言简意赅："交换信息。"

"如果我没猜错，我们的视角不相同，看到的电影剧情应该也不一样。"

而单独的剧情线混乱无章，人物关系也扑朔迷离，猝不及防的里世界来势汹汹，看起来并不想给考生慢慢体验剧情的余地。

或许，只有将每个人经历的部分拼凑在一起，才能还原出电影原本的内容。

第二章

不说废话，郑晚晴直接开始讲："我进来时正好是自习，刚发现自己变成了冯婉，就被孙倩拉到班级外……"

稀里糊涂逃课后,她就听到孙倩一直讲八卦。内容无外乎谁喜欢谁,谁给老师送了礼,谁考试又作了弊,其中绝大部分无外乎是别人的坏话。

不过八卦倒是囊括了所有电影角色的人物关系。郑晚晴这才知道,原来和冯婉同桌的人竟是赵明涛,王鹏则是三年一班的班长,还因为给冯婉送情书而被班主任痛批。总之和电影里的"梦"根本不是一回事。

主角说完了,配角也没被放过。例如钱志阴险报复心强,和他关系好的赵明涛也一样极度小心眼,这两个不学无术的学渣对班长王鹏一直心怀嫉妒等等。

最后,孙倩还神秘兮兮地说:"李小雨,你前桌,以后我们可要离她远点!听说她最近在研究什么邪术,可能是喜欢王鹏疯了。从她转学来我就觉得她精神不正常,多亏我提醒,现在全班都离她远远的,省得被沾上晦气。"

郑晚晴听完,想都没想就脱口而出:"这不就是搞校园暴力?"

"……"

孙倩强颜欢笑:"冯婉,你说话怎么这么难听?我可是好心啊。"

"好心个鬼,你觉得别人精神不好就可以到处宣传让人远离她,那我觉得你有病是不是可以直接揍你?"

郑晚晴双眉紧拧,又严肃批判道:"你们都高三了,不研究怎么考大学,成天想着怎么八卦造谣祸害别人,对得起父母和你自己吗?"

被一顿输出,孙倩的脸面实在挂不住,沉下来做委屈状:"你什么意思,是不是有人和你说什么了,今天怎么这么咄咄逼人?"

正在这时,墙角附近忽然有细碎的交谈声响起。仔细一听,谈论对象恰好是冯婉。谈及她脚踏两条船,和赵明涛、王鹏两边都有关系,还唆使赵明涛举报,言语间充满鄙夷。

孙倩捂嘴惊讶:"天哪,怎么有人这么说你?肯定是嫉妒你好看!"

"放屁!"郑晚晴冷笑,"这绝对是你散播的坏话,还故意让我听到,不,让冯婉听到,你当我傻?"

当然,冯婉也不是什么好人。从孙倩反应来看,两人一丘之貉,以欺负人和造谣为乐,只不过冯婉更自大无脑。

道理是讲不通的,在孙倩的惊恐叫声中,郑晚晴直接像提小鸡崽子一样把对方拎了起来,打算武力逼问出全部情况。

"呲啦,呲啦"声忽从角落响起,两人循声转头,看见一个瘦小的短发女生正躲在墙角后面,对着她们撕红纸,纸上是密密麻麻的黑色名字。

李小雨!

目光相对，李小雨诡异地扬起笑容，转身就跑。

孙倩顿时失智般尖叫："她又在诅咒我们！我要打死这个疯子！"

说完孙倩奋力挣脱追了过去。

郑晚晴见状也拔腿就追，谁知道刚进教学楼，四周环境就开始褪色变化，里世界陡然出现。

"再然后，我就在三楼碰到了你。"一口气讲完，郑晚晴拍拍胸脯，"一开始我还不敢认你，你现在长得和那个李小雨一模一样，幸亏有冰锥在。"

冰锥符是唐心诀在商城兑换的道具之一，一张符一个积分，和冰冻三尺符使用方法相同。第一次使用，就是在三楼遇到郑晚晴的时候。

听完室友的讲述，唐心诀沉吟："我们所见的剧情没太大出入，但信息量依旧片面。"

李小雨一心憎恨着所有人，她似乎知道很多事情，却被密码本锁着。

冯婉跋扈无脑，还有个口蜜腹剑的闺密孙倩，估计也被蒙在鼓里。

现在最大的突破点，竟是孙倩和钱志。

"电影'现实'中的孙倩掌握学校内无数八卦，被困在里世界的孙倩则说钱志怕她告密。证明钱志有秘密，而孙倩了解这个秘密。"

唐心诀猜测："这个秘密有可能和电影梦境有关，也有可能和他们进入里世界的原因有关。如果我们能找到孙倩视角的故事，就能进一步揭开真相。"

寝室四人，如果每人进入一个角色视角，那么孙倩的视角，很可能就是张游或郭果中的一人。

郑晚晴精神一振："那我们就找她们俩……等等，我们怎么找？"

她这才后知后觉，有点儿傻眼。

事实上，郑晚晴现在也没搞懂，她到底进电影里干了个啥，又是怎么和唐心诀忽然碰面的。

唐心诀理解她的蒙："没错，在我们进入里世界之前，我见到的冯婉不是你，你见到的李小雨也不是我。

"从这一点来说，我们应该处于不同的观看维度，只能在各自角色视角发展各自剧情，而不能彼此相交。

"但只有在一种情况下，我们能进入同一维度，进而遇到彼此。"

郑晚晴恍然大悟："里世界！"

只有触发了里世界，处于不同现实维度的四人才能见到彼此，交流信息。

唐心诀点头："所以我们要想找到张游和郭果，也同样只能借助里世界。

只是……"

她话音未落，余光瞥到郑晚晴身后的镜子，声线微沉："我们无法一直在里世界等她们。"

镜面已经光滑干净，没有了脏污，代表正常世界正在回归，她们也要再次分开。

果然，郑晚晴身体越来越透明，她伸出手却抓不到唐心诀，只来得及听到对方的最后一句话。

唐心诀："找李小雨！"

她进入里世界前，在卫生间镜子里看到了李小雨"怪物"形态的身影，而郑晚晴进入里世界，也是因为追逐李小雨。

李小雨，或许就是触发里世界的条件。

仿佛镜面破碎的轻微噼啪声进入耳中，唐心诀睁眼回神，发现自己正站在洗手台前。

依旧是3楼卫生间，没有了鲜血烧焦味和"怪物"，一切恍若只是场幻觉。

洗手台上的手机不知何时已经停止播放，阳台边传来大声抱怨。

"你把我的化妆镜弄碎了！"冯婉喊。

"我不是故意的，是镜子背面有一堆奇怪的符号，把我吓到了。"孙倩连忙解释。

她们掀开镜子一看，果真有一堆诅咒的字眼。两人立即断定："这肯定是李小雨那个贱人搞的！"

冯婉气势汹汹地要找人算账，一回头撞见了正静静站在外面的唐心诀。

"……"

看见两人，唐心诀脸上反倒浮起一丝笑意，主动开口："怎么，有什么事不能好好说吗？"

两人对视一眼，冲过来把镜子摔到她面前，孙倩气势汹汹："好好说？做梦！你以前跟踪我们，变态偷窥我们也忍了，现在还敢得寸进尺？上次没被打够吗？"

冯婉抢起洗手台上的手机："你还想偷我手机！果然是个贼！"

唐心诀没管两人的吵嚷，她关上厕所门，啪地落锁，然后才转身问孙倩："钱志身上有什么秘密？"

孙倩："啊？"

她愣了愣，眼神闪烁："李小雨，我不知道你在说什么，你别转移话题，等等，你锁门干吗？"

不知为何，孙倩倏地升起一股不好的预感。

而后，她就和冯婉一起，眼睁睁看着原本佝偻阴沉的李小雨，直挺着腰板，面带微笑地，不知从何处抽出了一条……马桶搋？

马桶搋在洗手台上砸下，瓷面立时出现一道清晰裂痕。

"从现在开始，希望我问什么，你们就能回答什么，而不是等我动手，那样会浪费时间。"唐心诀心平气和。

孙倩足足愣了好几秒，在"李小雨"的靠近下本能地一步步后退，一直贴到冰冷的墙壁，她猛地一个激灵，瞬间屈服："别，有什么事我们好好说。你想问什么？

"我说，我全都说！"

卫生间内，"孙倩"一个猛冲扑进门，又反手把门锁上，这才深深吸了口气。

扑到洗手台前，看着镜子里属于这个身体的脸，"孙倩"嘴一瘪，哭了出来："我怎么这么倒霉啊！"

郭果觉得自己真是太可怜了。

突如其来穿越到电影里成了人物角色不说，现实中的室友们也全都消失不见，她不得不硬着头皮走剧情，生怕什么时候掉进坑里。

结果，就在她谨小慎微、逢场作戏、努力不崩坏剧情半天之后，她就不小心撞破了一个秘密，一个属于配角"钱志"的秘密。

只撞破也就算了，坏就坏在，钱志也同时发现了这件事。

郭果本想继续糊弄过去，谁承想下一秒，钱志就忽然从一个正常男高中生变得凶神恶煞，作势就要打她！

郭果大惊失色："我不就是发现你把王鹏的情书举报给老师了吗？有必要这样吗？！"

失去理智的钱志变得根本不像个人："只要你还能说话，就可能把秘密说出去，我必须让你开不了口，这样就再也不会有人知道了，嘿嘿。"

钱志笑得十分神经质："我还嫁祸给了赵明涛，所有人都以为是赵明涛做的。"

郭果十分崩溃："怎么，你还很骄傲是吗？我夸你很厉害可以吗？"

钱志依旧自言自语："如果被发现了，王鹏和赵明涛都会来找我，所以我会让你不能去告密……"

郭果一边飙泪一边勉强甩开钱志，这才情急之下冲进卫生间。

"没关系,他进不来的,郭果,没关系,你要冷静……"

掬一捧水泼脸让自己冷静,郭果开始疯狂思考对策。

"火眼金睛"的技能在这时没什么用,考试前出于求生欲,她买的大多是道具类防护罩,随着穿进电影两手空空,现在身上只有一个一次性护盾。

抹了一把眼泪,郭果捧起胸前水滴吊坠,准备给自己测个吉凶。

"预言:只有特殊体质者才能触发,每日限三次,已使用 0/3。"

刚卜算完,听到外面没什么动静了,郭果松一口气,抬手看预言结果:

"大凶,你的性命危在旦夕,请保持警惕!"

郭果:"!"

一滴不明液体忽然掉落在手上,她抬起头,卫生间顶部已经不知何时蔓延开斑驳的痕迹。伴随墙皮脱落,勾连出一张巨大的、狰狞的笑脸。

笑脸越来越清晰,也越来越眼熟,直到郭果陡然意识到:这不是李小雨吗?!

——那个阴沉沉的,看一眼就吓得她毛骨悚然的偷窥狂!

砰、砰、砰!

内侧的单间和外侧厕所门同时响起撞击声,只不过里面像是用身体在撞,而外面的……像是用什么东西在砍。

"啊!"

崩溃尖叫,郭果拔腿就跑,冲到窗边试图开窗从二楼跳下去,然而窗户仿佛被焊死般怎么都打不开。

钱志的怪笑传来,厕所门发出不堪重负的吱呀晃动,已经撑不了多久。

总不能站着什么都不做,郭果哭着抄起旁边的拖把,酝酿了半分钟决心,然后在厕所门被撞开的一瞬间,拔腿埋头向外猛冲!

钱志的武器从头顶堪堪擦过,恰好被拖把杆挡住,郭果也因为没控制住平衡差点儿撞到走廊墙上,然后连忙转弯,却又见到一个巨大拳头扑面而来——

完了,我命休矣。她绝望地想。

然而下一秒,面前拳头一转弯,直接擂到钱志下半身,男生发出五官扭曲的痛呼。

"走!"来者收手,抓起郭果胳膊就跑,飞奔上了整整两层楼才停下。

郭果泪眼模糊，非常不可置信地吸了吸鼻子："冯、冯婉？不，不对，你不是冯婉……"

"别哭啦！看你哭成这德行就知道肯定是郭果。"郑晚晴抽了两张纸塞她手里。

"大小姐！"郭果号啕大哭，"你终于找到我啦！！"

走廊内，张游抱臂站着，脸色紧板，十分头疼。

站在她面前的是两个呼哧带喘的男生，他们刚刚从一场打架中被迫分开，身上都青一块紫一块的，眼球向外凸着，眼里通红一片，明显状态不对。

如果不是迫于身份，张游根本不想站在这里，面对当前状态下的两人。

直觉令她感到危险。

"教导主任，"其中一个男生咬牙开口，"我打架是有原因的，赵明涛仿照我笔迹写了一封假情书，还向班主任举报！"

另一个男生当即破口大骂："王鹏你放屁！我才没举报过，情书明明是你自己写的！敢做不敢认，你个窝囊废！"

骂了两句，赵明涛也显然被怒火冲昏了头："你倒是先来造谣我了。你天天私吞班费给老师送礼，还吃里爬外坑我们被叫家长，我还没说呢！"

"我……"王鹏爆粗骂一句，两人当场就要再次扑上去继续扭打，张游连忙喝令两人分开。

她用教导主任的眼睛观察着两人，模仿威严的语气："行了，这件事我会调查的，你们先回去等着，我会给出公平判断，要是再打架两个人一起叫家长！"

两人沉默半晌，王鹏啐了一声恨恨离开，只剩下赵明涛站在原地，神色莫辨地不知道在想什么。

"行了，你也回去吧。"

张游不想继续待在这里，交代一声就匆匆转身，腿还没迈开，后心便忽然一凉。

脚步凝固，她睁大双眼。

转过头，赵明涛狰狞的脸映入眼帘。

"老师，我才想起，王鹏也给你送了礼，你该不会偏向他吧？"

然后他高高抬起手，欲对张游动手！

回到教室内，唐心诀径直走到属于李小雨的座位前。

刚刚在卫生间里，她从孙倩的嘴里盘问出了所有信息。本想再把两人绑在身边，可惜被副本强行电影换场，只能独自回来。

但至少到此为止，电影里的人物关系终于慢慢清晰。

所谓王鹏送情书一事，举报者其实是钱志，而钱志的目的不仅仅是构陷王鹏，还反手假装是自己"好兄弟"赵明涛举报，一口气扯两人下水。

擅长搜集八卦的孙倩无意间发现这点，但她并没说出真相，而是坐视王鹏被班主任惩戒，顺便趁机传播诋毁冯婉的言论。

冯婉只顾着高兴，根本没想这么多，不过她也搞了事——认为李小雨暗恋王鹏，所以跑到李小雨面前炫耀，所以李小雨才在她的化妆镜上刻了密密麻麻的诅咒。

至于王鹏和赵明涛，大概率正在约架互殴。

这只是在短短两天内所发生的事。

而即便是这两天内没有任何交集的角色，彼此之间也并不和平。

总而言之，这六名学生里，竟然能做到任意抽两个人出来都有龃龉——

孙倩和冯婉，塑料闺密，霸凌专家，被困在里世界之后反目成仇。

钱志与赵明涛，塑料兄弟，心眼比针眼细，脾气比天大，前科数不胜数。

王鹏，所有人都不待见的班长。

李小雨，憎恨所有人的反社会边缘角色。

这种配置，说是全员恶人也不为过。简直让人怀疑这个电影世界是不是根本没有思想品德教育的概念。

唐心诀在李小雨座位前落定，抽出被埋在书桌最深处的密码本。

上次她没有直接破坏密码本，是有所顾忌。但现在来看，这部电影副本中的里世界，不足以对她造成巨大威胁。

甚至在危险足以克服的情况下，里世界反而是寝室四人得以短暂接触的桥梁。

手上用力，唐心诀毫不犹豫掰断了本子上的密码锁。

塑料断裂的轻响，空气中仿佛有什么被随之打破，恶意和若隐若现的嘶号在耳畔一闪而过，凉意从后颈飞快漫上！

唐心诀没回头，她向前一步，手肘后挥，用攥在手中的密码本挡住了攻击。

密码本不出意料向下一沉，似乎被什么东西抓住，借着对方的力道转身，唐心诀抄起一把椅子甩过去。

椅子滚落地面，没对空中的人影产生任何影响，仿佛只是穿过一道空气。

李小雨就这么站在空气中，脖子微微前伸，直直盯着唐心诀，五官怪异，

167

似乎想扯起一抹笑。

但随着她脸上肌肉的调动，焦黑的皮肤也像墙皮般一层层簌簌掉落，还发出"吱吱"的烧灼声。

和电影里其他的"学生"一样，李小雨似乎感受不到痛苦，又或者不以为意——她没发出任何声音，只与唐心诀的视线对视，无声大笑。

然后她的身影在空气里如同屏幕残影般晃了晃，再次消失在空气里。

头顶灯管闪动，教室已经变得斑驳陈旧且空无一人，烧灼味从四面八方涌上来。

随着李小雨的出现，里世界被再次触发了。

唐心诀翻开笔记本，被李小雨握住的地方留下一个漆黑手印，烧焦了纸张和字迹。

剩余的字迹拼凑起来，依然能看出一些信息。

"9月5日早，仿写的情书被发现了，跟踪半个月后，我的字迹果然和王鹏的字迹一模一样。但没有一个人拆开，钱志把它交给班主任……他应该消失（划掉），和赵明涛一起消失。"

"错过了班级饮水机换水的机会，药片剩下好多，暂时放在瓶子里。"

"24小时……还剩24小时……"

"情书上的药粉好像被我吸进一点，皮肤开始起泡，变黑，我要提前，一切都要提前……就从孙倩开始吧！"

"所有人都要消失！！"

最后几个字不像是用笔写上的，反而像是自动从纸内渗出的。

唐心诀仔细看完上方的信息，刚要放下笔记本，忽然见到上面又浮现两行字：

"见我所见、想我所想……你想知道全部真相吗？"

"从悲惨中拯救我、从仇恨中解放我……想知道怎么才能救我们离开地狱吗？"

唐心诀："不想，谢谢。"

笔记本："……"

"这是你自己的人生。"唐心诀面无表情地温声细语，"我没有普度众生的爱好。"

她的任务是通关、生存，仅此而已。

怀有巨大恶意的NPC，上一段还在淘汰学生，下一段就让人超度拯救，想把人耍得团团转，也要看考生配不配合。

笔记本还不死心："你不想变强吗？不想得到额外奖励吗？不想接触到……这个世界更多的秘密吗？"

唐心诀定定看它两秒，笑了："如果有额外奖励，是来自这部电影，还是来自你呢？李小雨？"

没等笔记本再回应，她就啪地将其合上，顺便取了两支李小雨的笔，抽身出了班级。

从和郑晚晴的相遇来看，理论上，只要两个人同时触发里世界，就能看见彼此。那么如果张游或郭果此时进入里世界，她们就可以相遇。

"啪！啪！"

刚走出门口，唐心诀就忽地抬眸转头——似乎有人在敲班级玻璃窗，但窗外空无一物。

搜索完整个走廊，除了几只无意识攻击的NPC外并无室友，唐心诀决定上楼。刚到楼梯拐角，又听到了窗户敲击声。

"啪！啪！"

楼梯间的窗户外只有茫茫白雾，不大可能有东西在外面敲窗户。那就只能是内侧发出的敲击声。

这次，唐心诀停下脚步，上前查看。

窗边没有半点痕迹，敲击声几乎是凭空出现又凭空消失。

思及此，她没有再走，而是等待原地。

如果这声音是为了提醒她什么，那它肯定会再次出现。

果然，没过多久，啪啪声出现在上方，不是来自上层的楼梯口，而是从楼梯口房间内发出来的。

没有犹豫，唐心诀循着声音而上，发现这道门被从内部锁上了。

门顶的小挡风玻璃上，似乎被某种看不见的东西轻轻敲了两下。

唐心诀皱起眉，是谁在提醒她？这个声音想让她干什么？

现在没时间想那么多，房间内有轻微的声响和熟悉的气息，唐心诀心中有了猜测，敲了敲门："我是唐心诀。"

门内没有声音。等了两秒，唐心诀再次开口："郭果最喜欢看的书是《穿成万人迷后我有了七个大佬哥哥》《我被妖王缠上了》……"

开锁声簌簌响起，然后门被用力打开，两张五官陌生却神情熟悉的脸出现在面前。

郭果呜咽："诀神！这个是真的！"

郑晚晴也在，她身上沾了不少血迹，不知道是自己的血还是 NPC 的血，但是精神气很足："你不知道，刚刚有个'教导主任'，竟然还能模仿别人的声音，差点儿把我们骗过去了！"

"模仿是很多 NPC 的必备技能，换成我们的学校制度，这算是它们的必修课。"唐心诀还有心情开句玩笑，她拿出笔记本，"这上面记载了李小雨的视角，再加上你们两人的，已经齐了一半。"

如果张游在这里，再加上一个人的视角，差不多就能完整了。

说到张游，郑和郭同时摇头，她们从进入里世界开始就一边逃一边找，到现在也没发现张游的踪影。

"可能张游太谨慎了，所以没触发过里世界。"郭果猜测。

唐心诀眉心紧锁没说话。不知为何，她心头总有股不太好的预感。但现在时间紧迫，几人没时间讨论太多，立即开始对照总结剧情。

"原来情书是李小雨仿写的？"

郑郭两人均十分震惊。郑晚晴更是恍然大悟："怪不得王鹏来找我时那么愤怒，一副要报仇雪恨的样子。"

郭果哭丧着脸："原来都是李小雨干的！我差点儿因为这件事被钱志害死，啊不，是孙倩差点儿被钱志害死。"

唐心诀提醒："按照电影世界里的正常发展，孙倩很可能确实是被钱志害死的。"

她们成为人物角色后，可以凭借强化的身体素质和能力道具逃脱，原本的人物却不行。

郑晚晴神色严肃地点头："没错，我觉得冯婉就不可能逃得过去。"

她伸出手臂，上面被卫生纸一层层缠住，隐隐能看到渗出的血："这是在电影世界里，被发疯的王鹏伤到的。"

王鹏似乎和赵明涛打了架，回来后依旧气不过，觉得是冯婉和赵明涛一起设套陷害他，于是过来找"冯婉"算账。打斗间，郑晚晴不小心踹翻了李小雨的座位，才导致再次进入里世界。

唐心诀在纸上写下六个名字，然后在孙倩和冯婉的名字上画了叉。

"剧情到这里时，暂时已经有两个人消失了。"

郭果打了个冷战："这班级的班风太诡异了，不知道总共消失了几个……"

唐心诀不假思索："我倾向于所有人都消失了。"

郭果："！"

只听唐心诀继续说："电影的最后一幕，班级内所有人都变成了'怪物'。哪怕是梦境，应该也不会平白无故出现。"

再结合李小雨的笔记本，杀意满满的那句"所有人都要死"，整个班级全员团灭也并不意外。

"如果是这样，"郑晚晴努力思考后问，"那岂不是所有人都要死，只不过是先后顺序的区别。电影的梦又是谁做的？"

唐心诀和瑟瑟发抖的郭果对视一眼："那就要看谁最后消失了。"

就在这时，轻轻敲击声又在门口响起，不同于电影里角色的凶狠诡异，这个声音一闪即没，像是在引人过去。

——三人团聚，也是被这声音引来的。

几人互相交换目光，唐心诀决定："我们跟这个声音去看看。"

小心翼翼躲开走廊里的NPC，几人一路循声进了卫生间，声音在洗手池上停下。

"啪！"

洗手池上方的镜面被敲响，几人视线被引过去，而后就在镜内蓦然看到一条熟悉的身影——

"张游！"郭果脱口而出。

——准确地说，是腹部沾满血迹，脸色苍白的张游。

三人扑到镜子前，郑晚晴也急忙开口问："张游，你怎么会在镜子里？还有这么多血，发生什么了？"

张游在镜子里朝三人露出一个无奈的笑，指了指自己腹部的伤口，比对口型："我在电影世界中已经死了。"

张游……死了？

这一事实摆在眼前，镜子前的人却难以接受。

郭果愣了两秒，眼泪直接汹涌而出："呜呜呜是谁！我们要去报仇！"

唐心诀拉住两个激动的室友，让她们安静下来，仔细看张游说话。

张游摇摇头，用口型说出死因："赵明涛。"

连比画带口型下，几人明白了原委：张游成为教导主任视角、阻止了赵明涛和王鹏打架后，却不慎被赵明涛害死了。

其实以张游被强化过的身体素质，未必打不过狂化的赵明涛，只是没想到对方会突然背后偷袭，连反抗都没来得及就被直接送走。

张游也很郁闷，但总体还算平静，她指了指自己，又指了指镜子，然后指向唐心诀。

唐心诀了然："敲击声都是你发出的，是你把我引到了这里。"

张游点头。

在电影的"现实"中，人物并不会彻底死去，而是以另一种状态继续存在，还可以穿梭进里世界。

只不过她没有了实体，也无法正常和唐心诀几人交流，只能通过发出敲击声吸引注意力，借助镜子才能出现。

张游又指了指外面和李小雨的笔记本，费力比画出一个意思：她知道的剧情更多。

唐心诀眸光微动："成为另一种形态后，能看到更多人物的行动轨迹，不受视角限制？"

张游用力点头。

仅靠张游现在的状态，描述剧情太过困难。唐心诀在洗手台的镜子上写下了六个名字，问张游："能画出他们在电影'现实'中的消失顺序吗？"

张游举起手，先把孙倩和冯婉抹去，摇摇头，她并不知道这两人的剧情，但也赞同唐心诀三人的猜测。

再然后，她手指在镜面上连成一线，同时划掉了钱志与王鹏。

两人在斗殴中互相害死了彼此并就此消失。

最后，镜面上只剩下两个名字：李小雨和赵明涛。

一条弧线从后者指向前者，加上追逐的痕迹。

赵明涛就是害死教导主任——张游的人，从张游的意思来看，他在杀了人之后，发现李小雨正在附近偷窥，于是提刀追上去想把李小雨也给杀死。

唐心诀问："然后呢？"

张游张了张嘴，似乎不知道该怎么描述。她忽然转头看向门外，焦急地皱起眉，用力敲镜面。镜面外，镜子上的痕迹也在飞快散去。

里世界要消失了！

眼见时间来不及，唐心诀只能抓紧时间问最后一个问题："你知道电影内容是谁做的梦吗？"

张游摇了摇头。

她用最后的时间，发出一句无声口型：小心李小雨。

里世界再次消失，与之伴随的是短暂失重与抽离感。唐心诀稳定心神，发现她这次站在卫生间里，手中握着被掰开的笔记本。

转身向外走的瞬间，她动作忽然一滞。

……不对。

现在已经不是里世界，分明是属于电影梦境外的"现实"，但那股弥漫在空气中的烧焦味却并未消失，反而越来越浓烈。

停顿两秒，唐心诀闪动不止的眸光凝住……她忽然明白了。

明白了李小雨笔记本上那句"所有人都要消失"的意义，明白了三年一班为什么会团灭，明白了李小雨电影中形象的来源。

——是灼烧。

下一刹那，她毫不犹豫迈腿，全速向三年一班的方向跑去！

如果她猜测的没错，李小雨和赵明涛最后的死亡方式应该相同——死于一场大火。

距离三年一班越来越近，刺鼻的烧焦味也越来越浓烈，在挂着"三年一班"牌子的教室门口，唐心诀骤然停下脚步。

教室内已然只剩下黑色灰烬。

所有桌椅设施都已付之一炬，几十具焦黑的身躯以痛苦奇诡的姿势倒在房间内，分不出谁是谁。

李小雨无声的笑脸仿佛在眼前浮现，耳边有若隐若现的哀号和低吟，从四面八方重重叠叠地压下来。

唐心诀没有开启感知关闭，而是放任思绪疯狂思考。她知道已经来不及了。按照电影正片中的套路，现在应该已经临近……

"叮！电影观看进度已经到达100%，重播结束。现在开始观影问答测试！"

果然。

她没忘记，电影的"重播"时间里，所有现实和里世界的危险，都只是为了提高她们"观影"的难度。最终通关与否的关键依然在于这道测试题。

如果这次还是答错，最后的可能性，她们将再一次进入电影重播。

但是最坏的可能性……

想到已经在电影中"死亡"的张游，唐心诀神情越来越冰冷凝沉。

"请问，这部电影讲述的是谁的梦境？"

"A. 赵明涛"

"B. 钱志"

"C. 孙倩"

"D. 李小雨"

题目在空气中浮现，倒计时只有60秒。

四周没有任何人，唐心诀不知道室友此时是否也面对着这道选择题。她快速开口："如果有人选错有人选对，如何判定结果？"

规则也很快给出答案——

"问答测试以寝室为单位，选择权由寝室成员选择一名个体进行，结果也只受该成员选择影响。"

即代表，在电影测试面前，其他人把选择权交给了唐心诀。

她的选择，就是这场电影的最终结果。

女孩神色微松，倒计时的数字在她眼中飞速下坠，昭示着选项的急迫。

"选A。"

唐心诀最终开口。

"是否确定你的选择？"

"确定。"唐心诀再次重复，声音清晰且坚定，"这是赵明涛的梦境。"

做梦者大概率需要同时符合两个条件：1.不在剧情中过早消失，否则无法知晓全班团灭。2.潜意识中认为王鹏喜欢冯婉，不清楚情书的真相。

而这两点，同时满足的人只有赵明涛。

令赵明涛符合做梦者身份的还有最后一点：他也对冯婉有好感。这点不仅被钱志利用栽赃，也体现在电影中，明明和冯婉是情侣关系的男生名字叫"王鹏",展现的却是赵明涛的脸。

"在现实的最后,赵明涛追杀李小雨,一路回了班级。"

唐心诀语气平静,如同陈述般将推测补全。

"但回到班级后,赵明涛却看见了冯婉。而这时,恰好是上课时间,所有学生蜂拥回到教室,并不清楚发生了什么。

"只有李小雨,在这一刻关上教室的门,点燃了已经准备好的易燃物,在教室里放了大火,烧死了所有人。

"在被火焰烧死之前,赵明涛意识模糊地做了这个梦,而后与梦境一同灰飞烟灭。"

说完最后一句,唐心诀抬眸:"这就是电影的真正内容。"

"答案已提交,正在检测……"

"恭喜你,回答正确!"

"现在考生可以继续下一环节:现场鉴赏。请考生在60分钟内写出关于该电影的观后感,字数不少于800。"

提示声落下,唐心诀身边顿时多了三个人影。

郭果、郑晚晴,甚至已经"死亡"的张游,都完好无损地出现在这里。

室友面面相觑,还没等露出惊喜之色,教室前后两道门忽然关闭,熊熊火焰在四人面前燃起!

"现场观后感倒计时:60分钟。"

几人:"……"

原来现场观后感,就是字面意义上的"现场"。

她们要在火灾现场写观后感!

一个惨白着脸的女生顺着天花板爬下来,是怪异形态的冯婉。紧跟在她身后,钱志、孙倩、王鹏、赵明涛依次出现,咯咯笑着围观众人。

"……"

居然还是场外监考直播??

从短暂的脑袋空白中回神,郭果几人忽然发现,唐心诀已经迅速打开李小雨的笔记本,开始在上面唰唰唰地写了起来。

能在这种情况下面不改色写观后感，除了肃然起敬别无言表。

"诀神！"

郭果感动地喊了一声，撑着险些被吓软的腿，奔到唐心诀旁边看她写的观后感内容。

只见纸上，赫然列着一行标题：论教室内常备灭火器材与逃生器械的重要性——观《三年一班纪实录》有感。

火焰在教室内蔓延，三年一班形态各异的"学生"们在火焰中挣扎哀号。

仿若地狱的场面，本应令人毛骨悚然。

但刚刚看完唐心诀奋笔疾书的观后感标题，再看向面前的景象时，浮现在张游三人心中的第一想法竟是：这个论点，竟然真的很有道理！

如果教室内有充足的灭火器材和逃生工具，又或者有报警器第一时间自动灭火，或许全班团灭的悲剧就不会发生了。

当然，如果现实真的按这样走，电影也可以直接从恐怖片转移到安全法制频道，在堕落暴力的剧情结尾，蕴含着一丝令人灵魂一震的正能量。

众 NPC："……"

看到唐心诀写的内容后，它们本就扭曲的五官变得更加扭曲，甚至连场外干扰动作都忘记了。

NPC 来这里当然不仅仅是为了围观……只要考生从剧情的任何一个角度下手写观后感，都会被它们找理由施加精神污染，能不能在 san 值狂掉的情况下坚持写完观后感，就要看考生的本事了。

但现在，就连已经悬在几人头顶的冯婉，嘴唇翕动两下，都没想好怎么开口。

被活活烧死的赵明涛默默收回手，胳膊上簌簌掉下一堆黑渣。

……不对啊，明明受伤害的是它们，怎么反而搞得像它们理亏一样？

诡异的僵持中，教室内温度不断升高，即便火焰没烧到几个活人身上，皮肤的灼痛和干裂感也越发明显。

张游脱下衣服，把四人的衣服打结连到一起，挡在她们面前。

郭果的眼睛刚刚一不小心被火燎到，现在泪流不止根本睁不开，但是躲远了又没安全感，只能躲在唐心诀旁边提醒："小心别让衣服被火烧到！"

唐心诀正在奋笔疾书，但是 800 字的要求不可能瞬间写完，几人只能硬挺下来，更别提旁边还有虎视眈眈的 NPC 们，令人更加喘不上气。

唰唰的笔声一停，唐心诀抹掉眼睫毛上的汗水，抬起头："这样不行，纸上的字会被烤化。"

而且越来越稀薄的空气与过度的灼热，也同样会影响人的思路。

"嘻嘻，那就别写了……"孙倩尖锐的笑声顿时随之响起，她以大头朝下的姿势趴在墙上，半个身体伸长了脖子，嘴唇大大咧开，"永远留在这儿，变成我们的同类，就永远不会感受到痛苦，成为我们的同学吧！"

几人：……上辈子丧尽天良，这辈子才倒霉到和你们做同学吧！

唐心诀沉默两秒，反而转头注视回去，目光落在这几个 NPC 身上。

然后她蓦然开口："你们不热吗？"

众 NPC："？"

它们以一种你终于被烤傻了的目光缓缓盯过来，却又见女生点点头，自言自语："你们是 NPC，人类正常的体温都消失了，甚至说身体已经变得很冰冷了吧，当然不会感觉热。"

废话。它们不懂她在说什么，但却见到在唐心诀说完之后，其他几个室友也缓缓转过头来，目光古怪。

唐心诀敛衣起身，面向它们又问道："在我撰写观后感的时间内，规则应该不允许你们直接攻击我吧？"

冯婉扭动身体，咻咻冷笑："我们没有攻击你哦，只是……等等，你干吗？"

众目睽睽下，唐心诀三步并作两步扎进 NPC 堆里，长舒一口气："的确很冷。"

然后她再次坐下，就着孙倩垂落的头发作为隔绝大火现场的屏障，开始继续写观后感，顺便撑了撑旁边的赵明涛："你走远点，挡光了。"

被直接当成工具的 NPC："……"

"啊！"

冯婉和赵明涛尖叫起来，失去理智地伸出手抓向唐心诀。

马桶撅重重挥出，挡住四条手臂，唐心诀抬头，笑意浅淡："有没有人和你们说过，你们很容易被激怒？"

它们由怨恨憎恶而生，绝大多数本能都大于理智，更别提这群 NPC 刚刚"经历"过自身的死亡现场，正是怨气滔天的时候。

冯婉和赵明涛脸色一变，冯婉先一步及时收手，赵明涛却速度太快没来得及，只见马桶撅忽然从唐心诀手中消失，赵明涛手里的尖刀就毫无阻碍地嵌入她手臂中，鲜血汩汩流出。

攻击落实，判定成功。

规则惩罚还没降下，一道金光就先从唐心诀体内冒出，将赵明涛罩在其中。

凄厉的尖叫从金光中迸发，赵明涛以肉眼可见的速度飞快消失！

从身体、脖子、头发再到脸，它剧烈挣扎着化为一团模糊的人影。

其他NPC纷纷本能地后退，就在这时，教室环境再次发生变化，墙壁变为焦土，梦呓般的呢喃低语纷纷响起，木门轻轻晃动，燃烧的大火越发剧烈。

"学生"们脸色骤变，本来就白色的脸更加发青。它们畏惧地飘移分散，紧紧靠着墙，更加无人出手帮"赵明涛"。

尖叫声渐渐消失，随着金光变弱消散，"赵明涛"也彻底化为虚影，在溃散的前一秒被马桶搋重新扣住了脑袋。

唐心诀吐出一个字："吃。"

一股吸力从橡胶头内传出，虚影被一点点吸入马桶搋中，由快到慢直至彻底消失，马桶搋才吐出几根头发。

光华闪过，手杆上的骷髅标识由一变二。

"吞噬成功，已继承属性'尖叫'。"

唐心诀："捂耳朵！"

下一刻，橡胶头缩了缩，再猛地一抖，震耳欲聋的非人尖叫声从橡胶头里迸发而出，仿佛经过喇叭的扩散，在教室内凄厉盘旋久久不散。

幸好郭果三人得到提醒，提前捂住了耳朵，饶是如此，她们也感觉脑袋被震得嗡嗡作响。

"NPC的尖叫：对一切生物的无差别声波攻击，附带精神污染效果。"

"NPC的利刃：锋利度大大增加，可以和刀正面刚一刚。"

尖叫声迸发之下，正对着马桶搋的熊熊大火也被冲击得向后一缩，而后闪烁几下，诡异地平静下来。

"学生"们一动不动，仿佛恨不得当场消失。

继续写观后感的唐心诀再次停手，抬眼看向前方。

火焰中出现一个人影，焦裂的皮肤在火焰中飞快合拢如初，变成完好的短发少女模样。

正是一直没出现的李小雨。

无视其他任何人，李小雨直直向唐心诀走过来，脸上挂着十分灿烂的笑容，与电影中畏缩阴郁的模样截然相反。

"我的笔记本好用吗？"她轻快地问。

只看了一眼，唐心诀就继续低头写字："还可以。"

李小雨走过来，靠在她身边亲昵坐下，望着笔记本的眼睛里充满好奇，不像凶残充满恶意的NPC，倒像是个普通人。

看了一会儿，她问："先进的自动报警器是什么样的？"

唐心诀言简意赅："报警、喷水、开门。"

李小雨："那如果我把教室断电，报警器还有用吗？"

唐心诀："内置锂电池。"

"哦——"李小雨拖出长长的尾音，笑嘻嘻地问，"那如果我提前破坏了报警器呢？"

唐心诀头也不抬："特殊情况不计入普遍情况内考虑，800字的内容容纳不下这么多。如果你想额外讨论，可以写一篇观后感后记和我一起交上去。"

说完，她还贴心地撕了一页纸："要吗？"

李小雨："……"

李小雨终于不说话了，她静静靠坐在墙边，手轻轻一挥，其他"学生"立刻如蒙大赦般钻入大火。

"真可惜呀，如果我以前认识你就好了。"李小雨轻轻开口，"我们一定很适合做同学，你不觉得吗？"

见唐心诀不回应，她又嘻嘻笑起来，靠近低声说："你很适合我们的世界……不觉得吗？

"人类世界有什么好的？古板、无趣，只有一套死板的规则来评价所有。你的付出不会得到相应回报，哪怕再努力……在其他人眼中，也只是一个精神有问题的疯子而已，不是吗？"

说到最后几个字，声音冷得仿佛淬了层冰碴，令人脊骨生寒。

唐心诀终于停下笔，转头，无波无澜的目光与近在咫尺的"李小雨"交会，声音也很轻："你们的世界，我曾见过无数次。"

同样的低语、洗脑、威逼利诱，让她放弃现实坠入黑暗，也听了无数次。

"但每天睁眼之后，我都只想说一句话。"她朝李小雨点点头，唇角扬起弧度，"关你屁事。"

她想做什么，想过什么样的人生，轮不到别人来置喙。

同样的，别人的人生，无论是堕落还是成为NPC——"关我屁事。"

当然，如果伤害到了她的朋友和亲人，那就关她的事了——这一点，赵明涛在马桶撅上留下的印记表示有话要说。

在对方冰冷的目光中，唐心诀收笔起身，举起笔记本："观后感，我写完了。"

800字，一字不差。

"叮咚，观后感已提交，正在评测中……"

火焰中的影子停止尖叫挣扎，同时做出"转头"动作，一动不动看向众人。

"考生观后感，将由三年一班全体成员进行打分！"

"什么！"

提示声入耳的瞬间，连张游都忍不住骂了一句。

每次就在她们以为终于能通关的时候，考试总是会弹出新的骚操作，一次又一次考验人的心理防线。

写完观后感还要打分就算了，让"三年一班全体同学"来给观后感打分是什么操作？

这个班级全体同学，不就是包括了王鹏、冯婉等角色在内，囊括了所有这些怀有恶意的电影角色吗！

想起在里世界中被各种追杀，还有和几个主角结下的梁子……一股不祥的预感涌上大家的心头。

张游转念一想，安慰道："应该没什么大关系……我记得考试通关要求中只说，需要完成至少四篇观后感，但没说观后感一定要达到多少分呀！"

唐心诀也点头肯定，给室友加了一颗定心丸："没错，按照考试规则，从我写完观后感的那一刻起，这部电影的考核就已经结束了。"

接下来的部分，应该只算是附加流程。所以分数无论高低，都不影响通关结果。

紧张的气氛这才缓和下来。没过多少秒，几乎在四人讨论的话音刚落时，提示声就随之响起：

"观后感评分已完成！您本篇观后感的最终得分是：65分（百分制）。"

"哇！"郭果颇感意外。

不只是她，这个分数几乎比所有人预计的都要高——至少以百分为满分来看，甚至还及格了。

以副本NPC对考生天然的恶意，能给出一个及格分，已经是多么感天动地的事情。

张游猜测："也许是心诀弄死了'赵明涛'，又或是我们让其他主要角色吃了亏？"

毕竟对于其他"学生"来说，这几个主要角色多多少少算是罪魁祸首。几乎直接导致了三年一班的全灭。

甚至也有可能是这群"学生"真的赞同唐心诀观后感的观点，或者随便给了分数等等。总之分数既出，原因也无从探究。

考试规则显然也同样认为这个分数不低：

"恭喜考生，获得'及格'评价，成为该电影考核测试中首位及格者！可获得奖励：……"

光芒自空中闪过，奖品还未出现，却忽然随着提示声一起停在原地。

光芒下方，李小雨笑嘻嘻放下手，歪头看众人："这个奖品，暂时就没收了哦。"

"？"

张游："为什么？"

郑晚晴："凭什么？"

郭果握住吊坠，吞咽口水。

唐心诀直视着笑容虚假的李小雨，神色看不出情绪。

看到几人反应，李小雨嘴巴咧得更大，几乎笑得前仰后合，笑了半天才停下，窄长的眼睛眯成一条线："因为不想给你们，所以就没收了呀。"

郭果："这可是考试规则给我们的奖励……你，你想违背规则？"

"所以呢，你们想怎么办？"李小雨眨了眨眼，拉长了重音，"打算——去举报吗？"

唐心诀抬眼冷冷看着对方。

其他人也一时哑然，空气陷入寂静。

她们向游戏举报，分明是上一场考试的事情，李小雨是怎么知道的？

满意之色在李小雨脸上出现，她似乎很享受看到别人的惊疑和忌惮。只可惜这种表情几乎没从唐心诀脸上出现过，她只是平静站在那里，身板比李小雨还要瘦小，却笔挺松弛。

看了李小雨两秒，唐心诀毫不犹豫对空中开口："我们已经完成电影考核，现在想回归现实。"

收到请求，停滞的规则再次运转：

"已接收考生信号……正在连接……载出中……"

抽离感涌上来，李小雨夸张的笑声进入众人耳中："你们以为自己真的赢了吗？

"依靠着考试规则压缩难度，躲过了实力被刻意压制到几乎和你们一样弱小的敌人，在毫无挑战性的C级副本中通关，就觉得自己取得了真正的胜利？

"继续成长吧，在诡谲横生之地，恶意汇聚之所，在你们有了足够实力，不得不面对的时候，我们在那里等你们……"

画面和景象都开始抽离，混沌中，李小雨继续哼唱起歌来。

"我们都一样。

"大家都相同。

"欢迎来到我们身边。

"了解我们所做的一切——

"我们就是，和谐友爱的三年一班。"

这次，意识回笼的第一时间，几人纷纷迅速动作。

唐心诀眼疾手快关掉要自动连续播放的视频，张游检查身体是否完好，郑晚晴冲回座位喝水，郭果奔到卫生间开始呕吐。

"精神受损：健康值 -30。"

"Debuff：你的健康值将在一段时间内持续减少。"

几人全部多了这条 Debuff，其中郭果的最严重，唐心诀的最轻。不过，大家的血条都掉到了黄线内。

"好在电影副本内受到的身体伤害，并不会在通关后继续保持。"

确认自己身体无虞后，张游重重松了口气。

唐心诀查看着剩下的电影，点头道："这应该就是 C 级副本的简单之处。"

如果是 B 级甚至 A 级副本，就未必能简单恢复了。

休整片刻，几人又吃了点东西恢复精力，总结第一部电影的经验。

好在这次考试没有总体时限要求，她们有足够的休息时间，不用急着看下一部。

"首先，电影问答难度很高，几乎在影片中找不到任何线索。"

唐心诀记下第一条。

这一步骤，她们几乎只能靠猜测，有几分之一的概率能一发入魂，一旦运气不好，就要被迫"观看重播"。

"可惜我的吊坠对选项不起作用。"郭果苦恼地揪头发。

"重播这一步骤，从第一部电影来看，大概率是让我们进入电影世界内，以其中角色的视角观察剧情。并随着剧情结束，问答会立即再次开启。"

唐心诀画了一个加粗的红色感叹号："这一环节，我们必须答对。"

这是能保证全员不被淘汰，通关可能性最高的底线。

另外，在电影重播的过程中，必然会伴随着各种阻碍和危险，尤其当四人被分散开的情况下，只能依靠个体的力量见招拆招。

"最后一道流程是观后感。只要成功完成观后感，即可安全结束副本。"

总结完毕后，唐心诀说："最后这部分可以交给我和张游负责。"

她能保证在危险情况下稳定执笔，而张游可以提供补充一些思路。

当她因不可抗因素无法进行问答选择时，选择权将顺移给张游。

郑晚晴举手提问："那如果张游也不能选择，我和郭果谁来回答？"

郭果："大小姐，如果到了那个时候，我们就不要这样为难彼此了，直接躺平不好吗？"

在两人因选择权顺位吵起来之前，张游及时一人一块饼干堵住嘴，转过头来，唐心诀已经打开了电脑。

"现在是晚上 6 点，我们的精力还能完成一部电影。"

伴随着鼠标的移动，四人表情也严肃起来。

该选择哪部呢？

郑晚晴忽然开口:"按照我以前看恐怖片的经验,同一个系列,第二部往往比第一部要更难。"

因为第一部的元素和套路观众往往已经看过,所以导演会升级难度,甚至魔改。

"大小姐说的有道理。"郭果狂点头,"而且第一部和第二部大概率信息是互通的,如果知道其中一部剧情,再看第二部可能会简单一些。"

商量之后,几人意见得到统一:选择一个系列的第一部来看。

这样一来,她们的选择范围就锁定在了两部电影中:是《无头怪谈1》,还是《山村诡事1》?

第三章

为了更好地鉴别判断,四人把《无头怪谈》和《山村诡事》两个系列的四部电影都分别播放了一会儿。

为防猝不及防看到结尾,每个视频最多只看10分钟,就会被迅速关掉。

40分钟过后,她们大致了解了这几部电影都讲了什么。

《山村诡事1》前10分钟的内容,就是一个老太太坐在茅屋前切肉,切完肉剁馅搅拌,旁边放着一沓面团和模具,似乎要做肉包,全程无声地重复这一过程。

当跳转到《山村诡事2》,开头竟依然是一模一样的场景和同样的老太太,依旧在剁馅做包子。只不过仔细看去能发现,这时的老太太头发似乎秃了一小部分,被仿佛烧灼过的焦痕伤疤取代,手上也少了两根手指。

"如果这个老奶奶是这部影片的NPC,第二部同样开局,身上又受了伤,按照恐怖片定律,她肯定变得更强了。"

郭果笃定地小声讲。

郑晚晴:"谁总结的定律?"

郭果:"……我自己总结的。"

张游也赞同:"如果这个老奶奶就是NPC,那证明她第一部没被消灭,在第二部里更加危险。"

当然,这只是她们暂时的猜测,毕竟有前车之鉴,电影这几十分钟里的信息很可能只是冰山一角,甚至会故意误导人,实际真相南辕北辙。

接下来是《无头怪谈》系列，第一部的开局和唐心诀、郭果两人最初所见一样，就是一个无头怪突然出现，一边找头一边恐吓几个青年学生的故事。

部分片段确有些瘆人，但毫无进展的场景持续了10分钟，很快就令人索然无味。

直到《无头怪谈2》开始播放，唐心诀才眼底一亮。

这次屏幕中的场景，是一间四人女生寝室。

画面移动到靠近门口的书桌前，四个二十岁左右的女生正围坐在一起，在一张颜色晦暗的纸上画字。

"我们把自己的名字写在纸上就行了吗？"

一个染了红发的女生有些犹豫。

"金雯你别废话，不想玩就走开。"

身边女生不耐烦地推她一把，自顾自地把名字写了上去。

约8开的纸上，很快多出三个黑色的人名，字迹在纸面上一点点干涸。

红发女生金雯看着纸上的字迹，脸上不断闪过犹豫之色："我好像也不是特别想找男朋友，姻缘差点儿就差点儿吧……"

"这可不止能提升姻缘。"一旁刚刚提醒完她，又在纸上写下"魏仙"两字的女生立刻反驳金雯，"我师父说了，从姻缘到财运，还可以保障家人身体健康、财源广进。甚至还能让你讨厌的人倒霉。"

"只要在四个角上写我们的名字，然后心中默念祈祷想要的东西，再把头发和红土放在中间，把纸包起来悬挂在寝室门口，最多不超过一个月，就会有奇效。"

听完魏仙笃定的发言，其他两名女生也劝："你快点写吧，这个要四个人都写，效果才能最大化。"

一个女生主动调节氛围，安慰金雯："再说了，就算万一没用，我们也不亏，就写几个字而已，到时候摘下来不就行了？你去寺庙里求一个福袋还要花钱呢。"

听完劝说，金雯神情也松动下来，咬咬牙在纸上写下名字。

"别写啊！"

电影画面外，郭果看得入神，忍不住哀呼一声，为主角的作死行为嗟叹。

郑晚晴幽幽道："郭果，你还为别人叹气，这不就是以前的你吗？"

郭果："……"

郑晚晴继续补刀："要是换成进游戏以前，你肯定二话不说就落笔，还负责充当怂恿人的角色，看，就是里面的炮灰。"

郭果："……"

郭果干笑两声转移话题："继续看继续看……咦，屏幕怎么黑了？"

几人同时皱起眉，见画面刚刚黑下去，扬声器中就传出女生的尖叫，还有其他人混乱的安慰："没事没事，肯定是停电或者跳闸了，拿手机照一下。"

几秒后，供电恢复，画面重新变亮，几个女生均是一愣：刚刚写好名字的纸张，不知为何竟然被揉成一团，掉到了桌子下方。

魏仙登时用力推了金雯一把："是不是你扔的？我都说了不想玩就别玩，搞破坏是什么意思？"

金雯一脸茫然，百口莫辩："不是我啊！而且刚刚是忽然停电，我忙着找手机还来不及，哪有时间做这种事？"

其他两人连忙劝架，她们把纸团捡起来，看见除了变皱并没被损坏，松了口气，说纸没弄坏就好，把"祈福"流程搞完要紧。

魏仙得意地哼了一声："那当然，这纸和红土可是我师父特意给我的，专用道具，买都买不到。"

其他人不敢再说什么，眼见魏仙按照方法用纸包起头发和红土，找了根绳子挂在门口。

"这样就行了。"她满意地把别人叫过来看，"你们心想事成以后别忘了请我吃饭。"

三个人围在门口，仰着脖子观察纸包，金雯站在寝室里看着这一幕，不知为何感到一阵不寒而栗，止不住打冷战。

她不敢再多想，连忙收拾起来："那我先去洗澡了！"

"金雯，你怎么不过来看？"

镜头切到金雯正脸时，魏仙的声音忽然冷冷从她背后响起，吓得她一个激灵僵在原地。

"我，我就不看了吧，我相信你。"她胡乱搪塞几句，拎起洗浴袋要走，肩膀忽然被从后方扣住。

"还在等什么呢，快过来看看呀。"

另一个室友的声音也随之响起。

"快过来，就差你一个了。"

第三个室友紧跟着催促。

金雯浑身莫名冒冷汗，又找不到理由拒绝，在接连不断的催促声下只能硬着头皮转身,刚扯起一个僵硬的笑:"挺好……"

话音未落她便亲眼见到,笑容诡异的室友们,脑袋从她面前一颗颗滑落,掉落时还保持着张嘴催促的状态,甚至掉落到地面后,还在一张一合地问金雯:"怎么样?纸包挂得好吗?"

"我有变得更好看吗?"

"你说话呀……金雯……你说话呀……"

脸庞彻底被恐惧占据,金雯失声尖叫:"啊!"

"啪",画面化为一条线消失,唐心诀及时关闭了电影。

室友还有些没缓过神来,尤其是郭果,她起了一身鸡皮疙瘩:"这电影真有恐怖片的感觉,我健康值都掉了。"

尤其是电影内容,里面无论是场景还是人员配置,都几乎和她们寝室一模一样。代入一下,一时间都有些脖子发冷。

四部电影初步了解完,接下来就是选择时间。

和以往全员统一的结论不同,这次商讨的结果,竟出现了分歧。

郭果和张游选择《山村诡事》,郑晚晴选择了《无头怪谈》。

唐心诀思考几秒后,也选择了《无头怪谈》。

郭果疯狂摇头:"《无头怪谈》太恐怖了,我不想开场就掉头!"

张游也十分踌躇:"这部电影的内容,对于我们寝室的确非常不友好。当然,《山村诡事》的难度也不确定。"

上一个看起来简单实际复杂的亏,她们已经在《三年一班纪实录》里面吃过了。

郑晚晴摇头,直白地说:"我没想那么多,就是单纯觉得《山村诡事》让我感觉很恶心,后者稍微好点。"

听完所有人看法后,唐心诀按了按眉心开口:"我不选《山村诡事》的原因是,这部电影的故事发生地在山里的荒村。

"一旦选择错误,我们进入电影中,那我们就需要在这个环境中,面对NPC生存到最后。"

唐心诀指了指自己,又指所有人:"但张游、郭果、晚晴,包括我,我们四人恰好都没有山村生活经验。"

如果电影时间被拉长,她们该如何在里面寻找食物生存,如何适应完全陌生的地理环境?这对她们来说,是一个巨大的天然劣势。

意识到这点,张游脸色也凝重起来:"的确,我没考虑到这点。如果相比起完全陌生的山村,肯定是女生寝室的结构我们更加熟悉。"

她们在寝室内也算进行过多次作战,在熟悉环境内,面对恐怖敌人的慌张感也会降低。

郭果弱弱开口:"我三岁以前住在奶奶家算不算……算了当我没说,那我也投票给《无头怪谈》好了。"

冷静下来后,没人想跑进深山荒村和NPC搏命,票数逆转,《无头怪谈》胜出。

于是,电脑文件夹里的《无头怪谈1》重新被播放,这次几人一口气看完了全程。

废弃厂房内,四个探险的青年男女不小心触发危险封印,无头怪现身,几人尖叫躲避,周旋长达几十分钟后,竟没有一人伤亡,安然无恙地回了家。

几年的时间过去,他们渐渐忘记这件事。直到工作以后老友重聚,提起当年的探险。

其中一个人说,他有段时间经常做噩梦,醒来脖子上会莫名出现一条红痕,说完就要给其他人看。

众人嬉笑着拨开他的头发,发现竟然真的有这道红痕。而后他们摸向自己的头,这才意识到,每个人脖子上都浮现了一道红痕。

寂静的房间内,呆若木鸡的四人头顶,无头怪的笑声时隔多年后再次响起……

"叮!本部电影已观看完毕,现在开始观影问答测试!"

"请问,这部电影的主题是?"

"A. 喜剧"

"B. 亲情"

"C. 爱国"

"D. 反战"

"请在倒计时结束前做出选择!"

"……"

喜剧?亲情?爱国?反战?

这都什么选项?

郭果双目无神："如果我有罪，法律会惩罚我，而不是让我来面对这种问题。"

相比之下，就连上一部电影的测试都被衬托得不那么离谱了。

张游开口也很干脆："我选不出来，心诀你呢？"

目光再次集中到唐心诀身上，少女注视题目两秒，也转头："晚晴，你认为呢？"

郑晚晴："呃……等等，把这种拼智商逻辑的问题甩到我身上，你们觉得合适吗？"

"不。"唐心诀摇头不假思索，"达到这种层面的选择题，拼的已经不再是逻辑，而是运气。"

而整个606寝室，公认运气最好的欧皇——是郑晚晴。

"天将降大任于欧皇也，晚晴，这道题非你莫属。"

郑晚晴："……"

我信了你们的鬼！

倒计时没剩多少，她硬着头皮思考几秒，悍然做出选择："那就A吧！"

"从头到尾，无头怪一直笑笑笑，笑个啥呀，可能它觉得挺好玩吧。"

它觉得好不好玩不知道，郑晚晴是差点儿被烦死。

她愤愤吐出一口气："喜剧！就这个了。"

"叮！回答正确！"

提示系统响起一阵欢快的音乐，约十秒后停下：

"接下来将进行现场观后感撰写，请考生备好纸笔相关工具，做好准备——"

众人："？！"

这就正确了？！

几人面面相觑，来不及讨论答案正确的原因——估计也没这个机会了——只能在提示声中匆匆寻找手边的纸笔。

唐心诀迅速提醒："手机和道具，全都别忘记。"

话音方落，四周环境立时变化。

灯光变得昏黄，反射在墙壁上有些晃眼，书桌床铺变成酒桌和沙发，唐心诀刚集中注意力，震耳欲聋的尖叫就扑面而来，震得人精神一凛。

四个衣冠楚楚的男女抱作一团，正惊恐地看向唐心诀身后位置，尖叫声就从他们嘴里源源不断发出。

这是一个包厢，从装修来看颇为豪华。四个男女蜷缩的地方是正对面的包厢门口，旁边散落着餐椅、餐车、手提包和各种随身物品，应该是刚刚剧烈砸过门却没能砸开。

"别过来，别过来，救命啊！！"

尖叫一声比一声高，恐惧充溢着整个房间。

下一刹那，郭果的尖叫也从旁边猛地响起，带着其他人往前冲："'怪物'啊！就在我们身后！"

蓦然回首，无头的身躯正贴着墙壁向下爬，距离唐心诀只有几尺的距离。

"谁拿走了我的头……谁把我封在土里……让我无法解脱……"

一个低沉沙哑的声音从另一侧响起，视线随声音转去，一颗头颅赫然正在唐心诀腿边，硕大的眼白翻动向上与她对视。

无头身躯扑将下来，她侧身闪开。它却并没有继续攻击，而是一边抱住地上的头，一边往包厢门口缓缓走去。

看着眼前景象，唐心诀出声提醒室友："冷静，现在是观后感撰写时间，远离它们，我们应该没有太大危险。"

果然，无论是包厢门口的四名男女，还是目标明确的无头怪，都似乎看不到寝室四人，只自顾自地演着电影结尾的恐怖剧情。

"叮，请考生在60分钟内写出关于该电影的观后感，字数不少于800，倒计时开始！"

冷静后打开纸笔，几人拖着腿软的郭果找了远离故事现场的角落坐下，在人物的尖叫声中开始构思。

如果说上一部电影有"重播"，对剧情了解比较完整，那这部电影就可以说完全一头雾水。就连电影主旨，都是郑晚晴靠运气答出来的。

很快，正在漫无目的思考的郑晚晴就发现，室友的目光都落在了自己身上。

她："……我完全是蒙的！"

她一个金融生，从大一结束两门人文选修课后就再也没碰过观后感这种东西，对此简直束手无策。

"对了，"她忽然想起来，"郭果，你大二转去新闻专业了，这种现场总结你应该会写吧？"

郭果刚从和无头怪对视的冲击中缓过来，脸色铁青："新闻稿不包括这种现场啊，而且我也不会编啊！"

张游提前否决："我转的是外国语专业，和这部电影没什么适用性……不过观后感，应该主要发挥想象力，我们一人写一段，再配合心诀写的主题，尽快完成就好。"

说到这里，几人纷纷看向已经开始写的汉语专业大三生——唐心诀已经落笔好几行，纤细的手指下笔迹遒劲：论无头怪在喜剧电影中的普遍适用性以及讽刺色彩。

几人沉默半晌。

郭果叹为观止："诀神，你是怎么思考出这些论点的？"

唐心诀不假思索："放弃脑子和逻辑思考出来的。"

……好有道理，无言以对。

包厢门口，电影里四个受害者NPC中，已经有一个晕了过去，剩下三个，有两个选择在屋内跑酷式地逃命，一个举着椅子上去和无头怪肉搏，然后就只见无头怪轻轻一捏，椅子碎裂爆开。

搏斗的NPC倒跌两步撞在门上，瘫倒在地失声大吼："都过去这么多年了，你为什么还缠着我们！你有什么生前的愿望我们可以满足，我们可以超度你！"

恐惧使大吼的男人涕泗横流。

无头怪竟然真的停住了脚步，它怀里脑袋上的眼珠停止转动，和男人对视，嘴唇微微翕动："我的愿望是……"

房间内忽然升起一层白雾，将所有电影人物和声音都掩盖在后。

围观的寝室几人：……还能这样阻止她们看剧情？

唐心诀一边写一边分析："这段有可能涉及了第二部的剧透，所以被挡住了。我们尽量观察能看到的信息就行。"

不一会儿，白雾散去，包厢内的无头怪消失了，只有四名受害者NPC呆呆愣愣地留在原地。

他们僵硬地爬起来，缓缓转向正在写观后感的四人，然后一歪，四颗头从脖子上骨碌碌滚了下来。

郭果："哕——"

她又本能地干呕，手紧攥笔记本，强忍着没有关闭"火眼金睛"。

张游在旁边看得心有不忍："如果你感觉难受，就闭上眼忍一忍吧，我们应该不会受到攻击。"

郭果摇头："不，我看到他们背后有……有东西，哕——"

好在几只新无头怪仅限于精神污染，双腿仍在原地打转，没有扑过来。过了一刻，唐心诀搁笔："写了五百。"

张游撕下自己的笔记纸："我正好写了三百。"

放弃脑子之后，写得果然顺畅多了。

"叮咚，观后感已提交，正在评测中……"

"考生观后感，将由影片主角进行打分！"

在地上怪叫不止的四颗NPC的头颅："好痛啊！什么都看不见……"

"零分！零分！"

"打分结束，您的观后感最终得分是：零分！"

"……"

郑晚晴握紧拳头："如果我现在打它们，规则会允许吗？"

"算了，只是得不到额外奖励而已。"张游拦住了差点儿暴走的郑晚晴，"NPC对我们的恶意本来就不讲道理。"

在全然陌生的领域，对方是主她们为客，一个搞不好就容易踩进坑里。

事实上，光是她们成功写完观后感，吱哇乱叫半天的四只新无头怪显然已经很不满意，惨白的眼球恶狠狠地盯着她们。

唐心诀没管打分的事，她似乎被地面乱转的头颅吸引了，蹲下冲它们问："刚刚的无头怪对你们说了什么？"

四颗头眼珠滴溜乱转："你走近点，走过来我们就告诉你。"

唐心诀抽出马桶搋："真的吗？"

头颅："……"

不知为何，这根马桶搋让它们升起一股惧意。橡胶头上附着的阴冷感更是令它们头皮炸起，仿佛在上面曾经发生过对它们的同类非常不友好的事情。

四颗头又齐刷刷地摇:"走远点,你走远点!"

唐心诀没动,强调并重复了一遍:"是不是那只无头怪把你们变成这样?它说了什么?"

"它说……"头颅终于停止怪叫,不情愿地慢吞吞开口,"只有完成它们的要求,才能结束我们的诅咒……否则,无头役使,生生不息……"

"它们"是谁?结束什么诅咒?

唐心诀正欲开口再问,观后感考核结束的提示声响起,几人再次被传送回寝室。

精神回归,无比的疲惫顿时覆盖而上。两场电影看下来,众人仿佛跑了两个马拉松,累得连抬手指的力气都没有了。

"过度疲惫:你的精神和体力都受到极大消耗,继续透支将减少大量健康值。"

"这游戏是开了青少年模式吧,还挺注重健康作息。"郑晚晴随口吐槽一句,撑起身体摇摇晃晃去洗漱。

"啊,等等!"郭果用力撑开眼皮,第一反应是打起精神在纸上画画。

这是她在"观后感现场",用"火眼金睛"在四个"受害者"身上看到的东西。

唐心诀看去,只见郭果画出了四个无头火柴人,在每个火柴人身上,有像蒸汽一样的线条冉冉升起。

"这是从他们脖子上红痕散出的黑气,红痕的位置就是脖子断开的位置,到后面,黑气就从脖子里面升出来。"

郭果有点儿发愁:"但是还有个东西,我就不知道该怎么画……"

她干脆扔笔,用手给唐心诀比画:"就是,黑气里面有一个红色图案,好像是个什么符号,但是我又看不太清……"

按照她的描述,唐心诀亲手执笔画出一个图形:"是这样吗?"

郭果狂点头:"对对对,差不多差不多。最开始那个无头怪脖子上也有这个纹路,只是要更深,看一眼就特别难受。"

交代完一切,郭果终于松一口气,疲倦不堪倒下去,没过多久竟然趴在桌子上睡着了。

"大家都太累了。"

张游清点完日常物资，看到这幕也叹一口气，叫住唐心诀："其实，我有一个想法。"

"自从进游戏以来，我们绷得都太紧了。"张游认真地说，"每天睁眼就开始担心生命危险，除了必要的体力恢复，几乎没有多余休息时间。"

尤其是对恐怖事物"免疫力"比较低的郭果，几乎绝大部分时间都在恐慌和受刺激，这样下去就算身体没问题，精神上也会不堪重负。

张游和她商量："如果有可能，我们能不能抽出一天的时间，用来复盘和休息？"

唐心诀沉默片刻，而后开口："你说得对，我确实忽略了这点。"

……多年的梦魇让她习惯了这种精神压力，但室友们却都是第一次接触。

时刻绷着的弦更容易断，也许这场考试之后，是时候休息一下了。

暂且按下商议，短暂洗漱之后，寝室很快陷入沉睡。

"丁零零。"

在闹钟声中，金雯揉着眼睛坐起来。

但旋即她僵住动作，脑海里的一切重新浮现：颜色晦暗的纸、奇怪的符号符文、"室友"的头、惊恐的尖叫……

是梦吗？

"金雯快起来，要迟到了，我们先走啦。"

几个室友在下面喊了一声，随后寝室门被打开又关上。

金雯回过神来，含糊应了声，一边快速穿衣服一边思索。当记忆完全回笼，她很快意识到：这件事已经是一周前的事情了，现在纸包还好好挂在寝室门上呢。

看来真的只是个噩梦，金雯放下心来，露出一抹庆幸的笑容。

然后她穿上高领毛衣，挡住了脖子上的红痕。

飞快地起床洗漱，金雯拎起书包匆匆跑到了教学楼，还是没赶上早课铃。

一般来说，如果寝室里的一个人早课迟到了，其他室友就会帮她占个位置。可今天，金雯在寝室群里喊了好几声，三个室友却都没有任何反应。

她只能从后门悄悄溜进去，见到教室已经坐得满满当当，只有倒数第三排勉强空出一个位置。正巧，那个位置旁边的几名女生纷纷转头看过来，面孔令金雯感觉有点儿熟悉。

对了，金雯想起来，这四人就是平时正对门606寝室的同学，只是平时不怎么来往，竟想不起她们的名字了。

金雯有些不好意思地跑过去："请问这里有人吗？"

为首的女生十分纤薄，冷白色的皮肤看起来有些营养不良，她露出友好的笑容，轻声细语："坐吧。"

这一定是个身体很弱的女孩，金雯心想。

课上，金雯一直心不在焉。

她想问室友中午要不要一起吃饭，可无论在群里问还是私信，都没得到任何回应。

下课铃一响，她就急匆匆拎包要走，忽然被旁边的柔弱女生拽住胳膊："对了，金雯，有一件事想问你。"

"啊，怎么了？"不知为何，金雯下意识地不想与对方说话，但看见女生友善的微笑，又不由得放下戒心。

接着，便见女生微笑道："我们早上出门时，看见你们寝室门口挂着一个四角形纸包，想问一下那是什么呀？"

"这个……"金雯一时语塞，她不好意思说这是用来提高运气的，便搪塞道，"就是一个装饰品，看着……看着好看。"

……鬼才会信，那纸包诡异又突兀，好看什么。

意识到自己糊弄得前言不搭后语，金雯尴尬地匆匆离开教室，不知道在她身后，四个"邻居"女生注视着她离开的方向久久没有动弹。

一天繁忙的课程匆匆过去，直到晚饭后，金雯才有时间回到寝室。

如果她没记错，这时候室友应该都没有课，可是敲了敲寝室门，里面却无人应答。

这是怎么回事？今天室友到底去哪儿了？

怀着满满的疑问，金雯忽然从身后方向隐隐听到了室友的说话声，她愕然转身，发现声音从正对面的606寝室虚掩的门内传出来。

……室友正在对门寝室？

推开虚掩的门，果不其然见到"失踪"了一整天的室友。

"魏仙、曹柔、周杏，你们怎么在这儿？"

对于金雯的惊讶询问，三个室友却全然没有反应，她们正神情狂热地拉着邻居寝室的四名同学，安利她们的"祈福"改运术。

"这是我师父教给我的，百试百灵，自从上周我们寝室做完以后，我感觉整个人都神清气爽，生活也顺利了！大家都是同学，我把这个方法教给你们，你们今天就用吧！"

魏仙扯着一名小个子短发女生疯狂推销，对方害怕地缩着脖子，看起来十分无助。

金雯："……不是，魏仙，你们在干吗？别抓人家抓得那么用力呀！"

救命，等下别人要认为她们寝室在搞传销了！

好不容易把魏仙激动的手臂拽下来，金雯很快惊悚发现，她另外两个室友也不遑多让——曹柔抓着一个冷脸的美貌女生不放手，周杏则缠着另一名戴眼镜的女生，甚至想强行让对方写下名字。

被纠缠的"受害者"，同时也是今早给金雯让座的同学，均是一副生无可恋的表情，看起来对魏仙等人的安利半点不感兴趣。

金雯：……她的室友明明以前不是这样的！

唯一"幸免"的人将她唤回神，正是早课上的柔弱女生。她脸上仍旧挂着清浅笑意，说："'祈福'改运术就是你们挂在寝室门上的那枚纸包吗？"

她递过来一个红色纸袋："这是你的室友非要让我们收下的，麻烦你带回去，我们真的用不上。"

"对……真的不好意思，打扰你们了。"金雯感觉脸上烧灼，简直无颜面对这些同学，她连忙使出吃奶的劲，把三个陷入狂热的室友拖回了自己的寝室。

砰！寝室门在她仓皇的背影后合上。

刚刚吵嚷一片的寝室顿时清静下来，刚被纠缠的几人整了整衣服，面面相觑。

"呼——"郭果长长呼出一口气，"她们终于走了。要是再久一点，我就忍不住要反抗了，呜呜呜。"

她们经过游戏奖励的强化，身体素质比从前普通人时几乎翻倍，真要动起手来，很容易把几个普通女大学生弄伤。

"普通女大学生？"

郑晚晴皱眉挽起袖子，上面起了一层鸡皮疙瘩："我看她们像变态。"

当然，从电影中来看，女主角"金雯"的这几名室友，都是显而易见的NPC预备役，现在精神不正常，反而比较正常。

唐心诀拧了拧手腕，观察四周："这里所有陈设和我们寝室一样，可能是为了电影题材的便利，把整个寝室都穿了进来。"

地理环境熟悉，作战十分便利。

她目光扫到阳台外："现在是日落，天还没有彻底变黑，我们就先从整理信息和复盘开始。"

首先，毫无疑问的是，她们现在正处于《无头怪谈2》的"重播"之中。

大概在十几个小时前，四人从处于游戏现实的寝室中醒来，休整完毕后，趁着对《无头怪谈》系列第一部的剧情记忆犹新，便打开了第二部。

虽然《无头怪谈2》的电影长度是总共三部电影中最短的，但最后的观影问答同样离谱：

"请问，在电影内612寝室的四个角色中，哪个角色最先死亡？"
"A. 魏仙"
"B. 金雯"
"C. 曹柔"
"D. 周杏"

如果她们没记错，电影中除金雯外的三个人，分明是同时掉的脑袋。

总之，在用排除法选了B——金雯首杀后，系统果断判定她们答错，然后传送进了这部电影内。

早课在班级内遇到金雯时，就是她们刚刚来到这里的时候。

"这次没直接穿成电影人物，而是成为主角团的对门寝室，还好还好。"

郭果甚为欣慰，否则光是今天这几个角色的疯狂程度，就足够令她的san值急速下降了。

这一天时间内，她们真的就像大学生一样上课，只不过大部分时间都在从四周学生那里搜集情报。

"从目前来看，这部电影的世界观较为完整，地图也很大。"张游将信息在纸上一条条详细列出，"至少校园内部、寝室区内部，都可以正常通行。"

她们甚至还尝试离开学校，结果得知前几天校内发生一起案件，导致全校范围封锁，全体学生只能在校内活动。除非特殊审批，否则无法出去。

说到这一点，四人默契地交换了一个目光。

——毫无疑问，这部电影中并没提到的"案件"，是一个需要探究的线索。

隔着两米的走廊，关上寝室门，金雯重重叹了口气。

她拿出手机抱怨："今天一直找不到你们，不回我信息就算了，还跑到别人寝室里闹。她们又不一定相信，而且我们和人家也不熟，这下关系肯定要尴尬了。"

金雯走到饮水机前给自己接了杯水,越想越异样:"你们今天一定得说清楚,我觉得你们今天不太对……"

"金雯,你过来看看我们门上的纸包,位置是不是有点儿倾斜?"

室友的声音忽然从背后响起,金雯动作一僵。

这语调平板冰冷,听不出情绪的声音,令她猛地想起噩梦中的场景。

……甚至连从背后传来的方向,都一模一样!

"金雯,你怎么不过来看看?"

"快点儿来,就差你一个了。"

在与梦境几乎重叠、连续不断的催促声中,一层细密的寒意爬上了金雯的脊背。

606 寝室内。

唐心诀把几张剪下来的新闻报道铺在桌面上,这是她们从其他同学那里打探来的关于校内案件的相关信息。

"上面显示,在一周之前的晚上,寝室区西南角的一栋男生寝室楼内,有一个男生跳楼,一个男生在卫生间内自杀,两名男生精神失常,并且出现了自残行为,他们现在还在医院进行抢救。"

一开始,校方想将其单纯定义为学生不堪压力而自杀,但很快被否决——寝室四人学业顺利,家境美满,人际关系良好,没有任何抑郁倾向,却忽然同时同地相约自杀,这种概率有多小?

"还有一些细节没被公开透露,据私下传言,死亡现场十分血腥,学生的手机和电脑上都发出过求救信息,但所有亲人朋友却直到第二天才收到。"

唐心诀一边总结,一边提笔在线索下方写:疑似信号屏蔽。

张游补充:"也正因此,警方怀疑是伪造自杀的恶性杀人案件,相关监控已经被调走,两个男生的所有亲朋好友也都在集中接受调查,目前还没公布结果。"

这些大多是她们通过机房电脑连接校园网,从外面找到的信息。

虽然新闻没说具体的寝室号和学生信息,但她们依然想办法找到了这些内容:19 栋楼 612 室,伤亡者正是一间四人寝的全部成员。

"612……"郭果吸了一口气。

唐心诀:"没错,我们现在的正对门——电影主角金雯她们的寝室,也是 612。"

巧合?在恐怖电影里,这种可能性显然微乎其微。

——尽管系统认为这是一部离谱的喜剧电影。

唐心诀按了按眉心："而根据金雯寝室其他室友刚刚透露出的信息，她们在寝室门口挂纸包的那晚，正是一周之前。"

同一天夜晚，612男生寝室四人自杀，而另一间612寝室的四个女生，毫无所知地在纸包里留下自己的姓名与头发。

一场死亡结束的瞬间，也是一场新邪典开始的时刻。

无声打了个冷战，几人看向整理完成的校内案件线索，发现仍旧迷雾重重，不甚清晰。

最离奇的是，明明校内发生了这么恐怖的案件，当她们去实地查看的时候，那栋男生寝室楼却仍然进出自由，学生表情轻松如常。

四人假装社团记者抓住几人采访，他们谈起时也没露出任何恐惧之色，只有一问三不知，仿佛什么事都没发生过。

连事故地点附近都这么诡异，也怪不得整个学校半点紧张气氛都没有。要不是她们去校门转了圈，兴许都不会发现这件事。

"早知道我就想办法混进那栋寝室楼，看看案发现场，没准还能找到什么线索。"

郑晚晴眉心紧缩。

郭果不可置信："你疯了？我们隔壁那四个还没死呢，两个男生就这副模样了。已经死了的肯定更疯狂，要是真去，没准我们就得面对四个Boss！"

到时能安然无恙出来，都算副本客气的。

命案相关暂且搁置，四人把注意力转回当下——唐心诀在第一个612寝室（男）下方，又写了一个612寝室（女），附上四个名字：金雯、魏仙、曹柔、周杏。

电影测试问的是四人中谁"最先死亡"，金雯既然已经被系统否认，只能从剩下三个女生中寻找答案。

"魏仙是发起者，据她所说，这是她师父教给她的。只要写上名字和头发，就能提气运、旺桃花、开财运。她被首杀也不是没可能，而另外两个室友是没什么主见的炮灰，炮灰先被杀也有道理。"

郭果想不出个所以然，只能恨铁不成钢地总结道："这种东西放在小说里我都嫌弱智，明显就是邪门歪道！"

别说大概率都是没效果的骗术，哪怕真的有效果，十有八九也是伤人伤己。

当然，恐怖电影主角永远都不会提前意识到这点。现在那个纸包已经在612门口挂了一周，除了金雯，其他三个室友都开始明显行为异常。

就在刚刚,她们不仅冲进来试图传销,还在寝室偷偷摸摸留下了不少东西。都被唐心诀第一时间摸出来,原模原样地让金雯带回去了。

"还好那些东西没留下,我刚刚感觉寝室阴森森的,冷得不行,她们一走就好多了。"

郭果舒一口气。

不只是她,唐心诀也第一时间使用了"鉴定"技能:"鉴定结果显示,她们四个现在都没有被附身,应该只是单纯精神受影响。"

从这一点上,她们与男寝612四人的疯狂状态竟有些相同。

"这么说,只要我们从现在开始观察她们四个,是不是就能找出谁是最先死的?"

张游的提议无疑是可行的,只是有个更加现实的问题:怎样既能观察对方,又保证自己的安全?

高级道具是没有的,只能把以前买的检测表修一修贴在门口,充当报警器效果。

"嘀嘀嘀嘀嘀——"

几乎是贴上的瞬间,报警器就疯狂响起,就好像……寝室门正在被攻击一样!

室内几人被吓了一跳,郭果更是被吓出一身鸡皮疙瘩:"完了,对面不会已经出事了吧?"

唐心诀皱眉向前:"我来看看。"

她把双手贴在门上,合闭双眼。

入手之处冰凉刺骨,不是正常的凉度,而是黑暗所特有的侵略性阴冷。顺着感应的触角蔓延而上,露出了阴冷背后深藏的恶意……最终,在感知的归拢下,所有恶意都指向同一个源头。

她重新睁眼:"是隔壁门口挂着的纸包。"

"它正在源源不断向外散发某种负面的影响,不只是对612寝室,也辐射到了我们这里。"

"啊!"郭果暴躁地抓着头发,"我们要不要把那东西取下来?要不然连我们也受影响,就麻烦大了。"

张游不赞同:"如果取下纸包也会触发淘汰条件呢?"

现在可以肯定,这个纸包绝对是某种邪法的产物,甚至很可能和无头怪、612男寝命案有着千丝万缕的联系,而她们现在却不清楚该如何解决。

唐心诀想了想,让其他三人先在屋内等待。

而后她开门走过去,敲响了对面寝室的门。

没过多久,门吱呀打开,露出魏仙半张白皙的脸,她目光落在唐心诀身上,嘴角咧开:"你们终于想开了,来取道具吗?"

"不。"唐心诀摇头,蹙眉道,"我们寝室空调坏了,金雯说她有办法修好,可她到现在还没过来,你能让她出来一下吗?"

"……"

魏仙目光有些狐疑,她盯着唐心诀看了几秒,压声拒绝:"金雯现在不在寝室。"

门刚要关,却被唐心诀迅速抵住,温和商量:"那可以占用你一点时间吗?"

"其实……"她放低声音,"我们有一个秘密一直想告诉你,你的室友以前经常瞒着你带很多男朋友回来,还有很多其他秘密,只是平常你们都在,我们不好开口。现在你来我们寝室,我们趁她不在,悄悄把这些秘密告诉你。"

魏仙平板冷漠的眼里逐渐恢复一丝亮光,她张了张嘴,似乎想表达震惊和质疑,却又找不出唐心诀骗人的动机。

最终,在"秘辛"面前,魏仙还是动摇了,她从612寝室钻出,屋内响起曹柔和周杏两人的问话,被魏仙不耐烦地搪塞过去,迫不及待地跟唐心诀过来。

前一秒她刚刚踏进606寝室,唐心诀就在后面关上了门。

魏仙此时的身形动作明显比正常人要僵硬,但不影响她连声催促:"现在只有我一个人了,你快说吧。"

门锁落定,唐心诀脸上微笑不变:"是啊,现在只有你一个人,我们可以好好说了。"

魏仙还没反应过来,脸上尚存一丝茫然,就被拽进寝室按在了椅子上。

"你……你们不是要和我讲我室友的秘密吗?"

"没错。"唐心诀点点头,神情自然地开始讲述,"是这样的,事情发生要追溯到一个月前……"

收到眼神示意,郭果悄悄走过来,用"火眼金睛"仔细扫查一遍魏仙,摇摇头。

不是"怪物"。

"一个月前的某天,我们忽然发现,趁你们不在的时候,金雯竟然鬼鬼祟祟带着一个蒙面男人进了寝室,不小心被我们撞破后,她声称这是她表姐……"

张游也走上来,打手形表示恶意感应道具反应不强,此时魏仙危险性不高,可以交流。

魏仙听得聚精会神："然后呢？"

唐心诀："再然后，这个蒙面男人不仅有时跟着金雯过来，还跟随在曹柔和周杏身后也来过，而且每次一来，就在你们的位置翻翻找找，尤其是你的位置。"

魏仙睁大眼睛，大怒："竟然翻我东西！然后呢？"

"再然后，有一天，我们几个按捺不住，终于拦下你的室友问，为什么总带那个蒙面男回来，还撒谎说是表姐。要知道，女生宿舍总出现陌生人，我们也感觉很不安全，对吧？"

魏仙点头同意："对的对的，然后呢？"

"结果对方很惊讶地告诉我，她从来没带男的回来过。"

唐心诀话锋一转，压低声音："我们这才发现，这一切都是我们单方面看见的幻觉……原来我们有特殊能力，能看见一些你们看不到的东西！"

魏仙："……"

她沉默两秒，眼珠在眼眶里迟缓地转动，似乎在消化这一信息，半天后嘴角微张，迟疑开口："然……后呢？"

"这就是我们把你找来的原因了。"

唐心诀神情一肃，认真道："听说你师承高人，我们就想让你帮忙看看，能不能帮我们把寝室的怪东西赶出去，择日不如撞日，就今天怎么样？"

魏仙又合上了嘴。

片刻的寂静后，她有些茫然无助地开口："可是，我和我师父学的是'祈福'，没学过这些啊？"

唐心诀摇头："这可是人命攸关的大事，我们可以凑钱给你做报酬，要多少都行，你就别隐瞒实力了。"

魏仙："等等？可我真的不会啊！！"

唐心诀招手："郭果，过来哭。"

郭果深吸一口气，酝酿两秒，一个箭步冲到魏仙旁边，抱住椅子就号啕大哭："呜呜呜啊啊啊！活不下去啦！天天都能见怪东西呀！这学是上不了了，考试也考不下去了，不想活了呀！救救我们吧！"

被哭号声冲得脑袋嗡嗡作响，魏仙整个人都傻了，甚至下意识地想挣脱往外跑，可刚起身就被按了下去。

看起来最美貌高冷的女生不知何时来到她身后，按在她肩膀上的手竟然力大如牛，魏仙硬是没挣开。

她惊慌又无助地抬头，见唐心诀正真挚地注视着她，目光中找不出半点虚假。

正在一片混乱中不知所措，忽然又听到唐心诀开口："那不如这样，你联系一下你师父，我们找你师父帮忙后，就不会再麻烦你了。"

"哦，对，对！"魏仙下意识采纳这个建议，掏出手机飞快调出联系人，刚发了两条信息过去，女生倏地扣住手机，如梦初醒般咬住下唇，脸色煞白，"不行！师父和我说过，时间不到，绝对不可以提前联系他！否则，否则……"

寝室四人立即追问："否则会怎么样？"

"否则，他就会被那东西找到……"

魏仙说不出话来了。

她开始浑身发抖，嘴唇诡异地张开，整张脸扭曲成惊恐的模样，在椅子上剧烈扑腾，手机也滑落在地。

唐心诀示意一个眼神，其他几人放开了对魏仙的钳制，女生立即扑起来冲到门外，高高举起双手摸到612寝室门上的纸包，嘴里念念有词半晌，身体的颤抖才缓缓停下，整个人看起来稍微正常了点。

紧接着，她惊恐地扫了唐心诀几人一眼，像躲避什么恐怖"怪物"一般，嗖地钻回了612寝室。

606寝室四人："……"

郭果幽幽道："我觉得她短时间内应该不会过来了。"

用魔法对抗魔法，这一波可能就叫量子对冲吧。

关上门，几人转身，张游无声伸出手，掌心是刚刚悄无声息从地上捡起的魏仙掉落的手机。

这个，才是她们这一场最大的收获。

"为什么突然发消息？不是和你说不要发吗？"

"什么怪东西？你到底听了什么乱七八糟的？"

手机屏幕上弹出了两条消息，不难想象电话那边气急败坏的语气。

寝室内，四人对视一眼，兴奋与紧张溢于言表。旋即，唐心诀根据手机以前的消息记录，打出一行回复：

"抱歉师父，是我隔壁寝室出了问题。我把'祈福'的方法推荐给她们后，她们就说做了噩梦还撞见怪东西，要来找我算账，我一时心急就来找您了。"

半晌，对面弹出新消息：

"原来是这样啊，那个寝室施法成功了吗？"
"没有呢师父，她们中间好像失败了，不会有什么后遗症吧？"
"废物！这点小事都做不好，连一个寝室都摆不平，怎么配当我徒弟？"
"对不起师父！我一定尽快完成您的吩咐！只是……"
"只是什么？"
"只是我的室友也开始做噩梦了，我有点儿担心她们。"
"你放心，这对你们有利无弊，为师难道还会害你们吗？只是效果太强了，你们一时间有点儿承受不了。等过了这段时间，一切都会时来运转，保证你们从此心想事成一飞冲天，这是你们的福报啊！"
"谢谢师父，您真的太好了！！"

唐心诀面无表情手指如飞，屏幕上出现一排排真情实感的赞美，直到最后才语气一转，说到重点：

"对了，师父，我看室友们似乎都很迫切，想找个机会让她们长时间摸'祈福'纸包祈祷并感受福泽，加强纸包的影响，帮助她们尽快度过这个时期。"
"只是，不知道她们现在谁距离'福报'更近，师父，您觉得呢？"

唐心诀把612寝室的人员名字全部发了过去。
寝室内静得落针可闻，所有人都在屏息等待对面的回答。
半晌过后，魏仙的"师父"才发来回复：

"你有这份心，为师很欣慰，我刚刚把你们的名字测算了一下，然后发现……"
"恭喜你呀，徒弟。你的命很好，会比所有人更快得到福报的！"

第四章

说出这个令人精神一凛的"好消息"后，对面显然不想再让徒弟继续追问了，匆匆交代两句抓紧时间完成任务，就下线灰了头像。

临走前，对面还喝令"魏仙"发誓，要立即用某种方式掩盖他们交谈过的痕迹，并保证事情结束前不再联系，绝不能让福报之力察觉到他的存在。

唐心诀乖巧答应，然后反手删除了聊天记录。

物理掩盖，合情合理。

至于福报……徒弟中奖，师父当然也要同喜，一个师门就是要整整齐齐。

距离魏仙离开已经有几分钟，为了避免她发现手机丢失杀个回马枪，几人拍下她与"师父"从前聊天记录的大致内容，然后假装从没打开过手机的样子，将其放到门外。

而后，她们开始研究两人的聊天记录。

这份记录约从三个月前开始，记录了魏仙是如何被对方忽悠着拜了师。

从聊天记录来看，魏仙还与这人现实中见过好几次面。那个颜色晦暗的纸，就是他们最后一次见面，师父亲手交给她的。

从头到尾，魏仙都对"师父"的话深信不疑，在门口挂纸包也毫不犹豫，甚至还引以为荣。

除了今天，对话框最后的聊天记录，就是师父命令魏仙把他的祈福方式推广给身边人，争取让更多人得到福报。

显然，魏仙首先选定的"推广对象"，就是隔壁正对面，唐心诀几人所在的606寝室。

全程看完，郭果感慨："比完全虚假的骗子更可怕的，是有真本事的骗子。"

这个所谓的"师父"最初传给魏仙的入门技巧也颇有成效，只是这些最后构建出的，是一场精心设置好的陷阱。

他想骗魏仙送命！

只此还不够——这种方法每实施一次，最少也要害四个人。更何况这里是学生流动密集的寝室区，以它的辐射范围，影响若真的推广开来，因此而死的学生将不知凡几。

心思之歹毒，令人发指。

捋完全程，几人心中也不由得蒙上一层阴云。这些既然是电影中的背景，多半已成定局。她们能做的，只有在破解答案的同时保全自身，安全脱离电影。

"如果他说的是真的，那魏仙就是第一个死亡的角色。"

张游凝重地写下这个名字，脸上却不见轻松："只是我在想，这次我们得到答案的速度会不会有些太快了？"

只要找到电影测试的答案，那接下来她们就只需要等待剧情走到结束，再完成观后感就可以离开了。

可是作为电影的"重播"，还是一个系列中的第二部，真的会这么简单就让她们通关吗？

唐心诀没有立即回答，她将现有信息和线索的最后一部分记入脑海，才抬头望向窗外："我知道你们在怀疑什么……放心，从这一点看，我们的怀疑大概率没错。"

众人：……这就更让人放心不下来了！

"一个副本的难度肯定是多方面综合配平的结果，如果在破解谜底方面稍为简单，那肯定有某一方面的难度会随之提升。"

唐心诀垂眸，所有兑换过的道具和异能都出现在手中。

瞬间，众人便明白了她的意思。

……一旦解谜结束，那唯一能阻止她们成功通关的，就只有剧情本身蕴含的危险。

疼痛和混沌感涌上大脑，金雯迷迷糊糊地睁开眼，四周黑咕隆咚的没开灯，身下触感坚硬且冰凉，鼻腔里充溢着潮湿气息。

她挣扎着伸出手，摸到四周的墙壁，才意识到这里是卫生间。

她怎么会倒在卫生间里？

恍惚了几秒，回忆才涌入大脑，金雯立时打了个哆嗦。

她想起，那是在刚刚回到寝室时，室友从背后叫她过去。等她回头时，却发现室友三人正站在门口，对着寝室门闭眼祈祷，脸上挂着诡异的笑容。

魏仙还转过头来邀请她一起加入，嘴角不受控制般扯得很高："快来和我们一起'祈福'呀。"

金雯确信自己一丁点都不想做这么诡异的事。可就在她拒绝之后，室友却猛地同时转头，面目狰狞地一步步逼近，要强行拉她过去"祈福"。

金雯被吓得步步后退，情急之下躲进了卫生间。刚刚把门反锁，门外就响起室友剧烈急促的撞门声，吓得她脚下一滑身体撞到墙上，这才晕了过去。

现在清醒过来，金雯扶着墙站起来，心中既恐慌又踌躇。

她要不要出去？

卫生间里又冷又狭窄，在这里躲一晚上肯定十分痛苦。而现在天已经黑了，寝室里也没有光传出来，不知道室友有没有睡着……

最终，在身体持续的疼痛提醒下，抱着侥幸心理给自己鼓劲后，金雯还是小心翼翼地打开门，悄悄走了出来。

如她所希望的那样，寝室里已经熄了灯，床铺上是室友均匀的呼吸声，四周静谧无比。

比起白天，此刻的寝室才显得稍微正常。

这也令她稍稍安心，但连续发生的怪事和怪异的室友已经让她不敢再多待1分钟，更别提继续睡觉。因此她只飞快拿了手机和包，就摸索着打开寝室门，飞快钻出去。

黑暗的走廊内伸手不见五指，只有门上悬挂的纸包散发着荧荧幽光，乍一晃过，吓得金雯差点儿叫出声。

害怕吵醒室友，她捂着嘴匆匆离开，本想直接去找宿管阿姨打开寝室楼门禁，然而她刚走到楼梯口，就忽然听到一阵脚步声从下方传上来。

黑暗中，脚步声十分缓慢，每一下都重重踩在楼梯上，似乎撑着一个摇摇欲坠的身体。

这声音，不仅不像来自一个正常人，甚至……

金雯听得心惊肉跳，不敢再按照原本计划向下走，连忙重新退回走廊，却发现已经无处可藏。

脚步声越来越近，越来越向上，女生急得直冒冷汗几乎无法思考，只能慌不择路回到自己寝室门口。

不，不能开门，不能回去！

本能的警告在她脑海里疯狂拉响，最终促使女生一咬牙，转身敲响隔壁寝室的门。

求求开门，求求你开门，救救我……

一下又一下。

金雯死死捂着嘴，恐惧的泪水夺眶而出，淹没了脸颊。

唐心诀是被一阵敲门声唤醒的。

砰、砰、砰！

敲门声十分急促，在寂静夜晚分外清晰。下床走到门口，唐心诀定定地站了两秒，却收回了要开门的手。

敲门声不对劲吗？不，是全部不对劲。

在进副本的第一个夜晚，没摸清危险规律前，她怎么可能毫无戒备地在床上独自睡觉，直到有敲门声才醒？

逻辑破绽在思维中出现的瞬间，真正的回忆涌上，唐心诀目光立时变得清醒。

果然……记忆中，她们寝室今晚根本没睡觉，而是选择围坐在一起守夜。寝室的灯也从始至终都亮着。

但现在，室友不知所终，灯光熄灭，只有门口的敲门声在反复叩击耳膜。

感知自掌心开始蔓延，寝室门外冰冷刺骨。

没有出声问外面是谁，唐心诀径直收回手，闭上双眼。

"精神控制（一级）：控制的第一步就是自控。"

"隔绝大部分幻境对自身的干扰，亦是精神控制的基础。"

砰、砰、砰！

唐心诀陡然睁眼。

寝室内灯光明亮，其他背靠椅子的三人不知何时已经睡得七倒八歪，丝毫没察觉到外界的变化。

唯一和刚刚梦境中相同的，就是门口急促的敲门声。

这次唐心诀没有犹豫，径直打开门，在金雯有些不可置信的睁眼中将她拉了进来。

被屋内明亮的灯光刺激得有些睁不开眼，金雯腿软靠在门上，还没从得救这一事实中回神，就见刚给她开门的柔弱女生已经迅速转身，开始一一叫醒熟睡的室友。

这倒是很正常，只不过对方叫醒人的方式，似乎有些，不太寻常？

金雯震惊地睁圆双眼：那是……马桶搋吗？？

在她震惊的目光下，柔弱女生高高举起不知从哪儿抽出的马桶搋状物体，对准怎么晃都晃不醒的三人。

下一瞬，马桶搋的橡胶头一缩，如同十个立体环绕音箱打开般，尖号从中喷薄而出！

声音进入耳朵的瞬间，金雯原本坚定的求生欲出现了刹那的裂痕：她的寝室和这间寝室，究竟哪个看起来更不安全？

她现在究竟是暂时安全了，还是才出狼窝又入虎穴？

尖号声中，三个沉睡的女生相继惊醒，郭果直接吓得一个倒仰，砸到差点儿出拳的郑晚晴身上，两人同时跌倒在地，被张游及时扶起来。

看到声音的来源是马桶搋，几人才放下警戒恢复理智。

"这是……我们刚刚睡着了？"张游迅速反应过来，脸色有些发白。

四个人明明已经尽力做了所有的防范准备，却还是在椅子上无知无觉同时入睡，说明影响她们的力量比想象的更强大，且来者不善。

"我梦见有人用力拉我的床帘。"回忆起梦境内容，郭果直缩脖子，"我吓得要死，拼命不让它拉开，就听到它一直怪笑，让我抬头看看它是谁。那我当然是如何也不抬头了！"

直到一阵可怕的尖叫划破空气扑面而来，直接把床帐外的东西刮得一干二净，她才手上一松整个人醒了过来。

郑晚晴和张游对视一眼，也讲了自己做的梦。

郑晚晴梦见自己在操场上夜跑，身后却一直有脚步声在追她，前面的路越来越窄，视线尽头是一片死角，一切都在逼她回头。

张游的梦境则和唐心诀有些类似，梦见寝室内有敲击声，只不过声音来自阳台窗外。就在她犹豫是否拉开窗帘的时候，被尖叫给及时震醒了。

四个梦都有一个共同点——在空间内除了做梦主体，还有一个未知的"存在"，这个存在以她们无法直接看到的形式出现，却又诱使她们主动破开屏障。

如果她们没有被及时叫醒……三人不寒而栗。

这时，张游也注意到了门口的女生，诧异挑眉："那是金雯？"

唐心诀："对，她刚刚在外敲门。"

"那你刚刚用马桶搋异能叫我们，也是在她面前直接……？"

唐心诀点头表示确认："时间紧迫，没来得及避开她。"

几人看了看门口的女生，沉默须臾，郭果幽幽开口："这个技能把我们叫醒了，但好像……把她给送走了。"

只见金雯已经两眼翻白，隐隐有晕过去的趋势。

一通紧急抢救后，金雯终于悠悠转醒，看到唐心诀下意识地想跑，却被一把按住。

上一秒在她眼中还弱不禁风的女生，下一秒像拎小鸡崽一样把她轻轻松松地拎了回来，还温柔地说："放心，刚刚只是一点意外。"

金雯："……呜呜呜对不起，我才是个意外，请让我走吧！"

她一定忘记了今年是本命年，才会倒霉到如此地步！

然而形势已由不得她，张游和郭果轮番上阵循循善诱，才让金雯冷静下来，并相信她们和魏仙等人并不一样。

最后，唐心诀叹一口气，端正严肃地总结道："其实事情说来话长，我长话短说，简而言之，我们寝室的郭果与你们寝室魏仙的师父是敌对派系，我们是正，他们是邪。"

郭果："啊？啊……对，没错！"

她挺起胸脯，试图让自己的形象看起来更高大一点。

唐心诀："很快我们发现，魏仙被迷惑，所谓的'祈福'，其实是一种诅咒——你最近是不是感觉精气不济、心慌气短、噩梦连连，与室友格格不入？"

金雯被震撼人心的信息接连刷新世界观，一时间没法消化，只能下意识地点头："对……对。"

"那是因为你已经受到了诅咒。"唐心诀掷地有声，"如果不破解，将会性命垂危。"

金雯直接被吓哭了："那要怎么才能破解？我不想死啊！"

女生激动地起身抓住唐心诀手臂，因为动作过快，脖子上的衣领被扯得下移，露出了颈部一圈淡淡的红痕。

唐心诀目光落在红痕上半秒，与室友对视一眼，淡声开口："今天你就暂时先在我们寝室里休息，明天早上，我们会把方法告诉你。"

随后，金雯感觉手中一沉。

"把它放在贴身处，危险时可以为你争取一点时间。

"切记，无论何时都不要自暴自弃，只要理智还在，永远都有最后一线生机。"

听着少女温和冷静的声音，金雯焦躁不已的心似乎也受到感染，从惶恐痛苦中慢慢获得了久违的沉静。

许久，她轻轻点头："好。"

第二天。

已经临近中午，612寝室里却死气沉沉，窗帘紧闭，不让一丝光线透进来。

寝室内的三个女生都面无表情地坐在自己的位置上一动不动，仿佛在等待什么。

忽然，门锁转动，门被缓缓推开。

金雯低头走了进来。

离门口最近的魏仙立即以异常敏捷的速度蹿起，一把将金雯拽进来，面孔扭曲，声音有种变调的喑哑："你终于回来了，这里可不能缺人。"

金雯向后瑟缩，害怕得直抽气："缺人……缺人会怎么样？"

"'祈福'要四个人，我们四个当然要一直在一起，缺了一个都不行呀。"

寝室内，曹柔和周杳两人同时咯咯笑了起来。

"不过没关系，如果你白天不回来，我们晚上就会去找你。就算你一直藏起来，等到了时间，也会自己回来。所有人都会回来……"

魏仙盯着金雯，说出几句意味不明的话。

金雯却仿佛冥冥中听懂了一般，脸色变得更白，身体也开始发抖。

"回来了就好，我们可以开始了。"

其他三人纷纷起身，她们手上已经挂了一模一样的黄线，用魏仙以前的话说，这样可以增加"祈福"的功效。

眼见手腕要被强制戴上黄线，金雯忽然颤声开口："魏仙，我是想告诉你们一个好消息！我发展了一批下线！"

室友动作停住，魏仙慢慢抬头，僵硬开口："什么下线？"

"我去外面宣传了'祈福'的功效，先是劝服了隔壁寝室，又通过隔壁寝室成功说服了她们朋友……最后有整整16个人，四个寝室想要尝试！"

金雯掏出一张纸，上面标注了四个寝室的位置，再算上她们寝室，正好覆盖整个寝室区东南西北四个角落以及出口。

如果算上辐射范围，整个寝室区都可以囊括其中。

魏仙看了半晌，果然有所心动："你说的，是真的？"

金雯连忙辩解："我是参加了'祈福'的人，'祈福'功效越强，我得到的好处就越大，有什么理由骗你们？"

"但是还有一个坏消息：她们说今天就想试试，我们的道具却不够。"

她没瞎说——魏仙手里的纸只多出一份，也只能做一次。

"所以，"金雯吞了吞口水，"她们说想当面确认你说的是不是实话，顺便再多要几份纸，让你超额完成任务——只需要和你师父视频连线一次，怎么样？"

魏仙警惕开口："你在胡说什么？我不可能在外人面前暴露师父的样子！"

"当然不需要外人。"金雯立即顺着她的话妥协，就地砍价，"那就只有我们四个在这里，你单独和你师父视频就好，然后由我来转告她们结果，这样总行了吧？"

"甚至不需要聊天，只需要劝你师父稍微接通一下，她们在门外就能听到——"

脑海中，唐心诀教给她的话，金雯一字一句地复述出来："机不可失时不再来，有你这么聪明能干的徒弟，是你师父的幸运。相信，他一定会很开心的。"

"你们说，魏仙真的会信吗？"

寝室内，郭果托着下巴盯着门口，有些担忧地问。

"一个人如果能执迷不悟地栽进同一个坑里两次，那他大概率会栽第三次。"唐心诀道。

从经验来看，魏仙对于这种言语诱惑完全没有抵抗力。

"相比之下，我们更需要担心的一点，是魏仙能不能劝动她师父。"毕竟对方才是那个老奸巨猾的骗子。

听着唐心诀的分析，张游在纸上画了一堆逻辑线，还是眉心紧锁，叹气道："算人心我真的不行，心诀，你觉得成功率高吗？"

唐心诀看起来倒比较轻松，还有心思在洗手池前给马桶搋做灌水实验，不过灌进去的水都被橡胶头愤怒地吐了出来。

"如果是我们假装成魏仙与其交涉，模仿不到位反而会使人起疑。这件事最好由真正的魏仙来做，成功率才能最大化——当然，即便失败了，也不代表没有其他办法。"

好在事情的发展如人所愿，半天之后，金雯的信息发过来：

——成功，速来。

612寝室内，魏仙死死盯着手机屏幕，仿佛里面有什么奇怪的东西。

师父的警告和怒斥犹在耳边，但一股更加强烈的、想急功近利的欲望压过了理智和对师父的恐惧，促使她鬼使神差地编造了一通急迫的理由，然后点下视频键。

长时间的连线请求终于接通的瞬间，一个肥头大耳的男人出现在屏幕另一端，眉眼暴戾："到底有什么事……"

魏仙呆滞的脸上终于浮现出一丝畏惧，她张了张嘴想要开口，耳边却忽然响起一个明明熟悉，却令她心头一紧的声音："既然找你，当然是有要事。"

几人猛地转头，才发现原来金雯竟不知何时悄然开了门，隔壁寝室的人已经一个接一个飞速进入，现在站在她身边的人赫然是唐心诀。

魏仙大惊："你们！"

她没来得及说出后面的话，手里就已经一空，手机进入对方手中。

屏幕里肥胖男人愣了一秒，看见唐心诀微笑的面孔后刚要怒喝，话音没出口却又意识到不妙，立即闪电般伸出手关掉视频——

啪。

男人的手僵在空中。

下一瞬，杀猪般的号叫从他扭曲的脸上响起，顾不得桌上的手机，双手撕扯起脸上的橡胶物体。

寝室内也一片寂静。

所有人亲眼看着唐心诀不知从哪里抽出一支马桶揿，然后又眼睁睁看着它穿过手机屏幕，直接戳到肥胖男人目眦欲裂的脸上。

穿……过……手机屏幕？

"穿梭：没有我不能穿透的介质，如果有，请继续升级。"

"从此以后，所有恐怖片里，从屏幕里爬出的不一定是手，也有可能是马桶揿。"

马桶揿的吸力根本不是肥胖男人随便就能挣开的，他拼命几下挣脱失败，立即颤声问："你们是谁？你们想干什么？"

唐心诀手上稳如泰山，温和道："这话应该由你来回答才对，用'祈福'的名义坑害学生，能给你带来什么好处？"

提到"祈福"，肥胖男人反而冷静下来，瓮声瓮气开口："是我失误，没算到这里竟然有个有本事的同行。大家既然是同门，不如解开幻境好好说话，何必上来就大动干戈呢？"

把马桶揿自动理解为幻觉之后，肥胖男人顿时轻松不少。

唐心诀却笑了笑："如果你还想要自己的头，就别浪费时间比较好。"

说罢，一股水从马桶揿中喷出，男人猝不及防吸入鼻腔，整个脸呛得通红，立即像砧板上的鱼一样胡乱扑腾："别动手！要是杀了我，就没人知道诅咒怎么破解了！"

诅咒？

唐心诀眨了眨眼："如果你说的是那个纸包，它已经被摘下来烧掉了。"

男人愣了一瞬，阴笑起来："那你们必死无疑了，它们会永远缠上你们，喀喀……"

213

唐心诀："可是据我所知，你所谓的诅咒本来就无解。"

"那是你不行！"男人瓮声冷笑，"只需要按照我的方法，将诅咒散播开来，那……啊啊啊！"

脸上吸力更深，更有一种森然冰寒彻骨传来，提醒着他现在的处境。

男人话音一顿，转而语气讨好："你烧了也没关系，我还有一种方法。只要你们把自己的血浇在纸包曾经的位置，就能化解……"

郭果忽然开口："他在说谎！"

肥胖男人："……"

唐心诀："马桶撅，吃。"

橡胶头如同真在进食般做出了"大口大口嚼"的动作，只是没能把肥胖男人真的吃下去，只令对方肝胆俱裂痛呼不已："我说！我说实话！"

"实话、实话就是……"肥胖男人翕动着嘴唇，"到了后期，周围十米不可出、脖上红痕不可褪、身后有人不可应……此咒无解，唯有苟活！只不过你们既然已经烧了纸包，哈哈哈——"

男人疯狂的笑声中，马桶撅忽然从他头上猛地拔出，就在晕头转向睁眼看去时，橡胶头吐出一个纸包。

被纸包砸脸的男人："……"

唐心诀："如你所说，既然急着献祭其他人，说明也是为了转移自身的诅咒，纸包只不过是将你身上的诅咒散播开的媒介而已。如果我们没猜错，这场诅咒的原身，应该与无头怪有关，对吗？"

肥胖男人嘴唇哆嗦："你……你们不能这样，这肯定是假的，这肯定是幻觉！"

唐心诀不为所动，吐字清晰："你说得对，诅咒不可逆。从现在开始，你不用再躲躲藏藏，担心被诅咒重新抓住了。"

在对方越发睁大的惊恐眼睛里，唐心诀笑意愈深："恭喜你，你的命很好，福报马上就来。"

视频关闭后，唐心诀把马桶撅拔出，里面只有零零散散的头发，橡胶头喷出一口气，表示自己尽力了。

至少在电影中，这个"师父"尚是人类，不能直接吞噬。

寝室内安静无比，魏仙几人已经陷入呆滞，似乎无法接受刚刚发生的一切。

怎么在肥胖男人的口中，又变成了诅咒？

她们不是马上就要得到福报了吗？

已经被侵蚀过深的大脑无法承受这种思考，曹柔和周杏两个室友相继晕死过去,只有魏仙茫然半晌后,捂头尖叫一声,猛地冲出寝室,不见了踪影。

金雯也脸色苍白,靠在椅子上沉默半晌,抬起头勉强扯起嘴角:"我们应该是,真的没救了吧。"

尽管在得到答案之前,这种预感已经占据了脑海深处,但一切被赤裸裸地揭穿在眼前,除了悲伤绝望,金雯却还有一丝莫名的如释重负。

至少她知道了真相,不会沉沦于无尽的未知恐惧的折磨。只有一个最大的遗憾,就是没能亲眼看见罪魁祸首被反噬的模样。

但至少,反噬没有迟到。

"谢谢你们。"

再抬头时,金雯已经泪流满面。这一次没有刻意遮掩,露出了脖子上的红痕。

仿佛突然恢复了力气,她把唐心诀四人全部推回606寝室,然后紧紧抓住唐心诀的手:"一直待在这里,无论听到什么声音,绝对不要出门。无论发生什么,绝对不要开门!"

当夜幕飞快降临,606寝室里的四人终于有了身处电影副本的实感。

一切似乎从横轴上按了快进——时间以不可思议的速度流逝,就在几人刚刚简短商量过一番,还没开始准备,夜色就已经笼罩窗外。

从窗外看去,视野被遮蔽得一片模糊,连屋内的温度都似乎随之降低了几摄氏度。无须多说,几人默契地准备好道具。

随着剧情推进到最后,副本也终于释放全部的恶意。

郭果捏着脖子上的水滴吊坠,站在阳台前凝神注视外面,片刻后白着脸退回来:"好黑,不是那种夜晚的黑,而是,而是……"

"像有无数黑色虚影铺天盖地簇拥着,导致整个世界都变黑了。"唐心诀帮她描述。

"对!"郭果用力点头,紧张地喝了口水,"这些虚影有些像之前《四季防护指南》里,会附身的'怪物',但是比它还多一点黑气。"

无论这代表什么,都说明此时外面已经无比危险。

"哦,对了!"郭果似乎想起什么,又立即对三人说,"今天和魏仙的狗师父视频时,我看到他身后站着一个人!"

一个人?

唐心诀挑眉,她确信自己只看见了一个肥胖男人。既然如此,那就只能是郭果见了"怪物"。

"你的'火眼金睛'发挥作用了?"

郭果又飞快点头,还在自己脖子上比画一下:"那个'人'看起来是个年轻的男生,年纪和我们差不多大,脖子上有一道特别粗的血痕,和上一部电影里的无头怪、这一部金雯她们脖子上的伤在同一位置。"

从这些信息来看,倒和一周前校内死亡的四个男生有些吻合。

魏仙师父试图撒谎蒙骗时,也是那个"人"站在后面摇头,郭果才立即指出他在说谎。只可惜她的"火眼金睛"还处于初级阶段,又因视频通话短暂,没能套出更多有用信息。

同一副本里竟然能遇见两个相对友善的NPC,已经习惯被NPC疯狂挖坑的众人不禁有几分感慨。

"可惜……"

张游刚想开口,忽然见唐心诀比了个噤声的手势。

与此同时,寝室门外,急促脚步声突然从走廊楼梯方向传来。一个、两个……似乎有多人在同时向这边慌不择路地奔跑。

随着短促而陌生的尖叫,似乎有女生被绊倒。然后是更加纷乱的脚步和凄厉叫喊,重物坠倒接二连三,没过多久便尽数消失。

从声音判断距离,她们没一个能赶到寝室门口。

别动,唐心诀示意三人。

没过多久,某种东西在地面滚动的声音缓缓进入耳畔。

骨碌碌,骨碌碌。

从楼梯口一直滚到走廊内侧,物体在某扇寝室门前停下。

砰、砰、砰。

沉重的敲门声响起。

不,相比起敲,用"磕"来形容更合适。这声音落入耳中,几乎像是一个人在用脑袋重重撞门。

一个猜测同时浮上心头,室内四人心照不宣地对视。

接着,那扇门似乎真的被"敲"开了,不出意料,更加剧烈的叫声旋即响起。

当走廊再次恢复寂静,新的滚动声再次从地面出现,由一变二、由二变三,向越来越深处扩散转移。

屋内静得落针可闻,为了防止出声,郭果捂住自己的嘴,感觉那东西的滚动声仿佛按在自己的头皮神经上，难受得仿佛连胃都皱了起来。

砰！

当磕撞声终于出现在门口，饶是已经有准备，她们还是免不了一个激灵。

危险检测道具开始嗡鸣，四人没有任何开门的意思。

门外并未放弃，从单一且缓慢的撞击闷响，变为越来越多，越来越密集……最后仿佛有无数个"东西"在同时撞击寝室门，震得整扇门都微微颤动。

砰、砰、砰、砰、砰！

郭果难受地捂住耳朵，轻声开口："我们就这样等……等着吗？"

阴森气息扑面而来，撑得她脑袋仿佛要炸开。

张游安慰："我们站到一起，最外层有群体性防护罩，别担心。"

话音刚落，几人忽见唐心诀猛地转身，一张冰冻三尺符掷向阳台方向！

唰啦一声，两扇落地窗覆上一层厚厚冰霜，几个圆形黑影被弹出去，滚落到阳台地面。

——这些负责撞门的"东西"原来在进入隔壁寝室后，又通过两间寝室共用的阳台涌了过来！

阳台窗没有寝室门那么坚固，趁几人刚刚注意力集中在门上的短暂瞬间，这些黑影已经将玻璃窗挤开一道缝隙，要是再晚点发现，或许就真的被它们成功闯入了。

几人连忙奔过去重新关严窗户，唐心诀直接使用了"NPC的尖叫"技能，震得这些黑影纷纷滚落阳台。

"要怪就怪你们头上长了耳朵吧。"唐心诀收回马桶搋。

人头："……"

郭果看着这一幕，刚有点儿想笑，却见最后一个黑影忽然幻化出骷髅脸，朝窗户扑来，吓得她惊呼一声倒退两步，重重撞到墙角，痛得眼前一黑。

不对……疼痛消退后，眼前的黑暗却仍未散去，郭果心头重重一跳。

她立刻打开手机电筒，光芒照出四周轮廓的瞬间，浑身鸡皮疙瘩骤起：

这里分明是走廊！

她被突然拉到了寝室外面？！

就在这时，楼梯口传来熟悉的骨碌滚动声。

恐慌感直冲上头，郭果顾不得多想，连忙掏出钥匙开门，在头颅滚近前争分夺秒地回到寝室。

砰、砰、砰！

217

寝室门突然从内侧被重重拍响，吓得郭果倒退两步，才回神意识到——里面急促的一声声敲击不是来自黑影的撞击，而是在同样的位置用手拍击的声响。

可是寝室里面，为什么会有人这么拍门？

拍门声仍在继续，似乎在警示着什么……不要靠近？

这个念头升起的刹那，郭果一个激灵，如梦初醒。

——相比起被突然拉到走廊，这里更应该是幻觉！

这么一个恍神的工夫，黑影的凄厉尖叫从耳边炸响，郭果猛地睁眼抬头，四周景象映入眼帘——她依旧好好站在寝室里。

而她的手，正虚虚覆盖在寝室门口，差一步就要按下门把。

唐心诀显然也刚刚冲破幻境醒来，眼底是未散的凛冽，循着她的目光看去，张游和郑晚晴正站在阳台窗边，也是心有余悸的模样。

她们又一次被同时拉入幻觉，并险些中招。

如果没有幻觉中的敲门声警告，就算唐心诀醒来使用"NPC的尖叫"技能也未必来得及……郭果抑住后怕的眼泪，问："我们现在该怎么办？"

"等。"

唐心诀拉住室友的手，言简意赅。

恐怖电影最后的夜晚，总是格外漫长。

无数头颅像永不停歇般撞击大门，四人挪动所有的物件抵住，再用冰冻三尺符冰封，然后背靠着背绷紧神经站在中央。

过了不知多久，撞击声停止了。

雪白的墙壁顶部，渗出不明液体，沿着墙壁慢慢流下。

"我的脖子好痛……"

"我的头掉下来了！"

"我的身体在哪里？"

"好痛、好痛……"

墙壁上出现一张张掌印，有的像是抓挠，有的像是拍打，无数手印一路慢慢延伸向下，向四人的位置靠近。

唐心诀出声："小心那张最大的！"

几人集中精神定睛看去，只见所有纤细掌印中，有一张明显比其他大上一圈，且从轮廓手指来看，明显是成年肥胖男人的掌印。

下一瞬，郑晚晴已经大喝一声，"沙包大的拳头"重拳出击，攥着一张防护符重重砸在刚落在附近的掌印上。

防护符无火自燃起来，男性的低沉惨号一闪即逝。

就在它转移方向再次出现的瞬间，又被马桶撅直接扣住。

唐心诀勾起一丝冷笑："怎么，你也觉得自己见不得人，所以只能在一群女生的掌印里浑水摸鱼是吗？"

而就在它被扣住后，其他不断蔓延而上的细小掌印明显放缓了速度，又仿佛在无声赞同。

男人掌印："……"

手印仿佛受到刺激，从地面向上挣扎不止，试图脱离马桶撅的禁锢。

眼见着无论如何都挣脱不出，它发出一声厉啸，房间内所有手印都仿佛受到烧灼般挣扎尖叫起来，一时间哭声凄凄，逼得人不得不捂住耳朵。

"-5、-10、-15……"

健康值在精神攻击下飞速下降。

群魔乱舞中，唐心诀凛然开口："你们觉得自己声音很大？"

话音落下，马桶撅一动，爆发出震耳欲聋的尖啸，完全盖住了寝室内原本的噪声。

尖啸结束，手印们安静如初。

肃然。

肥胖手印被声波冲得形状模糊，连颜色都淡了几分，勉强吊着一口气，正要悻悻放弃这次攻击，忽然又听唐心诀悠悠道："现在的你，总该已经不是活人了吧？"

手印应该只是 NPC 本身分离出的一部分，不仅属于"副本内"的"纯粹能量体"，还是即将消散的虚弱状态。

——完美符合马桶撅的食物标准。

肥胖手印："？"

这次，它没来得及再挣脱，就彻底消逝在橡胶头下，整个手印眨眼间被吃得一干二净，只在地面留下一道惊恐不甘的划痕。

随着肥胖手印消失，整个寝室房间的掌印都转瞬散去，墙壁房顶重新恢复干净，仿佛刚刚的场景只是一场幻境。

砰、砰、砰！

门口又响起敲门声，令刚要松一口气的众人再次悬起心脏。

郭果快崩溃了："还有完没完啊！"

唐心诀却一怔，这次门外的敲门频率，不知为何令她有些熟悉。

仿佛就在不久之前，有人曾经也这样敲了寝室门……

她陡然想了起来。

郭果也从崩溃中缓过神，同样感受到熟悉感，吸了吸鼻子："我好像在幻境里，听过这个敲门声？"

几秒后，敲门声忽而停下，门缝下窸窸窣窣，一张残缺的纸被递了进来。

唐心诀弯腰拾起，竟是她白天给金雯的防护符，此时已被撕开。

所以门外……是金雯？

最后幻境中的敲门，也是金雯在提醒警告她们？

几人面面相觑。但是敲门声再没响起，只有笨重不稳的脚步声渐行渐远，直至彻底消失。

"叮！电影观看进度已经100%，重播结束。现在开始观影问答测试！"

"请问，在电影内612寝室的四个角色中，哪个角色最先死亡？"

"A. 魏仙"

"B. 金雯"

"C. 曹柔"

"D. 周杏"

郭果试探着问："我们应该早就得出答案了吧？"

如果那个传咒害人的肥胖男人没被套错话，那正确答案应与她们想的相同。

唐心诀点点头："没错，而且……"

她抬起手，半张防护符上显现出已经干涸的字迹，拼出了一个歪歪扭扭的单人旁。

"我们选'A. 魏仙'。"

"答案已提交，正在检测……"

"恭喜你，回答正确！"

很快，提示声无缝衔接：

"现场鉴赏环节开始，请考生在60分钟内写出关于该电影的观后感，字数不少于1000。"

众人掏出纸笔，后知后觉抬头：？
观后感字数要求还能水涨船高？
"可能是因为此刻没有NPC干扰，又是在自己寝室，环境对我们比较有利。"张游从考试规则的角度思考出原因，扶了扶眼镜，"总之，只要写完就可以通关了，大家加油。"
"好的！"郑郭两人握紧拳头，信誓旦旦。
10分钟后。
"……写，写不出来。"
两个人颓然抬头，无助地看向唐心诀："好像忘问了，我们这次标题是啥来着？"
唐心诀将笔记本翻面："防范校园诈骗，从你我做起——观《无头怪谈2》有感。"

"叮咚，观后感已提交，正在评测中……"
"考生观后感，将由本校同学进行打分……"

一个个黑影重新在阳台出现，挤挤挨挨地堆在玻璃窗外，表情似号哭又似冷笑，仿佛在看寝室里的笑话。

"你的得分是：53……"

考试提示忽然一卡，仿佛读取遇到某种阻碍，停顿半晌重新开口：

"叮，有同学申请重新打分，现在你的得分是：72……"
"叮，同学再次申请重新打分，你的得分是：8……"
"叮，同学正在协商，请稍等……协商完毕，剩余同学将再次打分……"

提示声停停顿顿，过了不知多久，当它终于再次能完整宣布一句话，机械声中竟能隐隐听出两分生无可恋：

"考生的最终得分是：91分！"
"恭喜考生，获得'优秀'评价，成为该电影考核测试中首位成绩优秀者，可获得电影副本特殊奖励：成员能力觉醒概率提升、随机技能卡×1。"

四道浅蓝色的光晕从空中出现，投射到几人身上，一阵舒畅的沁凉感通体而生，又随着环境变亮而消失。

第五章

几人回神望去，见阳台外已经重新被蒙蒙白雾笼罩，时钟显示为中午12点。
她们已经脱离电影，回到了考场的安全寝室内。
如同被卸了力，几人立即瘫在椅子上。
"没想到这次观后感能拿到这么高的评分。"张游还有点儿恍惚，没消化这突如其来的惊喜。
唐心诀握着手里的半张防护符，眼中有淡淡笑意："显然有人帮了我们。"
所以分数才会一次又一次被迫"商量"抬高，直到对方满意为止。
可惜电影剧情不能逆转，一切已成定局。她们或许只限于这一副本中的短暂交集，抑或某一天还有相见之日。
而到现在为止，无论是属于NPC的世界，还是游戏中的未来，在她们面前的仍旧是一团亟待探索的迷雾。
"等我以后有钱了，一定买一个能标记寝室在不同维度的记号，要不然都分不出这里什么时候安全，什么时候危险。"
补充体力休息完，郭果抱住自己的检测仪发誓。
到现在为止，她们已经经历过：现实中的寝室、游戏中的寝室、考试中的寝室、考试副本寝室、考试副本幻境寝室……
时间再长点，甚至能让人生出一种活在套娃里的错觉。
唐心诀收起金雯的半张防护符，看向电脑文件夹，此时里面已经有三部电影消失不见，再去除三部已经被排除的，还剩下两部：

《寝室奇闻》和《镜中像》。

"不是吧，又有寝室？"

刚刚吐槽完这一点的郭果开始怀疑人生。

其他人也陷入沉默，对望片刻，张游迟疑开口："要不然，我们就不要选寝室了？"

毕竟这是她们休息睡觉的地方，还是控制一下心理阴影面积为好。

几人无声赞同。

晚上 8 点。

简单看完两部电影剧情后，四人更加坚定了不选寝室的想法。

两部电影内容都十分枯燥简洁，《寝室奇闻》讲的是一个男生独自住在四人寝室，然后发现寝室开始丢东西，出现"怪物"，门自动开合，电灯闪烁，空调里发出怪声……最关键的是，里面场景仍旧是四张上床下桌的设置，布局与 606 寝室一模一样。

《镜中像》场景更简陋：全程只有一个侧面镜头的公共厕所。每个从公共厕所出来的人，都会在洗手时被镜子里不知道什么东西吓得尖叫瘫软，然后被一只从镜子里伸出的怪手硬生生拉入其中。

"第二部看起来比较简单……如果 NPC 始终只能待在镜子里，那么我们是不是只要保证不看镜子，就能先防御一大半伤害？"

郭果揪头发推测。

唐心诀思忖一会儿，摇头道："那要看这个镜子，指的是狭义的镜子，还是广义的镜子了。"

"啊？什么意思？"

面对室友的疑惑，唐心诀举起手机示意。锁屏之后屏幕上一片黑暗，通过寝室里的灯光，能照映出屏幕前她们的大致轮廓。

"如果是广义上的镜面，那如玻璃窗、光滑瓷砖、塑料杯、金属、水面，甚至手机屏幕……一切能反光的物质，都可以变成'镜子'。"

而那时的 NPC，就可以通过这些介质，对她们造成伤害。

伴随最后几个字，唐心诀指了指自己的眼睛："……极端情况下，我们甚至要避免看到彼此的瞳孔。"

郭果打了个哆嗦："……我现在觉得寝室副本也不是不可以接受了。"

最后，在反复分析利弊后，张游揉着黑眼圈把纸上长长的计算拉到最后，得出结论：还是选《镜中像》。

"好了。"唐心诀甩了甩马桶搋子，现在塑料杆上已经有三个骷髅头，代表着吞噬的三种异能，而刚刚在副本中吞噬过肥胖手印的标志上闪过一丝红光。

"吞噬成功，已继承属性'厚颜无耻'，异能物体的护甲大幅度增加。"
"厚颜无耻：只要脸皮够厚，就没有什么能击穿我的护甲。这是在吞噬邪恶手印后，马桶搋领悟到的一个新道理。"

摩挲着骷髅标志，唐心诀语气轻快，给寝室氛围注入了一丝安全感："那么接下来，就让我们看看最后一个副本的尊容吧。"

电脑屏幕内，随着第三个从卫生间出来的女人被拉入镜子里，镜面上浮现出观影测试的内容：

"请问，电影的镜中像叫什么名字？"
"A. 冰蓝蓝"
"B. 莉娜绿"
"C. 琉璃紫"
"D. 殇樱红"

看到最后，郑晚晴不禁感慨："这是什么鬼！"
"……"

几乎没什么疑问，盲选 C 项失败后，"电影重播"开启，四人再度失去了意识。

冰冷触感从感知中蔓延，一阵冷风吹来，随着意识恢复睁开双眼，唐心诀发现自己正站在洗手台前。

四处漏风的破旧卫生间，昏暗的惨白色灯光，狭长的洗手台，旁边是同样刚刚睁开眼的三个室友，镜中倒映出她们惊愕的神情。

而镜子内，与唐心诀相对应的位置，却并非她自己，而是站了一个形状诡异的女生。

开局杀！

现在再闭眼已经来不及了，镜中女生拨开额前长发，露出正在咯咯诡笑的面容："咯咯咯，你们来啦！"

四目对视的瞬间,本来迫不及待想看考生恐惧神情的女 NPC 动作一顿,笑容凝固在脸上。

　　比刚才更加诡异的空气中,唐心诀挑起眉,果真很给面子地露出几分惊讶,如果她没认错的话——

　　"……小红?"

　　镜中 NPC:"……"

　　如果对张游和郑晚晴来说,镜中的 NPC 面貌尚且陌生,那么对于唐心诀和郭果而言,这张脸可就太过熟悉了。

　　"寝室文明守则测试"里,伴随黑暗夜晚降临,长发"小红"一次次紧贴床帐的贴脸吓,甚至最后亲自从地面裂缝爬进寝室试图夺她的脸,又被唐心诀一撅子打回原形……都是郭果初入游戏,尚未适应崭新世界观时,种种难以磨灭的深刻回忆。

　　化成灰,郭果都不会忘记这张脸。

　　唐心诀更不必说——那场考试最后,小红被规则惩罚得只剩一个头,想记不住都难。

　　简而言之,大家都是老熟人,还是曾经差点儿被唐心诀搞死的深切交情。

　　看着表情难以言喻的 NPC,唐心诀眯眼:"所以……殇樱红?"

　　本以为是开局杀,没想到竟是开局送答案?

　　众人:一副"非主流竟在我身边"的表情。

　　镜中"小红"的脸已经难看到扭曲,唐心诀仿若未觉,还若有所思道:"你的身体长出来了?看起来换了个新的,不像是兼职……所以受到重创后,连 NPC 也得下岗再就业?"

　　上次见面还是单场考试唯一 Boss,给玩家挖坑的同时还能愉快现充,现在却成了一个考试小副本中的 NPC,活动范围仅限镜内——岗位降级莫过如此,怪不得看起来苦大仇深。

　　小红:"……"

　　她听出了唐心诀的言外之意,气得嘴唇发抖表情诡异,配上一袭红衣,无比森然:"你们找死……"

　　郑晚晴奇道:"气性还这么大,那肯定是小红没错了。"

　　她可能不太熟悉小红的模样,但却不会忘记对方动辄绕梁三日的恼怒尖叫。

　　郭果小声道:"她好像快把脑袋气掉了!"

　　随着几人你一言我一语,小红刚要翕动血红的嘴角,忽然又僵住——

唐心诀面色如常，手里却多出了一支马桶搋。

"……"

如果NPC有最想删除的回忆，那么被新手考生用马桶搋戳脸、险些毁容湮灭的记忆，肯定将永远从小红的脑海里消失。

但NPC没法失忆，所以在瑟缩了一瞬后，小红更加怨气冲天。尤其很快她就意识到，自己身处乃是镜内，立即神色一松，得意地咯咯冷笑起来。

"好啊……既然你们又落到我的手里，这就是你们的命了！"

说完，她伸出两只惨白的手，或许是顾忌唐心诀的马桶搋，并没像电影里一样伸出镜面抓人，而是放到了自己头上，下一瞬，小红的脸忽然发生变化，转瞬成为唐心诀的模样。

看见这一幕，唐心诀并不意外。

几场副本下来能看出，大多数NPC都会有自己的能力。回溯到她们第一次进副本的时候，小红的能力便已经颇为清晰。

于是在镜中面孔发生变化的同一刹那，她毫不犹豫抬手前刺——马桶搋毫无滞涩穿透镜面，以闪电之势戳上了镜内刚要裂开的脸。

熟悉的攻击，熟悉的窒息。

小红："……啊！"

她都进镜子里了，居然还能被戳脸？？

熟悉的尖叫再次爆发，小红甚至不顾继续发动淘汰条件，转而抓狂地撕扯马桶搋，指甲如同僵尸般发黑变长，从金石迸划声可以看出其坚硬。

巨大的撕扯力从武器传上来，以唐心诀的力气，手臂都不得不浮现青筋，另一只手扣住洗手台维持身形。

她心中明晰，此时"小红"发挥出的实力，或许才更接近NPC的真实状态。

"寝室文明守则测试"副本的结尾，马桶搋之所以能制住小红，也是抓住了对方贪心不足蛇吞象的心理，想要夺取郭果身份打破寝室屏障的虚弱时机，才能出其不意成功反杀。

但既然这次，小红在电影副本中的设定为"镜中像"，镜子便是对方的主场，她在里面占据绝对优势。

想必小红也正是倚仗这一点，才底气十足地要报仇雪恨，只可惜……

她改头换面，唐心诀四人也不再是初出茅庐了。

见到唐心诀在与小红的力量对抗，郭果三人立即就要上来帮忙，被唐心诀先一步否决："不要妄动！"

张游也反应过来:"我们别离开自己的站位!"

大脑通过视觉接收开局的环境信息,已经开始高速分析。

这间女式卫生间的洗手台共有四个水槽,如果仔细看去,贴在墙上的长方形镜子也被隐隐分成四部分:镜面被红色油漆分割开,均匀分割了每个水龙头的位置。

四个人,正好每人对应一份镜面、一块水槽、一个镜像。

按照考试一贯操作,结合这一场景……开局站位大概率有陷阱!

郑晚晴动作过快,又离唐心诀最近,一部分胳膊已经越出自己的位置,等听到两人喊声要收回时已经晚了一步——镜子里"郑晚晴"的右手消失在红线处,却并没从唐心诀对应的镜面上出现。

当她身体后退,手臂随之撤回,消失的部位依旧空空如也:从手肘下方,到手腕、手指,整个右手手臂仿佛被某道无形的墙截断,被永远留在了镜面之外。

"晚晴!!"众人大喊。

豆大的冷汗瞬间冒出,痛呼在喉咙内滚动成颤音,郑晚晴咬住下唇浑身发抖,整个身体匍匐撑在洗手台上,才勉强没有滑落在地。

张游立即从口袋内掏出一颗绿色药丸,急急扔到郑晚晴的水槽里:"这是止痛的,你先吃!"

她上场考试得到的积分,大部分都换成了防护罩和各种药品。看到郑晚晴受伤,脑袋嗡的一声恢复运转,立即想到了这些药物。

郑晚晴挤出力气掰开牙关把药丸吞下去,身体顿时一松,大口大口地喘息起来。

商城货物贵有贵的道理,药丸吞下不到一秒,立刻屏蔽了九成以上的痛觉,尽管伤口依旧存在。郑晚晴抹掉糊住眼睛的汗水,又见水槽里落下一瓶拇指大小的喷剂。

"用这个止血。"

喷剂是唐心诀扔的,少女看着镜内兴高采烈的小红,声音不复温和。

就在郑晚晴受伤之际,小红想趁着唐心诀分神将马桶搋夺进去,谁料不仅没有成功,反而感受到外面的力量越来越大,不仅拉着马桶搋,甚至吸着她的整个头被迫向镜外移去。

意识到这点,小红的笑声又变为气急败坏的尖叫,疯狂破坏脸上的橡胶头。然而有"厚颜无耻"防护加持,无论她怎么攻击,橡胶都坚固不变。

小红的头陷在橡胶头里,被拖拽得离镜面越来越近,唐心诀的声音也越来越冷："既然你这么喜欢和我们玩，那就出来玩一下吧。"

"你要干什么？放开我！啊啊啊！"

身体离镜面越近，小红的声音就越尖锐刺耳，肉眼可见地慌张起来。

然而她的反应却更加验证了唐心诀的猜测，就在橡胶头即将拔出镜子的瞬间，灌注在马桶搋上的力量骤然增加到极致，小红湿漉漉的头颅就被硬生生拉出镜面。

小红还在尖叫："你会后悔的！我要让你们生不如死，受尽折磨……咕噜噜……"

从橡胶头里喷出的水淹没了号叫声。

唐心诀勾了勾嘴角，扯起一丝没有笑意的弧度："躲在镜子里喊多没意思，大家面对面好好谈谈，新仇旧怨一起算——"

"咕噜噜！咕噜噜！……"

连着脑袋的脖子和手臂也被拽出镜子，小红终于危机感大作，放弃辱骂试图缩回双手，然而一股力道随即钳住她的手臂，死死压到洗手台上。

唐心诀："再挣扎的话，下一次马桶搋拽的可能就是你的头发了。"

小红："……"

毁容还是变秃，这是一个问题。

不过她很快就没有时间思考这个问题了，唐心诀已经无情地薅出了她一半身体，随后马桶搋力道一转，将她大头朝下压进了水槽内。

马桶搋尝试吞掉小红，但对方的实力等级超出它菜谱上限，未果后吐出几缕腐烂海藻般的头发。

小红：我毁容了，也变秃了。

唐心诀双手按在塑料杯上，低声道："如果我想得没错，你的能力之一应该是能模仿考生，当你'模仿'成功，除了拥有和考生同样的身体面貌，也会共享对方的生命。如果你在镜子里受了伤，被你模仿的人也会受到同样伤害。"

这也是为什么在变作唐心诀后，小红会突然做出要自残的动作——NPC被拆碎成百八十块也能存在，她们一旦变成这样，一定会被淘汰。

说到这里，唐心诀目光落在小红两条手臂上："既然你能模仿我们，那将你模仿过后的身体拆解下来，是不是也能给我们用？"

小红："？"

她重新支起力气，咯吱咯吱想要抬头，想看一看这个变态的人类。

唐心诀已经在量手臂的长度了："以马桶搋现在的锐利程度，未必切不下来……"

刚刚断了一只手臂就猝不及防要被安排补肢的郑晚晴："……等，等等！"

她晃了晃自己的胳膊，被喷剂止住血后，伤口已经迅速结了一层痂。

或许是因为失血太多，郑晚晴嘴唇透出灰白色，但并不妨碍她瞪起天生的欧式双眼皮，锐利有神的目光扎在小红身上："我不想用她的手臂。"

呵，人类就是矫情。小红在头发里翻了一个不屑的白眼。

旋即，貌美少女声音浑厚有力："把NPC变成碎块，像幻魔残肢一样冻成冰块，能放在身上当附魔铠甲吗？"

她在学生商城根本找不到合心意的铠甲，实在太贵了。

感受到从侧面投过来的灼热视线，小红："……"

你们606寝室还有没有一个正常人？

张游出声劝阻："我们刚进副本，现在就对副本NPC下手，可能会影响剧情？要不然先逼问她副本的更多信息，等到最后再下手不迟。"

话音落下，头发堆积的水槽里飘出一道幽幽女声："我没聋。"

寂静空气中，小红缓缓抬起手臂，在洗手台上拍了两下。

对战中拍击地面，代表实力不支而认输。

这次不用唐心诀继续拽，她自己从镜子里爬了出来，穿着湿漉漉的红裙，抱着双腿，非常幽怨地蜷缩在洗手台上。

"你们要问什么？"

从镜子里出来后，小红给人的压迫感也有所下降。

唐心诀杵着洗手台端详："镜内空间会增强你的力量，一旦离开镜子，你的力量就会衰退。"

看着小红敢怒不敢言的目光，唐心诀又点点头："应该不仅仅是这样，毕竟按照规则，整个副本都应该是你的主场优势。所以真正让你恐惧的，不是离开镜子，而是在没有完成我的淘汰条件前离开镜子。"

小红开局就出现在她的镜子里，证明她被选为了第一个淘汰的对象，按照电影剧情，淘汰她是镜中NPC的任务。

"按照正常剧情，应该是我被拖入镜内，你的力量得到增强，然后再淘汰下一个玩家……"

只不过很不凑巧，唐心诀的异能刚好压制小红，又因为是老熟人，一照面就提前猜出对方的能力，以至于现在情况完全逆转了过来。

不再掌握信息差的NPC，就像被提前剧透的恐怖游戏一样，危险度大大降低。

小红翻了个死鱼眼："话都被你说完了，我还能说什么。"

唐心诀敛沉目光："不，殒樱红同学，你能说的还有很多。比如怎样让我室友的手臂恢复正常；又如，如何在不触发淘汰条件的情况下结束副本。"

小红又翻了一个巨大的白眼："不要叫我这个名字！哼，如果我现在还在镜子里，这也是个淘汰条件……哦，前提是外面的人不是你。"

小红顿时觉得人生索然无味："至于你室友的手臂，和我有什么关系？又不是我卸掉的，我当然也没办法还给她。就算你真的拿了我的手臂，也没办法给她安上，除非你能当场做手术……等等，你不会是医学生吧？"

她紧张地观察了一下环境，看见四人不像是能下一秒从兜里掏出手术器械的样子，才又懒洋洋地窝回去："我能说的就是这么多，就算没有我，你们就安全了吗？呵呵呵，这个副本真正难以解决的，可是剧情啊。

"你们不淘汰，剧情会结束吗？"

见四人沉默，小红的脸上又浮现充满恶意的欠揍笑容，唐心诀与之面无表情对视片刻，忽地说："所谓剧情，展现在电影中，就是人物一个接一个被镜中像淘汰。

"但从逻辑上，这一剧情转换到副本中，是不成立的。尤其在一个C级副本里，如果一定要考生全部按照流程被淘汰才能结尾，那我可以合理怀疑它对我们进行过难度诈骗。

"所以换一个方向来看，如果每个人物的消亡都是一个'环节'，将电影中每个人的消亡过程进行统计对比，可以拆解为两个动作：一个东西从镜子里出来，一个东西进入镜子内。"

NPC从镜内伸出手，将玩家对象拖入镜内，代表一个环节的结束。

沿着唐心诀的思路，张游也双眼一亮："……但是电影没有规定这个环节进出的对象！"

换而言之，如果进进出出的全是NPC自己，是否也能判定剧情完成，合理通关？

四道炽热的目光，同时落在小红身上。

副本内唯一可以自由进出镜子的红衣NPC小红："……"

她不可置信地抬起头，还没来得及开口，手就忽然被唐心诀攥住，推到了镜面红线之外。

唐心诀点点头："毫发无损，针对考生的淘汰规则对NPC不起作用。"

这就意味着，她们虽然不能离开自己的位置，但是小红可以自如行动。

"那么接下来试验的是……"

她重新举起马桶搋："变成我的模样。"

看到橡胶头，为了不自讨苦吃，小红下意识地变出唐心诀的五官，然后忽然意识到："等等，你要干什——"

马桶搋气势如虹，直接把小红的脸重新塞进镜子里。

然后是脑袋、四肢……随着湿漉漉的身躯重新没入镜内大半，一股阴冷从橡胶头传上来。

果然，一旦回到镜内，小红的力量就会得到大幅增加。

小红也感受到了恢复的力量，脸色一喜，立刻手脚并用要钻回镜内，试图借此机会逃之夭夭。

就在她马上就要完全进入镜子里的时候，忽然从后脑传来一股极大的拉力，随着"刺啦"一声，小红顿时一僵。

唐心诀的温声细语从镜外传来："不好意思，刮到了你几根头发。"

说这句话的时候，她抻了抻手，掌心一大把脱落的黑发掉进水槽。

小红：你竟然管这叫几根？

就在她动作停滞的片刻，马桶搋已经斜刺着拦住脖子，将她重新挑了出来，小红跌坐在洗手台上，仿佛刚刚短暂的希望只是一场梦。

没过两秒，敏锐的感官捕捉到环境发生变化，唐心诀抬眼望去。

在她正对应的镜面位置，两边的红线竟无声无息消失了，镜内也出现她正常的倒影，从里面生出的压抑阴冷感也消散无踪。

唐心诀毫不迟疑地脱下外套，放在洗手台上缓缓推出，一直推到郑晚晴的位置。

其他三人屏住呼吸。

当外套被抽回，既没有凭空消失也没受损。唐心诀眉心一跳，再尝试伸出时就换成了自己的手。

郑晚晴还是担忧："小心！"

一着急，她差点儿忘了自己已经没了一只小臂，还想去接唐心诀，等到腰都探下去才想起自己没有手这回事。

断截的手臂在空中徒劳地晃了两下，显出几分茫然。

唐心诀已经成功收回手，依旧完好无损。

这次她衔了一张防护符在口中，一边拖着小红一边抬腿走到郑晚晴身边，完完整整地进入这方镜子后，又继续向前走。

从郑晚晴、张游到郭果的位置，沿着洗手台外侧走了一遍，唐心诀这才确认："我现在也可以在这里正常行动了。"

大概率上，通过方才的一进一出，副本规则已经判定她在剧情中"死亡"，不再受原本限制。

见这种方法真的有用，卫生间内气氛顿时一振。

郑晚晴已经迫不及待："快把我这个也搞走。现在空间太小，我想用'沙包大的拳头'都用不了。"

郭果愤怒的喊声立刻从最远处刺过来："大小姐你消停一点！你手都没了一半，还想用拳头！"

郑晚晴假装听不见，要不是她现在不方便，估计就直接上手薅NPC了。

宛若人形抹布般在洗手台上被拖来拖去的小红："……"

不行，她忍不了了。

没有NPC能承受这种屈辱！

小红猛地伸出手，脖子以离奇的弧度掉转一百八十度，抓住唐心诀的手臂："慢着！我有其他方法，可以同样让你们通关！"

见少女瞥来目光，她连忙继续讲："这种方法也很快，我亲自操作保证成功率99%，只要你们忍受一下，用某一个身体部位消失来换，比如手指、耳朵、脚趾……"

唐心诀移开目光，继续把她往前拖。

"等等，你们真的不考虑一下吗？只要放开我我就帮你们做！只要——"

这次马桶搋直接堵嘴，在小红幽怨无比的死鱼眼中，再次没入镜内。

5分钟后，郑晚晴和张游周身桎梏都相继解开，张游连忙翻出口袋里的疗伤药符，把郑晚晴伤口缠成木乃伊球，又倒出一瓶水和一盒饼干，让失血过多的室友补充力气。

最后，她从口袋里掏出一捆麻绳，和唐心诀一起把小红结结实实地绑了起来。

小红破口大骂："都有钱买空间袋，还来C级副本欺负NPC，你们这届考生素质真垃圾！"

张游抽出一张眼镜布擦眼镜："我这只是普通口袋而已。看来你生前连如何整理东西都不会，怪不得死后笔记本手机乱扔，连自己的头都能弄丢。"

一提到手机，小红立刻像被戳到肺管子，脸黑得如同锅底："要不是你们拿走我手机乱发短信，还害得我没了身体，我也不会到这个破副本里……"

唐心诀不为所动："如果你不想再次降职，就少说废话。"

小红闭嘴了。

最后一个亟待解锁的是郭果。

就在小红又要假装郭果的模样进入镜内时，郭果忽然喊了停。

她转头对一旁的郑晚晴说："等剧情结束她估计就要跑，我不着急解锁，你先报个仇再说。"

她指的报仇，是郑晚晴缺失的半截小臂。

说完，郭果就后退一步，把位置让给郑晚晴。

正贴着镜子百无聊赖等待的小红："……"

她一言难尽地抬头，遮住灯光的阴影下，郑晚晴神色莫辨的脸映入眼帘。

郑晚晴抬起左手，露出沙包大的拳头。

"啊啊啊啊啊！"

小红惨叫起来，不是因为被揍，而是因为沙包大的拳头揪住了她的头发，狠狠向外一拽，让小红最后为数不多的发丝也惨烈牺牲。

把头发一扔，郑晚晴拍了拍胳膊，对郭果说："好了，现在她没了头发，就算再变成你的脸，也只是一个和你长得像的秃子而已。"

唐心诀和张游点头赞同。

她们知道，第一场考试结尾，小红用无脸人头取代郭果面孔的操作，给郭果留下了巨大的心理阴影，甚至有时照镜子都会担心 san 值下降。

现在拔小红的头发，不仅是报复，也是打破郭果脑海里的恐怖滤镜，让她放下那段耿耿于怀的记忆。

郭果神情果然有些微妙的变化，不过很快她又臭屁地摇头："没事，我这么独特的气质，本来她也模仿不了。"

小红气得咬碎牙齿，连几缕藕断丝连的头发都不要了，一个猛扎悲愤地回到镜子里。

"叮！电影观看进度已经到达 100%……现在开始观影问答测试！"

"请问，电影的镜中像叫什么名字？"

"A. 冰蓝蓝"

"B. 莉娜绿"

"C. 琉璃紫"

"D. 殇樱红"

四人对视一眼，异口同声："殇樱红！"

小红在镜子里恶狠狠画圈诅咒她们。

"叮，回答正确！现场鉴赏环节已开始，请考生在60分钟内写出关于该电影的观后感，字数不少于1200。"

观后感字数又一次上涨了。

听到考试提醒，小红一愣，旋即嘎嘎大笑："哈哈哈，1小时手写1200字观后感，怎么可能写得出来？

"活该！让你们把我当通关工具！难死你们！"

唐心诀没理她，取出纸笔，就着洗手台写出一行字："我写六百，张游郭果你俩一人三百。郑晚晴手不方便，负责盯着小红就行。

"我们这次的观后感题目是——

"以避免NPC絮窝为例，论修理镜子对卫生间美观与可持续使用的重要意义。"

小红：什么用词？还絮窝？我是鸟吗？

她目瞪口呆地看着几人飞速进入状态，非常不甘心地伸出头，想看看唐心诀写了什么，结果头伸得太长，一不小心啪叽掉在了唐心诀纸上。

唐心诀面无表情："干扰考生观后感写作，可以判为违反考试规则吗？"

小红连忙缩脖子："等等，我不是故意的！我现在就回去——咦？"

她忽然停下动作，头又往唐心诀怀里探了探，鼻头翕动，死鱼眼瞬间睁圆："我就说怎么感觉你身上有奇怪的东西……原来是一个标记？"

唐心诀手上一顿，掀起眼皮看她："什么标记？"

小红闻了片刻，扬起嘴角，露出一个咧到耳根的夸张笑容："原来你不知道呀……这是一个来自高阶的标记，代表有人记住你了。

"被标记后，你的行动轨迹就会不知不觉向它靠近，直到再次见面为止，咯咯咯……

"换句话说，你被盯上啦！

"咯咯咯，你被盯上啦！"

说完这句话，仿佛害怕唐心诀严刑逼供一般，小红飞快缩回了镜子里，从边缘露出一半惨白的脸，警惕地盯着她。

唐心诀却没表现出她希望的惊惧疑惑等反应，反而毫不迟疑拿起笔，继续写观后感。

等了半天，小红不甘心地问："你不好奇是谁留下的标记吗？"

唐心诀头也不抬："很显然，你并不知道。"

小红："……"

天哪，好气！

但是用她光秃秃的脑袋转念一想，这标记来自高阶NPC，唐心诀和她室友这几个变态考生还在C级副本，能接触到高阶NPC已经十分罕见，肯定第一时间就能锁定对方的身份。

刚幸灾乐祸没两秒，小红的脸就垮下来：原来直到现在，大概率只有她不知道答案？

小丑竟是我自己？

没过多久，笔尖沙沙声一停，唐心诀撂下笔："写完了。"

正在啃手指的小红一个猛抬头，为数不多的发丝被甩到后脑勺："我不信！你怎么可能写得这么快？？"

没过几秒，张游和郭果也相继完成各自的字数，此时距离规定倒计时结束还有三十多分钟。

三张纸拼在一起，虽然内容逻辑不通，但也正因如此，乍一看竟然还能完美契合，组合成一篇完整的、胡编乱造的观后感。

小红瞪着这篇观后感，仿佛要把眼珠瞪出来。

郭果还补刀："几百字编一编很容易呀，你这么惊讶干什么？难道你生前写不出来吗？"

郭果理直气壮，仿佛完全忘记了自己也死活编不出观后感的第一部电影。

小红脸色由白转青，又由青转黑，却没像以往一样气急败坏地尖叫反驳。

郭果意识到什么："哇，你真的写不出来？"

如果小红自己就不会写，那怪不得会笃定别人也写不出来了。

小红一噎，这才如同被踩了尾巴："我不是，我没有！你们这些该死的学生，写作文厉害有什么用？反正已经被高阶标记，离淘汰不远了！"

话音方落她又敏捷地蹿回去，时刻防备唐心诀的马桶撅。

郭果三人却对视一眼，转向唐心诀："说到这件事……"

她们刚刚不想打扰唐心诀的思路，一直憋着没说，现在既然已经快脱离副本，心中好奇也按捺不住了。

唐心诀点点头："她应该没有说谎。我刚刚感受了一下，虽然并不明晰，但的确隐隐能察觉到一丝异样。如果真的是高级NPC所为，那以我们现在的实力，

235

察觉不到也很正常。"

三个室友面面相觑。

问题是，究竟是谁做的标记？

几人开始回忆这几次考试。

第一个考试首先排除，除了小红就只有一个超市老板NPC，能让张游逃脱回来，并不像是小红所说的高阶NPC。

第二场考试《四季防护指南》的NPC数量直线上升，除了学生会、供暖工休息室，还有无数"怪物"、十二个收割者……

几人沉默须臾。

第三场考试则分为不同的电影副本，从全员恶人的班级，到背景故事较为复杂的无头怪，光是有名有姓的NPC就超过十个。

张游思考道："如果这个标记为真，那么必须同时符合两个条件。一则对方应该是Boss级别，有做出标记的能力；二则与心诀有过交集，甚至是结仇。"

仅仅是这两点，无论是被举报的收割者，还是表现怪异的李小雨，甚至是神秘的学生会团伙、传播诅咒的猥琐邪修……都不无嫌疑。

看着几人纷纷陷入沉思，一副难以抉择的模样，小红也沉默了："……你们进游戏到现在才几场考试，竟然能得罪多个高阶NPC？"

不过，一想到连高阶NPC都要吃瘪，小红的心态竟然诡异地平衡不少，甚至还有点儿幸灾乐祸。

眼见副本即将结束，她难得不再歇斯底里，而是抱臂道："虽然你们又讨厌又变态又不择手段，但是好歹看在我们曾经当过两天'室友'的情分下，给你们一点提示——

"不要以为兑换点道具，有点儿本事就能活到最后，你们现在只是最底层的可怜菜鸟而已。想知道怎么活下去吗？变强，以超越所有人的速度变强，然后……"

小红诡异地挑起嘴角："然后你们就可以在更加困难的关卡内，光荣淘汰啦！"

郑晚晴听了想打人："你什么意思啊，说我们肯定留不到最后吗？"

"咯咯咯，我可没这么说哦，剧透的NPC是要受到惩罚的，我只是给你们展望一下美好的未来而已。"

唐心诀按住室友，平静看着小红："比起在这儿搞我们心态，你还是努力工作，早点找到机会植一下头发比较好。"

不剩几根毛的小红："……"

"当然，如果想从此走光头路线，你也可以通过以下方式——比如，给我们的观后感打 100 以下的分数。"

没给小红思索对策的机会，唐心诀举起纸："申请提交观后感。"

果然，提示声响起：

"叮！本次观后感，将由镜像 NPC 为考生打分！"

看看近在咫尺的马桶搋，又看看虎视眈眈的四个女生，小红气成河豚，又不得不忍气吞声地给出分数。

"考生的最终得分是：100 分！"

"恭喜考生，获得'完美'评价，成为该电影考核测试中首位成绩完美者，可获得特殊奖励：一面神奇的镜子、成员能力觉醒概率叠加提升、教育家的赞赏。"

前所未有的丰厚奖励在光芒中降落，四人被笼罩在其中，环境开始崩塌消散。

在抽离之前，唐心诀问出最后一句话："殇樱红同学，你以后会一直在这个副本务工吗？考生能重复进入同一个副本吗？"

小红："……滚啊！"

"寝室成员个人评价加载中……"

"姓名：唐心诀"

"关卡：《经典电影鉴赏》"

"输出：91%"

"抗伤：12%"

"辅助：21%"

"有效得分：4 分"

"解锁成就：19 个"

"最终评价：极端输出型 MVP"

"辅导员温馨提示：请不要偏科哦！（已开启偏科助力计划。）"

唐心诀再次从脑海中读取到个人评价时，却发现这张评价表变得不一样了。

因此睁眼后，她的第一反应就是打开手机，重新看了一遍评价表，最后将目光汇聚到最底端多出来的一行字上。

旁边醒来的室友也惊讶开口："辅导员提示，偏科助力计划？这是什么？"

同时发出疑问声的，是张游和郭果二人。

两人都捧着手机一脸蒙，郭果挠头："我这里多出了一个辅导员评价，让我不要偏科，还说开启了一个什么偏科助力计划？"

听着就不像什么好东西。

三人目光交会，发现只有郑晚晴没出声，立即转头去找时，却看见郑晚晴的身体趴垂在桌前，消失的手臂并没有复原。

椅子发出刺耳哗啦声，几人起身扑去，张游连被绊了个跟跄都顾不上，拿出第二颗止痛药丸塞进郑晚晴紧闭的嘴里。

"喀喀……"汗珠这才停止从苍白额头上渗出，郑晚晴睁开眼，似乎因失血过多而难以集中焦距，"我的手臂，还是没回来？"

无论是钻心撕裂的剧痛，还是空落落的身体感官，让她不用去看就明白了这一事实。

看着沉默不语的室友，郑晚晴扯出一点笑："没事，等我有钱了就买钢铁侠铠甲，少只手也不影响什么。郭果，你别哭啊，我以前怎么和你说的，我们未来可是社会的中流砥柱，要充满刚强，不能动不动掉眼泪。"

郭果一边无声地抹眼泪，一边打开学生商城，疯狂滑动医疗类界面。

"游戏肯定有方法让你恢复，我一定能找到……

"找到了！"

郭果真的找到了一种可以活死人肉白骨的丹药，看到价格的瞬间又哭了："500 积分，呜呜呜垃圾游戏，还要限制二本大学才能购买？"

她们现在还处于"三本大学"阶段，就算能凑够积分也买不了。

张游这边已经再次用止痛和止血的药品处理了郑晚晴的伤势。数了剩余的药，她神色也很凝重："这些药虽然效果强，但都有时间限制。我们手里数量有限，必须补充一大批新的。"

至少，要足够用到郑晚晴伤口愈合为止。

唐心诀沉眸："总之，我们先把上场考试的奖励领取完吧。"

"考试完成度：100%"

"寝室成员存活率：100%"

"寝室完整度：100%"

"基础得分：70分"

基础得分加两个"高分观后感"的附加分奖励，系统很快核算完成：

"此次您的《经典电影鉴赏》考试（C级难度），总共得分80分（满分100），评价等级为：优秀！"

"C级考试奖励：每位寝室成员获得2学分，16学生积分，健康值上限增加10，四维体质分别随机增加1～3。"

张游飞快算了算手里的积分："现在我还有27分。"
而学生商城中，最便宜的止痛药丸也要1积分一颗。
"不能一直靠短期止痛药。"唐心诀摇头，她在手机上点了点，一个通体黑色的小瓷瓶就出现在手中。

"王记黑玉断续膏：治疗跌打损伤腰背痛，重度伤残大出血，30积分一瓶，买不了吃亏买不了上当。"

"这个药效可以让伤口止血愈合，以最快的速度恢复行动力。"
唐心诀拔出木塞，浓浓的中药气息就在寝室内飘散。
郑晚晴却睁大眼睛："这个我自己来买就行！你怎么用自己的积分买了？！"
那可是整整30积分啊！听着就肉疼。
唐心诀瞥她："买完这瓶药，我还有六十多积分，你买完这瓶，还能剩多少？"
郑晚晴：……
虽然无言以对，她还是厌厌道："可还是太贵了……"
唐心诀："那你就要用最好的药，以最快的速度恢复，这样才能以后赚更多积分还我们。"
郭果猛点头帮腔："对对对，所以大小姐你这几天就消消停停地休息，别见到什么就想莽上去，伤病人员要有自我保护意识，知道吗？"
郑晚晴如遭雷击："可我是坦克！"
躲在别人后面怎么能叫坦克呢？
说到这点，唐心诀忽然想起来："晚晴，你的个人评价后面，有多出来的辅导员提示吗？"

郑晚晴还没看，她用左手打开评价表，瞪大眼睛看到最后："……真的有？"

只不过她手机里显示的，和唐心诀三人的都不太一样：

"辅导员温馨提示：轻度以上伤残障碍可能影响学习成绩，治疗需抓紧时间哦！"

郑晚晴：谢谢，你是来故意气我的吧？

四人把这场考试的全部成绩和评价都翻了一遍，还是没找到除这句话外，任何有关辅导员提示的只言片语，更不用说"偏科助力计划"的相关信息。

这么看来，好像只是莫名其妙多出了一句看起来关照，实际毫无意义的废话。

思绪落入考试的种种细节中，唐心诀皱起眉："不，一个事物的突然出现，必定有它出现的原因。"

到底是什么导致了变化？

很快，思绪定位在最后一场副本，她们由观后感得到的特殊奖励上。

唐心诀目光微动，脱口而出："教育家的赞赏！"

手机屏幕内，浮动着四个湛蓝色的礼包。

四个礼包，分别对应她们从电影副本得到的特殊奖励：获得能力概率提升×2、随机技能卡、一面神奇的镜子。

唯独"教育家的赞赏"并没出现礼包，那么多半从她们获得的一刻起，就已经生效了。

"因为'教育家'给了某些考生赞赏，所以'辅导员'也会对她们予以特别的照顾，比如，在个人评价表后增加一句贴心的提示。"

用了"鉴定"技能后，唐心诀从语焉不详的解释中，总结出这句话。

那么由此来看，所谓辅导员提示就多半不是废话，而有其独特的寓意。

郭果思考不出个所以然，头痛地揉了揉太阳穴，率先放弃。

她缩起脖子："不知道为什么，我总感觉被辅导员特殊关注到，好像不一定是好事……"

唐心诀和张游交换了一个目光，不置可否。

郭果的预感总是很准。

但她们只能专注于当下，比如，拆开手机里的四个礼包。

副本里令人如沐春风的蓝色光芒还历历在目，四人屏住呼吸，同时点击屏幕。

四个礼包同时旋转起来，然后丝带掉落，一道柔和沁凉的力量落入脑海，礼包消失。

几人还没来得及感受这道玄妙崭新的力量，新的消息就从空气中忽然弹出，落到所有人眼前：

"恭喜你们，获得了一面神奇的镜子！"

四人面面相觑。
镜子呢？
镜子没见到，消息倒是再次弹出：

"是否将它放入寝室？放入后，它将与寝室绑定。"

没怎么犹豫，她们就点击了确定。
旋即，靠近阳台的洗手池位置，就响起一道轻微的嘭响。
走到近前，只见洗手台上方的镜子已经焕然一新：边框变为细窄的红木，镜面光洁平整，把整个洗漱区域都衬托得精致许多。
"这就是，一面神奇的镜子？"
张游细细观察半响，伸手触碰镜面，手却瞬间没入镜内。
几人顿时一惊，却又见张游完好无恙将手抽出，脸上有几分惊喜。
然后她毫不犹豫抓起一支牙刷，又送入镜内。

"有新的物品已被储存：1/10。"

提示在脑海中出现，四人立即明白了这面镜子的神奇之处。
原来，在没人看得见的地方，镜内有一个独特的存储空间！
"只可惜里面好像是按照份数算的，最多只能放入10样东西。"
经过迅速试验后，张游得出结论。
这就意味着，镜子用来存储的物品是十分贵重的，且能有效起到防护作用——因为只有她们能存取。
在镜子前研究许久，几人回过神来："这只是四个礼包中的一个……其他三个礼包呢？"

尤其是"成员能力觉醒概率提升"，这可以说是几人最关注的奖励。

唐心诀感受了下："我没有新的异能出现。"

识海里依旧只有一个马桶搋的小图标，安安静静待在原地。旁边则是已经彻底黯淡下去的"正道的光"Buff。

就在她们疑惑之际，张游忽然出声："我得到了一个新能力！"

她掉转手机屏幕：

"对物资十分执着的你，每天都会后悔：为什么游戏降临的那一天，你没有提前回到寝室采购？这样你心大的室友们，就不会只买一点点生活用品了——恭喜你，觉醒了自己的天赋异能！"

"旧物回收：每场考试结束后，可随机获得一样已通关考试的物品。"

将异能信息念完，张游闭上眼，似乎感应到什么，向空气中伸出双手——

而后，一部粉色小巧的手机，就从空气中突然掉入她的掌心。

这是……

唐心诀三人看着熟悉的物品，同时开口："小红的手机？"

张游一脸茫然，沿着三人的目光看向自己掌心的粉红色翻盖手机。

第一场考试她全程在外打野，自然不清楚小红留在寝室内的几样物品。

待到唐心诀简单复述一遍，她才恍然大悟，看向手机的目光顿时有些诡异。

属于NPC的手机，被她的异能给强行"回收"了？

唐心诀甩下一个"鉴定"：

"小红的手机：在那个非主流的年代，很多人都以有一部贴满粉钻的翻盖手机为荣，这部手机的原主人殇樱红（已黑化）也不例外。"

看来确实是它的手机没错了。

室友们不太敢动，毕竟她们还记得接触NPC物品后san值会下降，唯有不怎么受影响的唐心诀能放心拿起来使用。

按下开机键，熟悉的手机屏幕出现。只是屏幕上多了一道裂痕，看起来像是摔打导致。

毫无疑问，小红在看见了唐心诀给手机联系人群发的短信后，发过一通不小的脾气。

此刻打开，联系人列表由原本的四个号码变为五个：亲爱的、闺密小绿、辅导员、超市老板、维修工。

再次看到"辅导员"这个联系人名称，几人目光一顿，出现了微妙变化。

对啊，她们当时怎么没注意到？

首次看到辅导员这个名称，并不是在方才的个人评价里，而是在第一次考试中，小红的手机通信录内！

那么，小红手机里的这位"辅导员"，和她们评价表中的，会不会是同一个人？

一个大胆的想法不约而同升起。

郭果一看眼神就知道室友在想什么，顿时头摇得像拨浪鼓："不行不行不行，万一对面是个高阶NPC，打电话过去触发了淘汰条件怎么办？"

张游沉吟道："从某种角度来看，辅导员或许比高阶NPC还要可怕。因为从这个称呼的性质来看，它应该和'教育家'一样，属于游戏规则的支配方。"

郭果："……那就更不能主动招惹啦！"

郑晚晴眼中却跳动着跃跃欲试的火苗："如果这通电话成功了，我们不仅能直接知道辅导员提示的含义，或许还能了解更多关于游戏的信息呢？"

四双眼睛同时盯着联系人界面，既充满好奇，又不敢轻举妄动。

唐心诀打破寂静："既然举棋不定，那我们不如先做个试验。"

她拉下列表，点进另一个联系人"闺密小绿"的号码，点击拨通。

小红小绿，从名字来看，应该是同一等级的NPC，相比起其他联系人，小绿对现在的四人而言危险性较低，用来试验也最合适。

手机嘟嘟响了几声，响起机械声："对不起，你拨打的电话现在不在服务区，请连接信号后再拨……"

电话挂掉，几人不知是该庆幸还是失望。

显然，此时的寝室并不属于副本的服务区范围内，也联系不上副本里的NPC。

"看来就只能等到进副本再说了。"

达成共识后，几人将小红的手机暂时放入"一面神奇的镜子"里，成为里面第一个光荣存储的物品。

直至此时，唐心诀、郭果和张游已经相继拥有了异能。郑晚晴有点儿羡慕，她只有一个"沙包大的拳头"，还是从商城兑换的攻击性技能。

现在右手缺了小臂，技能只能施加在左手上，不仅攻击力大打折扣，连日常生活也会受到影响。

但是转念一想，触发淘汰条件后只损失了一只小臂，还有神仙室友的医疗包帮忙，她已经很幸运了。

微微失落后，郑晚晴很快就精神抖擞起来，边啃饼干边用左手刷手机，看看自己的评价信息，能不能复盘出好东西。

刷着刷着，她进食动作一顿，饼干掉落。

"我这里怎么得到了一张随机技能卡？"

继神奇的镜子、能力觉醒概率后……最后一个礼包，竟然随机到了她这里。

室友顿时打起精神。

郭果倒腾着小短腿从最远处跑过来，嘴里还嚷嚷着，你在此别动，我给你祷告一下洗手焚香之类的话。

毫不意外地，郑晚晴连听都没听完，就点开了技能卡。

"叮——恭喜你获得随机技能：'沙包大的拳头'！"

唐心诀伸手接住差点儿摔倒的郭果，问郑晚晴："如果我记忆没错乱，这个技能是你已有的吧？"

郑晚晴愣愣点头："是的。"

千算万算没想到，撞技能这么小的概率竟然也能发生？那她现在岂不是有两个大拳头？

可她现在只有一只手啊？

就在纠结之际，新技能落入个人信息界面，并没有与原本一模一样的技能并列，反而在出现的瞬间就像两颗相遇的水滴，融合到了一起。

"重复技能叠加，进化出新技能：'铁锅大的拳头'！"

下一瞬，郑晚晴不由自主地举起右手，只见空落落的小臂处，竟出现一道巨大的拳头虚影。

虚影很快变得凝实，紧握的手指慢慢张开，材质真的如同钢铁一样，只是看起来似乎有些年头了，手指生涩地张开又握住，还簌簌向下掉了两块铁锈。

郭果瞬间泪奔："大小姐！你的手怎么变成这样了啊！"

同一刹那，郑晚晴欣喜若狂："我有手臂了！好酷哦！"

郭果："……"

算了，人类的悲欢并不相通。

忽然获得手臂的郑晚晴着实高兴得不行，连失血过多的虚弱都暂时克服，在寝室里蹦蹦跳跳，尝试使用自己"铁锅般"的新手臂。

然而她没高兴多久，约莫15分钟，新手臂就又缓缓消失，变成了虚影。

技能并非永久性，而是有使用时限的。

"这一技能和异能有些类似，等级越高，能力就越强。只不过区别是，技能可以通过消耗积分，在商城兑换相同技能来融合升级。"

唐心诀立即研究了一番，将结果陈列出来，方便郑晚晴清晰理解。

短短一刻钟，郑晚晴已经被自己的铁锅手臂深深吸引了，她当即查看自己全部积分，发现只有25分，而购买一个"沙包大的拳头"需要30积分。

再次自闭。

"没关系，我们还有抽奖和成就点兑换呢。"

郭果灵光一闪，当即提醒道。

每一次考试的奖励，除了基础积分、属性提升外，最不确定也是最特殊的部分，就是通过"有效得分"获得的抽奖机会。

喜庆的红色转盘置顶在商城最上方，同时也无情地划分出欧皇与非酋的分水岭。

只要欧到一定程度，哪怕考试攒下的积分再少，也有逆风翻盘的可能性。

抽奖人、抽奖魂，欧皇就是抽奖人！

卷五 疯狂星期三

"王吉吉牌液晶电视：高清大屏多频道，早买早赚可升值！"

第一章

10分钟后，郭果泪流满面："对不起，我毒奶①了。"

这一次，四人在抽奖转盘上全军覆没，就连欧皇郑晚晴都惨遭滑铁卢。

她们一点积分都没得到，寝室里倒是多出一大堆矿泉水和饼干，还有两罐珍贵的咸鱼罐头。

张游把这些物资全部整理起来，安慰道："没事，非酉乃人生十之八九，看开就好。"

纯粹依靠运气咸鱼翻身，显然脱离实际。她们还是比较适合脚踏实地。

即便如此，看到了新的希望后，郑晚晴整个人都振奋不少。晚上甚至多吃了好几块饼干，俨然是一副准备马上进入新副本努力赚钱的模样。

唐心诀却打消了她的想法："张游和我商量了一下，觉得明天或许可以休息一天，用来休息和调整状态，你们觉得呢？"

连续三场考试，虽然游戏内只过了两天，但实际上却是整整九个不同副本。

属于她们的喘息时间少之又少，无论是对技能的钻研，还是对考试的复盘，在紧迫的时间追赶下，都只能匆匆带过。

张游点头："……我也一直没抽出时间来统计我们的具体物资和个人信息。以及，我们现在的身体素质虽然大幅增强，却没有配合相应的锻炼，这使我们在副本中无法发挥出身体的优势。"

商城中售卖的道具技能，除了异能类，还有各种身体属性的强化，乃至武术气功等等。可见未来考试不会只限于这类副本，她们需要做更全面的准备。

一番商量下，四人达成共识。

张游掏出一块日历挂在门口，在明天的位置郑重画了一个圈。

星期三：休息日。

---

① 毒奶：游戏中，反向加油，拖累队友的行为。

临近深夜，睡觉前，几人又统计了一下现在的资产状况。

财产最多的依旧是唐心诀，补充了一些药物和防护符后，她手中还有45积分，以及将近30个可以兑换的成就。

这些资产唐心诀并未动用，她有自己的打算："我想攒到足够的积分，兑换一个精神系技能。"

学生商城内，关于精神方面的技能与道具屈指可数，且每一个都价格高昂，三位数积分起步。

但唐心诀有种直觉：这一方向是最适合她的。

除此之外，她现在共有一个觉醒异能"马桶搋小兵"，一个自创技能"精神控制"，还有购买的辅助技能"鉴定"、消耗技能"冰锥"。

虽然看着不少，但严格来说，除了马桶搋，剩下的能力都尚未来得及仔细研究，发挥它们最大的作用。

室友的情况也很相似，郭果一边想强化"火眼金睛"，一边又担心没有自卫能力，只能先跟在张游后面买防护符，两人分别攒下10积分留作备用。

"唉，钱总是看着多，花着快，一不留神就两手空空。"

郭果瘫在床上望天流泪。

四人中，目标最明确的就是郑晚晴。她一心强化拳头，卖掉成就后只买了个10积分的医疗包，又向唐心诀借了10积分，倾家荡产购买了一个"沙包大的拳头"。

技能融合，"铁锅大的拳头"升到二级，附着在手臂上的实影延长到30分钟，虽然依旧有限，却已经让郑晚晴非常满足。

第一波购置结束，众人拾掇了一下，四人加起来还剩65积分，尚有应对突发事件的余力。

唐心诀忽地提出想法："其实，我还想购买寝室方面的强化。"

商城的种种道具，除了对应个体，还可以施加在寝室上。

比如，光是寝室门，就有四五种不同的强化模式，最高甚至可以强化到装甲级别。

阳台窗、天花板和地面也同样如此。

各种生活用品类中，甚至有自动发电的空调、自动做菜的冰箱，乃至于空间扩张……只不过价格高得让人想跳楼，以四人现在的经济实力，也只能看着简介做做梦。

虽然买不了昂贵大件，一些基本工具却可以入手。

唐心诀把看中的物品名称发给众人："我觉得这些东西非常适合装点我们寝室。"

众人看去："二手钉耙""一只大锤""倒钩刺鸡毛掸""木制狼牙棒"……

"……"

郭果的声音从被子里幽幽传出："如果以后都买了，我觉得我们可以在门口顺便拉个对联。"

上联：聚结天下众豪杰。下联：义气千秋洒热血。

横批：梁山好汉！

第二天清晨，刺耳的起床铃将众人从沉睡中吵醒。

"还好今天不用考……嗯？怎么才6点？"

郭果顶着一头鸡毛从被窝里钻出来，一脸蒙圈地看时间，目光惊恐："难道我们考试时间从此提前2个小时，变成6点了？？"

就算魔鬼高三也不会这么反人类吧！

唐心诀已经先一步起身下床，走到阳台窗前。

起床铃依旧从阳台外的蒙蒙白雾中传进来，只不过仔细听却能听出，和前两次的起床铃有细微的区别。

如果描述的话，只能说今天的铃声……更加喜庆？

"叮叮咚、叮咚叮、叮叮咚叮咚——"

约半分钟后，铃声停下，随之响起的却并不是她们熟悉的童声，而是一个语气夸张的老头声——

"太阳每天升起，只有周三不同，恭喜同学们！"

"你是否还在为囊中羞涩而苦恼？"

"你是否还在为商城昂贵而悲伤？"

"想收获从天而降的礼物吗？想得到你梦寐以求的商品吗？"

"疯狂星期三，大促销时间！"

声音落下，一切回归寂静。只有刚下床的几人无声对望。

唐心诀抿起唇：疯狂星期三？大促销？

听起来像是学生商城在搞事。

打开手机，商城果然已经弹出一则新消息——

"为鼓励全体同学努力学习，本商城将在星期三清晨，即考试开始前两小时内，举办'疯狂星期三促销活动'！"

"活动分为以下两部分：1. 天降礼品　2. 优惠上门。"

"请全体同学认真等待，热情参与！"

随即几人发现，商城左上角多出了一条"活动进度"栏，一半亮起，一半暗着。

亮起的部分，正是"天降礼品"环节。

郭果揉了揉自己的眼睛："我没看错吧？这是要送我们东西？？"

游戏竟然会这么好心？！

短暂震惊后，情绪又很快转为狐疑：该不会又是游戏在给她们挖坑吧？

唐心诀收起手机，看向外面，声音里情绪有些复杂："究竟是不是好事，马上就会知道了。"

沿着她的目光看去，三人睁大双眼。

视野之中，窗外的雾竟然在渐渐散去！

几个瞬息，白雾就已经退到阳台栏杆外，也只是到此为止。外面的世界仍旧被完全笼罩，只留下一个阳台大小的空间。

她们试探着推了推，阳台窗竟然被成功推开了！渗着凉意的新鲜空气涌入，反而让几人有点儿惊疑不定。

唐心诀和郑晚晴率先走出，郭果和张游殿后。当脚落到阳台上的瞬间，从游戏降临以来，几人才忽然有了走出寝室的真实感。

"快抬头看，雾里有光！"

随着室友提醒，几人抬头望去，隐隐看见白雾深处有一排红色字眼：

"距离天降礼品倒计时：1：59。"

1：59、1：58、1：57……

时间在飞快缩减。

正在这时，右侧忽然有响动传来，伴随着脚步和交谈声，瞬间转移了四人的注意力。

——是隔壁寝室！

游戏降临前，她们所在寝室区的阳台是两间寝室共用一个，游戏降临后也没变过。只是太久没和外界联系，又被游戏通知吸引了注意力，刚刚出来时众人竟没有第一时间看向隔壁。

现在阳台可以出入，是不是也意味着，她们可以和隔壁寝室联系了？

郭果脱口而出："杨明妍她们还在？"

她惊喜地喊隔壁同学的名字："杨明妍！侯岑玥！你们能听到我说话吗？"

下一刻，隔壁寝室的落地窗被拉开，几个女生小心翼翼地走了出来。

看到彼此的瞬间，两边人却同时一怔，愕然道：

"你是谁？"

"你是谁？"

"你们是谁？"

两边人同时脱口而出，脸上的惊喜也变为愕然。

举目看去，从隔壁走出来的四个女生无一不是陌生面孔，对方脸上也十分警惕，有一人甚至立即拔出了藏在背后的拖布杆，以防备姿势对准唐心诀四人。

郭果立即吓得倒退两步，一只手及时托住她后心，又安慰般拍了拍她的肩膀——是唐心诀。

将室友揽后，唐心诀向前一步，语气沉静："我们是山河 A 大的学生。"

对方愣了愣，最前面的瘦高个女生也反应过来："我是北市师大的……我叫梁静。"

对面自报家门。

北市？师大？

606 寝室这边有一瞬间的蒙圈。

从地理位置上讲，两所学校的距离至少 1000 公里。怎么可能忽然出现在隔壁？

唐心诀观察着眼前的人。语速清晰有逻辑，没有阴冷和压迫感，不像是 NPC——更像是和她们一样的大学生。

她指了指自己身后的寝室，点头补充道："我们是河内街道寝室区 13 栋 606。"

自称为梁静的瘦高个女生立即回答："我们是学园街生活区 27 栋，608 寝室。"

好了，现在除了寝室号相对应，其他都可以说是毫不沾边。

而且，如果眼前这个寝室是真的……那她们原本相邻的寝室，现在去了哪里？

对面，捧着拖布杆的女生忍不住抢话问："那个，你们也是被拉进游戏的学生吗？"

606四人这边还未开口回答，唐心诀忽然察觉到什么，视线转向阳台外，同时飞快提醒："小心雾里，有东西。"

白雾深处，红色倒计时已经归零，一阵若有若无的音乐自天空极高处落下。

不，落下的不仅仅是音乐。

"小心！"

唐心诀一把拉过郭果，张游也拉着行动不便的郑晚晴敏锐躲开。

一个黑色的方块纸盒砸落到围栏内，摇摇晃晃翻了个身，仿佛充气般自行鼓胀——然后在众目睽睽之下，嘭地爆裂开！

黑色汁液洒到将近一平方米的地方，散发出一股刺鼻的恶臭。

见状，隔壁寝室几人惊呼一声，连忙纷拥缩回屋内，阳台立时只剩下唐心诀四人。

这时，手机振动着弹出一条新消息：

"叮咚，天降礼品，正式开始！"

"？"

几人沉默看向地面的黑色不明液体。

你管这个东西，叫礼品？？

"无良商家！"

郭果愤怒唾弃。

就在这时，又一个黑漆漆的礼盒从上方急速坠下，好在几人身体素质已经今非昔比，在有所防备的情况下轻轻松松躲了过去。

这次礼盒砸到阳台瓷砖上，并没像上一个那样爆开，而是像泄了气的皮球一样扑哧塌成扁扁的一块。

绿油油的不明物质从里面溢出，伴随浓郁刺鼻的橡胶味。

"游戏商城到底想干什么？"张游直皱眉。

说着什么促销送礼，可现在看起来倒像是在投掷过期报废商品，该不会把学生寝室当成垃圾站了吧？

"天降礼品：无数礼品从天而降，你能接住自己想要的那一份吗？"

唐心诀看着活动介绍，又仰头观察笼罩视野的白雾，思考须臾后抽出马桶搋，让其他人取出寝室里所有水盆。

"拿水盆干吗，我们不会真的要接吧……"郭果嘀嘀咕咕地钻出来，一抬头就又看见一个盒子砸向唐心诀头顶，"诀神小心！"

却见唐心诀并没躲开，反而抬手把马桶搋快速向上一钩，礼盒就稳稳当当盛在了橡胶头内。

没有爆裂也没有漏气，小巧精致的红色礼盒散发着柔和的光晕。

盒子拆开，里面出现一张玫瑰金装点的卡片——

"使用此卡片，你将拥有一次单品8.8折优惠。"

众人精神一振。

这是真正的礼品！

刚把红礼盒收进寝室，新的坠落物又出现在视野里，看出盒身散发着不祥的黑色气息后，唐心诀毫不犹豫将它打歪方向，黑盒子还没来得及爆开，就重新没入白雾中。

一来二去，几个回合后，众人也终于明白了"天降礼品"的规则。

这一环节，众人头顶的白雾会随机掉下礼盒，如果是黑色礼盒，就说明是"虚假的礼物"，代表里面是腐坏物或危险物质，需要赶紧躲避或者打飞。

但如果是其他颜色的礼盒，就代表着"真实的礼物"，可以放心接住领取奖励。

时间流逝，礼盒降落的速度与数量也在不断增加，好坏混杂，极度考验她们的动态视力和反应力。

隔壁寝室也渐渐看懂了规则，鼓起勇气拿盆子走出来，尝试效仿唐心诀几人接礼盒。

然而没过几瞬，坠落的礼盒几乎如同密密麻麻的冰雹——隔壁寝室手持拖布杆的女生一不小心戳破一个假礼盒，腥绿液体洒满身，臭鸡蛋味顿时蔓延开来。

"哕！"

郭果也运气不佳中了彩，差点儿把自己熏倒在地，而且皮肤触碰之处，均开始出现刺痛和烧灼感。

"回屋。"唐心诀果断决定。

回到寝室，阳台窗一关，噼里啪啦的礼盒雨伴随一个又一个炸开的黑色炮弹，几乎染黑了整面窗户。

郭果急匆匆找淋浴喷头清洗身体，唐心诀三人也多少受了点轻伤，喘息着休息。

但相比起伤势，堆积在地面，色彩各异的七八个礼盒，更加吸引她们的注意力。

礼盒一一被拆开，里面的奖励不一而足：8.8打折卡、一次抽奖机会、学生积分×1、零食大礼包……

奖励不大，堆积起来却很丰盛！

张游爆发出前所未有的行动力，将奖品飞速整理收纳的同时，嘴角忍不住上扬，难得地做梦："如果每天都有活动就好了。"

为了物资，她愿意承受垃圾回收的风险！

过了片刻，外面礼包雨停下，阳台已经惨不忍睹。

一个新的倒计时，出现在白雾深处。

唐心诀念出下一个环节的介绍："下一个环节是'优惠上门'——每个寝室都将出现一名专属推销员，与他交流，就有机会获得超级大奖！"

所以下一步，是上门推销？

和上一环节相比，这一环节显然更加刺激，"超级大奖"四个字挑动着人的神经。

四人简单清理收拾一番，正待商讨下个环节，阳台窗忽然被小心翼翼敲响了。

瘦高个女生梁静歉然道："非常抱歉打扰你们，请问有没有消炎药膏或者绷带？我室友许玮被那些黑盒子里的东西伤得有些重，但我们寝室的药已经用光了，如果方便的话……能借一点吗？"

尽管一再斟酌措辞，梁静看起来还是十分局促，并没抱太大希望。

四人对了对目光，张游从医疗箱翻出绷带和烫伤膏："记得先用冷水把伤口冲洗干净。"

郭果点头，伸出自己胳膊："像我这么包扎应该就差不多了，虽然我也不怎么会。"

梁静喜出望外："太谢谢了，谢谢你们！"

向四人重重一点头，她抓紧时间跑回去给室友上药。

作为进入游戏以来见到的第一个"同类"，双方虽有心交流，却受限于眼下的匆忙而没时间多说。

转眼间，雾气里的倒计时已经再次结束——

"叮咚，优惠上门，正式开始！"

几人立即绷紧注意力等待，仔细聆听外界的一切动静。

推销员上门，是从走廊走进来，还是像礼品一样，从阳台外掉落？

1分钟、2分钟……

几人静静等了5分钟，还是没听到任何声音。

又过了5分钟，仍旧毫无变化。

"这个环节只限时30分钟。"

唐心诀起身，皱起眉环视四周："如果推销员真的要来，应该不会太晚。"

而且既然规则说了"每个寝室都将出现一名专属推销员"，那就不会出现有寝室错漏的情况。

可为什么还没有来呢？

阳台响起脚步声，却不是推销员，而是梁静来还药。

"推销员吗？我们寝室也没人敲门。"

梁静叹了口气，显然对此依旧没抱希望："这些好处，游戏肯定不会轻轻松松让我们得到，谁知道它设了什么难关在里面，没准根本没有什么推销员也说不定。"

从她的语气中，众人似乎听出了一股被游戏坑到无奈的沧桑。

"你说得对。"唐心诀忽地点头，"是我们陷入思维惯式里了。

"活动介绍只说，每个寝室都会'出现'一名推销员，却没说他会以什么形象和形式出现，更没说他出现时会有提示。

"假如，他其实已经出现在我们寝室里，只是我们还没发现呢？"

室友一愣。

旋即几人意识到，唐心诀说得不无道理。

在她们的惯性思维中，推销员的形象总与敲门推销绑定在一起，因此也下意识地先入为主，对方需要经过她们的"许可"，才能进入寝室。

但如果，"推销员"根本不需要呢？

沿唐心诀的思路想下去，如果推销员已经在寝室里……气氛顿时隐隐有些悚然。

郭果连忙握住自己的水滴玉坠："他们该不会能隐身吧？难道是附身？"

寝室氛围转瞬凝重起来，梁静送药膏的手僵在空中，眼睛睁大："啊这，你们在说什么？"

不是正在说商城推销员吗？怎么话题就突然变成——

眼见寝室开始向恐怖副本的氛围发展，唐心诀打了个响指，把众人思绪拉回来：

"这倒不用担心，郭果，你忘了自己能力了？"

郭果如梦初醒："对哦！"

她有"火眼金睛"在身，就算推销员混进来，也十有八九会被发现。

"所以，对方应该十有八九是实体。既然如此，为什么我们无法察觉呢……"

唐心诀说着，转向寝室内部，目光在整片空间内梭巡，最后定在角落。

"除非……他比我们想象的，要小很多很多。"

桌椅在地面搬动，发出响亮的摩擦声。

606寝室内，几人飞快地搜查整个寝室，尤其是被各种设施遮挡的狭小角落。

梁静吭哧吭哧地挪书桌——她也不知道为什么，莫名其妙就加入了这寝室四人的搜寻队伍。

关键是，她根本不清楚自己要找什么，整个人云里雾里，脑海里还回放着唐心诀的猜测，仍不太相信：应该不会这么离奇……吧？

刚搬起书桌的女生动作忽然顿住，瞳孔收缩看向墙角。

梁静："快看！"

听到喊声，其他人立即冲上来，视线同时落在墙角，深吸一口气："嘿！"

只见角落里，一个约巴掌大小的红衣服小人正在桌腿下奋力挣扎，红色独角帽在头上一晃一晃，看起来十分无助。被众人的声音吓得一哆嗦，小人抬起不足拇指大的小脑袋，眼睛像两颗茫然的葡萄籽。

被唐心诀用马桶搋吸出来时，红衣服小人紧紧抱住橡胶头坐在里面。几人注意到，它胸前有一个小小的彩色双肩包。

唐心诀把它放在桌子上，声音温和："你就是商城派来的推销员？"

小人用力点头，挺起自己胸前的双肩包，只见布上缝着一个大大的"惠"字。

众人：？

优惠上门……原来所谓"推销员"，竟然是一只小木偶？！

小木偶紧张地扶正头顶帽子，露出白皙的木制圆脑袋。如果它不做出动作，第一眼甚至会以为是个刚从货架掉下来的娃娃。

梁静回过神来："原来是这样，我先回去了！"

另一只"推销员"此刻或许正藏在她们寝室的某个角落，现在找没准还来得及！

阳台窗被匆匆打开又关上，此时环节剩余时间还有15分钟。唐心诀不浪费时间，径直问："既然你是送优惠上门的推销员，与顾客做交易应该是你的任务，那么请问，我们要怎么样才能得到'优惠'？"

换句话说，怎样才能拿到"超级大奖"呢？

小木偶似乎听懂了，点点头开始比画："咿呀咿呀咿呀！"

"……"

唐心诀挑眉："你，不会说人类语言？"

小木偶点头，又摇头，两只手拍自己脑袋："咿呀咿呀！"

"……"

郭果幽幽开口："我就知道，游戏绝不会停止挖坑。"

怪不得活动规则中说"与他交流就有机会获奖"，一个根本不会说人话的推销员，要怎么交流啊！

小木偶黑葡萄似的眼睛怔怔看着四人，似乎有些着急，用力拍自己脑袋，又指着自己的双肩包："咿咿咿呀呀！"

唐心诀仔细看着木偶的一举一动，开口："你虽然不会说话，但是可以听懂我们的话？"

木偶点头："咿呀。"

"那这样，我们提问你来反馈，是就点头，不是就摇头，可以吗？"

木偶想了想，点头。

"商品在你的双肩包里，是吗？"

"咿呀。"是。

"我们可以得到里面的商品吗？"

"咿呀。"小木偶继续点头。

但很快，它又马上摇头，腿一弯蹲下，手拍拍面前的桌子，又拍拍自己。

唐心诀懂了："我们要拿出东西来和你交换，你才能把包里的东西给我们？"

"咿呀！"小木偶鼓掌。

原来是在搞二手回收？

简单交流完毕，四人确认眼神，立即开始行动：翻出一大堆物品，不管是什么类型，总之拿出来就对了。

万一在推销员的价值评判中，它很值钱呢！

唐心诀用马克笔在纸上写出几个符号，分别为钩号、叉号，以及1到10几个数字。

"推销员先生，请问你的包里总共有多少商品呢？"

小木偶犹豫几秒，在5～10这几个数字中摇摆不决。

似乎它也不是很清楚自己带了多少商品过来。

"如果1到10为打分，你认为自己包里的商品值几分？"

小木偶从1蹦到10，高深莫测地抱臂。

虽然没有说话，唐心诀却莫名能读出里面的意思：它带来的东西价值参差不齐，能得到多少，就要看她们四人的本事了。

几分钟后，口红、保温杯、梳妆镜、护肤霜被相继踢飞在地。

木偶双手背在后面，一副巡逻出街的模样，看到不喜欢的东西就摇头踹开。不一会儿桌面就已经空空如也，各种东西掉了满地。

郭果哀号："这支口红是我的生日礼物！我还一次没用过呢！还有未拆封面膜，价值整整四位数啊！"

木偶也气哼哼的，攥紧书包带，转向墙角拒绝沟通。

很显然，它觉得这间寝室做交易不真诚，总拿它不喜欢的来糊弄。

众人也有点儿一筹莫展，她们已经先后试过了从商城里买的道具、副本里的收音机，以及她们在现实世界购入的各种昂贵珍藏，都被统统否决。

唐心诀转移方向："那你觉得这间寝室里，有什么你感兴趣，认为价值不错的吗？可以自己找一找。"

木偶抬起头，小眼睛露出"恍然大悟"的表情，立即坐到马桶橛上，在唐心诀的帮助下开始环游寝室。

"咿咿！"绕了一整圈，小木偶突然喊停，跳下去噔噔跑到郭果的书桌上，奋力拖拽一本书。

是郭果的《周易》。

见状，几人试探着问："你觉得这本书可以换你的东西？"

小木偶咿呀点头，然后美滋滋低头就要打开自己的双肩包，却不料被唐心诀阻止。

少女看起来温温和和好说话，追问却比子弹还迅速："我们总共能从你这里交换多少样商品？"

小木偶愣了愣，嘴巴瘪成一条线，不情不愿地挪动身体，站在"1"上。

"如果收了你的东西,能退回重新交易吗?"

"……"

木偶慢吞吞走到"叉号"位置。

张游反应过来:"我们刚刚差点儿被它套路!"

推销员的商品很多,却只能和学生交换一个。一旦推销员拿出东西,交易达成,众人就无法再兑换其他物品了。

如果《周易》的价值不高,那么她们无疑错过了更好的商品。

没想到这个推销员看起来不太聪明,坑起人来心眼却不少。

小木偶气哼哼指着钟表,咿呀不停。

只剩最后5分钟了,到底还要不要做交易呀!

唐心诀也反应果断:"找书,所有的书!"

没过1分钟,一大摞书差点儿把小木偶淹没,从名著到街边文学,从古代文献到高数教辅,郭果甚至贡献出了自己私藏的小黄书,眼巴巴等着推销员判定。

小木偶艰难地从里面翻出了几本:《周易》《庄子》《三国志》《资治通鉴》……还有一本《唐诗宋词五百首》。

全是古代文献相关。

把这些加起来,小木偶勉强给了一个6分评价。

郑晚晴捧着满满一摞文献资料,对木偶进行现场安利:"你看,这是我写论文特地网购的英文原版文献,这是我熬夜通宵复习的打印资料,你看上面的曲线,多么优美……"

对方不堪其扰,匆匆打开双肩包,抖落出一张黑色袖珍卡片。

而后随着活动倒计时归零,小木偶和几本选中的书同时砰地消失在空气里。

没能再薅点羊毛,几人有点儿可惜,不过旋即就把注意力落在卡片上。

"这卡片是……"

郭果好奇地伸出手,还没碰到就惊呼一声缩回:"等等,它怎么变大了?!"

四双眼睛注视下,桌面上的"黑色小卡片"飞快变大,不到数十秒,竟然扩大了几十倍,形状也越发清晰——

等它终于停止变化,安安静静待在桌面上,几人也不约而同睁圆眼睛——摆在她们面前的,是一台长60多厘米、宽40多厘米的、32英寸液晶电视?

第二章

"……这是,电视机?"

郭果目瞪口呆。

以小木偶双肩包的微观程度,她们本以为会是打折卡或者技能卡片。却没想到竟真的是"冰箱彩电洗衣机"这种正儿八经的推销商品。

很快,鉴定术确定了电视的真实性:

"这是一台全新的液晶电视,至少从表面上看是如此。当然,如果顾客因某些不满意而试图退货——你会发现这是不可能实现的事情。"

短暂沉默后,唐心诀用马桶搋戳了戳电视显示屏,提示出现:

"是否将该电视机放入寝室内?放入后,它将与寝室绑定。"

郭果用检测仪和吊坠先后试了试,摇头:"没感受到危险。"

张游则在商城中找到了一模一样的电视——

"王吉吉牌液晶电视:高清大屏多频道,早买早赚可升值!"

——无论如何,至少现在看起来是个好东西。

抱着好奇心理,四人确认绑定。下一瞬电视从书桌上消失,出现在寝室门上方的墙壁上。

唐心诀道:"看我们手机。"

只见"寝室生存专用App"的主界面已经多出一个图标,点进去便出现如遥控器一样的界面,可以调整频道、音量和开关。

郭果喃喃自语:"我没想到在寝室里安装电视的愿望,竟然在这个游戏里实现了。"

几人刚要打开电视看看,却被从阳台传来的敲门声打断。

梁静正带着隔壁寝室几名女生站在窗外,露出一个有些紧张的微笑。

"请问,我们可以进来吗?"

迈入606寝室，四个女生均有些诧异地睁大眼睛。

已经来过一次的梁静还好，反应最大的则是一开始拿着拖布杆戒备，又被黑礼盒烫伤的女生。根据梁静介绍，女生叫许玮，虽然攻击性不是很强，但却是四个人里面除梁静之外，精气神看起来最足的一个。

剩下两个女生脸上多少挂着明显的憔悴，眉目蔫不唧儿地跟在后面。

许玮一进门就忍不住说："你们寝室看起来真完整！"

"完整"这个词是她脱口而出的形容，感叹得十分真心实意。

见唐心诀几人有些不明所以，梁静苦笑一声解释道："一时半会儿说不清楚，如果你们看见我们寝室，就会明白了。"

跟着她们进入隔壁寝室，看见眼前场景的606四人不禁驻足，面面相觑。

梁静寝室和她们寝室的构造并无太大差别，同样是上床下桌四张床铺，连大小也别无二致。

然而视野所之处，一道巨大裂痕从靠阳台的4号床中间劈开，一直蔓延到寝室门旁。原本雪白的墙壁变得斑驳破烂，被挡板、床单和衣服勉强添补堵住，却依然能看见遮挡物下已经凝固的猩红色。

梁静叹了口气："这是源自游戏降临的那个晚上……"

那一天，梁静四人正好全部待在寝室里，正在因忽然紧锁的门窗和诡异通知声恐慌不已，门口忽然响起了宿管的敲门声，说带了保安过来，让她们开门查看情况。

"我们来不及有疑问，就连忙开了门。可谁想一打开门，外面根本不是宿管阿姨，而是一团看不出人形的血红色'怪物'。"

"怪物"向开门之人扑来，还好梁静正巧站在门内侧，听到惊叫就直接推门关上。可"怪物"还是挤进了一部分，一进屋内就化成一摊液体开始疯狂扩散。

"当时我们想尽了所有办法，最后发现，只要通知声一出现，它就会向门口缩去，等通知声结束了才会继续扩张。"

于是四人趁着通知声再次出现时，把一部分红色液体铲到阳台窗边，红色"怪物"果然尖叫起来，最终在巨大爆裂声中灰飞烟灭，不过也同时炸毁了两张床铺和一面墙。

梁静看向一名十分沉默的室友："小安的腿，还有我的胳膊，也在那个晚上留下了伤疤，一直没能痊愈。"

得知唐心诀几人也遭遇了类似的情况，梁静若有所思："我当时只以为是我们运气不好，现在看的话，更像是所有寝室都会经历的考验……寝室生存游戏，它难道将全国所有寝室都拉进了这场游戏里吗？"

两个不同省市且八竿子打不着，成员也彼此完全陌生的寝室，竟然突然成为邻居，从物理意义上，这是不可能出现的情况。

"但如果此时，我们都在一个异次元空间里，一切都说得通了。"

梁静严肃道："被困在寝室的这几天，我们尝试了一切与外界联系的方法。最终发现，只有在每天通知声出现的时刻，手机和电脑的信号才会有轻微变化。"

难道通知声来自现实世界？又或者来自另一个更加诡谲的外层空间？

她们无从确定，只能暂时将这一现象记录下来。

听完梁静的讲述，唐心诀捕捉到一个问题："你们这几天没有参加考试吗？"

"考试？"

梁静几人对视一眼，异口同声惊讶道："你们已经参加考试了吗？"

"……"

在梁静几人的补充下，606四人才知道，原来她们只经历过一次"寝室文明守则测试"，然后就再也没点开过考试界面，一直在休养生息。

同样是"寝室文明守则测试"，两间寝室的"测试内容"十分相似。只不过梁静寝室是要帮一个名叫小绿的女生解决烦恼：帮助她找出合心意的美容配方。

可最后她们却发现，小绿想要的美容配方，需要用很多奇怪的东西来调配！面对日日来索取催促的小绿，几人只能每晚躲在床帐里装死，忍受小绿在寝室里的大肆破坏。幸好在躲了整整七天后，就在几人奄奄一息之际，考试宣布她们已经"友好相处一段时间，符合文明守则要求"，这才惊险通关。

"那场测试给我们留下的心理阴影太大了。所以到现在为止，我们都没做好开启下一场考试的准备。"

梁静摇摇头："但我们也知道，这样是行不通的。"

如果一周内没通过任何一场考试，整个寝室就会被淘汰。逃避不是永远的解决办法。

谈到这里，608寝室四人均有些低迷。不过许玮很快就打起精神道："本来我们以为可能再也不会见到其他人了，但是看到你们寝室后，这个想法就改变啦！"

一个已经参加过考试，却依然全员存活的寝室，对她们无疑是一个莫大的鼓舞。

当然，对于606四人来说同样如此。遇到同样身份，可以互相沟通交流的人，让她们终于感觉自己不是生活在一座孤岛，多了一份希望。

双方还想再聊，唐心诀却忽然察觉到什么，转头看向窗外。

梁静与张游也几乎同时转头，神色一变："外面的雾！"

乍一看没什么变化，但仔细看去却能感受到，白雾正在以肉眼可见的速度从围栏外涌入，不消多久就会重新填满窗外。

郭果大惊失色："我们还没回寝室呢！"

唐心诀和室友对视一眼，当机立断："快走！"

谁也不知道当白雾淹没阳台，她们还能不能打开落地窗，如果被迫滞留又会发生什么——她们必须以最快的速度，趁阳台还在时回到自己的寝室！

落地窗推开，雾气中的凛冽寒意扑面而来，逼得众人倒退一步。

每人攥着一张防护符，咬牙钻出去。张游最前，晚晴和郭果中间，唐心诀殿后。四人紧贴阳台墙面，尽可能以最快速度前进。

察觉到有人，雾气骤然翻滚起来，渗入阳台的速度明显加快。

尽管她们小心翼翼，身体仍免不了被白雾触碰，只听一声轻响，四人手里的防护符同时无风自燃！

触碰的瞬间，即是被攻击的时刻。

张游加快脚步到自家寝室窗前，单手拉发现不动，立即改为双手用力推，脸色发白："我推不动它！"

难道窗户重新封锁了？

郭果冲上去和她一起推，使出吃奶的力气，窗户才勉强被推开一条小缝。还不够一条腿伸进去，她急急喊道："怎么办啊，这窗户好像又要往回缩了！"

郑晚晴手不方便，唐心诀立即换位抢步上前，马桶搋的橡胶头撑进豁口，堪堪卡住玻璃窗。随即把墙角当支点，利用马桶搋的坚韧特性，窗户这才一点点被推开。张游和郭果在旁边一鼓作气，终于推出了可容纳一人通行的空隙。

唐心诀换手固定窗户："你们先进。"

三人飞快钻入，唐心诀刚收起马桶搋，从隔壁寝室方向忽然传来呼喊，是许玮的声音："等一下，接住这个！"

手上还缠着纱布的短发女生冒着危险露出头，往她怀中扔了一包东西："谢谢你们给我药……"

将东西接住，唐心诀不再犹豫弯腰钻入寝室。在雾气彻底扑上来，窗户关合的前一瞬，还能听到许玮从隔壁寝室传来的喊声："加油！"

白雾笼罩窗外，阳台轮廓消失，世界重新变得混沌寂静。

几人试探着呼喊隔壁寝室，却没再收到任何回应。与外界短暂的联系似乎就这样被重新割断，寝室又回到了以前与世隔绝的状态。

"叮咚咚、咚咚叮——"

"快乐星期三,上课时间到,考卷已分发,大家准备好。"

"亲爱的同学们,你们今天有努力学习吗?"

熟悉的铃声从窗外传入,唐心诀打开手机,时间正落在早上8点。

从早上6点的"疯狂星期三促销活动"开始到现在,正好过了2个小时。看来这也是整场活动的时限。当8点整到达,考试依旧会正常开始。

与隔壁寝室的交流,亦限制在这短短2个小时之内。如果去掉她们忙于应对活动的时间,真正与梁静几人的交流只有半个小时。

郭果瘫在椅子上叹气:"实在是太短暂了,再多给半个小时也行啊。"

郑晚晴却挥舞着唯一一只手大声鼓舞:"至少这次相遇证明,正在游戏中奋斗的不只是我们,还有很多很多同胞!大家虽然无法见面,但相信这只是暂时的,只要时间够久,一切皆有可能!"

张游点点头:"晚晴说得对。我觉得既然会有这场活动,代表游戏应该不会永远将我们封闭在这里,或许以后还会有更多机会。"

静静听着室友的交流,唐心诀垂眸看向掌心,防护符已经燃为灰烬。

仅仅接触了一点点白雾,便直接消耗了四张防护符。如果直接置身于白雾中,四人身上全部的防护道具加起来,甚至可能撑不过五秒。

寝室,对现在的她们既是一种囚困,同时也是一种保护。

她轻轻将灰烬倒进垃圾筐,道:"一切的前提,是我们不要被淘汰。"

就如"镜中像"副本中小红所说的,她们通关、变强、成长的速度要超过危险降临的速度,这样才能活到最后。

"不过在此之前,"唐心诀扬起一抹笑意,"为了庆祝今天的休息,我们要开一个罐头吗?"

经过后勤部长张游的审批,几人最终从寝室物资中开了一个咸鱼罐头,把两罐旺仔牛奶分为四份,当作难得的庆祝餐。

"还有这个。"唐心诀拿出许玮扔过来的袋子,里面是两包麻辣鸡爪。

郭果忍不住吸溜:"我的口水已经开始分泌了。"

她们原本储存的食物早就吃光了,现在存粮全靠商城抽奖的累积。又舍不得花大量积分去买,于是只能啃饼干喝矿泉水,没有选择余地。

一包零食,对于现在的四人已经是难得的美味。

准备好食物,几人围坐在一起开始干早餐,同时充满好奇地打开了新电视。

雪花在黑色显示屏上闪了两下，旋即蹦出一个大大的笑脸图案——

"家电认准王吉吉，每天都有好心情！"

下一秒屏幕切换，一张惨白且没有鼻子的脸布满整张屏幕，凸起的眼球恶狠狠地贴着屏幕，仿佛在瞪着屏幕外的人。

"喀喀喀！"郭果咕噜咽下嘴里的东西，剧烈咳嗽起来。

谢谢，好心情全没了。

几人几乎是条件反射就要弹起来，又看见屏幕内惨白的脸微微一动，两片紫黑色的唇瓣上下一碰，口吐人言：

"接下来请收听今日播报……"

众人："……"

她们眼睁睁看着无鼻怪漠然抹掉脸上的脏东西，开始一板一眼播报新闻——

"前日，三本大学一名老师公开表示，他主讲的必修课《四季防护指南》收到了恶意举报。这已严重影响到他晋升二本大学教师的申报计划，现已对教育中心提出申诉，并宣称一定要找到目无王法的举报人，让对方受到法律惩罚。"

读到这句，无鼻怪顿了顿，声音有一丝不屑——

"可是据我所知，我们大学城从来没有颁布过任何法律，怎么让人受到法律惩罚呢……"

屏幕里叮的一声，似乎在警告它。无鼻怪果然闭嘴，老老实实读下一条——

"二本大学已经于前日修缮完毕，欢迎同学申报光临。

"一本大学装修团队宣称二本大学抄袭了他们的设计元素，包括但不限于'地狱''孟婆桥''噩梦深渊'等景点，已经向教育中心提出强烈抗议。

"播报补充：双方装修团队已于1个小时前在三本大学门口狭路相逢，大打出手。

"播报再补充：双方已被拘留。

"播报再再补充：三本大学已提出赔偿申请，宣称他们校门受损，唯一一个供暖工也在路过时受到波及，正在抢救。

"收到通知，供暖工抢救失败，三本大学四季再次失调，预计多门课程受到影响……"

无鼻怪的播报终止于三本大学的惨烈损失。转而进入下一个板块——

"本日民生板块：无。"
"本日学生教育板块：无。"

读完，无鼻怪愉快地松了口气——

"欢迎大家向本频道踊跃投稿，本日大学城新闻播报到此结束，即将开始重播。"

沙哑难听的结束音乐响起，屏幕在无鼻怪伸出八只手来收拾稿件的时候跳转，又回到了最初怪脸铺满屏幕的状态。

猝不及防地看完一场新闻节目，寝室陷入沉默。

张游张了张嘴，似乎有千言万语，却不知道具体该说些什么，只能转头看向唐心诀。

唐心诀不知何时已经撕了张纸奋笔疾书，将新闻内容全部记了下来，包括最后的频道热线。

看到她拿起手机，众人惊悚道："你要向这个节目投稿？"

唐心诀摇头："试验一下规则。"

拨号通过，对面响起沙哑的声音："您好，这里是大学城新闻投稿热线，仅接收教育相关投稿、民生相关投稿、学生相关投稿，不接受任何投诉。"

唐心诀想了想："投稿有要求吗？"

"你是学生吗？投稿需支付50积分，话费另算。"

"谢谢，打扰了。"

果断挂断电话，四人面面相觑。

很明显，在刚刚的5分钟内，她们接触到了一个超出当前认知的新世界。说是陌生，又似乎和她们在游戏里的经历息息相关。

郭果小声开口："《四季防护指南》的举报？这个好像是……我们做的吧？"

看起来，她们好像在无形之间，得罪了一个教师级别的NPC？

唐心诀点头："没错。它还讲了一本、二本和三本大学，这与App显示的规则相同。只是……"

只是从无鼻怪的反应来看，这几座大学并不是一种"概念"上的存在，而是真实存在的建筑？

——如果按照她们所处的级别，那么此刻窗外，隐藏在茫茫白雾中的，会是"三本大学"的真面目吗？

太多疑问随着信息一起砸上来，几人又看了遍重播。发现重播之后还是重播，这个频道似乎只有这一个节目，并且有无限重复一天的趋势。

于是她们调到了下一个频道。

黑屏。

再下一个频道。

还是黑屏。

再向下，屏幕又跳回了第一个新闻节目，无鼻怪冷漠播报。

"……"

这就是商城宣传语里的"高清大屏多频道"？

"总共只有三个频道，还有两个不能看。"

郑晚晴勃然大怒："奸商啊！"

幸好这是她们从活动里赚的，不是花钱买的，要不然要心疼死。

等到她们吃完早餐，再调到第二个频道，发现屏幕出现了变化。

电视中出现一面绿幕舞台，台上站着两个人身鱼头的生物，从衣服分出是一男一女，手里拿着麦克风，鱼鳃一动一动——

"各位亲爱的观众节日快乐，欢迎来到大学城节日限定联欢舞台！"

"一年一度的新生入学节开始了。相信三天前的新生入学庆典还让大家意犹未尽。但是没关系，从今天开始，联欢舞台将在每周三为大家继续送上精彩表演！"

随着两个鱼人的报幕，绿幕变成草地，一个一身红裙的小女孩跑上台，双手紧张地捏在一起："大家好，我叫小、小红帽。接下来由我为大家表演舞蹈。"

然后她抬起一条腿开始原地转动，几圈下来越转越快，一不小心没收住，把整个脑袋激动地甩了下来。

只见脑袋在空中越飞越高，离屏幕越来越近——

"扑通！"

小红帽的脑袋穿过屏幕，掉进了寝室里。

正在好好看电视的四人："……"

小女孩的脑袋茫然地转动两下，意识到自己掉进观众屋子里后，不知所措地张了张嘴，下意识地蹦出一句："节、节日快乐！"

"……"

面对祝福，寝室几人感受不到节日快乐，更多的是心肌梗死。

这算什么？舞台事故？突然袭击？天外飞头？

唐心诀无声地抽出马桶撅，扬起一个温和无害的微笑："你好，请问有需要帮助的地方吗？"

看着散发对NPC不祥气息的马桶撅，小红帽感觉头顶一凉："……"

她扁了扁嘴，忍住眼圈里的水，努力让头滴溜溜地旋转起来，头颅很快起飞，重新钻入电视屏幕，回到呆愣的身体上。

舞台上的小女孩扶正脑袋，眼泪汪汪地道歉："对不起，我第一次在舞台上表演，一不小心失误了。"哭着哭着一激动，刚安好的脑袋又骨碌碌掉了下来，在地上呜呜哭。

一个发色火红化着大烟熏妆的非主流少女跑上台，一手拎起小红帽的头，一手扶着小红帽身体，对台下鞠躬道歉："哈哈哈，大家见谅，这是我司旗下艺人小红帽的首次出道表演。如果大家喜欢这段表演，请关注过段时间举办的大学城首届101选秀，为小红帽投出宝贵的一票！"

在两个乌漆麻黑的NPC上来赶人前，非主流少女从兜里飞速抓出一把花花绿绿的纸片往外撒："一定要来支持我们啊！！最好来现场！等小红帽火了你们就是开山老粉……请你们吃饭！"

随着她们被推走的背影，纸片同样穿透电视屏幕，悠悠落到了唐心诀手上。

——岁朝娱乐，欢迎您的关注！

纸片上字迹放荡不羁，看起来像是拿彩笔临时写的，充满廉价不靠谱的质感。既像是一张名片，又像是一张邀请券。

至于具体的比赛地址，出了屏幕就变成一栏模糊的乱码，难以看清。

再抬头看电视，舞台已经空空如也，两个鱼人步伐轻松走上台："今天的联欢庆典到此结束，感谢大家观看！"

？

整个庆典只有一场不靠谱的表演？

黑幕落下，频道节目表弹出——原来纵览全天，也只有这一个节目。

为"大学城居民"贫瘠的精神娱乐生活短暂掬了一捧同情泪，几人很快将注意力转移回当前获得的信息上。

沙沙声响了几分钟后停止，唐心诀抖抖笔尖，从桌上撕下一张导图。

"如果我们现在所处的世界，以及一切可接触的信息浓缩为一张图，那么它应该是这样的。"

沿着唐心诀的笔端，结构从"寝室生存游戏"向外辐射，分为一本、二本和三本大学。

四颗脑袋聚在纸前，聚精会神地看。

"受限于我们现在的等级，只能接触到一部分考试。"

一本和二本后被打了个问号，结构集中在"三本大学"板块。

唐心诀继续道："目前来说，升级的唯一渠道就是考试和比赛，考试科目属于大学内设课程，内容则由副本和较为低级的NPC组成。

"有一些考试，当我们进入后，会发现我们的寝室也同样成为副本的一部分。而这时，考试背景一般都处于'三本大学'内部，也可以说是游戏中的现实背景。"

例如"寝室文明守则测试"和《四季防护指南》，她们接触到的NPC也多半是校内身份。如小红，原本应该是三本大学的一名学生。但后来转职到《经典电影鉴赏》内，就成了一名卫生间镜中NPC。

"像《经典电影鉴赏》这门考试，就像是游戏世界中的里世界，里面的NPC更加凶残。"

顿了顿，唐心诀沉吟道："按照这一区别，也可以暂时类比为私企与国企。"

私企普遍996严重内卷，员工攻击性强。而国企员工只要不出重大失误就工作稳定，旗下NPC们则受规则限制较大。

郭果三人："……"

还能这么类比？

张游想了想，尝试道："那么难度越高的考试，NPC实力也越强，可以视为职位等级越高吗？"

说起来，她们第一次对游戏中的学校有模糊认知，还是在《四季防护指南》这个被她们误入的 A 级考试里，首次接触到学生会、供暖工……乃至收割者。

在唐心诀的导图中，三条分支最后重新汇聚，连接到一个名字上：大学城。

"从现有信息看，游戏里的'大学城'，是一个和现实有几分相似，却更加吊诡的概念。"

它有三座大学、无数 NPC 居民、一座商城，甚至还有专门的电视台和娱乐公司。

学生们被强迫进入其中，微妙地成为它的一员，却又要面对这里四伏的危机。

如果想一直不被淘汰，考试势必会越来越难。那么此刻她们所掌握的信息，无论来自 A 级副本还是电视，都有着难以估量的价值。

看完导图，郭果幽幽叹了口气："不知道为什么，我现在明明知道得更多，却感觉更糊涂了。糟糕，难道我被大小姐传染了？"

郑晚晴："看看我们的专业课成绩差距，你认为你的智商比我高？"

她是莽撞，又不是弱智！

郭果不服："好汉不提当年勇。再说，我当初是没有好好学习，不能因此鉴定智商。"

郑晚晴："哦，那你为什么不好好学习？"

郭果："我那是……"

眼见两人又要一言不合地偏离话题，张游无奈地看向唐心诀。

唐心诀把信息导图贴在门上，淡淡道："再吵的人晚上没有麻辣鸡爪吃。"

世界安静了。

整理好当前情况和心态，四人开始在有限的寝室空间里，进行肢体和反应训练。

郑晚晴以前钟爱健身，买了哑铃、弹力带、小型沙袋等工具。现在她没了右手小臂，只能先练习一只手生活行动，顺便把工具全部塞给郭果，督促她练习肢体力量。

郭果不到 1 小时就开始哀号："救命啊大小姐，我真的没力气了！"

郑晚晴严格纠正："按照生存 App 上的数据，你现在四维属性是普通人的两倍左右，完全可以承担这种程度的体力消耗。之所以感觉困难，是因为你还没有正确认识自己的力量，不能把属性完全发挥出来，懂吗？"

"你别不信，我可以陪你对打试验，"郑晚晴认真地说，"我让你一只手。"

郭果："……"

这边继续苦哀哀地训练，那边唐心诀和张游也没闲着。

唐心诀在帮张游研究称手的武器，然而一划出价格，就被后者以肉痛的表情通通否决。

唐心诀："如果你以后继续打野，所处的环境只会越来越危险，没有武器怎么活？"

张游凝重思索："……我可以跑？"

虽然攻击上缺少武器，但她对自己的游走和逃跑能力还是比较有自信的。

"……"

最终，唐心诀用两人的积分合买了一个价格30积分的"危险传唤器"。一旦张游四周危险性过高，唐心诀就会立即收到提示。

"不过往好处想，或许我们开启了这个'偏科助力计划'以后，下次定位就换了。"

唐心诀开玩笑道："输出位考虑一下？"

张游："……谢谢，我还是打野吧。"

卷六 公路旅行须知

"这是一个来自高阶的标记,代表有人记住了你。"

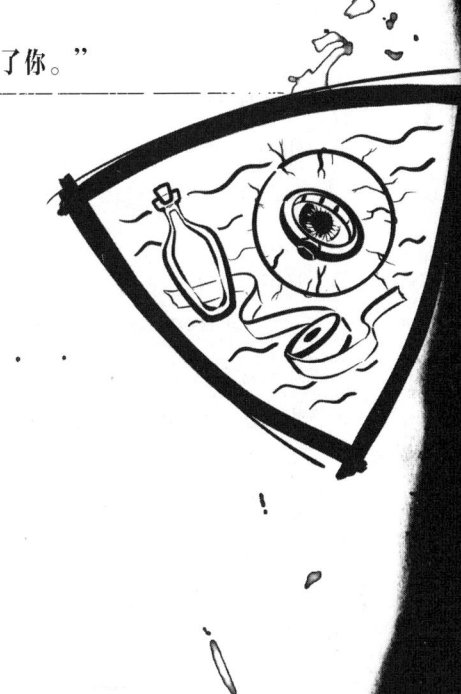

第一章

　　一整天的练习结束，到了晚上，几人又切了几块新鲜面包当晚餐，饱餐一顿后开始做最后的准备。

　　唐心诀取出了从上一场考试结尾带出的几缕小红的头发。

　　黑色头发虽是一摊死物，她却仍能感受到上面萦绕的 NPC 气息。

　　把头发扔到橡胶头里，马桶撅果然飞快吃了下去。

　　过了半晌，唐心诀微微皱眉。

　　这次好像有些不同。马桶撅虽然吃了东西，却没给出任何反应——既没有将头发吐出来，也没有出现新的骷髅标志。

　　她摇了摇马桶撅子，按下喷水按钮，过了半天，橡胶头才慢吞吞吐出一小股水流。

　　异常感更明显了。

　　最后，唐心诀让室友堵住耳朵远离，手持马桶撅向下一劈，使出了"NPC 的尖叫"技能。

　　伴随直蹿天花板的凄厉尖叫，一大股劲风忽地从橡胶头中蹿出，掀翻椅子后又忽然同尖叫一起消失。

　　"噗。"

　　马桶撅慢吞吞地吐出一股水流。

　　这下不只是唐心诀，其他人也意识到了不对。

　　几人慢慢靠拢过来，脸上写满震惊："怎么回事，马桶撅它出毛病了？？"

　　唐心诀嘴唇紧抿，点了点头。

　　……

　　直到第二天清晨，唐心诀也没能找出马桶撅的具体问题。只能确定它应该是因为吃了小红的头发，才出现的异常状况。

　　好在它的大部分能力依然能够使用，只是会出现短暂迟缓或者效果短暂等问题。

将这部分疑虑暂时按下，唐心诀看向手机屏幕。她们要选择新的考试了。

"请从以下考试内容中选择一项，倒计时：15分钟。"
A卷：《公路旅行须知》
B卷：《丧尸围城之寝室生存试验》
C卷：《考古从挖墓开始》

三个C级考试，哪个看起来都不像善茬儿。

"丧尸围城是以前出现过的考试吧？"

张游辨认出熟悉的选项："原来已经出现过的，如果我们没有选择，还可以出现第二次。"

可惜毫无疑问，这次她们依旧会直接pass。

果然一轮投票后，丧尸和挖墓全部出局，只剩下《公路旅行须知》。

"往好处想。"郑晚晴照例鼓舞士气，"没准我们可以在考试里免费来一场公路旅行呢！"

她们以前倒是曾幻想过毕业来一场公路旅行，没想到没等来毕业，反而等到了游戏。

"那就走吧。"

唐心诀按下确认键，四人握住彼此的手。

"考试结束，我给大家做麻辣鸡爪拌酸奶。"

无论发生什么，经历什么，没有什么比她们考试结束还能完完整整坐在这里更重要。

郭果忽地意识到："等等，这难道不会拉肚子……"

话音淹没在汹涌而来的黑暗中。

当唐心诀睁开眼，一阵微弱刺痛感几乎是立刻钻入了脑海。

忍耐住脑中痛感，环顾四周后，唐心诀发现自己坐在一辆敞篷车的驾驶位上，一张地图被放在方向盘上。

除此之外空无一人，没有任何室友的身影。

拿起地图，一张留言条掉了下来，上面写着——

"请你把这盒特产送到玛雅斯奶奶家，作为报酬，这辆车可以借给你玩一天。油箱里的汽油很充足，只是导航系统稍微坏了，只能麻烦你

275

用地图认路。记得在天黑之前将东西送到,它对玛雅斯奶奶非常重要!"

感叹号画得很重,强调出这句话的重要意义。

副驾驶的座位上放着一个紫色礼盒,被红色封条在连接处打了叉——

"它不该被除玛雅斯奶奶外的任何人打开。"

唐心诀将留言条放在礼盒上,打开地图,上方显示出这是一条环形公路。

仔细看了一遍,唐心诀目光微沉。

这张地图上,并没有任何关于"玛雅斯奶奶家"的标记。

相比起简洁,用简陋来评价这张地图更合适。

上面只简单勾勒出了公路轮廓,附加几个如"快餐厅""咖啡店""加油站"等标志。除此外的位置几乎都是空白。

乍一看纸上粗糙随意的线条,说是幼儿园小孩的作品都有几分可信度。

敞篷车四面透风,透过车窗看去,这里正处于一条公路的中间地带,左面靠着望不见顶端的山崖,右面是渺茫的雾气,前面望不到尽头。而后面……

唐心诀开门下车确认,双眼微眯。

后方是断裂的悬崖。

公路仿佛被切割开来,浓浓雾气从塌陷处升起,让人看不清另一端的模样。路边立着一根指示牌,上面画了一个前行的标志。

标志下方写着:城外公路。

唐心诀闭上眼,让识海里的感知力扩散开,然而就在接触到雾气时,尖锐的刺痛感忽然大盛,逼得她不得不放弃感应。

这股刺痛感是哪来的?

她缓了几秒,垂眸打开手机,查阅自己的身体状况。

健康值满分,四维属性和自创技能显示正常,没有 Debuff。

"精神控制(一级):控制的第一步就是自控。"

连精神控制都无法遏制识海里的痛楚,明明并非来自外界的攻击,却又找不出来源……

唐心诀静静感受半晌,揉了揉眉心回到车内。

"嘀……对不起，当前区域信号不足，呼叫失败。"

无法联系室友，唐心诀将注意力转回当下。

前方路面还算开阔，她估量了一下自己的驾驶技术，差不多能开下去。

踩下油门，车在公路上缓缓开动。

本以为这会是一段较长的距离，没想到连十米都不到，两边雾气就陡然散去，路边出现了繁茂的树丛。

"叮！"

一道红杆忽然横在路中间，左侧响起清脆铃声。

唐心诀踩下刹车，视线转向铃声出现的方向——公路边立着一间绿色的窄小建筑，宛如一个竖立的长方形盒子，不仔细看几乎与树丛融为一体。

从"盒子"里伸出一只手，朝车的方向挥动几下。

唐心诀操作方向盘慢慢开过去，在建筑旁停下。

手臂是从一扇小窗户里伸出来的。它缩回后，窗户被向上拉开，露出一张戴着厨师帽的中年男人脸庞。

中年男快速扫了唐心诀一眼，脸上浮现一个夸张的营业性笑容，鲜红的牙龈十分醒目："今天天气真好啊。"

脸庞消失，小窗户里再次伸出手，这次手里多出了一杯咖啡。

"这是您点的巧克力咖啡。"

视野上移，小窗户上方，小屋顶端用歪扭铁丝拼出一个单词：COFFEE。

看起来应当是一间开在公路边，专为过往车辆营业的小咖啡店。

唐心诀没伸手接，手指支在太阳穴上："我没点过你们这儿的咖啡。"

厨帽男又弯腰露出脸，夸张的笑容分毫不变："不，没关系，玛雅斯奶奶会为你报销的。"

见唐心诀还没有接过咖啡的意思，厨帽男维持假笑："这条公路很长，路上很少有休息和补给，如果不喝一杯热咖啡，是无法坚持下去的。"

最后，厨帽男不情愿地补充："……及时补充体力，是《公路旅行须知》的要求。"

这次，唐心诀没从对方脸上读出欺诈与恶意。她拿过咖啡："谢谢了。"

厨帽男立即缩回手嘀嘀咕咕："如果被城里那群家伙发现了，一定会取笑我是全世界最善良的商人。唉，有什么办法呢，我只是开在公路旁的小本生意罢了。"

听着小窗户里的嘀咕声，唐心诀感觉脑海里的刺痛感越发明显。

一股莫名的不祥感在心头萦绕，她却找不出是为什么。

她低头抿了口咖啡，是甜到发腻的口味，热腾腾的液体瞬间驱散了有风吹过时裹挟的凉意。

纸杯外侧印着一行字——

"一切从这里开始。"

凝视这行字半晌，唐心诀抬起头问厨帽男："请问，你知道玛雅斯奶奶家在哪里吗？"

似乎并不意外唐心诀会问出这个问题，厨帽男很快回答："沿着这条公路一直走到尽头，尽头处就是玛雅斯奶奶家。"

"不过，你可要快点过去。"

小窗户又被拉开一条缝隙，男人嘴唇翕动，含糊不清地说："玛雅斯奶奶讨厌迟到，天黑之前……你不会想知道后果，加快速度吧！"

唐心诀毫不打怵地凝视对方："那么，这里几点会天黑呢？"

"我想大概是晚7点以后吧。"厨帽男下意识地算了算，脸上笑容一僵，无端愤怒起来，"不对，我为什么要告诉你这些，你又没有付我钱！你们这帮一肚子坏水的大学生……就知道欺负我这个做小本生意的老实人……祝你们永远回不去学校！"

窗户被怒气冲冲关上，唰啦一声换成了菜单，隔绝了里面的空间。

唐心诀目光移到菜单上，这里只售卖咖啡，每杯咖啡的价格都以一种名为"大学币"的货币标价。譬如手上这杯巧克力咖啡，价格是5大学币。

她注意到，在"巧克力咖啡"这一商品后方，被用铅笔划了很多道痕迹。

见店主不准备再露面，唐心诀踩下油门继续上路。

手机上显示，现在是下午3点，距离店主说的晚7点天黑还有4个小时。按照当下的任务要求，她需要在4个小时之内找到玛雅斯奶奶家。

绿色建筑渐渐消失在倒车镜里，公路两边依旧是一模一样的树丛，树丛中蔓延着不祥的白雾，拒绝考生探索。

感官所及之处，除了风声外没有任何响动，也没有任何生物，只有望不到尽头的路。

唐心诀保持着均匀的车速，一边观察四周景象，一边思考有关这场考试的信息。

这次并非以往那样，四人同时同地以寝室为地点醒来——至少从现在看来不是。

上一次她们被拆开来单独行动，是在《三年一班纪实录》副本内，四人分别进入平行空间，明明处于同样的剧情里，却彼此无法感知和接触。

如果这次也是一样的情况，可能每人都有一个"给玛雅斯奶奶送特产"的任务，需要四人全部完成，才算考试通关……

这个假设在出现的瞬间，就被唐心诀自己否决。

因为整个寝室里，只有她一个人会开车。

如果其他三人也是同样任务，从第一步就可以直接宣告失败。考试不会出现针对考生的死局。

思绪起伏转动，直觉和判断告诉唐心诀，这次考试的难关并不是"平行空间"。

其他三人，很可能就在这里。只是她暂时还没找到。

一切才刚刚开始，沉下心来。唐心诀手指敲了敲方向盘，心中告诫自己，压下无名升起的烦躁感，专注开车。

车继续向前开，两边树影婆娑，看久了仿佛是同一段路程在不断复制粘贴。除此尚未有其他危险出现。

唐心诀依旧保持着高度集中的注意力，没有丝毫掉以轻心。

突然，一个矮小的身影从树丛斜刺里钻出，敞篷车一个急刹车，停在对方身前！

矮小身影也因为身体惯性摔倒在地，很快便毫发无伤爬起来：是一个五六岁个头的寸头小男孩，他拍拍手就要继续往前方跑。

唐心诀在车内静静看着这一幕，原本并未打算动作，然而在余光不经意扫到一抹颜色时，她目光一凛，想也不想就按下喇叭。

巨大的声音让小孩停住脚步转过头来。唐心诀这才看清：他的脸上一片空白，没有五官。

而正如她余光刚刚所捕捉到的，小男孩胳膊上戴着一块格格不入的女式手表，与郭果进考试前手上戴的一模一样。

郭果的手表，怎么会出现在其他人身上？

更准确地说，这是一个需要加上双引号的"人"。

唐心诀打开车门，走到小男孩面前轻轻蹲下。

"能听到我说话吗？"

小男孩抬起头，他脸上没有五官，只有一片平整表皮包裹着头部。当他做出"看"的动作时，原本眼睛位置的皮肤正对着唐心诀，显得越发瘆人。

唐心诀却平静地看着这张脸，仿佛面对的是一个正常孩子，拉近距离时连目光的闪动都没有，近乎温和地重复问："小朋友，你能听到我说话吗？"

小男孩做出反应，点了点头。

唐心诀又指向他的手表："能告诉姐姐，这只手表是哪里来的吗？"

小男孩嗖地把手表藏进兜里，转头就要跑！

两只短手在空中奋力挥舞半天后，小男孩慢慢低头，发现自己好像一直在原地踏步。

唐心诀的马桶撅不知何时已经钩住他连衣的帽子，声音清晰："别害怕小朋友，我不是坏人。"

小孩："……"

马桶撅子在帽子里一拧，他就滴溜溜被迫转了个方向，胳膊无力地垂在身体两侧，没有五官的脸皱了皱，竟显得有几分无助。

他没有嘴，自然无法开口回答，于是唐心诀换个问法："你见过一个和我差不多高，短发蓝衣服的姐姐吗？见过就点头，没见过就摇头。"

小孩点头。

"那这块手表，是来自那个姐姐身上吗？"

小孩似乎用了好几秒理解"手表"的意思，才慢慢点头。

"她现在在哪里？"

小孩抬起手臂，指向车正要继续开向的前方。

不知是不是雾气淡了些，这次透过深浅相间的树丛，唐心诀能隐隐看到远处有一座绿色的建筑，坐落在公路边缘。

趁着唐心诀抬头，小孩忽地一钻身像条泥鳅般扑入树丛，转眼不见了踪影。因为跑得太着急连衣服都不要了，小小的黑色外套挂在马桶撅上，露出郭果的手表。

唐心诀：……我这么不招小孩子待见吗？

不应该啊，以前她和风细雨说话时，很多小孩子都喜欢的。

自我怀疑两秒，唐心诀把外套和手表都收回车内，开向远处那座绿色房子。

车行驶到近前，绿房子的全貌映入眼帘。

虽然同样是绿色建筑，但这栋房子比公路起点的咖啡店大了许多倍，门口同样由铁丝串了两个字：餐厅。

十分言简意赅。

餐厅门口正站着一名体态丰腴的中年女人,正拿着花洒给门口的花盆浇水。

当车停下来,中年女人也随之停下浇水动作,露出一个几乎咧到耳根的夸张笑容,摆出欢迎的姿势。

唐心诀毫不怀疑,任何一个正常顾客经过这里,都会被直接吓跑。

她下车时,手里顺便拿上了小男孩留下的衣服,捕捉到中年女人脸上一闪而逝的僵硬。

唐心诀笑了笑,把衣服随意往胳膊上一搭,开门见山:"你好,请问最近有见过和我年纪相仿的女生吗?"

老板目光在衣服上停顿一瞬,抬起头时脸上重新布满营业假笑:"没有见过呢。"

"一个都没有吗?"

老板捂住嘴咯咯笑:"小姑娘这话说的,难道我还会骗你吗?这边位置偏僻,一天下来也没几个人会光顾吃饭,我当然记得每一个来的客人。"

她脸上堆满笑,任由唐心诀走到里面。

餐厅很小,里面摆了四五张双人桌椅,半开放式后厨也只有几个厨具。锅里煨着汤,散发出一阵阵奇特的香味,既像是肉又像是某种蘑菇。

观察一圈,唐心诀没感觉到任何危险。直到靠近厨房时,老板拦住了她:"小姑娘等一等,你手里拿的这个东西,我怎么看着有点儿眼熟呢?"

老板的视线在马桶搋上打转,勉强笑道:"拿着这个在厨房外走来走去,好像不太好吧?"

唐心诀看了眼手里的马桶搋,坦然回答:"哦,你说这个啊,这是我的探路仪。"

老板:"?"

"实不相瞒,其实我有后天性弱视,无法看到一米之外的东西,所以只能借助探路仪行走。因为个人爱好问题,我把探路仪定制成了马桶搋的样子。"

唐心诀点头示意:"怎么样,是不是很像?"

老板:"……"

无视了欲言又止的女老板,走到厨房窗口处时,唐心诀发现里面还有一个小隔间,通过灯光能看到一团藏在暗处的阴影。

她注视片刻,垂眸道:"实不相瞒,我方才在外面的公路上,捡到了一件小孩子的外套。不知道是谁丢的……"

阴影抖了抖,忽然蹦了起来飞奔出厨房,与唐心诀撞了个正着:正是无脸小男孩！

小男孩想抢走唐心诀手里的衣服，发现抢不动又去抱老板的大腿，急切地指着唐心诀，似乎在告状。

老板尴尬地笑笑，把小孩拎起来狠狠拍了两下屁股，然后才对唐心诀说："哎呀，真是太巧了，你捡到的衣服是我们家这个捣蛋孩子的，你看这——"

中年女人想取过衣服，唐心诀却忽然收手，问了个毫不相干的话题："我看到衣服上有很多泥泞和褶皱，是不是小孩子经常在外面玩呀？"

一边问，她一边自然而然向外走——

就在她向外迈腿的一刻，餐厅的烛火吊灯忽然明暗不定，无风闪烁起来。

中年女人紧紧盯着她的动作，似乎又想上来直接抓，又有些莫名的忌惮，干巴巴地说："可不是嘛，孩子还小，就是喜欢在外面打滚，滚得一身脏。小姑娘，你不点一份餐吗？玛雅斯奶奶会为你付钱的……"

唐心诀充耳不闻，只在擦肩而过的时候笑了笑："老板，你的衣服也很皱啊。"

"你也喜欢在外面打滚吗？"

灯光彻底熄灭，餐厅陷入昏暗。晦暗不明中，中年女人神色沉了下来："你说什么？"

"不好意思，开个玩笑而已。"

唐心诀将手中衣服向对方随手一扔，同时向前迈步，走出了餐厅。

同一刹那，抓住衣服的女老板忽然猛地向外扑来，闪电般抓向唐心诀的肩膀！

女人尖锐的指甲被迫停留在肩侧几厘米之外。

马桶搋横在前面，让它无法再寸进。

一触碰到马桶搋，餐厅老板立即嗞地缩回手，忌惮地缩回门内阴影中。

唐心诀转动马桶搋，仿佛只是轻轻挡了一下，抬眼问："老板，你有事吗？"

女人脸上肌肉不停抽动，却没有再出手，只挤出一丝生硬的笑："开个玩笑而已，小姑娘不要放在心上。"

说完，女人真的站在门内一动不动，似乎要目送唐心诀离开。

——只要她离开餐厅，就不能再受到攻击了？还是……

看着餐厅老板恢复正常的指甲，唐心诀反而一动不动，大有赖在门口的架势："老板，你不打算送我到公路上吗？我第一次来这里，怕迷路。"

停着敞篷车的公路边缘，距离她只有五步左右。

"……"

餐厅老板脸色难看，最终还是极不情愿地张口："你现在已经在公路上了。"

一旦离开建筑，身处俱是公路范围，也同样要受到公路规则约束。

唐心诀点点头："看来《公路旅行须知》的要求，并不只对旅客有效，是吗？"

对方对此避而不谈，生硬地继续说："至于迷路……小姑娘，不用担心，玛雅斯奶奶会为你祈祷的。"

阴影中，女人再次扬起诡异的笑容："这条公路上没有人会迷路，所有人都会找到自己的目的地，玛雅斯奶奶在她家中等你……"

"哦。那给我来一份便当吧。"

唐心诀打断她的话，理所当然道："记得加热，要够吃一天份的，到时候找玛雅斯奶奶报销。"

餐厅老板："……"

中年女人敢怒不敢言地转身，一把攥起小孩走进厨房，斥骂伴随砰砰打屁股声传出来："让你跑外面撒野，作业不做，也不知道帮忙，就知道给我添麻烦……生你不如生叉烧……"

打完孩子，过了几分钟，老板捧着一个便当盒走出来，无脸小孩在后面扒着门框悄悄探头。

"这是你要的便当，一路顺风。"

她把最后四个字咬得相当用力，眼睛死死地盯着唐心诀，一直到身影被车尾气远远甩在公路后。

开出 20 分钟的路程后，敞篷车开始降速，慢慢停在路边。

唐心诀松开方向盘，压住脑海的刺痛和胃里翻涌而上的不适感，深呼吸两下。

刚刚挡住了餐厅老板攻击，握过马桶搋的右手慢慢张开掌心，露出里面虎口迸裂，鲜血横流的模样。

NPC 的力量不可小觑，哪怕马桶搋未受损伤，人类的身躯却往往难以承受。

如果在餐厅里和那个 NPC 缠战起来，哪怕是她们寝室四个人一起，也避免不了要吃些苦头。

唐心诀脑海中浮现出餐厅老板明显有所忌惮的神情，眉心再次紧蹙到一起。

餐厅老板在撒谎，从头到尾都在撒谎。

手表是郭果的，一大一小两个 NPC 身上都有缠斗过的痕迹。感知力在餐厅内没有捕捉到任何危险与陷阱，唯一的危险感只来自被激怒时的 NPC。

并且，餐厅老板却对她有着莫名的忌惮……一种掺杂了敌意的忌惮。

一边想要攻击她，一边却又似乎因为多重原因举棋不定，最后在公路规则面前放弃。

无论是行动逻辑，还是落实在细节处的反应，都很奇怪。

哪怕手里有无脸小孩的外套，能对NPC构成某种目前尚未捋清的限制，这次在餐厅走的一圈，也未免太过安全了。

越安全，越不合常理。

考试副本不可能没有危险，咖啡店是安全的，餐厅也勉强算是安全的，公路上也是安全的……那危险在哪里？

唐心诀垂眸，公路上经历的一幕幕在脑海中拆解重现，从车上醒来、上路、停车、和NPC的对话……每一处细节都被反复放大，试图从中找出可以破解的切入点。

异常感越来越深，却仿佛有一层迷雾罩在识海中，无法突破它捕获真相。

唐心诀揉了揉眉心。

如果能收集到的信息仅仅是如此，就更没办法判断出室友的位置了。

唯一有关室友的线索，就是郭果曾经去过餐厅，很可能与NPC起过冲突，还留下了一块手表。然而经过她的观察，无论是餐厅内外还是附近的公路，都没有任何熟悉气息。

她无视手上的伤，打开手机，从"寝室成员状态"上能看到，除了她受到轻伤掉了2点健康值，其他三人都是满分。

这就更加不正常。

连她只简单交了下手，都免不了受伤。如果两个NPC身上的交战痕迹是郭果或者其他室友造成的，那她们的血条不可能完好无损。

问题到底出在哪里？

肚子发出的咕噜声打破了寂静，唐心诀决定先收拾一下吃饭。

喷上止血喷剂，用大型创可贴简单修复了受伤的手掌。唐心诀打开便当，闻到味道时忍不住一顿。

并不是食物难闻，而是饥饿达到某种程度后，血糖含量过低，自然就会出现恶心想吐的欲望。

现在是4点整，距她刚刚喝完一杯热咖啡才过去不到1个小时。胃里却像已经被掏空了东西，饥饿感传遍四肢百骸。

唐心诀在心中计算过时间：在这条公路上行驶时，体力消耗的速度是正常的10倍左右。

故而她虽然只开了1个小时的车，却如同已经连续开了6个小时，饥饿感飞速增长。

从这一点上看，NPC"赠送"给她食物也有了理由——没有这些食物饱腹，普通人根本不可能在公路上坚持超过 2 个小时，更别提在天黑前赶到"玛雅斯奶奶家"。

如果这一理由成立，那么下一个逻辑也会随之形成：玛雅斯奶奶想让她成功完成任务。

受到玛雅斯奶奶嘱托的 NPC，也以某种共同目的，不得拒绝考生索取帮助，完成这段旅途。

没有任何明显危险摆在面前，唐心诀的目光却越来越沉。

比难以打败的 NPC 更加令人不安的，是信息缺失下捉摸不透的未知感。

好像有一只无形的手蒙住她的眼睛，即便公路畅通无阻，她却如同独自行走在大雾中，无法确定方向。

脑中刺痛萦绕不散，似乎想提醒她什么。每当唐心诀想要抓住，却又被混沌的思绪打散。

半响，她将吃了一半的便当盒收好，确认体力和饱腹感已经恢复后，将纷乱的思绪压下，继续开车上路。

第三座建筑出现时，唐心诀几乎没有任何迟疑，就快速分辨了出来。

盖因它和前两个一模一样，到处刷满了油绿色。

这是一座加油站。

方向盘打了个转，车开进加油站内稳稳停下，经过一路加速的消耗，油表正好滑入亟待加油的危险区间。

一切都好像经过贴心的计算和安排，保证着车能一直在公路上开下去。

加油站里很安静，唐心诀按了下喇叭，旁边的绿色大门被推开，走出一个穿着专门制服的黄色身影。

这回是一个皮肤苍白，头发乱糟糟的瘦削青年。他脸上没有前两个 NPC 那样夸张的笑容，反而十分冷漠。

青年走过来，先是打量几下车，又扫了唐心诀一眼，有气无力地扯了扯嘴角："加多少？"

唐心诀："加满。"

青年一言不发地扯下加油枪，站到油箱前开始加油。

没过两秒，他忽然开口："呀，坏了。"

什么坏了？唐心诀下意识地要转头，在危险感袭来的瞬间反应过来，迅速扑身弯腰——

加油枪从她头顶擦过,一直砸到十米开外的地面,丝丝仿佛烧焦般的黑气从里面升起。

青年慢腾腾地走过去,查看后耸肩道:"加油枪坏了,我给你换一个吧。"

说罢,他又自顾自地走进绿色站房,关上了门。

加油枪飞过的凉意还残留在脖颈上,唐心诀抬起头,长年于噩梦中的交战追逐,让她几乎能模拟青年扔出加油枪的动作。

仅仅是"坏了"?

她没有愤怒或出声质问,刚刚躲过一劫的脸上甚至没有半点波澜。

没有朋友在身边,她也无须和任何人交流。有一瞬间,这张脸上的表情几乎和刚刚的青年一模一样,冷漠得不露半分情绪。

转头望去,青年进入的门上印着一行字:非员工禁止入内。

这场考试里,每一个标着禁止符号的事物,都给她强烈的危险和否决预感。

没什么兴趣地移开目光,唐心诀直接开门下车,一步步丈量这座加油站。

加油站的面积约是餐厅的两三倍大,没有任何其他车辆和人,外面是被雾气遮盖的树丛。

很快走完一圈,依旧没有任何新发现,青年也仍未从站房内出来。

唐心诀轻轻转动手腕,刚要去敲门,脚步忽然一顿。

余光中,一个小小的身影从树丛内偷偷钻了出来。

猛然转身,没等那个小身影重新跑路,唐心诀已经抓住了对方的帽子。

是无脸小孩!

"你怎么跟我过来了?"

终于看到个新鲜事物,唐心诀饶有兴趣地问。

被抓住帽子的无脸小孩犹如被扼住七寸,没有任何反抗之力就被滴溜溜转过来,十分弱小且无助。

但他两条胳膊依旧扑腾着,试图抓走唐心诀口袋里的东西。

随着小孩双手试图够到的方向,唐心诀眉心一挑:那是郭果的手表。

"你们从别人身上偷走甚至抢走的东西,居然还理直气壮地要?"

唐心诀感觉有些好笑,然而旋即一怔,一个从未想过的猜测忽然出现在脑海。

抓住一闪而过的直觉,她径直开口问:"这块手表,是有人主动给你的吗?"

小孩不再扑腾,点了点头。

"是谁给你的?"

几秒后,在唐心诀视野中,小男孩慢慢抬起手,指向了她。

唐心诀眸光一缩,手心收紧。

"是我,给了你这块手表?"

小男孩点点头,又摇摇头。他不能开口,不能做出任何表情,无法展现任何直接信息。唯一能做出的回答只有动作。

于是他再次移动手指,指向唐心诀口袋,那块属于郭果的手表。

只轻轻改变了一点动作,却让答案由清晰到模糊,似乎仍蕴含着其他意义。

唐心诀再度蹙眉,心念陡转:"……你收到这块手表时,面前站着的人是我,却又不止我一人,是吗?"

"啪啪啪!"

不知道听没听懂唐心诀的话,小男孩忽然用力拍起手,手指直勾勾指着唐心诀,又转而移到唐心诀身旁,在空荡荡的空气里戳个不停,乐此不疲地晃来晃去。

明明十分怪异抽象的动作,不知为何,唐心诀却似乎能隐隐理解其中的含义。

沿着这种直觉,她将感知力扩散开,在心中计数。

一个、两个、三个……

小孩在空气中,指出了三个位置。

就好像有三个人站在那里一样。

随即,小孩收回手,似乎有些困惑地后退一步,两只手在空气里用力擦,似乎要把刚刚指出的位置给抹掉。

"抹掉"最外层的"人",小孩张开皱巴巴的外套,做出从唐心诀手里捧过手表,放在里面的动作。然后又奋力擦掉了第二个、第三个"人"……

最后只"剩下"唐心诀一人,小孩跺跺脚,伸出两只手,仿佛在表示他已经全部讲完了,现在索要手表。

唐心诀若有所思,半响后幽幽开口:"真有意思。"

无脸小孩所描述的场景,她毫不知情。

两个完全相悖的事情,不可能同时为真。如果无脸小孩表达的是真实,那么虚假的就是她的记忆。

所以,究竟是小孩在撒谎,还是她的记忆在撒谎?

见她不动,小孩又着急地跺起脚,催促她给手表。

唐心诀抬眼皮:"你认为我已经给了你,所以现在手表是你的了?"

小孩点头。

"可是我不记得。"少女脸上倏地勾起一道浅浅弧度,"答应给你手表的我是曾经的我,拿回手表的我是现在的我,两个我记忆并不相同,也不能混为一谈。"

无脸小孩:"……"

"再说,你妈妈把我打伤了。"唐心诀摊开掌心,指了指几乎愈合的虎口,"医药费,懂吗?"

无脸小孩:"……"

小孩茫然地搓了搓手,反应过来后"啪叽"原地坐倒,肩膀一耸一耸,仿佛在号啕大哭。

过了3分钟左右,唐心诀从纷涌的思绪里抽出心神,就见小男孩还坐在地上不肯动弹,看起来十分伤心。

而以他为中心,阴冷感飞快向外释放扩散,将整座加油站的温度向下拉了足有十几摄氏度,并有愈演愈烈的趋势。

为了不让这里变成冰窟,唐心诀蹲下身,依旧十分温和:"不过,虽然表没有了,我可以送给你其他礼物。"

小孩没有理会,唐心诀三番两次的无情已经对小孩幼小的心灵造成了沉重打击,全然没有信誉可言。

唐心诀也不着急,径直来到一处裂开的地面,双手握住金属用力向上一拔,就将方才被颓丧青年掷砸过来的加油枪,硬生生从塌裂的地面拔了出来。

然后她招手让小孩过来:"怎么样,这个礼物够大吗?"

无脸小孩愣愣爬起来,刚伸出手就被加油枪塞进怀里,身体顿时一摇,晃晃悠悠就要倒地。

唐心诀轻轻将他扶起:"这么贵重的礼物,一定要拿回家好好保存起来。"

无脸小孩:"!"

"呦,这里怎么有个小孩?"

站房的门忽然被推开,一身黄色制服的颓丧青年终于慢悠悠走了出来,看见眼前这一幕,脸上终于浮起一丝兴趣:"这是谁家的小孩,怎么还拿着……这不是加油枪吗?"

青年诧异地挑起眉。

唐心诀随意道:"反正这个也报废用不了,我回收再利用送给小孩玩,报销就找玛雅斯奶奶。"

"……"

青年张了张嘴："好吧，不过这个礼物……"

这时，看见青年的无脸小孩已经十分珍惜地抱住加油枪，一步一个脚印地用力向外拽，笨拙地把自己的"礼物"拖进树丛，消失在雾气深处。

"……真是别致啊。"

青年耸了耸肩不再说话，安装好新加油枪，很快就给敞篷车加满了油。

"现在可以继续走了，保证你能安全到达最终的目的地。"

青年懒洋洋地拍了两下车门，说话时两条淡灰色的眉毛也疲倦地压着，衬得肤色更加苍白，一副随时都要过劳死的模样。

念头出现的瞬间，唐心诀也问了出来："你们这里工作很繁重？看你好像很累。"

她揉着刺痛的太阳穴，目光淡淡扫过空无一人的加油站，仿佛只是随口一提。

本没抱着NPC会认真回答的打算，没想到青年瞥了她一眼，竟真的开口道："我是学生兼职。

"这里的正式员工嘛，出了一点小问题，我是临时过来接班的。"

"学生兼职？"

唐心诀捕捉到这个词，脱口而出："几本大学？"

……对大学城三座大学的研究已经刻进了她的潜意识里。

她不禁莞尔，然而还没来得及更改用词，青年就已经轻飘飘给出了回答："一本大学。"

搭在方向盘上的手一滞，唐心诀停下敲击的手指。

一个念头涌上心头，她轻轻开口："哪座一本大学？"

然后她听到青年的声音："同学，大学城只有一座一本大学。"

大学城。

这一刻，唐心诀明白了公路指示牌上的"城外公路"是什么意思。

一股奇特的心悸促使她抬起头，遥遥望向公路远处，一直到被雾气笼罩的天际。

这里就是游戏所在的世界，NPC诞生之地，而在公路尽头的迷障后，或许就是这个世界的真相。

青年又在一旁自顾自道："兼职倒是不累，主要是学习量有点儿繁重，我才出来透透气。要不然就真的猝死了。嗯，你们那边应该还好吧，听说三本会轻松点？"

唐心诀没有立即回答。片刻后，她微笑起来："我好像没有说过，我是来自三本大学的学生吧。你是怎么知道的？"

第二章

话音出口，唐心诀转眸与之对视。

青年神色没有半点变化，仿佛被指出的逻辑漏洞只是个无足轻重的话题，自顾自地束着手，绕敞篷车走了一圈，泰然自若地转移话题："我帮你看了一眼，除了太旧，车没什么其他问题，只是收音机坏了，需要帮忙修一下吗？"

唐心诀注视着这名瘦削青年。

除却加油站员工的制服，他看起来的确与自己年纪相仿，仔细看去一副学生模样，不像普通 NPC 那样明显易怒，身上气息内敛得难以察觉，只有在靠近时才能感应到一丝阴冷。

这还是她在精神技能加持下，才能捕捉到的一丝异常。

一个可以隐藏自己实力与气息的 NPC。

如果不是对方自报家门，唐心诀也难以将其和这场副本的其他 NPC 区分开，因为对方除了用加油枪试探过一次，并没做出危险举动。

然而……唐心诀眸光微动，马桶搋无声地出现在掌心。

虽然没经历过一本大学的难度，但她并不认为在正常情况下，一本大学的 NPC 会出现在三本考生的 C 级考场里。

事出反常必有妖。

没得到回应，青年也不在意："当然，修理不是免费的，也不能让玛雅斯奶奶报销。"

他恹恹地靠着另一边倒车镜，看起来只要车开走就会被轻飘飘甩飞。

唐心诀却有种直觉，如果青年不起身，这辆车可能无法再开走。

她想了想："你要什么报酬？"

似乎没想到唐心诀这么好说话，青年微微一挑眉："报酬很简单，我既不要你身上最值钱的东西，也不要最廉价的东西，在这之间的范围，你可以任意选一样给我。"

"当然，你所给报酬的价值，决定了收音机修好的程度。"

顺着青年的话，唐心诀看了一眼落灰的车载收音机："这算考试作弊吗？"

290

"当然不算。NPC可以在有限范围内为考生提供一点无伤大雅的小帮助，虽然一般情况下，没有NPC会这么做。"

唐心诀摇头："不，我不是问我自己……我是问你。"

"在考试中途乱入考场，取代原本的加油站NPC，干涉副本进程与考生互动，算不算考试作弊呢？"

不合身的加油站制服，不熟悉的加油技术，破坏工作地点的无所谓态度，以及出了"问题"的正式员工。

唐心诀甚至觉得她刚刚驱车赶到加油站，与青年前来"兼职"也就是前后脚的事情，对方来不及把设定补充完善，绝对的自信又导致他并不在乎被拆穿，才导致漏洞百出。

青年："……"

片刻寂静，他悠悠道："我听说三本大学里，有一个学生首次利用监管系统，成功举报了违规的NPC。"

唐心诀不置可否。

既然青年已经知道她是三本大学，又是专门而来，就算对她一清二楚也不意外。

不过这也明确指出一个信息：NPC之间消息互通。

他们并不囿于某个单独副本里，甚至某些时候可以自由移动，甚至闯入其他考试。

紧接着又听青年继续说："那名新生不仅连锅端了考试和整个课程，连坐科任老师，前后戕害NPC数量多达数十名，连黑暗生物都不放过，在三本大学为祸横行，已经引起了多方注意……"

唐心诀："……"

连NPC之间也能三人成虎？

她沉默两秒，微笑道："你可能认错人了，我听不太懂，什么叫举报？"

青年垂眸望向她："我还听说，这个新生姓唐。"

唐心诀把马桶搋在手中一转，毫不犹豫："我姓马。"

"……总之，"说话似乎让青年十分疲惫，本来就苍白的脸色更蒙上一层灰暗，比唐心诀看起来还要弱柳扶风，他吐出一口气，"现在我们都有彼此的把柄，不如各退一步，我帮你修理好收音机，你意思意思给点东西。"

唐心诀也不想再与之纠缠："可以，那么作为交换，你可以得到我的友谊。"

"……"

青年一口气似乎没喘上来，几秒后从牙缝里缓缓道："友谊？这就是你给我的报酬？"

唐心诀神情端肃，言之凿凿："实不相瞒，我是一个广结善缘的人，每一场考试的NPC都会对我交口称赞。看到刚刚的无脸小男孩了吗？这就是友谊的力量。"

"哦。"

对方气不喘了，眉头不皱了，连NPC的阴冷气息都不再隐藏，脸上勾起讥讽弧度："看来你对这场考试很有信心，并不需要额外帮助。不知你的室友看到这一幕，心里会作何感想。"

"你当然无法猜测我室友的想法，因为你没拥有过一个正直学生的友谊。无论如何，感谢你于百忙之中抽空下考场，然后两手空空地来，两手空空地走。"

唐心诀不卑不亢。

时间在她心中计数，一秒一秒向下流动。

对于来路和能力都未知的NPC，她不可能把任何实物交给对方。当然，如果非毫无希望，也想看看收音机被修好后有什么效果。

她在赌，赌对方既然找到了她，哪怕只是闲得试探，也不会甘心找了个寂寞。NPC可以聪明冷静，却永远贪婪。

短暂的剑拔弩张在空气里蔓延，而后在青年的低咳声中消弭。

"李小雨说得没错，这次新生真的有点儿难搞。"

唐心诀眉心一跳，李小雨？

——青年与李小雨认识？

"友谊吗？好吧，既然你这样说了……"

来不及细想，一张字条忽然出现在唐心诀面前，仔细看去，字条上的文字模板既像欠条，又像简单的契约。粗略扫了一眼具体内容，约等于——

（　）自愿送给（　）友谊，不得反悔或撤销，此约定于9月××日生效。

"看你的表情似乎有些意外。"

见唐心诀微愣，青年终于扬起一缕得胜的笑容："很神奇吧。在NPC的世界中，哪怕是虚无缥缈的友谊，也可以用契约形式表现出来。如果你真心想要付出报酬，那就签订契约吧。"

唐心诀施了一个鉴定术——

"这是一张万能契约，一旦签名就不可更改。至于契约内容，只需要手动替换关键词就可以了。"

唐心诀了然，笑了笑，提笔写上自己的名字。

一眼望去，青年签下的名字也落入眼中：伍时。

唐心诀记下这个名字。

交易达成，青年也不再废话，在收音机上拍了两下收回手："修好了一部分，你的友谊有多少价值，它自然就会恢复多少用处。"

拧了两下按钮，果然有吱吱声传出。唐心诀点点头，问："当收音机修完后，如果我的友谊发生改变，它的修复度也会随之变化吗？"

伍时懒散挑眉："自然不会……"

彻底反应过来这句话的意思，他张了张嘴："友谊改变？你想违背契约？"

唐心诀微笑起来："我当然不会违约，你已经得到了我的友谊。只是很快，我意识到你和李小雨是朋友，很巧的是，我曾经在考试中与一名叫李小雨的同学，有着些许的矛盾。

"根据恨屋及乌的道理，我们的友谊在这1分钟，就要比上1分钟打掉十分之一的折扣。不过无须担心，毕竟契约没有规定友谊的类型，到底是君子之交淡如水，还是小人之交甘若醴。"

唐心诀踩下油门，对刚刚结识的朋友比了个再见的手势："很神奇吧，在人类的世界中，友谊就是这么变幻无常。"

油门踩下，敞篷车扬长而去，将已经失去笑容的NPC远远甩到视线尽头。

"吱……吱……"

车在公路上飞驰，风从车窗外擦肩而过。

收音机刺啦作响。

一开始，里面只是调频的杂音，随后开始出现细碎的音乐，唐心诀也就任它在里面放着。

无数信息碎片在她脑海里飞速转动，碰撞拼接。

无脸小孩的表述、餐厅老板的怪异表现、大脑里的刺痛与不祥预感……种种线索拨开迷雾，露出了模糊的轮廓。

唐心诀终于找到了一切异样的源头——

293

从一开始,她所见所知所感,都是错的。

回忆起来,在敞篷车里睁眼开始,先入为主的环境令她以为这就是考试开局:室友不知分散在何处,只有她独自一车。

但若……这根本不是真正的开局呢?

通过后视镜,唐心诀以一种全新角度审视敞篷车的内部,主副驾驶座和后座,正好坐下四个人。

或许,真相从一开始便已昭然:这场考试根本不是单人开局,而应该是四人同坐一辆敞篷车!

这才是普通大学生结伴进行"公路旅行"的正常配置。

而她为何对此一无所知,又为何找不到其他三人……唐心诀敲击着方向盘,一个词浮上心头——周目循环。

踩下刹车停靠路边,唐心诀闭上双眼,感知漫溢而出。

她没有相关记忆,但一旦确定框架,依旧可以通过对自身和室友的了解,逐步推测曾经发生过的事。

空白识海里,逐渐勾勒出一幅幅画面。

最初也是第一周目,车上人员应当是齐全的。

看到玛雅斯奶奶的任务后,四人妥善保管好礼盒,由唐心诀掌驾驶位开车上路。

距离初始点没几步,便是一间小咖啡屋,NPC送给她们可以报销的咖啡,然后在菜单上粗暴地划了四道。

继续开车,是一间公路快餐店,店里有笑容诡异的老板和一个没有五官的小男孩,给予了她们同样可以报销的餐点。餐馆老板应该并没有做出攻击性举动,只是冷飕黏腻的目光一直在几人身上徘徊……不愿久留,几人匆匆上路,很快又到达加油站。

变故发生在加油站吗?

唐心诀睁开眼,看着雾气蒙蒙的前路,将这一分支划掉。

不,她们大抵也成功从加油站离开,甚至一路开到了公路尽头,试图寻找玛雅斯奶奶的家。

然后变故发生了。

任务未能成功完成,副本被重启——或者说,她们重新回到了公路起点。只不过这次,却从四人变成了三人。

同样茫然醒来,以为考试刚刚开始,匆匆上路,遇到咖啡屋、快餐厅、加油站……没人知道消失的那名室友去了哪里。

唐心诀觉得二周目的自己应该意识到了什么，所以她们在餐厅里把郭果的手表给了没有恶意的无脸小孩。当然，她们留下的记号应该远远不止这些。

但当第三周目到来，记号也伴随郭果一起消失了。

人越少，公路对她们而言就越加危险。在第二或是第三周目中对她们出手的餐厅老板，未知的加油站，以及最终无法避免的失败结局。

就像小孩用动作比画的那样，寝室四人一个接一个无声无息被抹去……直到第四周目，也就是现在。

这场公路旅行，只剩下唐心诀一人。

室友存在过的痕迹，只有咖啡屋菜单上十道凌乱的铅笔划痕，揣在小孩口袋里的手表，还有唐心诀脑海中的刺痛。

她终于意识到，这股疼痛来自哪里——危险传唤器。

在考试前，她与张游合买的危险传唤器，一旦张游处于危险环境，传唤器就会自动向她发出信号。危险越大，信号越强烈。

进考场前没机会试验，当危险高到一定程度信号会变成什么样，以后也不需要再试验了。

唐心诀分出一只手按住太阳穴。

信号会变成脑海里的刺痛，时时刻刻向她发出危险警告。

不过同时，这信号也传递着一个信息……

张游还活着！

"吱吱……"

时间逼近5点，天际渐渐覆上一层不明显的昏暗，昭示着黄昏即将到来。

收音机在漫长且呕哑嘲哳的音乐后，终于重新变成混乱的信号流，似乎想重新凝聚成什么。

唐心诀现在觉得那个契约果真有几分效力，可能已经判断出她给伍时的"友谊"不值几分钱，就把收音机修成了这副半死不活的模样。

到目前为止，最大的用处就是摧残她的耳朵。

"鉴定：这是一个不太灵光的车载收音机，但偶尔也会提供一点有用的信息，可能要取决于你的运气。"

听着收音机断断续续的噪声，唐心诀敏锐地发现，视线尽头的雾气似乎没有一开始那么多了。

公路似乎终于在漫长的、一成不变的延展中，发生了一点变化。

精神力在识海中突突跳动，不是什么好的预感。

放缓车速，唐心诀屏气凝神，脑海中的所有信息都无时无刻不在转动，拆解寻觅着破局之法。

最坏的可能性，这次依旧失败，她成为最后一个消失的人，周目将再不会重启。

她们将永远失去从公路直接通关的机会，甚至可能会被永远困在这场副本里。

……可是，信息太少了。

即便知道了周目轮回的规则，要想破局，还缺少一个重要信息点：触发失败机制的原因。

在游戏中，达成 BE[①]结局有两种可能性：一是没有沿着既定的道路走，二是完全沿着既定道路走。

前者是犯错出局，只需要按部就班不触发错误点，就能安全通关。

而后者，就要棘手得多。

唐心诀遥遥注视着公路前方，在黄昏渐渐漫开的金色光辉中，公路变得越来越狭窄。敞篷车也无法再变道，只能沿着路的中心继续前行。

即便还未到达终点，她心中已经有了预感。

这场副本的危险之处，应该正是后者。

沿着既定的道路，哪怕如履薄冰什么都没做，也同样会走向死亡。因为它的存在本身，即执行着失败程序，让她们在不知不觉中滑向不可逆转的深渊。

只有找到独特的出口，才能打破轮回桎梏，找到以"玛雅斯奶奶家"为名的任务目标。

可这是一条笔直的，无法回头的公路。没有任何旁逸斜出的分岔点，甚至连选择的机会都没有给她。

等等。

唐心诀忽然双手一紧，脑海中似乎有某个本以为是死路的逻辑线豁然洞开，露出一个从未想过的答案。

[①] BE: Bad Ending，指悲剧结局。

不，她曾经有选择机会。

那个选择机会甚至曾无比清晰地出现在她面前，如果真的与之有关，如果只剩下最后一个可能性……

如果这一推测没错，那么她就还有机会！

公路越来越窄，敞篷车忽然一晃，似乎由平直的公路变成了崎岖的碎石路，两边树丛越靠越近，最后几乎在艰难地向前穿梭。

到这时，收音机也终于嗡的一声，由电流汇聚为能听懂的广播音：

"为了带动城外公路旅游发展……为了增加学生对城外旅游的兴趣，提高安全性……我们将忠告如下，特此总结为《公路旅行须知》，设为各个大学必修课程，由大学等级设置相对应难度……"

"接下来是《公路旅行须知》具体细则……"

收音机的声音依旧闪烁不定，只有一部分话语能成功传出来。

"请确认携带足够食物，确保旅行过程体力稳定……"

"请准备充足大学币，下载地图、确认公路建筑位置……为了保护学生视力，已经统一将建筑物刷为绿色。请不要乱扔垃圾……"

这次收音机乱流了很久，终于蹦出最后一句话——

"……请提前寻找公路正确出入口，确保进出畅通。如果起始点寻找错误，很可能陷入死循环。近日，教育中心已发现多起学生公路走失案件，正在着手调查中。"

乱流消失，收音机一声轻响，重新变为一片寂静。

而与此同时，车也终于从崎岖窄路中开了出去，随着路面变为平缓，前方的景象也映入眼帘。

在视线尽头，一座窄小的绿色咖啡屋，正静静矗立在那里。

熟悉的厨帽男似乎正贴在窗户上，露出了一个看不清晰的笑容。

这条公路，是一个没有出口的闭环！

唐心诀踩下刹车，但车并没停止，依旧以匀速向前开。到了这时，一切似乎已经超出了她的掌控，只会机械地沿着早已设计好的路线走到尽头。

唐心诀双手离开方向盘，此时再控制敞篷车已经没有任何意义。玻璃从四面八方升起，敞篷变为闭合，阻断了学生离开的可能性。

这就是每周目都重复失败的原因，当车上的人终于意识到问题所在，一切已经来不及了。

来不及了……吗？

最后几秒，唐心诀没有闭上眼，而是以快到看不清的手速从口袋中抽出一个白色小瓶，将里面的药丸一口气倒进嘴里。

对于她来说，不存在百分之百"来不及"的可能，因为还有三次概率的变数。

早在第一场考试时就从转盘抽出，却至今没用的道具……后悔药！

"一瓶后悔药（低级）：人生不如意十之八九，干了这瓶后悔药，你有10%的概率可以改变过去某个节点的决定。"

"当然，它只能找到与你的记忆相契合的节点。"

后悔药瓶中，共有三颗红色药丸。

它们先后进入食道，第一颗、第二颗、第三颗……

第三颗咽下的瞬间，敞篷车彻底冲上熟悉的道路前，四周场景骤变——一辆敞篷车，静静停在写着"城外公路"的指示牌下。

它的前方不远处，是一间显示正在营业中的绿色咖啡屋。通过狭小的营业窗口，厨帽男看到车内的少女醒了过来，正在下意识地打量四周，并下车确认了后方断裂的悬崖。

他露出一抹诡异的笑容，放下阻拦杆，准备好一杯热气腾腾的咖啡，伸出手上下摇晃起来。

然而下一秒，少女回到车上，敞篷车却并没有继续向前走。

唐心诀静静看着眼前的一切，雾气弥漫的公路，厨帽男脸上挤出的夸张微笑，还有已经注定好的旅途。

她开到前面，接下了那杯咖啡，一饮而尽。

厨帽男笑道："祝你旅途愉快。"

唐心诀也点点头，然后挂下倒挡，敞篷车开始缓缓后退。

厨帽男：？

视线中，厨帽男脸上从僵硬变为惊愕，最后整张脸都贴在窗户上，目眦欲裂狰狞无比。

冰凉的雾气从后方汹涌而来，咖啡纸杯上的字迹也在雾气中发生变化——

"一切从这里结束。"

从头至尾，这里既是起点，也是终点。
她们想要寻找的出口，就在这里。
唐心诀一脚油门踩到底，整辆车逆跃入悬崖！

冰冷……危险……快醒！
恶意感应器在口袋里疯狂预警，张游努力掀开眼皮。
身体知觉渐渐恢复，似乎正坐在一条硬邦邦的椅子上，全身是几乎被冻僵的麻木，冷气还在往皮肤里钻。
从头顶倾洒而下的淡橘色灯光照亮了屋内轮廓，就着模糊的视线，张游看见身前的木头桌子，再往前是影影绰绰的灶台。
这是一户人家里的厨房。
灶台上炖着汤，散发出既腥又臭的气味，钻进鼻子里令人顿时清醒不少。
张游喉咙滚动两下，忍住呕吐的欲望。她感觉上下眼皮仿佛粘着一层胶水，需要费很大力气才能睁开。
随后，她心头重重一跳。
坐在这里的，不止她一人！
餐桌两侧，在她左右手的位置，分别坐着双眼紧闭的郭果和郑晚晴。两人姿势僵硬一动不动，脸上覆着一层薄薄的白霜。
她们还没有醒过来。
怎么会这样……她们三人为什么会在这里？
大脑像一坨被冻住的冰块，记忆变得浑浑噩噩。张游下意识地想掏出手机，却在做出动作的前一秒硬生生忍住了。
隔着衣领，她能感受到纽扣形状的恶意感应器正在源源不断散发热量。这是她升级过的无声版感应器，感应到环境恶意时不会发出声音，只会用升温来提醒。
而现在，道具宛如一块滚烫的烙铁，几乎要将胸口烫伤！
正是感应器的热度，才将她从昏僵中拽出……环境危险无比，不能轻举妄动。

299

张游忍住叫醒郭果和郑晚晴的冲动,放缓呼吸,依旧一动不动坐在原地,只有一双眼睛飞速观察四周。

装修是几十年前的老式风格,餐桌上盖着深色碎花餐布,空气中除了灶台传来的臭味,还有一股腐朽气息,在刺骨的寒冷中萦绕不散。

仔细看去,那汤锅下方幽幽跳动的,竟然是绿色火苗。似乎不仅没有带来热量,反而让屋内更冷了。

没几秒的工夫,张游已经牙齿轻颤:这里明明是厨房,却冷得仿佛置身冰窖。

就在这时,她忽然听到一阵脚步声。

嗒、嗒嗒。

有人趿拉着拖鞋走来了。

一阵更浓烈的腐臭涌入鼻腔,张游迅速耷拉眼皮,只留一条不易察觉的小缝。

"唉,汤怎么还没煮好。书上不是说四人分量只要4个小时吗,今天怎么时间格外长呢。"

透过眼缝,一个身形矮小的老太太絮絮叨叨地走进厨房,站在灶台前舀了一勺汤细嗅。

"香啊。"老太太沙哑的嗓子里发出一声满足的喟叹,"可惜是两个月前的汤底子,早就不新鲜了。还好今天又进来四个……"

老太太转过身,张游能感受到一股黏腻的目光落在自己身上,令人脊背发凉。

啪。老太太拉开一个抽屉,不知从里面取出了什么东西,慢悠悠走到餐桌旁。

"还活着呢,生命力真旺盛啊,做成汤底子肯定也能活很久。"

郭果的脸被一只枯瘦如柴的手捏住,立即又泛起一层白霜,冻得连脸都漫上青色。

"可惜浑身上下都有活人气,鼻子也有,嘴巴也有,耳朵也有,眼睛也有。这一出气,身体里的料子就散了。得赶紧缝上。"

老太太一边嘀咕,一边熟练抄起自己拿出的布夹子,打开赫然是一排针线,似乎在比对着从哪里开始缝比较好。

!

张游心头猛跳!

她差一点就要暴露冲上去,好在下一刻老太太就放开了郭果。

"年纪大喽,差点儿忘了还有第四个,等四个齐全了再一起缝。"

老太太怪异笑了两声,又趿拉着拖鞋走出厨房。没过多久电话铃响起,尖锐刻薄的抱怨话语就从远处传了进来。

张游松了口气,感应器温度稍稍降低,她悄悄转头,发现厨房和客厅间隔着一个短短的过道,刚好造成视角差,只能看见老太太绿围裙的一角。

趁这个机会!

张游立即抠出感应器往另外两人脑门上贴,希望她们能赶快醒来。

自从刚刚看见老太太,滞涩的记忆逐渐运转,她已经渐渐想起了发生的一切。

没有终点的循环公路,每一次都消失一名室友,直到第三次循环,"被消失"的人变成了她。

当她站在迷雾里,循环的记忆悉数回笼,可是已经来不及了。一栋亮着灯光的小房子就在路边,她被吸引着不由自主地走过去,然后红色木门打开,露出一张堆满皱纹的老人面庞。

"亲爱的孩子,你把我想要的特产带来了吗?"

张游知道不妙,可她已经无法再动弹,只能在僵硬缄默中,看着老太太的笑容越来越深:"真是个办事不力的坏孩子,不过玛雅斯奶奶对孩子们一向很宽容,怎么会让你们又冷又饿在外面待着呢?快点进来吧。"

当张游不受控制地迈进门,就同时失去了意识。直到刚刚才再次醒来,恢复对身体的控制。

或许感应器的高温真的有效,再加上张游摇晃她们脑袋,郑晚晴也幽幽转醒,睁大眼睛刚要说话就被捂上了嘴。

张游疯狂摇头,确认对方听懂了才继续去叫醒郭果。

可经过"玛雅斯奶奶"的触碰,郭果身上的白霜比郑晚晴更重,一时竟没有反应,身上死气沉沉,连呼吸都几乎难以察觉。

张游第一次急得泛起泪花,还是郑晚晴的提醒让她冷静下来。

手机的"寝室成员状态"界面,郭果状态栏下虽然Debuff多,健康值却还没变,应该暂时没有生命危险。

隔着门,玛雅斯奶奶的声音越发清晰。

"哦,当然,我当然会分你一碗汤。我会拜托那些狡诈的讨厌鬼学生给你送过去,毕竟我亲爱的表妹已经因为饥饿而无法出门了。什么,你想要新来的'蠢学生'们送过去?这可有点儿难,不过我认识几个正在为出题头疼的课程老师,总会有办法的……"

玛雅斯奶奶似乎开始向厨房方向踱步："说到这里，第四个蠢学生怎么还不来？公路早应该把她送到我这里了。厨房的汤也是，总也熬不熟。"

同一时间，张游已经离开椅子。狭小的厨房没有供她们躲藏之处，但贴着墙角望去，厨房与客厅的走廊夹缝间，有一道虚掩着的褐色小门。

玛雅斯奶奶的声音还在继续："废话，我当然知道。汤的成色预示着汤底的成败……等等，你什么意思？"

门外寂静两秒，再开口时怒气冲冲："你是说我的汤底会失败？这不可能！已经有三个蠢学生进了门，她们插翅难飞！你提醒了我……我现在就去把那三个都缝成活死人，免得汤底不纯。"

张游与郑晚晴飞快对视一眼，来不及再叫醒郭果，只能一人一边架住她冲向走廊。

"我就不信——"随着碎花布帘被掀开，玛雅斯奶奶声音戛然而止。

一秒后，沙哑难听的桀桀怪叫响彻整栋房。

老太太摔了电话，浑浊却锐利的视线在屋内扫荡："蠢学生们，你们以为藏起来就能通关了？等我找到你们，一定要让你们生不如死，做我的汤底熬上一百年！"

褐色小门内。

张游紧紧握着防护符，精神紧绷得像一张满弓。

正对面，郑晚晴用能活动的左手扶着郭果，右手逐渐凝聚起一个铁质拳头的虚影，神色凝肃。

她们所在的房间似乎是一个冷冻储藏室，房间里堆满了冰柜。闯进来时匆匆扫了一眼，冰柜里封存着满满的绿色液体，以及不知多少个"人"。

他们被冰冻在绿色液体中，身上插满管子，已然看不清面目。

很显然，如果这次考试失败，她们也会成为其中的汤底，被副本淘汰。

郑晚晴咬紧牙关，甚至想出去决一死战。但很显然她不能这么做。

"客位压制（Debuff）：你是被玛雅斯奶奶好心收留在这间房子的客人，怎么可以用有危险的道具对准房子的主人呢？"

"在房屋范围内，你将无法反抗玛雅斯奶奶，这是她专门设计出来对付学生的技巧。"

难道她们只能在这儿等着？

玛雅斯奶奶的沉重脚步在外面移动，伴随着气急败坏的咒骂声。张游努力让自己冷静，不断思考各种可能性。

她很快意识到，玛雅斯奶奶现在不仅愤怒，还有些慌张。这说明进入房子里的学生并不是百分之百逃不出去，她们还有存活机会！

张游的声音极轻，NPC 似乎也逃不过年迈耳聋的命运，并没有向仓库走来，而是骂骂咧咧地朝反方向去了。

趁此机会，两人一边唤醒郭果，一边观察这个房间，试图寻找逃生方法。

从客厅跑出去不现实，她们肯定会第一时间被发现。或许，这座房子有其他出口？

这时，郭果咳嗽两下，终于醒了过来。就在她迷茫睁眼的第一时间，两只眼睛顿时瞪得滚圆，喊声差点儿脱口而出，幸好被郑晚晴及时捂住。

"喀喀喀，"郭果还没搞清楚情况，瑟瑟发抖地抱住自己，脸色苍白地问，"这个屋子里怎么……怎么有这么多人？"

张游："你是说冰柜里，那些不是——"

她忽然截住话头。郭果这个角度根本看不见冰柜里面，怎么能看见里面的"人"？

除非，郭果看见的是——

郭果也察觉到了，脸色更白："你们是不是什么都看不见？"

吞咽一下口水，她在屋子里指了一圈，小声复述自己见到的景象："这里，这里，还有这里，全都飘浮着闭着眼睛的'人'。他们身上好像还有线，全都连、连到冰柜里。"

郭果脸色白了又青，没敢探头看冰柜里是什么，直觉告诉她还是不看比较好。

张游叹口气："你看到的是被 NPC 淘汰的人们的精神体。我们现在也一样被困在这里，需要想办法逃出去。"

房子不大，玛雅斯奶奶迟早会找到这里。再说就算她们躲得过一时，如果唐心诀也循环失败落在 NPC 手中，她们连救都没办法救。

郭果握住自己的水滴吊坠，神情绝望："不知道为什么，我觉得心诀不一定会失败，反而是我们比较危险。"

话音未落，她忽然瞳孔一缩："等等，我看到一个人，不，精神体抬头了……他好像能和我说话？"

张游也灵光一闪："问他有没有从这里逃出去的方法！"

几人提起心脏，没过几秒只见郭果脸上也露出狂喜之色："他说可以！只是需要我们……"

急促的脚步声让郭果咽回了后半句话。

那是玛雅斯奶奶的脚步声，她已经搜查完其他房间，正在向这个房间赶过来！

"等我找到你们，一定要将你们剥皮放血……"

"咚咚咚！"

就在布满皱纹的手臂即将触碰到褐色小门时，一道更加清晰的敲门声从客厅外传来。

"有人吗？"

唐心诀的声音在外面响起。

响起的敲门声，令枯老手臂迟疑了一瞬，没有继续进仓库，而是转向客厅。

玛雅斯奶奶犹豫地转了转眼珠，最终还是被急于集齐第四个考生的贪婪占据，转身走了出去——反正那三个女学生不可能逃出去。

仓库内。张游三人对视一眼，神情凝重又复杂。

她们没法听到大门外的声音，只知道最坏的可能性是心诀也失败了。

一旦最坏情况出现，唯一的求生方法就是她们刚刚知道的这个……无论来不来得及，她们都只能破釜沉舟地尝试一把。

机不可失，时不再来！

张游咬牙："趁现在！开搞！"

唐心诀打开车门。

车从悬崖跃下，却并没有坠落，而是在大雾中驶了片刻。当雾气散去，这条陌生崭新的路就出现在她面前。

路边的红色房子孑然矗立，门牌上标注着房主人的身份：玛雅斯奶奶。

她们最终的任务目标，就在这里。

拿起装着"特产"的礼品盒，唐心诀毫不犹豫重重敲下门。

没过几秒，红漆木门吱呀一声打开，一颗苍老的头颅伸出。

这是个七八十岁的老太太，红毛衣绿围裙裹着矮小佝偻的身体。与干瘪的身体极不相称的，是老太太臃肿又耷拉的脸。

此刻，这张脸堆起令人不适的笑容，整个身体也迫不及待地探出大半："亲爱的孩子，你把我想要的特产带来了吗？"

这就是"玛雅斯奶奶"？

视线在对方身上极快扫过，唐心诀注意到老太太另一只手里捏着个黑色布包，能隐隐看到里面的针头。

还没等回答，老太太已经呵呵笑起来："不用担心，我一向对愚蠢的孩子们十分宽容，哪怕你们只会把事情搞砸，也依旧能进我的家里过夜。"

说着，枯瘦手掌向前狠狠一抓，就要拉住唐心诀手臂！

危险袭来的瞬间，唐心诀已经侧身后退，躲开与对方的身体接触，声音清冽："过夜就不必了。"

她的任务仅仅是把特产送到而已。

一手抓了个空的玛雅斯奶奶："……"

老太太不可置信地睁大双眼，眼皮下方高高凸起："你还能动？"

她第一反应以为这个学生佩戴了厉害的道具，刚要凶相毕现，却见唐心诀反手拎出一个打着蝴蝶结的紫色礼盒。

老太太动作再次一僵。

"你、你竟然成功了？！"

这个学生竟然成功走出那条公路，真的把特产送到了这里？

看见"玛雅斯奶奶"的反应，唐心诀已经明白了一切。

循环公路的迷障，根本就是这个NPC设下的陷阱！

对方以为她手中没有特产，并且毫不意外邀请她进门……只能说明同样的事情，老太太已经熟练地做了很多次。

从公路上消失的室友究竟去了哪里？答案已经水落石出。

看到紫色礼盒的一刻，玛雅斯奶奶的眼珠就仿佛被吸住一般无法移动，她下意识伸出手想接过来，却扑了个空。

唐心诀将礼盒移到背后，明知故问："请问你就是玛雅斯奶奶吗？"

老太太浮肿的脸抽动不止，似乎想直接抢过来，却又受某种未知的威慑，只能被迫停在原地，瓮声瓮气回答："没错，我就是玛雅斯奶奶……亲爱的孩子，快把特产给我。我已经等待它一整天啦！"

唐心诀却没有动弹的意思。面对催促，她只是笑笑："我当然明白，这个特产对于玛雅斯奶奶'很重要'，所以才要仔细确认，要是送错就不好了。"

"真是荒谬……"玛雅斯奶奶愤愤道，"我就站在这里，还能怎么证明？"

她被气得眼球越来越凸，仿佛要撑出眼皮般惊悚。

"空口无凭，"唐心诀摇头，"有身份证吗？"

305

玛雅斯奶奶:"……"

身份证是什么?能吃吗?

"看来没有,"唐心诀微笑起来,"既然如此,我就更不能轻易把特产给您了。除非……"

"除非什么?"

"除非有人证。"

唐心诀敛去笑容:"如果玛雅斯奶奶能让我的室友出来帮忙确认,想必我会很乐意相信的。"

老太太缓缓收回手,不再维持虚伪的慈笑。

她意识到,眼前的学生是实打实通过了公路关卡,已经掌握了副本的真相。以肯定的语气说出要求,让她原本装傻蒙骗的打算也化为泡影,于是干脆冷笑:"别忘记你的任务是什么,不立刻把东西交给我,你永远都别想离开这里。"

少女不卑不亢:"我会离开这里的——和我的室友一起。"

她软硬不吃。

"好吧,好吧。"老太太仿佛妥协了,侧过干瘪的身体,让出一道可供人通过的空隙,"你的朋友就在里面,如果你真的想见到自己的朋友,就进去呼唤她们吧。"

唐心诀冷眼看着这个惺惺作态的老年NPC,她说出的每个字都不可信。

"如果玛雅斯奶奶真的想拿到我手里的特产,就把我的室友全都送出来,一手交人一手交货。"

逐渐变浓的夜幕下,少女声音柔和,却没有置喙的余地。

考生在几乎无解的困境中九死一生离开公路,和因失败而被自动传送到这里的人相比,多出的就是一份轻飘飘的特产。

这份特产对于副本Boss的所谓"重要性",就是规则给NPC施加的限制条件。

——一个只要不出意外,绝对能使考生成功通关的条件。

玛雅斯奶奶的脸逐渐扭曲变形,泛黄的牙齿咯吱咯吱作响,仿佛下一秒就要扑上来把唐心诀拖入屋内。但她却始终没有动。

唐心诀猜得没错。

考生一旦带着特产来敲门,规则限制立即翻转,她可以活动自如,受到制约的对象则改为了NPC。

就算玛雅斯奶奶再痛恨这个人类少女,也不能真的动手。只能诱惑对方主动进门，试图利用房子里的规则控制她。

唐心诀如同钉在原地，声音越来越冷："玛雅斯奶奶，我已经按照规则辛辛苦苦送了过来，你是在拒绝签收吗？"

"……"

老太太的表情变幻不定，最终还是深吸一口气，从牙缝里挤出回答："好，你在这里等着，我把她们还给你。

"不过你的朋友也和你一样狡诈，不知道现在正躲在哪里，我要去先把她们一个个揪出来……"

唐心诀随意晃动着手中礼盒："我们四人花了一整天时间将特产送过来，您应该不会恩将仇报让她们有所损伤，对吧？"

玛雅斯看得高血压都要上来了，恨恨道："放心吧，狡诈的新生，她们的生命力比米仓里的老鼠还要顽强。"

她已经是个老奸巨猾的NPC，知道孰轻孰重，不会被轻易激怒到失去理智。因此，即便苦心筹谋的收获泡了汤，也会忍辱负重地完成规则要求。

"对了，"她忽然想起什么，挤出一丝阴仄仄的笑，"亲爱的孩子，感谢你把这么重要的东西送过来，作为回报，我会送给你一个十分精美的礼物，让你永远记得这场美好的公路之旅……"

她话没能说完，却听得一声轰然巨响从房屋旁侧炸开！！

她们同时转头，只见红房子的右侧木墙已经被撞开一个半人大小的豁口，一个形似铁锅的拳头在豁口处一闪而没。

郑晚晴喊声传出："我砸开了！快撞！"

"一、二、三！"

下一瞬，张游和郭果一人抬着冰柜的一角，破墙而出。

玛雅斯奶奶："……"

唐心诀："……"

木屑飞扬，张游三人立即爬起来环顾四周，便遥遥对上门口的视线。

四人和NPC大眼瞪小眼，面面相觑。

玛雅斯奶奶目眦欲裂看着被撞开大洞的房子，胸口急速起伏。

她已经是一个老奸巨猾的NPC了，轻易不会失去理智，轻易不会……

砰！

冰柜从窟窿处咻溜滑下来，震得无数木屑簌簌掉落，残缺的木墙发出摧枯拉朽的吱呀声响，损坏得更加严重。

不会失去……理……智……

玛雅斯奶奶尖叫一声，面容扭曲成一个布满凸起的诡异形象，嘴巴张开半个头大小，身上凝聚起一股股腥臭白霜，双手指甲发黑变长。

"你们竟然敢——"

唐心诀打断吟唱："你的房子快塌了。"

玛雅斯奶奶："……"

被撞开大洞的墙面果然已经摇摇欲坠，已经不知道多少年的木头支架看起来并不足以支撑这场事故。先后有较大的木块掉下来，有的砸进冰柜里，将已经冻成冰的绿色液体砸开一条裂缝。

恶臭到难以形容的气味在空中飞速蔓延。

玛雅斯奶奶这才意识到更严重的问题："我的汤底！！"

张游三人钻出的木墙后面，正是专门存放"汤底"的冰库。房间倒塌也就算了，如果把汤底全都砸坏……

玛雅斯奶奶神色大变，一时间竟连几人都顾不得，脚底抹油般飞快向木墙冲去，却被唐心诀眼疾手快用马桶撅拦住："你不要特产了？"

老太太气得浑身发抖，模样十分狰狞可怕："你到底想做什么！"

如果不是规则限制，她一定要把这几个学生一针一针……马桶撅忽然移开，见少女已经神色如常："玩笑而已。"

张游三人这时已经跑到唐心诀身后。四人重新会合，太多信息来不及交流，只能重重点头。又见 NPC 忙于查看房屋受损情况，一时无暇顾及她们，张游立即问："我们要怎么通关？"

从唐心诀在门外能牵制 NPC 半天起，她们就明白唐心诀十有八九已经破除了循环。现在一见面更加确定了。

前有精神体指路，后有室友上门，绝处逢生莫过如此。

"诀神啊！呜呜呜吓死我了，幸亏你来了！"郭果眼泪汪汪，想扑过去又意识到自己身上有一层冰霜，只能自抱自泣。

唐心诀的存在，即是一种安全感。此刻三人信心暴涨，郑晚晴举起拳头跃跃欲试。

唐心诀却摇摇头，拿起特产礼盒："主线任务既然是给 NPC 特产，那就给她好了。"

天幕越来越黑，唐心诀也能感知到越来越浓郁的危险在里面蠢蠢欲动。

时间拖得太长，对考生也会不利。

唐心诀将礼盒向屋内范围一掷，玛雅斯奶奶立即有所感应。她神色不善地回头，却看见唐心诀从房屋门槛上顺走了一样寒光闪闪的东西。

玛雅斯奶奶：……她的针线包！！

唐心诀以根本来不及阻止的速度将针线包收走，反手打了个招呼："谢谢玛雅斯奶奶，你给我们的精美礼物很让人满意。"

考试提示声在众人耳边响起——

"你们已成功把特产送到玛雅斯奶奶手中，美好的公路之旅告一段落，现在可以驱车离开了。"

与此同时，手机的考试界面也终于出现新的任务——

"美好的时光总是短暂的，在玛雅斯奶奶感激的目光中，你们决定婉拒留宿的请求，在黑夜彻底降临前离开这里，回到大学城……"

"！"

玛雅斯奶奶目瞪口呆地看着自己的针线包被"收走"，下意识地想扑过来阻止，这一下却忘记了身后的墙。

一阵不祥的咯吱声从墙体结构上发出。

四人在车上齐聚的一刻，唐心诀踩下油门。倒车镜的视野里，红色小屋以冰库为中心，轰然塌下一整块！

横梁断木将冰柜压得四分五裂，车尾气和木屑扬尘混合，淹没了老太太的尖号。

四面八方的浓雾涌入车内，在夜幕逐渐滋生的黑影中，敞篷车一骑绝尘，很快穿过这条小路，看到了更大的公路。

而在公路尽头的雾气里，三座宏伟得难以想象的建筑遥遥矗立，灯火阑珊……

"寝室成员个人评价加载中……"

"姓名：唐心诀"

"关卡：《公路旅行须知》"

"输出：47%"

"抗伤：8%"

"辅助：61%"

"有效得分：4 分"

"解锁成就：9 个"

"最终评价：打野辅助综合型 MVP"

"偏科助力计划正在进行中，助力积分 +10"

和以往一样，唐心诀第一时间查看成绩复盘。

"考试团体总得分统计中……"

"此次您的考试为 C 级难度，总共得分 92……"

数据还没完全加载出来，App 界面忽然出现了卡顿，自动刷新。

"此次您的考试为……A 级……C 级……"

屏幕闪烁中，有一段字眼不停跳动，闪回变化。

"C 级、A 级、C 级、A 级……"

唐心诀深深蹙起眉，却并没多意外。

从考试到现在，她的疑虑有了答案，猜测也被验证——因为某种原因，也许是"玛雅斯奶奶"闭环公路的算计，也许是一本学生 NPC 伍时的乱入，总之，考试难度又被升高了。

只是这次难度还没被拔到离谱，考试成绩最终折中停留在"B 级"难度上。

"总共得分 92（满分 100），评价等级为：完美！"

"B 级考试奖励：每位寝室成员获得 3 学分，12 学生积分，健康值上限增加 10……"

成绩生成，唐心诀的基本信息栏里，也从 9 学分变成了 12 学分。

室友三人相继醒来，张游也很快察觉到这一问题，揉了揉眼睛："是我记错了吗？我们报名的不是 C 级考试吗？"

怎么现在却变成了……

三人同时想起某场不太美好的考试记忆，脸色瞬间变白。

垃圾游戏，又把她们给坑了？！

"你记得没错。"

唐心诀已经打开客服界面，明亮眸光里闪烁着不明寒光。

考试有误，证据充足，就差把机会拍在脸上。她若抓不住，就对不起NPC那边的以讹传讹了。

一片骂声里，唐心诀却不仅没暴走，反而扬起一丝令人莫名背后发凉的笑意。

"这次，我要举报到他们倾家荡产。"

第三章

"亲爱的同学你好，客服006号在线服务中，请说出你的问题。"

"你好，我想举报。"

不知是不是错觉，在唐心诀打出这句话后，屏幕似乎有一秒的停顿：

"亲爱的同学你好，客服006号出现暂时性程序错误，正在与客服001号进行交接。"

对面还发了六个省略号，表示已下线。

唐心诀："……"

又过了两秒，对面慢吞吞弹出回复——

"客服001号在线为您服务。"

如果屏幕上此时是个人，唐心诀几乎能想象出对方猝不及防地被迫上岗，生无可恋的苍凉状态。

但客服的想法与她无关。

毕竟，她只是个平平无奇，按照规则行使权利的贫苦学生罢了。

……

30分钟后，唐心诀举报完毕，并将前因后果以及证据一一陈列，令人毫不怀疑如果条件允许，她可以直接拉出一份 Excel 表格，文档 5000 字正文陈述，再把参照的规则条例像参考文献一样填充在结尾。

——末了还会主动问客服需不需要查重的那种。

客服：……

它机械地问——

"请问还有需要补充的吗？"

唐心诀沉吟："嗯……"

还没等她查漏补缺，客服 001 号仿佛生怕她开口一样，连忙补丁——

"已将您的问题向上反馈。"

"那算了。"唐心诀点点头，"我想反映的差不多就这些。"

客服仿佛松了口气——

"结果将很快判定，请同学等待通知。"

唐心诀："好的，不过请问一下，这些问题会反馈给谁，又由谁通知下来呢？"

她以飞快的手速截住了客服终止对话框的速度。

客服 001 号——

"考试异常等相关问题，将统一反馈到教育中心，经由中心判定后，通过寝室生存 App 发放判处结果。"

"对此，系统将对你们寝室的考试成绩进行暂时封锁，判定结束后重新发放。"

唐心诀将这些信息记在心中，这才结束对话。

三名室友已经听得头昏脑涨，郭果裹紧自己的衣服："心、心诀，上一场考试真那么可怕吗？"

明明是她刚经历差点儿被做成"汤底"的危险，但经过唐心诀的气氛渲染和描述，她忽然对这场考试陌生了起来。

要是真遇到唐心诀刚刚讲的"地狱副本"，她选择直接被淘汰。

唐心诀："艺术加工而已。"

三人长松一口气。

经过玛雅斯奶奶家一日游，哪怕已经脱离副本，张游三人仿佛仍然能闻到那股奇恶无比的臭味，宁可饿着肚子等成绩，也对晚饭一点兴趣都没有。

唐心诀独自吃了五块压缩饼干，又日常测试异能，发现马桶搋的毛病仍旧存在。

而且这次，她又发现了一个新问题：马桶搋的熟练度已经满点，却仍然停留在"马桶搋小兵（三级）"，没有继续突破。

同时，它的基本特性也停留在"回血"和"破防"上，没有任何变化。

显然，马桶搋的问题已经不仅仅影响到使用状态，甚至影响到了整个异能的升级进阶。

到底是什么问题？

她隐隐有种预感，这一问题需要到游戏，甚至副本中寻找答案。

无论如何，马桶搋是她第一个觉醒的本命异能，如果不能正常升级进化，无疑会对她的实力产生影响，进而影响副本通关。

生死攸关，毫厘必争。

因此无论用任何办法，她都必须让马桶搋重新恢复"健康"。

唐心诀："嘤。"

马桶搋："嘤。"

夜晚 9 点，新的考试成绩终于发了下来。

"此次考试难度为 B 级（伪），团体得分 92（+10），获得评价'完美'！"

"根据异常反馈处理结果，将对本场考试进行 Bug 补偿：积分与属性奖励 ×2。"

一眨眼，众人平均每人得到 6 学分，唐心诀的总学分瞬间涨到 14，其他人也同时变成 13。

至于积分，在完美和 B 级同时加成下再乘 2，哪怕没有 MVP 翻倍加成，张游三人也直接入账 54 学分。

眼见钱包从空荡荡到金灿灿，身家一日翻倍，众人顿时觉得连刚刚的考试都没那么恶心了。

"救命，我现在回忆起玛雅斯奶奶那张可怕的脸，都仿佛覆盖上一层金钱的滤镜。"

郭果睁大眼睛盯着自己的积分余额，反复确认这是事实后，感动得眼泪汪汪："……那不是一张普通的 NPC 脸皮，那是一张能给我们带来巨额财富的脸！"

在她们的分数判定中，有一个相当重要的分值，就来自对玛雅斯奶奶"塌房"的评估。

系统依旧是熟悉的用词——

"你们对 NPC 造成了毁灭性打击。"

身为一个副本的 Boss 级 NPC，牺牲了自己的房子和工具，报销了无数顿咖啡、快餐和加油费，自己赔得血本无归换来考生们盆满钵满，这是何等的奉献精神！

"那你应该感谢心诀，感谢出 Bug 的考试系统，感谢自己运气好没有被提前刀掉。"

张游扶了扶眼镜，神情冷冽。

这是她第一次用如此严肃的语气说话。

虽然从外表上看，唐心诀是四人里最温和无害的，妹妹头郭果也小小一只，反而是美貌抢眼的郑晚晴和戴着厚底眼镜的张游比较犀利。但事实上，张游反而是脾气最好的一个，时常充当和事佬的家长角色。

她一严肃起来，郭果立即噤声不敢说话，意识到张游生气了。然而她不太清楚为什么，只能向唐心诀投去求助眼神。

唐心诀最了解张游，也毫不意外她的反应。

张游是安全谨慎型人格，她可以承受突发意外和危险，但是更喜欢提前计划缜密行事。如果考试连难度都不能保证，无异于把她们架在火上烤——这甚至不是危险突然翻倍的事情。在这种情况下，一切针对副本的准备都是没意义的。谁知道难度会不会突然飙升，规划反而会害死自己。

在她看来，这是比积分、学分，甚至一切当下好处都严重得多的问题！

每次都事后补偿，人要是死在副本里，补偿还有什么用？

"我们不能一直这样坐以待毙。"

张游眉心紧锁，目光晃动着焦虑。

唐心诀点头宽慰她："没错。所以在举报时，我重点强调了这件事。"

身为一个游戏系统，已经连续两次出现规则被打破的低级错误，要是再来第三次，直接把自己规则吃了算了。

"想必这也是为什么，我们得到的赔偿比上次更多。并且……"

唐心诀展示 App 界面，在她的消息提示上，有比别人多出来的一句话。

"请保持可联系状态，配合进一步调查沟通。"

进一步调查沟通？

"这么说，游戏的处理还没结束。"张游反复揣摩这句话，叹一口气，"只是不知道它还会做什么。"

"无论它想做什么，我们都枕戈待旦。"

唐心诀打开成绩复盘，将用于分析记录的笔记本翻到全新一页。

"当然，就算它迟迟没后续，我也不介意再花一学分提醒一下。"

用这次的积分奖励，四人抓紧时间开始了一场大采购。

这次资金相对充足，她们采购的方向也瞄准了能力类商品。

张游用 50 积分买了一个道具：死亡账本。

这个账本既可充当空间类道具，用于装载物资，也可以用来当板砖攻击人，硬度堪比石头。

她拿这个与郑晚晴铁锅大的拳头对撞，居然一时不落下风，死亡账本的攻击力可见一斑。就连张游自己都没想到会这么好用。

郑晚晴大为震惊，自闭 2 分钟后果断升级了拳头技能。

至此，她也从"铁锅大的拳头"进化为"铁锤大的拳头"。

郭果不解："铁锤难道比铁锅大吗？"

郑晚晴也不清楚，于是她使用了技能，刹那间断臂前刮起一阵旋风，出现一个几乎有半张书桌那么大，一时间分不清是黑色锤头还是拳头的虚影。

"……"

这是金刚流星锤吧？

"铁锅"可以硬生生砸穿玛雅斯奶奶家的木墙，进化到铁锤以后，攻击力肉眼可见变得更强。

郑晚晴眼中闪烁着兴奋，似乎想找什么东西练手，最后把目光定格在了寝室门上。

唐心诀："如果寝室门没坏，无法证明技能威力。如果寝室门坏了，我们要花十倍积分修门。"

张游："损坏寝室里任何东西，打扫一天寝室卫生。"

郑晚晴悻悻收回手："我就是看看嘛。"

另一边，郭果依旧在"火眼金睛"进化和防身武器间徘徊不定，最终选择了一个"驱魔"Buff，附加在脖子的水滴吊坠上，可以作用于大部分超自然生物。

"花钱一时爽，没钱火葬场。"郭果念念有词，"总有一天我要从法辅进化为法师。"

郑晚晴想了想："然后都是脆皮？"

"……你别说话！！"

唐心诀最后才选定物品。

她买了四只一套的友情尾戒。虽然只能存储三分之一立方米不到的空间，但对于还要借助衣服口袋的几人来说，已经是飞跃式的便利。

尾戒属于能力性道具，可以随时隐藏。哪怕在考场里换了身体，戒指也依旧存在。

从此，她们终于不用再把手机揣兜里，而是可以直接从异维空间掏出来了！

至于剩下的，张游三人凑了凑积分，再加上唐心诀变卖成就凑足的150积分，又买了一个精神系技能。

"精神连接（初级）：使用此技能，你可以与三到五人进行某种程度的'心灵相通'，你的精神力可以通过连接传递给其他人，驱散部分负面影响。"

"使用条件：仅限精神力量初步觉醒、免疫力＞30的精神系学生。"

这相当于辅助技能，唐心诀眼都没眨就兑换下来。

在偏科助力计划的提醒下，她已经进一步确认了自己的发展方向——多方向发展。

这也正好符合精神系的要求。

结束各自的采购和升级，时间已经逼近11点，几人准备最后洗手抽奖，再祈祷张游能用"旧物回收"召唤出好用的副本物品。

四人正要各自先洗漱，唐心诀却忽然出声："等等，我收到了一封邮件。"

只见 App 界面上，竟出现了一个十分正式的邮件图案，和所有消息提示一样闪动不止。

游戏这么快就想好后续措施了？

唐心诀当即打开，邮件里旋即弹出几行字——

亲爱的同学：

　　你的反馈已被接收，针对特殊情况，辅导员将择期进行寝室走访，请做好准备。

——教育中心

寂静中，四人的眼睛一点点睁大。

辅导员？

走访？

原来客服之前说的"进一步调查沟通"，指的就是这个？

屋内一时静默。

虽然早就知道了辅导员的存在，但猝不及防面临"探访"，还是有些蒙圈——她们完全没准备啊！

而且邮件没有任何详细信息，例如辅导员是谁，什么时候来，探访的具体流程是什么……

郭果捂住脑袋试图逃避："救命啊，这比小时候老师的突然家访还可怕！"

郑晚晴脸色也不佳："比我论文初稿刚发，导师就找上门来让重新选题还要可怕。"

最重要的是，她们目前还对这个"辅导员"一无所知。对方是恶意、善意，还是中立？只要和游戏沾边，众人总有一种不好的预感。

张游忧心忡忡："这次我来联系客服问一下吧。"

她打开 App，正要跳转到客服界面，屏幕却忽然报错——

"超过服务时间，客服已下班。"

……垃圾游戏！不想干就别干了！

唐心诀反而开导几人："既然是无力改变的事，就不必太担心。从这一角度看，我们反而是安全的。"

室友："真的吗！为什么？"

唐心诀："因为我们太弱了。"

室友："……"

看着三张无语凝噎的小脸，唐心诀笑了笑："你们发现了吗？这个游戏等级分明。按照逻辑，辅导员的等级应该远超我们遇到的所有NPC，刚进入游戏的学生与之相比可以说是蚍蜉撼大树。如果对方真的对我们做出不利举动，我们也无法反抗。"

"游戏要是这么纯粹地想搞死我们，不如把全体学生绑在树上扫射，活下来的放回现实算了。"

噗，张游忍俊不禁。郑晚晴亮出两排白牙，焦灼氛围顿时一松。

开了个玩笑，唐心诀恢复正经："可我们活到现在了，不是吗？"

兵来将挡水来土掩，哪怕绝处逢生，也至少有一线生机。

经此一话，众人也想开了，该吃吃该喝喝，然后照常抽奖。

"饼干、水、水、饼干……"

数着永远重复的食物，郭果表情也干瘪得像块饼干。

"来瓶可乐也行啊！"

话音未落，唐心诀面前白光一闪，出现一瓶大瓶装可乐。

"谢谢，我原谅这个世界了。"郭果非常容易满足。

由于这次有效得分少，几人加起来也没抽几次转盘，除了食物便是一些没什么用的生活用品，诸如缺角的陶瓷漱口杯、没有电池的手电筒、散发出不明腐臭味的筷子等。

张游将它们统一收纳进不知名角落，然后动手简单清理了寝室，没过多久，整间屋子焕然一新。

"无论什么时候，都不能放弃打扫卫生和整理物资。"

张游伸出两只手："世间的一切条理，就是力量之源！"

一阵微不可察的风刮过，张游双手中有一闪而没的微弱光芒。

技能，旧物回收！

下一霎，一块巨大的、冒着寒气的白色不知名物体，就哐地砸在地上。

几人睁大双眼。

尤其是张郭郑三人，她们化成灰也不会忘记在玛雅斯奶奶家的心理阴影，尤其是装满"汤底"的冰库。

如果她们没看错，眼前这块白色物体，分明就是那冰库中，用来盛装汤底的冰柜……碎片。碎片边缘还沾着几滴绿色液体。

郭果十分震惊："这个东西竟然也能被回收……哕！"

难闻至极的恶臭迅速充斥了整个寝室，四人纷纷干呕捂嘴。

门外走廊，日日不停的沉重脚步和刮擦声正好走到门口，声音竟破天荒地停滞了。

脚步声："哕。"

此刻的606寝室，连不明"怪物"都认证的臭。

刚刚打扫完，还特地喷了空气清新剂的张游："……"

深夜12点，冰柜碎片终于被清洁完毕。

绿色汤底液体被层层密封，并保存到镜子空间里。变干净的冰柜碎片则摆在寝室门旁边，正好它是冰柜边角碎裂的部分，可以用来充当收纳，存放了唐心诀从玛雅斯奶奶那里顺来的针线包。

围观张游清洁过程的三人，只能表达出五体投地的佩服。仿佛看的不是清洁，而是一场施法。

施法结束，张游筋疲力尽："我先洗澡了。"

"需要帮您送浴巾和洗发水吗？"

"这是我珍藏的奢牌沐浴露！"

"您尽情洗，今天洗浴间是您一个人的！"

三人极尽谄媚。

张游："……这些都不用，如果可以，请祈祷我一会儿睡觉做梦别梦到NPC家的冰库就行。我实在是——哕。"

算了，一切尽在不言中。

如此折腾到凌晨一点，在电视机无鼻怪的新闻放送中，几人才收拾上床，渐渐进入梦乡。

"今日，居住于大学城城外公路的居民玛雅斯奶奶连夜上访，向教育中心申请开通老年人补助金。在得知教育中心没有老年人服务部门后，玛雅斯奶奶站在中心外怒骂三小时，并改为报案，宣称家中遭贼导致针线包失窃，然后得知教育中心也没有报警部门……"

无鼻怪感同身受地叹了口气:"唉,大学城真是一个冷漠的地方。在我多次想做鼻子整容手术,却发现这里根本没有整容医院时,也是这么想的。"

叮叮警告声响起,催促无鼻怪不要偏题。

无鼻怪吐了吐一米长的舌头,继续念稿:"近日,为迎接大学城第一次周末比赛日到来,三所大学正在集中搜索可以帮助学生们提前适应比赛的课程。同时,三本大学以'你们又没有新生'为由,拒绝与一本二本合作。冲突升级后,三本大学刚刚修好的校门再次惨遭损毁……"

无鼻怪声音忽然一顿,它抬起脑袋,充满惊恐的眼球望向屏幕外,似乎感应到了某个十分恐怖的事物。

随着走廊里来回巡视的沉重脚步声,无鼻怪开始哆嗦,翕动着嘴角却念不出词。由于过于惊恐,最后干脆向桌下一钻,放弃了继续播报。

刺啦——

电视黑屏。

唐心诀听到有人在呼唤自己。

她努力爬起,发现自己正躺在一个潮湿黑暗的山洞底部。

环顾四周,山洞没有出口,只在最顶端有一个小小的圆形豁口,稀薄的光线就从里面照射进来,照亮了极幽极深的洞内。

仔细观察洞壁,唐心诀发现这座山洞近似于三角瓶的形状,越向下空间就越大,最上方还只是一个小小的洞口,底端却已经宽广得看不见边缘,也无法估测面积。

呼唤声在远处隐隐约约响起,一会儿强一会儿弱,不仅听不清是谁,甚至连是男是女都听不出来。唐心诀试探着往前走,在山洞更深处,终于见到了声音来源。

这声音原来不属于任何一个人。

它是一群人的呼唤。

这群人似乎有男有女,有高有矮。他们身影一半站在光线下,一半没入黑暗中，看不清具体的着装与模样。

他们有人在招手，有人在后缩，有人呆滞不动，有人晃动不休。

唐心诀确信，自己不认识这些人。

可是他们为什么要呼唤自己？

唐心诀听不清他们的声音，却又能感知到，他们的确在叫自己。

这是哪里？他们是谁？

唐心诀不自觉向前走，似乎再走近一步，就能看清一切……

可是刚刚抬腿，一股剧痛便从胸口蹿起，唐心诀呜地吐出一口血，捂住脑袋。

疼痛感又出现在脑中，耳鸣如同雷响，令她头痛欲裂。

不对劲！

唐心诀收腿后退，可一股力量牵引着她向前，与她自身的意愿相悖。

千钧一发，她立即集中精神力，试图收回对身体的掌控权，终于勉强抵住那股力量的操控，僵持在原地。

精神力消耗的速度快到难以想象，没过多久就被抽空，巨大的疲惫感涌上来，唐心诀只能死死咬牙坚持。

直觉告诉她，绝对不能被控制，绝对不能继续向前走！

"刺啦——"

不合时宜的刮擦声从顶端洞口遥遥传下来，令唐心诀激灵了一下，循着有些熟悉的声音抬头看去。

"咚、咚！"

这次是沉重脚步声。

声音更加熟悉了，唐心诀努力在脑海中寻找它的身份，想要抓住什么——

她想起来了。

异响来自寝室门外走廊里日夜巡走的不明生物。

而她也本应该在寝室，并不在这片山洞中。这里不是现实，而是……梦境。

想清楚的瞬间，她猛然睁开眼，意识回归现实！

她已经不在床上，而是不知何时爬下来，走到了阳台窗前。

阳台窗外，一只红色的，占满整面窗户的巨大眼球，正在冷冷看着她。

它的眼神中没有善意。

心念陡转，唐心诀刚要开口，眼球的声音却更先一步刺穿她的脑海：

"黑暗生物，你怎么会混入人类学生的宿舍？"

唐心诀："？"

黑暗生物？骂谁呢？

声音震得脑海嗡鸣作响，一阵腥热涌上咽喉，她张嘴吐出一口血。

血红眼球依旧冷冷注视她，那声音再次响起：

"连人体反应都能伪装出来，在册的黑暗生物没有你的记录，你是自主变异的，还是有人在暗中帮你？"

唐心诀无法开口说话，血又从鼻孔流了出来。难以形容的声音像是直接刻在脑海里，每个字都令人头痛欲裂，精神力几近溃散。

她强忍着没有倒下，抽出马桶搋杵在地上支撑身体，全部心神都用来凝聚精神力。马桶搋似乎感应到她的痛苦，焦急吐出一口水。

红眼球闪过一丝惊讶："竟然连异能都伪造了，还是罕见的物体类异能。"

唐心诀："……"

精神力终于艰难凝聚，触发技能——

"精神控制：增强对精神攻击下的免疫，也是自我控制的基础。"

疼痛感减轻，喉咙通气，她终于哑声开口："我不是黑暗生物，我是人……"

"撒谎。"

数倍强烈的压迫感再次降临，唐心诀又喷出一口血，这次连肋骨似乎也被折断，握着马桶搋的手痛到发白。

"刺啦——"

门外响起脚步和刮碰声。

这个永远徘徊在走廊的不明生物，原本不会在夜晚12点后再靠近门口，但这次它却在606寝室的门口踱步，发出刺耳的刮擦声。

"咦？"

红色眼球微微转动，篮球大小的漆黑瞳仁转向寝室门。

"黑暗生物的伪装竟能蒙蔽守护者？"

这倒是十分令它意外。

唐心诀有气无力地扯了扯嘴角："你就没想过另一种可能性吗……辅导员？"

"你说什么？"

眼球立即转回来，它紧贴着阳台窗，瞳仁外是浓稠的猩红色，正面看去能挤满人类的全部视野，带来几乎窒息的感官冲击。

但是唐心诀已经看不太清了，她眼前漫开一片稀薄的血色。

她用最后的力气取出手机，贴到窗上，屏幕界面是她的个人信息栏。

红色眼球停顿了。

瞳仁盯着手机屏幕看了两秒，又看向唐心诀，又看向屏幕……

然后沉默数秒："你走近点。"

唐心诀干脆放任身体裁下去，额头贴着玻璃窗，与眼球只隔一面薄玻璃的距离。

她的血液在玻璃上缓缓滑落，似乎被某种力量吸着穿透玻璃，落入眼球表面。

"……"

眼球："完蛋，认错了！"

在脑海里震荡的声音陡然抽离消失，一股柔和力量降落在身上，疼痛飞快退去。没过几秒，力量完全恢复的唐心诀重新站起来，用手擦脸上的血。

眼球心虚地微晃，唐心诀感觉脸上一凉，血迹也消失了。

就好像刚刚发生的一切都是场幻觉。

她能隐隐感觉到，眼球不再有攻击性，只静静停留在窗外。这一幕令她蓦然想起游戏降临的第一个夜晚，出现在阳台的巨大黄色眼珠。

那只眼球和眼前这只相比，有相似之处，却又不是同一个。

将思绪压下去，唐心诀没有问对方为什么认错，而是径直开口道："你就是来访的辅导员吗？"

红眼球没有回答，只是轻轻撞击窗户。

唐心诀微妙地理解到对方的意思，它的声音出现在大脑中，会同时带来痛苦和损伤，因此才缄口不说。

"那我先叫醒室友了。"

眼球上下晃动，形似点头。

唐心诀也点点头，然后举起马桶搋。下一瞬，宛如一群NPC被踩嗓子般的凄厉尖号直冲房顶。

"啊啊啊！"

三个室友垂死病中惊坐起，顶着鸡窝头往下看："心诀你干什……妈呀……

这是？"

郭果捂着心脏，爆发出比马桶撅还要凄惨的尖叫。

"救命啊！有'怪物'夜袭！"

郑晚晴祭出"铁锤大的拳头"，张游抄起账本，三人纷纷跳下床如临大敌。

唐心诀："介绍一下，这是——"

张游眉头紧锁："我知道，只是奇怪，黑暗生物竟然能夜袭人类宿舍？"

大眼球："……"

它缓慢转动瞳仁，最后锁定在瑟瑟发抖的郭果身上。

郭果惊恐后退："它是不是在看我？"

她刚要掏出防护符，忽然身体一抖，防护符掉落在地。而再抬头时，整个人已经气质大变："我是你们的辅导员。"

声音明明是从郭果嘴里发出来的，却又不是她的声音，反而更像是一个中年女子的音色。

唐心诀："你附在郭果身上了？"

"郭果"点头："直接交流比较困难，借这位同学的特殊体质和大家交流一下，不会影响到她，麻烦你们了。"

她说话时彬彬有礼，十分温和，一点看不出刚刚分分钟就要搞死唐心诀的模样。

只是目光扫到唐心诀时不留痕迹地跳过，流露出些许心虚。

张游和郑晚晴大惊："你就是辅导员？"

她们的辅导员，就是一只……大眼珠子？！

辅导员不急不缓解释："我本来的样子不方便过来，于是只用了一部分，选取了一个你们比较能接受的形象。"

众人：……她们不太能接受！

震惊过后进入正题，辅导员开门见山地说了自己来的目的，果然是因为唐心诀的举报。

"这是一个很罕见的情况，虽然不排除是系统 Bug 的可能性，但却在短时间内连续两次发生。所以我来亲自探视，找出更多原因。"

"郭果"双手合拢，眉心微微凝聚，严肃老成的神情出现在一张年轻的少女脸庞上。

众人一时竟不知该说什么。

唐心诀开口打破寂静："需要我们配合回答问题吗？"

"不。"辅导员却摇了摇头,她抬起属于郭果的脸,幽深的目光与唐心诀对视,"我想,我已经明白原因了。"

"很抱歉,刚刚错认这位同学为黑暗生物,险些把你杀死。"

落座后,辅导员先向唐心诀道歉。

室友:"!"

就在她们酣然熟睡一无所知的时候,唐心诀竟然差点儿被辅导员弄死?

唐心诀神色没什么变化:"辅导员不会无缘无故认错,想必肯定是有理由的。"

从这一点讲,至少辅导员与学生不是敌对关系,甚至会帮学生清除危险——只是清错了对象。

辅导员叹一口气:"你身上的黑暗气息比较浓郁,远超出正常学生的阈值。再加上同时有一些……不良学生的标记,反而让我误以为你自身的人类气息是伪装而成的。"

唐心诀将对方说的话一一记住,思绪转了一圈却落到一个词上,眸光微挑:"一些?"

"一些标记?"

唐心诀立即想到了小红曾说过的话。

"这是一个来自高阶的标记,代表有人记住了你。"

如果两者指的意思相同……怎么现在却从"一个"变成了"一些"?

还没来得及追问更多,辅导员操纵着郭果的手向上一划,唐心诀眼前便陡然一黑。

在黑暗中睁眼四顾,她已重新回到"山洞"里。

"你好好看看,看见了什么?"

辅导员的声音忽然从狭小洞口外响起。

这一次没有外界力量的干扰,唐心诀轻松凝聚起精神,再抬眼看去时,便意识到不同。

山洞中并非真的空无一物。眼前伸手不见五指的黑暗,其实是一层层飘浮萦绕的黑雾!

不知为何,这黑雾给她一种熟悉的阴冷感,却没有攻击她,而是静静飘浮在原地。

这次,唐心诀无师自通地集中注意力,伸出"手"挥散了面前的雾气。

雾气稍稍散开，露出里面的几样东西。

一个小玻璃瓶悬在空中，玻璃瓶旁是一枚银色戒指，戒指散发着浑浊的黄色光晕……走近看，唐心诀才发现那不是光，而是一颗飘在戒指后面的黄色眼球，正在滴溜溜转动。

而在眼球下面飘着的，是一块圆环状白色不明物体，她不得不再凑近，才认出这是一卷白色胶带。

这几样物品隐蔽在黑雾里，就算察觉到异常也很难发现。

唐心诀隐隐明白这座"山洞"是什么了……不过更重要的是眼前之物。

当她伸出手去触碰，就感受到一股无形阻力挡在身前，黑雾也有重新合拢的趋势。

"你想把它们取出来？"辅导员在外面问。

唐心诀皱眉："很难。"

辅导员："没错。"

话音方落，一股力量攥着她向上一拔，唐心诀睁开眼，面前又变成了熟悉的寝室。

室友正睁大眼睛看着她。

另一边，辅导员正襟危坐："你所看到的，就是你得到的所有标记。"

唐心诀沉吟两秒："我总共看到了四个。"——的确可以用"一些"来形容。

"之前也有人曾提醒过我，不过那时，她只说我身上有一个标记。"

有两种可能性：一种是小红只能感应到标记的存在，看不清数量；另一种可能性，剩下的标记是遇见小红后增加的。

辅导员点头："你猜的都有道理。有一些来自一本大学的不良学生，或是不太正派的校外人士，会因为种种原因把标记留在新生身上。不过概率很小，因为标记也需要付出代价。至于身上有这么多标记的……"

辅导员端庄地斟酌了下用词，温和道："的确比较罕见。足以见得，你是一个很有潜力的学生。"

"他们为什么会把标记留在我身上？"

"一般来说，是为了寻仇。"

"……"

这就是所谓的"潜力"？

辅导员和颜悦色："探访时间有限，关于标记的事，你还可以问最后一个问题。"

唐心诀垂眸思考须臾，没有问如何清除标记，而是开口道："这些标记，以及辅导员错认我为黑暗生物，是影响我们考试难度出现 Bug 的原因之一吗？"

辅导员微微一僵。

很显然，她不太想回答关于错手失误的问题。

但话已出口，她只能轻咳一声："考试是公平的，我不能回答你它的筛选规则。只是有时，过度的公平也会带来一些疏漏……当它认为你们的能力足以胜任，就会放宽对难度的限制，同时却也方便了一些心怀叵测之人的乘虚而入。"

辅导员没把话说满，露出一个"懂的都懂"的表情。

唐心诀微笑点头："比如？"

辅导员："……"

她不得不摊开细讲："简单来说，如果连辅导员都会把你错认成黑暗生物，那么系统自然偶尔也会混淆你与不良学生的区别。如果考试系统判定考生方有近似不良学生的存在，你们所承受的难度就会增加。"

唐心诀若有所思："我原本以为认错是辅导员的个人原因。因为在副本中，并没有 NPC……不良学生错认我的身份。"

辅导员："……"

她擦了把不存在的汗："咳，考试中立场明确，现在情况特殊嘛。"

还好下一句，唐心诀就把话题转回主线："所以，是我影响了系统的判断？"

辅导员点头："唐同学，我恐怕要很遗憾地说，你的能力越强，气息就越驳杂，引起系统混淆的概率就越大……这很可能会成为一个恶性循环。"

黑雾代表着黑暗气息，雾中物品代表着 NPC 的标记。这两种气息交织在她的识海里，却唯独人类气息稀薄。

为什么会这样？

唐心诀心中有猜测，却没宣于言表。她与室友对视一眼，一齐问辅导员："有解决办法吗？"

"这次探访本来只是搜集情况，并未准备解决办法。"

辅导员十分人性化地摊手，仿佛真的只是个普通辅导员——如果门外没有静止的巨大红色眼球，这一动作又没有出现在郭果身上的话。

下一秒她话锋一转："当然，出于对误伤唐同学的人道主义愧疚，我决定送给你一件礼物。"

她张开手掌，轻轻在唐心诀眉心上点了一下。

"这是我的鼓励，当你把它开启，其他气息就会被暂时遮盖。当你把它关闭，又会恢复原样。"

说完，她微笑着收回手，似乎在等待什么。

张游与郑晚晴立即意识到，这位辅导员可能在等她们表达感谢。

然而没等她们开口，唐心诀忽然身形一晃，向一旁倒去！

"心诀！！"

两人惊呼出声扶住她。附在郭果身上的辅导员也吓得双手交握，伸着脑袋探头："我我，我的鼓励应该不会对学生造成伤害啊？"

床铺阶梯旁，唐心诀抚着自己的太阳穴，常年苍白的皮肤只要用力抿唇，看起来就从营养不良升级到重疴缠身。

刚刚的沉着冷静和精气神不知所终，现在俨然一副虚弱无比的状态。

唐心诀咳嗽两声，轻声开口："身体倒没什么问题，只是一碰到辅导员，就不禁回忆起方才距离死神只有一步之遥的痛苦。不瞒您说，我从小就胆小易受惊，一受惊吓就容易留下后遗症，比如被害妄想、四肢无力、智商受损、幻听幻视和潜意识紊乱等等。"

她捂住心口，一副心有余悸的样子。

辅导员："对、对不起，是我刚刚冲动了。所以作为补偿，我才把'鼓励'赠送给你……"

唐心诀摇头，强颜欢笑："不，辅导员能尽职尽责地前来探访，积极为系统出现的问题寻找解决方法，已经是我们的幸运。哪怕被误杀，也只是出于您的关怀，怎么能反而埋怨呢？我会在接下来的考试中努力克服心理阴影，毕竟我的室友是心理专业，可以帮忙疏导。"

她弱不禁风地指向郑晚晴。

郑晚晴一脸蒙圈："你说啥，可我是学金融的，不是心理专业啊！"

"啊，怎会如此……"唐心诀掩面叹息，"唉，这就是我的命吧。"

室友："……"

辅导员："……"

没等他人反应，她又倏地开口："但没关系，方法总比困难多。为了通关，我也可以冒着危险在副本里寻找帮助，或许其他见多识广的同学老师也有类似经历。在他们了解具体情况后，也许能帮到我——"

辅导员倒吸一口气，连忙阻止她："别、别出去说！"

她挤出一丝亲和微笑："大家有事好好解决嘛……你看，你还需要什么？"

得到辅导员松口，唐心诀毫不犹豫："我失去战斗力后，需要室友的保护，但是室友在考试中失去了一只手臂。"

她把郑晚晴推到前面。

辅导员只投视一眼,便明白了伤口的前因后果。她认真思考须臾,轻缓开口:"有时,失去并不代表残缺,反而是另一种机会的开始。"

郑晚晴微怔垂眸,也看向自己空荡荡的袖管。又听辅导员说:"我不能使你的身躯重新生长,希望我的祝福能让你更加健康强壮。"

祝福生成,一道难以察觉的微光落在郑晚晴身上,她下意识地摸摸头:"谢……谢谢。"

"不客气。"辅导员面带微笑,"所以……"

"所以既然人的身体会受伤生病,那么——"唐心诀不着痕迹地转移话题,神态诚恳又无辜,"我们觉醒的异能,也同样会患病吗?"

她摊开掌心的异能武器,马桶撅怏怏地吐出一股水。

辅导员被成功转移注意力,脱口而出:"哦对,这是你的异能。它和你的联系很紧密,这很少见,你是怎么觉醒的?"

待唐心诀把觉醒原因说了一遍,她才恍然大悟:"原来如此,它是你们的生活用品。"

辅导员兴致勃勃:"怪不得我一见它就感觉十分亲切有趣,它叫什么?在你们生活中是做什么用的?"

唐心诀点头:"它叫马桶撅,是用来通厕所的。"

辅导员:"……"

自行理解了这几个词的含义,她干巴巴地点头:"原来如此……喀喀,关于它的问题,我只能感受到并不严重。放心,异能与主体相连,如果它受到了重大损伤,主体会比任何人都先感应。"

简而言之问题不大。

唐心诀却并不打算让对方含混过去,立即追问具体的修理渠道。

这倒是难倒了辅导员,她集中注意力思考半响,终于一拍手:"大学城里有专门的修理铺,业务应该也扩展到学生了。我倒是有修理铺的联系方式,只可惜无法具象为你们能看懂的符号,你们只能去考试中碰碰运气……"

话音未落,却见唐心诀手中不知何时多了一部粉红色的翻盖手机。

"如果联系方式无法转述,不妨录入手机通信录试试?"

辅导员:"?"

她恍恍惚惚地接过手机,存完号码后顺手向下一翻,忽然惊讶道:"里面还有我的联系方式？这是你的手机吗？怎么得到的？"

唐心诀泰然自若地取回来："这是我一位朋友送给我的。"

辅导员反应两秒，逐渐意识到什么："对于大学城很多本土学生来说，手机都是十分珍贵的，你说的这位朋友——是自愿给你的吗？"

她好像明白，为什么唐心诀能拥有数量如此离谱的高阶标记了。

"千里送鹅毛，礼轻情意重。其实手机的价值对我们来说并不重要，身为普通平凡的学生，在考试中能得到不同朋友的关照，喀喀，"唐心诀捂住嘴，虚弱咳嗽两声，"这或许就是友谊的伟大之处吧。"

"……"

辅导员语气委婉："唐同学，从你刚刚能抵抗住我的召唤和斥责来看，你的精神力很强大。加上本命异能加成，逻辑上完全可以对部分本土学生造成威胁，大可不必妄自菲薄。"

此刻女生柔弱得仿佛风一吹就散，要不是刚刚亲眼见唐心诀面无表情擦掉七窍出的血，她差点儿就信了。

唐心诀脸不红心不跳："考试系统的 Bug 证明，判断是有可能失误的。就像此刻您附身的郭果同学，她虽然有"火眼金睛"和特殊体质，但却比我还要胆小脆弱，不知以后会不会因此产生心理阴影……"

辅导员从未如此清晰地意识到什么叫如坐针毡——要是再待下去，她可能会被剥掉一层皮。

终于醒悟的她火速看了眼时间，如蒙大赦："啊，探访时间到了！抱歉同学们，我就不打扰你们休息了呵呵呵。"

"等等。"唐心诀忽然出声叫住，指向新增一名联系人的手机通信录，笑道，"大学一线牵，相见就是缘。为了方便下次联系，不知道辅导员怎么称呼？"

辅导员大惊失色，还有下次联系？？

唐心诀着重强调："毕竟，我们的'偏科助力计划'就是由您开启并负责的。"

"……原来如此。"

有什么能立刻改变时间线阻止过去的她做决定的方法吗？

最后，她只能一边微笑表示下次一定，一边疲惫且迅速地抽离了郭果身体。

红色眼球恢复转动，它在黑暗中逐渐模糊淡去。唐心诀认真观察着这一幕，就在眼球彻底消失之后，她将掌心贴到玻璃窗上。

一如既往的阴冷刺骨，黑暗无声地撞击玻璃窗，想侵蚀她的掌心血肉。

唐心诀开启"辅导员的鼓励"，她似乎能感觉到，自己的气息发生了微妙变化。

与此同时，涌动的黑暗安静下来，不再撞击阳台窗。

这次，她在窗前站了很久。黑暗映照着清瘦的面容，于漫长的寂静中，终于露出一抹笑意。

"心诀，你没事吧？"

身后传来室友担心的呼喊。

"没事。"唐心诀摇摇头，双眸亮得惊人，缓缓开口，"我只是想到了一件开心的事情。"

清晨6点，郭果看着面前的唐心诀，犹豫再三还是问："心诀，你真的没事吗？"

唐心诀核对完最后一份手稿，奕奕有神地抬头："没事啊。"

郭果："……可是你顶着两个大黑眼圈，不像没事的样子啊！"

以她们现在的身体机能，熬夜也轻易不会留下黑眼圈。像唐心诀这样眼下青黑，必定是一整夜都在高速用脑，要不然也不会整理出一沓手稿。

郭果三人一边看着唐心诀，一边有一口没一口啃饼干，交换忧虑的视线。

她们认为，唐心诀很可能是受到了昨天那名辅导员的刺激。

毕竟辅导员把她错认成黑暗生物险些当场打杀，又亲口说连考试系统都可能错认她为NPC，而这一切竟都来自她体内黑暗气息过多，不像个人——这对于一个正常人来说，无异于天大的噩耗。

5分钟后，唐心诀搁笔吐气："搞完了！"

她把十几张记满笔记的纸一一铺开："你们应该还记得昨晚的事，辅导员说得没错，我体内的确有很多黑暗气息，没错，就是黑暗生物的那个黑暗。"

三人精神紧绷，准备唐心诀一旦露出沮丧怀疑，就打断她并用毕生所学心理知识进行安慰。

唐心诀却抽出其中一张纸，推到三人面前："你们看，这是什么？"

郑晚晴："接近三角形的图案，这是什么新型数学建模吗？"

郭果："大肚子水瓶。"

张游："一个锥形空间？"

唐心诀摇摇头，眸光闪烁着兴奋："这是我的大脑。"

三人：？

她在里面画满波浪线，又问："这是什么？"

这次三人没敢轻易回答，半响，郑晚晴神情凝重："这是你脑子里的水？"

"……"

唐心诀眸光狂热："这是那些黑暗气息。"

她又在波浪线里画了四个奇形怪状的圆圈："这些不用我说，你们应该也明白了。"

郑晚晴脱口而出："这代表我们四个人永远在一起，唔……"

郭果堵住郑晚晴的嘴，认真打量纸上的四个奇怪多边形，得出结论："结合昨晚的信息，这应该是黑暗生物在你身上留下的四个标记吧？"

唐心诀终于点头，直起身体："过往噩梦缠身的三年，我异于常人的精神力、侵蚀我的黑暗气息，还有这些标记，关于所有的一切。

"今天，我终于进一步了解了。"